LE JARDIN DES ÉNIGMES

Enseignant passionné d'histoire, Antonio Garrido a consacré sept ans à l'écriture de son premier livre, *La Scribe*. Son ouvrage suivant, *Le Lecteur de cadavres*, best-seller mondial, a reçu le Prix international du roman historique et le prix Griffe noire 2014. *Le Jardin des énigmes* est son quatrième roman.

Paru au Livre de Poche :

Le Dernier Paradis

Le Lecteur de cadavres

La Scribe

ANTONIO GARRIDO

Le Jardin des énigmes

TRADUIT DE L'ESPAGNOL PAR HÉLÈNE MELO

LES PRESSES DE LA CITÉ

Titre original :

EL JARDÍN DE LOS ENIGMAS
Publié en Espagne par Espasa, une marque d'Editorial Planeta, en 2019.

Ce livre est une œuvre de fiction. Les noms, les personnages, les lieux et les événements sont le fruit de l'imagination de l'auteur ou sont utilisés fictivement. Toute ressemblance avec des personnes réelles, vivantes ou mortes, serait pure coïncidence.

ISBN : 978-2-253-19586-3 – 1re publication LGF

À Maite,
avec mon amour éternel

Prologue

Au début de l'ère victorienne, à l'époque où le rigorisme moral prohibait la manifestation des passions, les arrangements floraux devinrent le moyen idéal d'envoyer des messages. Un siècle plus tôt, le roi George II d'Angleterre avait instauré son propre code inspiré des harems turcs et initié à cet art occulte les Hartford d'Édimbourg, ses jardiniers personnels.

Pendant plus de cent ans, la famille Hartford préserva discrètement le langage des fleurs, jusqu'au jour où la veuve Hellen Hartford prit la tête de Passion d'Orient, la boutique de fleurs que la noblesse avait choisie pour élaborer les messages les plus suggestifs. C'est ainsi que, par le biais de bouquets exotiques, de sordides histoires de luxure et de sexe se mirent à circuler dans les soirées raffinées.

Mais ce n'étaient pas les seuls messages.

1

Londres, hiver 1850, à la veille de l'Exposition universelle

L'étranger à la casaque rouge vérifia l'adresse de la taverne, s'assura qu'il n'était pas suivi et chargea son pistolet avant d'entrer.

Parmi les dizaines de tripots malodorants qui proposaient à manger dans le quartier de Seven Dials, l'Oie noire était le seul où un étranger ne se serait rendu que sous la menace d'une arme. Bob Fatty, le tenancier, s'enorgueillissait de servir le meilleur whisky de Londres. Une chose était certaine : les rats des environs avaient disparu au moment où il avait mis à la carte des boulettes de viande à un penny. En outre, la fosse d'aisances du mastroquet empestait presque autant que son haleine. Malgré tout, Bob faisait tourner son commerce. Si, de lundi à vendredi, les ventes permettaient à peine de couvrir les frais, le samedi, les terrassiers qui envahissaient l'établissement avec leurs salaires tout juste perçus dépensaient assez pour que Bob remplisse ses coffres et que ses putains en soient reconnaissantes, à Dieu et à tous les saints.

La plupart des Londoniens considéraient les terrassiers tout au plus comme des animaux : des ivrognes venus d'Irlande en troupeaux, attirés par l'odeur de l'argent du chemin de fer, prêts à exécuter, telles des bêtes de somme, des travaux si pénibles que personne d'autre n'en voulait. Mais ils étaient pour Bob synonymes de profit. Il le savait bien ; les dévaliser s'était avéré un jeu d'enfant.

Bob fit une pause pour regarder le ciel à travers une petite fenêtre. C'était un samedi matin pluvieux, aussi avait-il tout préparé comme à l'accoutumée : l'établissement relativement propre et aéré, les fûts de bière Porter coupée à l'eau comme il se devait et, bien entendu, Sally et ses copines, badigeonnées de fard à joues, prêtes à chevaucher les grosses bedaines des terrassiers en échange de modiques gages.

Il enfila son grand tablier taché et sourit en ouvrant les portes de la taverne.

Au milieu de la matinée, l'épais nuage de fumée et l'épouvantable vacarme laissaient présager de juteux profits : les terrassiers qui avaient empli les lieux trinquaient en entonnant des chansons sur leur vieille Irlande et se délectaient des abats cuisinés par Bob, tandis que les filles prouvaient leur talent en plumant les plus vicieux derrière les rideaux. Bob but un coup et rota, satisfait. De fait, tout le monde, à l'exception du nouveau venu au manteau rouge qui sirotait un gin à l'écart, semblait ravi.

Le tavernier prit le temps de l'observer. Il lui donnait la trentaine. En dépit de son corps musclé, il n'avait pas l'air d'un ouvrier : barbe soigneusement taillée, trop propre et trop bien habillé. Bob se méfiait. Il détestait les policiers, qui plus est ceux qui travaillaient incognito. Il leur graissait souvent la patte pour qu'ils laissent ses filles en paix, mais ils revenaient toujours l'importuner. Que pouvait bien vouloir cet homme ? Après avoir discrètement caché un couteau dans son tablier, il partit s'en enquérir.

Bob se tenait à deux pas de l'inconnu lorsqu'un terrassier grand comme une montagne l'empoigna par le devant de la chemise.

— Hé, sale profiteur, ça commence quand, le combat ? l'interrogea-t-il en brandissant son reçu à la face du tavernier.

Bob grimaça. Il savait que plus il repoussait l'affrontement, plus les mises monteraient, mais il n'avait guère envie de perdre les rares dents qui lui restaient. D'une bourrade, il se débarrassa de l'ouvrier et oublia l'homme en rouge. Puis, cloche à la main, il convoqua à grands cris le public pour le début de la joute.

Au premier tintement, les terrassiers vidèrent leurs chopes et se ruèrent vers l'enceinte de fil de fer et de planches que les assistants de Bob avaient installée au milieu de la taverne. La fumée de tabac se mêlait à l'odeur de mauvais gin tandis qu'on bousculait les chaises et qu'on jouait des coudes pour se ménager une place contre la barrière. Les plus rapides s'y agrippèrent et, entre crachats et imprécations, exigèrent l'arrivée du *ratboy*. Même les prostituées laissèrent leurs clients en plan pour réclamer le combat. Pendant ce temps, l'inconnu au manteau rouge observait la scène de l'autre côté de la pièce, avec l'indifférence de celui qui a vu et revu une combine rebattue.

L'instant d'après, un gamin dépenaillé traînant une lourde malle en bois déclencha un torrent de blasphèmes parmi ceux qui tentaient d'engager les derniers paris. Lorsque le vacarme s'apaisa, le garçon poussa le coffre dans l'arène et le plaça dans un angle.

— Allez, ouvre-le, imbécile ! lui enjoignit Bob.

Le jeune s'attarda assez longtemps pour recevoir une pluie de quignons et de rognures de tourte. Il s'essuya tant bien que mal et grimpa sur la malle. Il tira alors de toutes ses forces sur une petite trappe latérale, d'où surgit aussitôt un essaim de rats, qui envahit l'arène. La foule s'enflamma en voyant les bestioles engloutir les restes de tourte avant de s'attaquer les unes les autres.

— Lâchez le chien ! s'écria un mendiant édenté, maculé de boue des pieds à la tête.

Le tavernier bouscula le gamin, qui tomba à plat ventre sur les rongeurs.

— Espèce de bon à rien ! Si t'écrases les bêtes, je les laisserai te dévorer les yeux, le menaça-t-il. Et vous, écoutez-moi bien. Vous connaissez les règles, mais je vais les répéter pour les soûlards… c'est-à-dire pour tous ceux qui sont là.

Son mot d'esprit fut salué par des rires.

— Vous avez devant vous cent magnifiques spécimens. Cent des meilleurs rats de la Tamise, que notre stupide *ratboy* a chassés et comptés un par un pour l'occasion.

— C'est toi le rat ! l'interrompit un habitué, tandis que des morceaux de quiche se remettaient à voler.

Bob agita de nouveau la cloche, si longtemps qu'il en eut mal à la main.

— Fermez-la ! Le pari sera le même que d'habitude : il faut que tous les rats crèvent en deux minutes. Les cent bestioles doivent être bien mortes et dans l'arène. Compris ? Si l'une d'elles s'échappe ou survit, ça compte pas. Ben alors, vous attendez quoi ? Amenez votre foutu chien !

Les aboiements résonnèrent dans l'établissement tandis qu'un homme aux airs d'assassin conduisait un énorme terrier jusqu'au centre de la salle. La tête enfouie dans un sac, la bête avançait à l'aveugle, poussant des hurlements, donnant des coups de dents sous les cris d'un public enfiévré qui avivaient encore davantage son désir de mort.

— Prêts ? barrit Bob.

— Dix guinées ! entendit-on soudain s'élever au fond de la pièce.

La taverne plongea dans le silence. Lentement, tout le monde tourna la tête vers l'homme qui avait lancé le défi. Pour un terrassier, 10 guinées représentaient le salaire de toute une année. Parmi ceux qui se trouvaient là, certains auraient été capables de tuer pour bien moins. Incrédule, Bob cligna des yeux. Il pinça les lèvres quand un rat lui mordilla la cheville ; il l'écrasa sans merci et l'envoya d'un coup de pied vers les autres bestioles. Il lorgna de nouveau l'inconnu en rouge au port distingué. Cet homme ne lui plaisait pas, mais il voulait son argent.

— D'accord. La casaque rouge, 10 guinées sur les rats, dit-il en crachant par terre.

— Non, pas sur les rats. Je mise sur le chien.

L'homme sortit alors une bourse pleine de pièces qu'il posa nonchalamment sur sa table.

Bob la fixa, l'œil luisant de cupidité. Il se moquait bien de savoir sur quel animal pariait ce crétin. Quoi qu'il arrive, son argent changerait de mains.

— Fascinant, j'ai toujours admiré les gens qui se montrent prêts à dilapider leurs économies ! s'exclama Bob, en essayant d'identifier l'étrange accent de l'inconnu. Tu t'appelles… ?

— Je te l'ai déjà dit. Je m'appelle 10 guinées. Tu les veux ou pas ? le défia l'homme avant de faire mine de rempocher ses pièces.

Avec une agilité surprenante pour sa forte corpulence, Bob bondit par-dessus la barrière et, en deux enjambées, se planta devant l'étranger. Il s'apprêtait à saisir sa bourse lorsque celui-ci dégaina un pistolet qu'il posa brutalement sur les pièces de monnaie. Le tavernier s'arrêta dans son élan. Il n'avait jamais vu une arme pareille, munie d'un barillet rotatif entre le canon et la culasse.

— Voyons d'abord ce que savent faire tes rats, dit l'inconnu.

Puis il se leva pour se frayer une place contre la clôture.

De mauvaise grâce, Bob regagna l'arène, attrapa le terrier par le collier et lui arracha son capuchon. Ses hurlements l'assourdirent et firent perdre la raison aux terrassiers qui se remirent à boire comme si la bière leur était offerte. À la vue de la meute de rats, le chien écuma de rage, et, les yeux injectés de sang, voulut se ruer sur eux. Bob dut faire un effort pour que l'animal ne lui déboîte pas le bras. Avant de le lâcher, il lui présenta un peu d'eau qu'il lapa goulûment.

— Allez, que le spectacle commence ! s'écria-t-il.

À son signal, le *ratboy* retourna le sablier et Bob libéra le terrier qui sauta immédiatement sur les rongeurs, comme propulsé par un ressort. Ils se dispersèrent, épouvantés, cherchant une fente par laquelle s'échapper, mais le chien, emporté par un élan sauvage, entreprit de les mettre en pièces à coups de dents, sa gueule s'ouvrant et se refermant frénétiquement ; il les broya, les éventra, leur arracha la tête comme si sa vie en dépendait.

— Trente-deux… trente-trois…, dénombrait le *ratboy* à mesure que les rats trépassaient.

L'hécatombe se poursuivit, atroce et ininterrompue. Quelques rats grimpèrent sur les pattes du terrier pour tenter d'atteindre ses testicules, mais celui-ci fit volte-face et les déchiqueta comme de simples détritus.

— Soixante-quatre en une minute ! annonça le *ratboy*.

— Allez, fils de chienne, achève-les ! l'enhardit l'un des parieurs.

— Il va pas y arriver, il est de plus en plus fatigué, fit remarquer un autre.

En effet, alors qu'il restait encore la moitié du temps, la fureur qui avait animé le terrier semblait peu à peu se dissiper, tandis que ses coups de dents, fatals quelques secondes plus tôt, perdaient en force et en précision. Des rats grimpèrent sur son échine et lui attaquèrent les yeux. Il secoua la tête pour tenter de s'en débarrasser, mais à mesure qu'ils tombaient, d'autres les remplaçaient et la boucherie se poursuivait.

— Quinze secondes ! indiqua le *ratboy*.

Les terrassiers qui avaient parié sur le chien commencèrent à s'impatienter. Une quinzaine de rats étaient toujours en vie et le terrier, épuisé par la bagarre, tenait à peine sur ses pattes. Ses redoutables aboiements du début étaient devenus des grognements plaintifs, et son museau ensanglanté semblait implorer la clémence. Dans un ultime effort, il réussit à exécuter deux ou trois bestioles qui lui passaient sous le nez, mais à la fin du temps imparti, il y avait encore six rats vivants dans l'arène. Après avoir vivement agité sa cloche, le tenancier de la taverne lâcha un éclat de rire triomphal et déclara, le poing vigoureusement levé :

— J'suis désolé, les amis, Bob et les rats l'emportent !

Puis il se retourna avec un sourire dédaigneux en guettant la déception de l'inconnu.

— Je n'en suis pas si sûr, l'entendit-il rétorquer.

Le rictus de Bob se figea quand il vit le pistolet de l'étranger à moins d'un empan de son visage.

— Comment ça... ? Mais qu'est-ce tu fous ? Allons, voyons... Arrête tes conneries, baisse ton arme. Accepte ta défaite, mon vieux.

Pour toute réponse, l'inconnu appuya le canon contre le front de Bob. Le tavernier devint écarlate.

— Écoute-moi, espèce d'imbécile... Même si tu m'descendais, ces zigues te laisseront pas partir avec leur argent, alors fais vite demi-tour et file, avant qu'on donne tes tripes à bouffer au chien.

— Tu veux dire ces hommes ? demanda l'étranger en désignant les terrassiers qui menaçaient de se jeter sur lui. Ceux que tu viens de berner ?

— Qu'est-ce tu racontes ? J'ai berné personne, moi.

— Ah bon ? D'accord, Bob. Tu aimes les paris, n'est-ce pas ? Que dirais-tu d'en faire un avec moi ?

— Et tu veux parier quoi, bordel de merde ? Tu veux deviner en combien de morceaux on va te dépecer ?

— Non, Bob, quelque chose de plus simple. Si on se battait, tous les deux ? Toi avec ton couteau, et moi les mains dans le dos. Je parie 5 guinées que je gagne.

Bob arqua un sourcil. L'étranger était certes jeune et robuste, mais lui-même maniait habilement le poignard. Dans de telles conditions, ce serait aussi facile que de découper un steak.

— Très bien, si c'est ce que tu veux, pose ton arme et battons-nous, répondit-il en se frottant les mains.

— Bien sûr, Bob…, dit l'autre en écartant lentement son pistolet. Mais avant, trinquons comme des gentlemen.

Il indiqua le comptoir avec une amabilité factice. Le tavernier se racla la gorge comme s'il avait avalé une arête. Une telle proposition ne pouvait venir que d'un fou. Or, un fou était susceptible de tirer à tout moment. Il décida d'entrer dans son jeu.

— Deux pintes de bière, rugit-il, et une tournée générale ! Aujourd'hui, on va s'amuser.

L'inconnu acquiesça, recula avec lenteur de deux pas et attendit qu'on lui apporte son verre sans cesser de pointer son arme sur le cabaretier. Une serveuse accourut, deux chopes débordantes de mousse dans les mains.

— Une pour Bob… et une autre pour le futur mort…

Le tenancier éclata de rire. Il saisit le verre et but avidement. De son côté, l'étranger dédaigna le sien et braqua de nouveau Bob.

— Non, pas avec de la bière. Toi, tu trinques avec de l'eau.

Avec son arme, il indiqua le seau dans lequel avait bu le terrier. Bob devint blême.

— Hein ?

— L'eau du chien. Tu la bois.

Sans ciller, l'homme arma son pistolet.

— Tu crois peut-être que tu m'fais peur ? Si tu m'tires dessus, les gars te mettront en pièces avant que t'aies le temps de recharger ton arme, menaça Bob tandis que des gouttes de sueur perlaient sur son front.

— Bien... Je vois que tu n'es pas au courant des dernières avancées en matière d'armes. En l'occurrence, celle-ci est un modèle automatique muni d'un barillet à neuf balles, tout juste arrivé d'Amérique. Le problème, c'est qu'il s'agit d'un prototype qui parfois fonctionne correctement...

Pointant toujours la tête de Bob, il commençait à presser la détente lorsque le chien de l'arme vint percuter le barillet en un claquement sec sans que le coup parte.

— Et parfois non, ajouta-t-il en souriant.

Bob, qui, durant une seconde, s'était vu mourir, une balle logée dans le crâne, soupira de soulagement.

— Mais je peux essayer avec les autres cartouches, observa l'étranger en armant à nouveau son pistolet. Allez, bois cette eau !

Ses traits s'étaient durcis. Bob serra les dents. Au cours de sa vie mouvementée, il avait vu assez de visages marqués par la détermination pour comprendre qu'il n'avait affaire ni à un fou ni à un sot. Il vida lentement sa chope de bière par terre et la remplit avec l'eau du seau qu'avait lapée le chien.

— Bois, dépêche-toi !

Bob hésita. Soudain, une détonation ébranla la taverne, et tous les clients rentrèrent la tête dans les épaules.

— Ne tente pas le diable ! lui dit l'homme en le remettant en joue. Jusqu'à la dernière goutte !

Bob avala l'eau précipitamment. Lorsqu'il eut fini, il laissa tomber sa chope sur le sol, prit une inspiration et considéra l'étranger.

— Et maintenant ?

— Entre dans l'arène. Et toi, ordonna-t-il au jeune qui avait apporté les rats, tu fais sonner la cloche, tu retournes le sablier et tu nous indiques le temps.

Bob obtempéra en fulminant. De son côté, l'inconnu passa son pistolet dans sa ceinture puis ôta son manteau et sa chemise, révélant un torse lézardé de cicatrices.

— Tes mains, exigea Bob, déconcerté devant tant de balafres, avant de brandir le couteau qu'il avait caché dans son tablier.

Un silence sépulcral s'abattit sur la taverne. L'étranger croisa les mains derrière le dos et attendit que Bob lance l'assaut, mais celui-ci, pourtant habile au maniement du couteau, recula de quelques pas. Après une brève hésitation, il entreprit de se déplacer en cercles, et l'inconnu l'imita en sens inverse. Au troisième tour, le tavernier se sentit en confiance et assena un coup de poignard impétueux qui manqua de peu le visage de son adversaire. Cependant, celui-ci ne se troubla pas. Lorsque le deuxième coup effleura la barbe de l'étranger, Bob sourit. Cet inconscient allait payer cher son audace.

— Une minute ! cria le *ratboy*.

Le tavernier foudroya le garçon des yeux. Il n'avait pas besoin d'être encouragé. Il regarda fixement son ennemi, poussa un hurlement et se jeta sur lui, mais l'inconnu feinta sur le côté et lui administra un coup de genou dans l'estomac qui lui coupa le souffle. Étranglé par la douleur, Bob se plia en deux. Pas une seule fois dans sa vie il n'avait perdu une rixe au couteau. Il resserra son emprise sur le manche et tâcha de se concentrer. Cependant, quelque chose n'allait pas. Son adversaire était flou, son image semblait par moments s'effacer. Il se frotta les yeux pour recouvrer la vue et tenta une nouvelle frappe, mais ses jambes refusaient de lui obéir. Il comprit que le narcotique commençait à faire son effet. Dans un ultime effort, il se jeta sur l'étranger pour lui porter le coup de grâce, mais celui-ci s'écarta comme s'il jouait avec un sac de sable, et Bob s'affala au milieu des rats qui gisaient sur le sol. La dernière chose qu'il vit avant de perdre connaissance fut l'une des six bestioles survivantes qui lui pissait sur le visage.

Devant l'assistance frappée de stupeur, l'inconnu se rhabilla avec une lenteur extrême, empoigna de nouveau son pistolet et s'adressa à tous les terrassiers.

— Vous avez maintenant la réponse. Un narcotique que Bob a mis dans l'eau du chien pour le droguer et vous soutirer de l'argent.

Un murmure d'indignation parcourut la clientèle de la taverne. Les hommes qui avaient parié sur le terrier firent face aux employés de Bob ; ceux qui avaient misé sur les rats mirent en doute les paroles de l'étranger.

— Attends ! Pourquoi on devrait te croire ? voulut savoir un colosse grand comme un ours.

— Ouais, c'est vrai, dis-nous pourquoi, renchérit un autre qui craignait de perdre ses gains.

Soudain, l'un des parieurs qui avaient misé sur le chien écrasa une chope de bière sur la tête de celui qui venait de contester la magouille, et la bagarre éclata. En une seconde, les chaises volèrent et les coups de poing fusèrent, tout le monde semblant vouloir se joindre à la castagne. Le colosse quitta l'essaim de pugilistes, saisit une hache et se fraya un passage jusqu'à l'étranger. À cet instant précis, celui-ci était de dos, penché sur le corps inanimé de Bob. Le colosse souleva la hache, mais, au moment où il s'apprêtait à l'abattre sur l'inconnu, il reçut un coup de barre de fer et s'effondra sans connaissance.

— Putain, Rick, grouille-toi d'en finir avec le tavernier et fichons l'camp avant qu'on s'prenne une raclée !

L'inconnu en rouge reconnut l'homme dégarni qui venait de lui sauver la vie. Sans perdre un instant, il délesta Bob de sa bourse, s'approcha du *ratboy* et lui remit quelques pièces.

— Laisse tomber ces gens-là et cherche-toi un vrai travail, lui conseilla-t-il.

— Allez, Rick, filons ! insista le nouveau venu.

— Tu vas le faire ? insista l'homme au manteau rouge.

Le gamin acquiesça. Rick lui ébouriffa les cheveux avant de suivre celui qui lui avait prêté main-forte. Tous deux s'éclipsèrent, laissant les terrassiers s'entretuer.

2

Installé à l'étage supérieur de l'omnibus qui devait les conduire à Covent Garden, Rick observa la silhouette dépenaillée de Joe qui somnolait, indifférent au crachin, coincé entre deux passagers. Les regards que ceux-ci posaient sur son associé ne le surprenaient guère. Joe Sanders était un énorme sac de graisse qui se gonflait et se dégonflait sous un pardessus si crasseux qu'il semblait l'avoir dérobé à un mort. Pour couronner le tout, il empestait l'alcool et la sueur rance. Il devait déjà avoir ingurgité sa ration matinale de gin, supposa Rick, qui détourna la tête en feignant de ne pas le connaître.

En dépit de son intervention opportune dans la taverne, Rick détestait Joe. Il ne supportait pas sa méchanceté, son tempérament violent et son obsession pour l'argent. Il le considérait pourtant comme un mal nécessaire. Sans lui, il n'aurait jamais appris le métier de chasseur de criminels, le seul qui lui permettait de survivre en conservant l'anonymat, le temps de poursuivre son véritable objectif.

Pour mener à bien ce genre de travail, il fallait de nombreux contacts et peu de scrupules. Or les premiers ne manquaient pas à Joe Sanders, qui ne s'embarrassait guère des seconds. Rick avait eu l'occasion de le constater lors de son séjour dans les cachots de la prison de Newgate, là où les deux hommes s'étaient rencontrés.

Il plongea dans ses souvenirs.

En prison, Joe Sanders ne lui avait pas donné l'impression d'être un si mauvais bougre. Il était certes répugnant d'aspect, mais c'était un joyeux drille qui partageait avec lui le tabac qu'il escroquait à ses codétenus à la faveur de ses dés pipés. Joe connaissait tous les geôliers et savait comment leur graisser la patte. Et puis surtout, il semblait ne pas se mêler des affaires des autres.

Le soir où Rick avait empêché deux prisonniers mécontents de délester Joe de ses dents, celui-ci, reconnaissant, s'était confié à lui. Il lui avait raconté que depuis son plus jeune âge il gagnait sa vie en travaillant comme indic pour Scotland Yard, la toute nouvelle police métropolitaine. Il se vantait d'avoir fréquenté pendant des années les quais de la Tamise où il avait infiltré la chiourme de l'East End en quête de mouchardages lucratifs. Par la même occasion, il avait appris les ruses que les voyous employaient pour dépouiller leurs victimes. C'était ainsi que Joe avait commencé à les utiliser à son avantage, et il aurait continué sur sa lancée si on ne l'avait pris en flagrant délit d'extorsion, alors qu'il s'était fait passer pour un policeman auprès d'armateurs. La raison pour laquelle Rick avait été emprisonné était tout autre : il avait rossé un blanc-bec après l'avoir surpris en train de rouer de coups un gamin qui avait sali ses bottes.

Après que Rick eut évité à Joe un passage à tabac, ce dernier lui avait proposé de s'associer au négoce auquel il cogitait depuis un certain temps. Tirant profit de ses relations avec la pègre, Sanders projetait de s'établir comme chasseur de criminels. Ensemble, ils seraient à même de résoudre n'importe quel litige et auraient des centaines de clients : des commerçants dans l'impossibilité de recouvrer leurs dettes, des consommateurs escroqués, des héritiers spoliés, des femmes déshonorées... En somme, toute personne qui, mécontente de l'inefficacité de la justice, voudrait recourir aux services de deux hommes de main. Ce serait un jeu d'enfant. Joe trouverait les missions et Rick se chargerait des raclées.

Dans un premier temps, Rick ne l'avait pas pris au sérieux, mais lorsque Joe lui avait précisé que s'il acceptait sa proposition, son avocat paierait l'amende mettant fin à sa peine, il s'était dit qu'il ne pouvait refuser. Après tout, il n'avait pas grand-chose à perdre. En échange de quelques dérouillées assenées de temps en temps à une crapule, il gagnerait facilement de l'argent et pourrait continuer à se faire appeler Rick – le nom d'emprunt qu'il avait choisi pour vivre incognito.

Une fois dehors, Joe avait vu ses affaires prospérer. Son bagou de camelot éblouissait ceux qui avaient soif de justice, tandis que les poings de Rick mettaient de l'ordre parmi les voyous. Ce dernier s'était assez vite aperçu que Joe s'était spécialisé dans les règlements de comptes.

Très souvent, face à la difficulté de traîner les coupables devant les tribunaux, Joe proposait à ses clients de leur infliger une bonne raclée. Ses honoraires variaient en fonction du nombre de côtes ou de dents cassées, mais ses tarifs parfois exorbitants ne décourageaient pas sa clientèle, qui, lasse de se sentir humiliée, se montrait prête à payer grassement pour se faire justice elle-même. Or, Rick n'était pas disposé à effectuer encore longtemps ce genre de besogne.

Au fil des mois, le port distingué et les bonnes manières de son nouvel acolyte avaient éveillé chez Joe Sanders la curiosité et un goût immodéré du gain. En effet, le chasseur de criminels avait eu tôt fait de voir dans les qualités de Rick un appât idéal pour les clients plus argentés, qui se méfiaient de sa dégaine. De simple homme de main, Rick était donc devenu associé, une fonction qui ne pourrait que les mener à la rupture, Joe percevant le jeune homme comme un futur rival.

Le claquement des sabots des chevaux arracha Rick à son voyage dans le passé. Il lissa sa barbe soigneusement taillée et s'emmitoufla dans son manteau rouge pour se protéger de la pluie. En face de lui, son associé continuait à somnoler sur son siège. En levant les yeux, Rick vit que l'omnibus avait laissé derrière lui le dédale des ruelles de Seven Dials pour bifurquer sur James Street, où une caravane sans fin de cabriolets, charrettes et fiacres se disputait un bout de pavé comme du bétail pris au piège dans le couloir d'un abattoir. Pour tenter d'avancer, le cocher cravacha ses bêtes. L'un des chevaux caracola et déséquilibra la voiture, renversant un étal de casseroles. Le fracas fit sursauter Joe, qui repoussa violemment son voisin de gauche pour se faire de la place, avant de proférer une bordée de jurons contre l'état déplorable des chaussées londoniennes.

— Ne prends pas tes aises, il vaut mieux qu'on descende ici, l'informa Rick.

Hagard, Joe regarda autour de lui. Il se leva et dévala l'escalier en colimaçon de l'omnibus, puis sauta sur le trottoir. Rick l'imita. Covent Garden se trouvait à deux pas ; ils arriveraient plus vite à pied.

— T'as faim ? Moi, j'dévorerais une baleine, marmonna Joe.

Rick n'en doutait pas. Il serait même capable d'en manger deux, se dit-il.

Ils déambulèrent parmi les étals de nourriture qui encombraient les alentours du marché, se laissant enivrer par les délicieux arômes des condiments et les nuages de fumée que dégageaient les grillades, par l'odeur pénétrante des dernières braises et le brouhaha des commerçants. Des carrioles aux couleurs vives proposaient des quartiers d'agneau grésillants, tandis que leurs propriétaires s'époumonaient en annonçant les prix les plus alléchants. À côté d'eux, des vendeurs d'huîtres et de viandes voisinaient avec ceux qui offraient des soupes fumantes, des pommes de terre rôties et des ragoûts de purée de pois. Tous les aliments de la planète semblaient avoir voyagé jusqu'à Covent Garden pour se retrouver sur un interminable buffet. L'estomac des deux hommes gargouillait.

Rick proposa à Joe d'acheter des anguilles chaudes qui, pour un demi-penny, en plus d'assouvir leur faim, leur réchaufferaient les mains, mais son associé avait d'autres envies. Il traversa une rangée d'étals, que l'eau de pluie retenue sur leurs petits auvents menaçait de faire tomber, et entra dans une gargote où l'on servait des fruits de mer frais tout droit arrivés des Cornouailles.

— Aujourd'hui est un jour spécial, déclara Joe en se frottant les pognes et en s'attablant près de la cheminée.

Rick maugréa. Il n'aimait guère les endroits clos d'où il était toujours plus difficile de s'échapper. Il aurait volontiers mangé sur le pouce auprès de l'un des vendeurs ambulants. Cela dit, le froid était si insupportable ce jour-là que, prenant place à côté de Joe, il apprécia la chaleur des braises en attendant leur commande.

Lorsque leur repas arriva, Rick considéra la langouste cuite qui débordait du plateau de Joe. Chaque fois que son associé prévoyait de gagner de l'argent, il fêtait cela en s'offrant des mets exquis.

— Eh bien, de quoi s'agit-il cette fois ? Tes missions sont de plus en plus dangereuses.

— C'est comme ça qu'ça marche, Rick, l'argent, faut aller l'chercher…

— Tu as tardé à me rejoindre dans la taverne. Ils auraient pu me liquider.

— Ils auraient pu, ils auraient pu… Toujours à t'plaindre pour des broutilles ! lança Joe en empoignant une pince. J'suis arrivé à temps pour ton p'tit numéro. Bon sang, pourquoi tu enlèves toujours la première balle de ton pistolet ? Un jour ou l'autre, tu vas l'payer cher. Bon, et sinon, t'as récupéré combien ?

— L'argent qu'ils ont extorqué à ton client, répondit Rick en lui remettant la bourse avec dégoût.

Son associé compta avidement les pièces.

— Bordel de merde ! C'est tout ? aboya-t-il en écrasant brutalement la langouste sur le plateau. Le zigue avait l'pognon de tous les paris sur lui. Pourquoi t'as pas tout pris ?

— Parce que je ne suis pas comme lui.

Ni comme toi, pensa-t-il.

Joe dévisagea Rick comme s'il envisageait de lui éclater un tabouret sur le crâne. Il secoua finalement la tête avant de revenir à sa langouste.

— Putain, Rick ! J'sais pas si c'est ton âge, ta foutue éducation ou quoi, mais si t'oubliais une bonne fois pour toutes ta sensiblerie, nom de Dieu, à l'heure qu'il est, on serait pleins aux as. Regarde-toi ! Tu t'contentes de t'habiller proprement et de dormir au chaud quand on pourrait entrer dans n'importe quel club de Londres et s'faire lécher les bottes.

En engloutissant un morceau de langouste, Sanders renversa un peu de sauce sur lui.

— T'as ces manières raffinées qui t'viennent de j'sais pas où et un vrai talent d'observation. Comment tu fais, bon sang ? Oui, d'accord, si tu m'l'as jamais dit depuis tout c'temps qu'on travaille ensemble, tu vas pas l'faire maintenant, mais au nom d'la reine Victoria, Rick, toi et moi, on fait une équipe parfaite ! Moi, j'ai l'flair pour les affaires, j'suis bon pour mettre la pression aux gens et leur soutirer jusqu'à leur dernier penny. Et toi, t'es intelligent, mon p'tit. J'sais pas c'que tu faisais avant mais j't'assure, t'as un don.

— C'est quoi, cette fois ? insista Rick.

— Une mission dans le Strand. Un truc facile…

Le jeune homme serra les mâchoires et se resservit un peu de bière. Il détestait le Strand, le quartier où vivaient les gens qu'il méprisait.

— Tu sais bien que je n'aime pas les riches.

— C'est juste une mission. On te demande pas de t'marier avec eux.

Joe s'essuya les mains sur son pantalon et sortit une coupure de journal qu'il tendit à Rick.

— Elle est très jolie, qui est-ce ?

— D'après c'que j'ai compris, le portrait lui fait pas honneur, répondit-il. Enfin, j'devrais parler au passé…

C'est la fille de Paul Merrick, un célèbre industriel du textile. La donzelle allait bientôt s'marier, mais t'as lu l'article, elle a été victime d'un terrible accident, fit Joe en marquant une pause pour faire descendre la langouste d'une gorgée de bière. Apparemment, elle était en train d'essayer sa robe quand la crinoline s'est enflammée à cause d'une bougie et a brûlé comme un feu d'joie. On sait pas encore si elle va s'en sortir.

— C'est regrettable. Ces habits sont un vrai danger.

Rick parcourut à nouveau la feuille de chou et secoua la tête. Si c'était un acte criminel, la police aurait déjà pris l'affaire en main. Mais Joe ne s'intéressait qu'à ce qui pouvait rapporter.

— Comment es-tu au courant pour la crinoline ? Ce n'est mentionné nulle part.

— Eh bien, figure-toi que la thèse de l'accident est celle que son père a servie à la presse, mais la mère est pas du même avis. C'est elle qu'est entrée en contact avec moi. Elle avait l'air effrayée et elle a pas voulu m'donner plus de détails que ceux que j'viens de t'raconter. Elle m'a supplié de passer la voir aujourd'hui et m'a promis une coquette somme.

Rick acquiesça de mauvaise grâce. Cela sentait l'argent facile, mais lui permettrait peut-être enfin de laisser tomber Joe et de se consacrer corps et âme à retrouver les hommes qu'il pourchassait depuis si longtemps. Il mit la main dans sa poche pour caresser l'étui en nacre dans lequel il gardait une balle. Celle qu'il ne chargeait jamais dans son pistolet, car il la leur avait réservée. Un éclat fugace illumina ses yeux. Puis il trinqua avec Joe à leur nouvelle mission. Après avoir réglé la note, ils se dirigèrent vers le Strand, le quartier où vivaient les maîtres du monde.

3

Chaque fois que Rick déambulait dans le Strand, il avait l'impression que les édifices somptueux qu'on y trouvait en enfilade concouraient pour remporter le trophée de celui qui en imposerait le plus. Il n'était pas le seul à se faire cette réflexion. La foule qui se pressait sur les trottoirs était conquise par le chapelet de vitrines, de clubs, de boutiques de tailleur et d'hôtels, qui rivalisaient pour afficher les prix les plus exorbitants. Le Strand semblait exister pour les sceptiques qui doutaient que Dieu avait fait de la Grande-Bretagne la nation la plus prospère du monde. Parmi tous les joyaux architecturaux, la propriété de Paul Merrick, située 27, Oxford Street, était l'une des plus fascinantes.

Depuis le trottoir opposé, Rick admira la magnifique façade géorgienne dont les sobres murs de granit contrastaient avec la maçonnerie en briques rouges imitant les anciens monuments gothiques. Après s'être assuré de l'adresse, Joe se pinça pour vérifier s'il ne rêvait pas.

— Par tous les diables, Rick ! Y a des zigues qui savent où faut vivre. Allez viens, on va les saigner.

Il se frotta les mains, lissa hâtivement les plis de sa veste, puis s'empressa de traverser la rue pour gagner le porche et tirer avec force le cordon de la sonnette.

Un instant plus tard, une femme coiffée d'un bonnet immaculé entrebâilla la porte.

— Nous ne donnons pas l'aumône, lança-t-elle en toisant Joe d'un air dédaigneux.

— Au lieu de nous insulter, annoncez-nous à votre maîtresse, qui nous attend. Dites-lui que Joe Sanders et son associé sont là, répondit-il en lui tendant une carte de visite froissée que la femme prit comme s'il s'agissait d'une chaussette à la propreté douteuse.

— Essuyez vos souliers sur le gratte-pieds et patientez dans le hall, leur enjoignit-elle sans daigner les regarder. Ah, et vous, éteignez votre cigarette, Madame ne supporte pas le tabac.

Rick obéit tandis que Joe pénétrait dans le vestibule avec l'avidité d'un renard dans une basse-cour. En voyant son jeune associé remettre sa casquette à la bonne, il l'imita, révélant quelques mèches de cheveux gras sur un crâne dégarni qui brillait sous la lumière des fenêtres. Lorsque la domestique se retira, Joe se tourna vers Rick en lui signalant les impressionnants massacres de cerfs qui surmontaient l'entrée de la bibliothèque.

— C'est bien ce que j'disais… Ces gens-là savent vivre.

Rick remarqua l'éclairage au gaz et l'étrange cendrier de style rococo qui trônait dans le vestibule, à côté d'un porte-parapluies. Voilà bien longtemps qu'il n'était pas entré dans une maison décente, où résidaient des personnes décentes aux manières décentes. Il s'en méfiait. En poursuivant son observation des lieux, il songea que les somptueux tableaux du hall lui rappelaient la demeure de sa mère.

Quelques minutes plus tard, une dame aux cheveux grisonnants dont les cernes trahissaient une souffrance infinie apparut dans les escaliers. Vêtue d'une robe noire, elle les salua à voix basse avant de les conduire au salon des visiteurs. Elle leur offrit une tasse de thé, s'installa sur l'un des divans en velours rouge et les invita à s'asseoir.

— Messieurs, je vous sais gré d'être là, et vous prie de bien vouloir me pardonner de vous avoir pressés, mais je souhaitais profiter de l'absence de mon mari, qui, à cette heure-ci, gère son usine. Il va sans dire que j'exige de vous la plus grande discrétion. Enfin... Comme je l'ai déjà dit à M. Sanders, la semaine dernière, ma fille... ma petite Rosalyn...

Peu à peu sa voix s'éteignit au point de presque disparaître. Elle s'excusa, avala une gorgée de thé et attendit d'avoir repris son souffle.

— Je vous disais qu'un effroyable coup du sort a frappé ma fille chérie, poursuivit-elle après avoir inspiré une grande bouffée d'air. Agnes, notre gouvernante, était en train de s'occuper du petit déjeuner lorsqu'elle a entendu des cris terrifiants en provenance des chambres à coucher de l'étage. Elle s'est aussitôt précipitée dans les appartements de Rosalyn, la seule de la famille qui dormait à la maison la semaine dernière. Nous..., s'étrangla-t-elle de nouveau. Mon mari et moi nous étions rendus dans notre cottage du Hampshire pour nous reposer un peu des préparatifs de la noce... Dieu du ciel ! Pourquoi sommes-nous partis ?

Elle semblait chercher une explication tandis que ses yeux s'embuaient de larmes.

— Pardonnez-moi. Comme je vous disais, Agnes a accouru pour lui porter secours, mais lorsqu'elle est entrée dans la chambre, ma fille… ma fille…

Mme Merrick éclata en sanglots, comme si on lui avait arraché le cœur. Joe, qui connaissait l'histoire, pianota sur le bras du fauteuil et tourna la tête pour cacher une grimace d'agacement. Rick tendit un mouchoir propre à la mère éplorée.

— Vous êtes bien aimable, lui dit-elle en essuyant ses larmes et en adressant au jeune homme un regard reconnaissant. On nous a prévenus sur-le-champ et nous sommes aussitôt rentrés à Londres. À notre arrivée, toute la maison sentait le brûlé. Je me suis précipitée dans la chambre de ma petite et je l'ai trouvée dans son lit, suppliciée par le feu. Elle avait la tête… Oh, mon Dieu ! Elle n'avait presque plus de visage. Rosalyn était si jolie…

— Écoutez, m'dame, comme j'vous l'disais hier, l'interrompit Joe, on fera tout ce qui est en notre pouvoir, mais si la thèse de l'accident s'confirme, le tarif reste…

— Ce n'est pas un accident !

Sa tasse vacilla entre ses mains et quelques gouttes de thé se renversèrent.

— Ça n'en est pas un ! répéta-t-elle sur un ton péremptoire, le visage parcouru d'un frisson de haine. Quant à vos honoraires…

Elle se leva et se dirigea vers un secrétaire qu'elle ouvrit à l'aide d'une petite clef accrochée à son bracelet.

— 20 guinées ! J'espère que cette somme récompensera vos efforts, déclara-t-elle en lançant une bourse à Joe.

— Le prenez pas mal, m'dame. Simplement, j'préfère anticiper les questions d'argent, essaya-t-il de se justifier tout en empochant l'escarcelle.

— Tout cela à cause de la noce… La maudite noce, poursuivit Mme Merrick en s'affaissant sur le divan, comme soudainement submergée par une insupportable lassitude. La perspective de cette union nous a tous éblouis, mon mari le premier. Il n'y croyait pas. Notre fille Rosalyn apparentée au jeune lord Clayton ! À la noblesse ! Imaginez notre fierté ! Lorsque sa famille nous a adressé la demande de fiançailles, nous étions fous de joie. Vous vous en doutez, nous avons tout de suite accepté. C'est son père qui a tenu à lui acheter cette robe hors de prix. Et à présent… à présent, rien ne sera jamais plus comme avant.

Elle éclata de nouveau en sanglots.

— Nous sommes sincèrement navrés de tout ce qui s'est passé, madame Merrick, tenta de la réconforter Rick.

— Laissez, je vais bien, mentit-elle en se levant avec difficulté. Je suppose que vous aimeriez voir ma fille. Le médecin est justement en train de lui prodiguer des soins. Si vous voulez bien vous donner la peine de me suivre…

Rick et Joe lui emboîtèrent le pas. Dans l'escalier, une odeur âcre de fumée les prit à la gorge. Le jeune homme toussota. Arrivée sur le palier, Mme Merrick les guida le long d'un corridor sombre avant de s'arrêter devant une porte noircie par les flammes. Voyant la femme vaciller, Rick se précipita à son secours, mais elle se déroba brusquement comme si elle pensait qu'on cherchait à bafouer sa dignité. Elle tira un peu sur sa robe, puis reprit sa progression en direction d'une porte entrouverte d'où s'échappait une faible lueur. Elle resta figée telle une statue de pierre sur le seuil.

— Allez-y, moi, je n'en ai pas la force, leur avoua-t-elle dans un filet de voix.

Rick entra à pas lents, suivi de Joe. Une lampe à gaz éclairait la silhouette d'un homme qui appliquait un onguent sur un corps menu et inerte. En avisant leur présence, le médecin s'essuya les mains et s'écarta. Rick s'approcha de Rosalyn, le cœur serré. Pendant un instant, il crut que la jeune fille avait conservé sa beauté, mais en avançant un peu plus, il constata avec effroi que son visage était un masque de chair calcinée. Épouvanté, il ne put retenir un cri d'horreur.

— Je lui ai administré du laudanum pour la calmer. Je ne pense pas que la pauvre soit en mesure de vous dire quoi que ce soit, murmura le docteur en secouant la tête, enterrant tout espoir.

Rick observa Rosalyn Merrick avec un mélange de rage et d'impuissance. Il prit une des fleurs d'un grand vase sur la table de chevet et la plaça doucement entre ses doigts fragiles. Il crut apercevoir une esquisse de sourire sur les lèvres de son visage défiguré. Il comprit qu'elle agonisait.

— Nous l'aurons, lui assura Rick.

Il prit congé de la jeune fille et demanda à Joe de le suivre. Avant de sortir, il s'approcha du médecin.

— Ces fleurs sont magnifiques, mais attention à l'eau. Si une seule goutte venait à se renverser sur son repas, elle pourrait l'empoisonner.

Le docteur regarda Rick d'un air surpris.

— Vous y connaissez-vous en fleurs ?

— Oui, hélas.

De retour dans le corridor, Mme Merrick s'adressa à Joe :

— Vous a-t-elle révélé quelque chose ?

— Non, malheureusement, répondit-il en grattant son double menton. Voyez-vous, m'dame, y a un truc que j'trouve étrange. Vous affirmez que c'est pas un accident, mais vous m'avez dit hier que la police était venue perquisitionner la maison et qu'elle était du même avis que M. Merrick.

— M. Merrick… Oui, seulement ce n'est pas lui qui l'a mise au monde ! répliqua-t-elle d'une voix tranchante.

— Écoutez, m'dame Merrick, je voudrais pas vous contredire, mais si ce sont vos seules raisons…

— Si vous ne voulez pas me contredire, ne le faites pas ! Et, oui, ce sont mes seules raisons, tout comme les vôtres se trouvent dans la bourse que je vous ai remise tout à l'heure.

Elle leva le menton pour couper court à la conversation. Ils avançaient le long du corridor quand Rick s'arrêta devant la porte calcinée.

— Pourrions-nous jeter un œil dans la chambre de Rosalyn ?

Sans mot dire, Mme Merrick tourna la poignée pour les laisser entrer. À peine avaient-ils poussé la porte qu'une légère brise venant de la fenêtre entrouverte fit virevolter les dernières cendres telles des lucioles grises. Rick fit quelques pas, avala péniblement sa salive et commença à inspecter les lieux. Les tapisseries noircies étaient piquées de sinistres taches vermoulues. Du matelas, il ne restait que des lambeaux de laine épars sur le sommier. Son regard s'arrêta ensuite sur la table de chevet, où reposait un portrait roussi de la jeune femme. Il le prit délicatement et contempla son visage virginal. Il eut l'impression que ses yeux le transperçaient à travers la plaque de verre.

— Attention, je vous en prie, monsieur Hunter. C'est un daguerréotype hors de prix. Je le lui ai offert pour son anniversaire et j'aimerais le faire restaurer.

Ce n'était pas la première fois que Rick voyait ce genre de photographie. Il la reposa précautionneusement. Les nantis dépensaient leur fortune dans tout et n'importe quoi, ce qui ne les empêchait pas de mourir de la même façon que tout le monde. Parfois même dans d'atroces conditions.

Rick examinait le plafond quand les tessons d'un quinquet brisé crissèrent sous ses semelles. Il se pencha et passa la main sur la substance onctueuse collée aux éclats de verre. Il observa ensuite l'armature du lumignon, qui rappelait désormais une cage tordue. En approchant son nez, il sentit la chair brûlée et crut identifier une autre odeur. Lorsqu'il ouvrit de part en part les fenêtres, qui donnaient sur un grand jardin intérieur, le vent lui cingla le visage. Il regarda en bas et inspecta la façade.

— Pourrions-nous nous entretenir avec la gouvernante ? demanda-t-il.

— Certainement. Veuillez me suivre, répondit Mme Merrick.

Juste avant de quitter la pièce, Rick avisa sur le plancher une espèce de cure-dents. Il le ramassa et, après l'avoir considéré avec intérêt, le glissa dans sa poche. Tandis qu'ils redescendaient au rez-de-chaussée, en retrait de Mme Merrick, Joe s'approcha discrètement de lui.

— Cette femme est perturbée, marmonna-t-il. T'as comme moi entendu c'que la police a dit. Mais bon, tu fais bien d'faire mine de t'intéresser. Qu'elle voie qu'on fait un effort.

Rick ne prit pas la peine de lui répondre. Il se borna à escorter en silence la maîtresse des lieux jusqu'à la chambre où la gouvernante était occupée à recoudre un rideau.

— Agnes, ces messieurs aimeraient te poser des questions, déclara Mme Merrick.

La vieille domestique mit aussitôt son aiguille de côté et se leva pour les écouter. Rick remarqua alors ses joues, rougies par ce qui ressemblait à des brûlures. Il s'apprêtait à l'interroger lorsque Joe le devança – une habitude qu'il avait pour montrer aux clients que c'était lui le chef.

— Dites-moi, brave femme, y avait qui dans la maison au moment où l'incendie s'est déclaré ? demanda-t-il en sortant un calepin crasseux et un crayon qu'il humidifia sur le bout de sa langue.

— Eh bien, tous les membres du personnel, à l'exception des bonnes qui ont accompagné les maîtres dans le Hampshire. Voyons, attendez que je me rappelle. Oui, il y avait Betty et Judy, les femmes de chambre ; Susan et Carol, les blanchisseuses ; Mme Sheridan, la cuisinière, et sa fille Abby, qui lui donne un coup de main. Ah, et bien entendu, notre majordome, M. Scott, et son assistant, Jimmy, le valet d'écurie.

— Donc, huit… non, avec vous, neuf domestiques, résuma Joe, démontrant qu'il savait compter au moins jusqu'à dix. Et vous vous rappelez à quelle heure le feu a pris ?

— Oui, bien sûr, il était environ 8 heures, répondit Agnes en levant les yeux au plafond comme si elle cherchait à se rappeler un détail oublié. Peut-être un peu plus tôt, parce qu'à 7 heures, on allume les cheminées pour chauffer les pièces. Je m'apprêtais à monter le petit déjeuner à Mlle Rosalyn quand j'ai entendu les cris, et j'ai couru comme une possédée dans sa chambre. J'ai frappé à la porte, mais Mademoiselle n'a pas répondu. J'ai donc utilisé ma clef, et un énorme panache de fumée m'a enveloppée quand j'ai ouvert...

Joe était à court de questions. Avec une tête d'imbécile, il regarda Rick pour qu'il prenne le relais.

— Ce sont les flammes qui ont provoqué ces brûlures ? demanda celui-ci en désignant les joues de la gouvernante.

— Rien de grave, réagit cette dernière en s'empourprant, comme si elle se reprochait ce qui s'était passé.

— Continuez, brave femme. Vous avez vu quoi en entrant ? s'interposa de nouveau Joe.

— Seigneur, c'était horrible ! Quand les flammes ont reculé, j'ai aperçu Mlle Rosalyn qui se tordait par terre, enveloppée dans une boule de feu qui la dévorait. Elle hurlait au secours. J'étais tétanisée. Mais assez vite, malgré la peur, j'ai attrapé une couverture et je l'ai jetée sur elle pour étouffer les flammes. Je l'ai traînée tant bien que mal sur le pas de la porte. Ensuite, avec l'aide de Betty et de Judy, on a transporté Mlle Rosalyn dans la chambre à coucher de Madame et on a versé de l'eau froide sur ses brûlures.

Oh mon Dieu ! Mademoiselle tremblait et convulsait, les yeux grands ouverts, on aurait dit qu'elle voyait l'enfer. Sa peau partait en lambeaux tel du papier carbonisé. J'ai immédiatement envoyé chercher le docteur et les maîtres, et j'ai prié pour elle. Si vous saviez comme j'ai prié, madame…

Blême, elle regardait Mme Merrick avec un air de supplique.

— Quelqu'un d'autre est-il entré dans la chambre ? demanda Rick.

— Non. Attendez, si… Quand on est sorties, le garçon d'écurie est venu pour éteindre le feu, et il n'est reparti qu'après y être parvenu. On a ensuite fermé la pièce et on n'a plus rien touché jusqu'au retour des maîtres.

— Bien, ce sera tout, décréta Joe, signifiant que l'interrogatoire était terminé.

— Merci, Agnes. Tu peux retourner à tes occupations, lui fit savoir Mme Merrick.

Sur le chemin de la bibliothèque, Rick observa à nouveau la tuyauterie en cuivre qui l'avait intrigué à son arrivée. Si l'éclairage au gaz était utilisé depuis plusieurs années sur la voie publique et dans les théâtres, il était encore rare dans les maisons privées en raison de son coût.

— L'avez-vous fait installer récemment ? demanda-t-il à la maîtresse des lieux.

— Il y a deux ans environ. Une lubie de mon mari. Vous connaissez les hommes. Au club, se vanter de leurs conquêtes ne leur suffit pas, répondit-elle sur un ton amer.

— Pourrions-nous nous entretenir avec le garçon d'écurie ? Jimmy, n'est-ce pas ?

— Certainement. Je vous en prie, resservez-vous une tasse de thé, si vous le souhaitez. Veuillez m'excuser, je vais le faire appeler.

Mme Merrick sitôt partie, Joe ouvrit la bourse avec empressement et compta plusieurs fois l'argent.

— Putain, j'ai jamais gagné 20 guinées aussi facilement ! fanfaronna-t-il. Maintenant, voyons comment on va lui expliquer… Qu'est-ce tu dirais d'ça ? « Écoutez, stupide m'dame Merrick, on a résolu l'affaire. Sonnée par l'imminence de son mariage, Rosalyn a fait tomber son lumignon et a brûlé comme un feu de joie. Fin de l'histoire. Et à présent, vous avez beaucoup d'mal à vous faire à l'idée que, plutôt que de s'apparenter à la noblesse, votre fille va devenir un monstre de foire. » Ha ha ! T'en penses quoi ? Tu crois que j'lui présente les choses comme ça ?

Joe se servit une rasade de whisky sans demander la permission à personne. Rick eut envie de le frapper pour effacer le sourire de son visage, mais il se contint par respect pour la famille.

— Navré de te contredire, mais tu n'as vu juste que sur une chose : on va gagner de l'argent facile. Pour le reste, ta version des faits est aussi absurde que ta façon d'essayer de cacher ta calvitie, lui lança-t-il.

— Ah ouais ? grimaça Joe en remettant sa mèche en place. Allons, Rick, vous revoilà, toi et tes extraordinaires déductions ? T'as pas entendu la femme de chambre ? La fille était enfermée à l'intérieur ! Enfermée à clef ! Qu'est-ce tu crois qu'il a pu arriver d'autre ? Écoute, laisse tomber les suppositions, on dit n'importe quoi à cette folle et on fout l'camp. J'me soucie pas plus de cette famille que…

— … que de la merde sur laquelle tu marches dans la rue, je sais. Mais là n'est pas la question. Il ne s'agit plus d'argent, Joe. Je suis convaincu que la fille a été victime d'un monstre qui a pris plaisir à la regarder brûler vive.

— Un monstre ? Lequel ? Le dragon de saint Georges ou un géant à sept têtes ?

— Épargne-moi tes sarcasmes, bon sang ! Je te dis qu'elle a été agressée. N'as-tu donc rien senti ? Ce qui restait de la crinoline empestait le gin. Explique-moi, Joe : pour quelle inconcevable raison Rosalyn aurait-elle imbibé sa robe de mariée immaculée d'une substance inflammable ?

— C'est ça qui te turlupine ? Elle a mis le grappin sur un lord fortuné et a bu un verre pour fêter ça, voilà tout !

— Ouais, et comme elle avait forcé sur la boisson, elle a eu l'idée d'utiliser la lumière vacillante d'un vieux quinquet pour s'éclairer alors qu'elle avait à portée de main une magnifique lampe à gaz, c'est ça ?

— Et puis merde, Rick ! J'en sais rien, moi, pourquoi elle a utilisé un quinquet, et j'm'en contrefous. Tu sais bien que quand ils ont un coup dans l'nez les gens font des conneries… Et puis, même si c'était le cas ? Ça changerait quoi qu'un sadique s'en soit pris à elle ? Regarde, mon p'tit Rick : la pauvre Rosalyn va pas tarder à passer l'arme à gauche, et me juge pas mal, mais d'après ce que j'ai vu là-haut, ce serait le meilleur qui puisse lui arriver. Si tu confortes Mme Merrick dans son délire, tu feras qu'augmenter sa souffrance. Est-ce qu'elle va la retrouver ? Non !

Eh bien alors, on lui confirme qu'il s'agit d'un accident, et qu'elles reposent en paix toutes les deux, la mère dans sa maison et la fille au cimetière.

Rick serra les poings. L'idée que celui qui avait cherché à anéantir Rosalyn puisse se promener en toute impunité dans Londres le tourmentait. Une préoccupation que son associé n'était guère en mesure de comprendre. Du reste, Joe ne comprenait que deux choses : le poids d'une bourse bien remplie accrochée à sa ceinture et celui d'un pistolet contre sa tempe. Rick lui aurait volontiers cassé les quelques dents qui lui restaient, mais avant de lui régler son compte, il décida de faire preuve de plus de finesse.

— D'accord, Joe, tu as sans doute raison. Considère toutefois la question sous un autre angle. Pense à tout l'argent que nous pourrions gagner en proposant à Mme Merrick de mettre la main sur le coupable… Certes, comme tu dis, sa fille est irrémédiablement perdue ; mais la vengeance procure une satisfaction assez profonde pour qu'une personne affligée accepte de débourser une somme rondelette.

— Qu'est-ce que tu veux dire ? s'enquit Joe, tandis que les mots *somme rondelette* résonnaient dans ses oreilles.

— Ne fais pas l'innocent, Joe. Puisque la police a tourné le dos à Mme Merrick, offrons-lui la possibilité de capturer le fumier qui a brûlé vive sa fille.

— Et de le liquider ?

— Pour ça, je te laisse décider. Mais nous savons tous les deux que notre travail ressemble à une bonne pisse : si tu ne veux pas être éclaboussé, mieux vaut aller jusqu'au bout.

— Fichtre, Rick, voilà qu'tu tiens enfin des propos sensés ! On pourrait certainement en tirer un gros paquet !

Il se frotta les mains en songeant aux gains à venir. Puis il but le whisky d'un trait et regarda son associé d'un air déterminé.

— D'accord : on va s'en mettre plein les fouilles. On appelle la folle et on en finit avec cette histoire.

— Attends un peu. Pour convaincre Mme Merrick, dans son état, il convient d'y aller doucement. Pourquoi ne partirais-tu pas fêter ça sur les docks ? Moi, je reste ici pour terminer de l'emberlificoter et je te tiens au courant.

Joe pinça les lèvres, comme s'il se méfiait de la proposition de son jeune associé. Puis il éclata d'un rire sans retenue, laissant voir ses dents gâtées. *Fêter* était son verbe préféré.

— Là, je te reconnais ! D'accord, siphonne-lui 10 guinées, et moi, en t'attendant, je vais chauffer les filles, dit-il en se touchant l'entrejambe de manière obscène. On s'retrouve à 19 heures dans le bordel des Françaises ?

— Oui, à 19 heures.

— Parfait, conclut Joe en faisant un sort à la bouteille de whisky. Dis adieu d'ma part à la vieille détraquée et promets-lui qu'on va mettre la main sur l'coupable. Tu peux même lui dire que pour quelques guinées de plus j'me charge personnellement de lui fracasser l'crâne.

4

Rick poussa un soupir de soulagement au moment où son associé quitta la propriété.

Il finissait une deuxième tasse de thé lorsque Mme Merrick revint en hâte, accompagnée de son majordome. Rick excusa l'absence de Joe en invoquant une soudaine indisposition et s'enquit du valet d'écurie.

— J'aimerais pouvoir vous répondre, dit-elle, inquiète. Seulement, Jimmy est introuvable. Il semble qu'il ait disparu de la surface du globe.

Elle ne s'opposa pas à la demande de Rick de jeter un coup d'œil dans la pièce où vivait le jeune homme. Un instant plus tard, en présence de Mme Merrick et du majordome, Rick entrait dans la chambre de Jimmy, une annexe jouxtant les écuries dans la cour intérieure. Dès qu'il franchit le seuil, une puissante odeur de gin le saisit.

— Tout ce désordre est très inhabituel, s'empressa de commenter M. Scott.

— Est-ce là qu'il range ses affaires ? interrogea Rick en désignant une malle ouverte, d'où dépassait un amas de vêtements.

— Oui, et dans cette armoire aussi. Mais il l'a vidée.

Le majordome ouvrit les portes pour démontrer ses propos. Rick parcourut les étagères du regard. En effet, il ne restait que deux ou trois pantalons et des bottes usées. En soulevant un vieux cache-nez, il trouva une petite boîte en bois qui renfermait une chevalière familiale. Rick inspecta ensuite le grabat. Il découvrit sous le matelas un carnet de croquis ainsi qu'une bouteille de gin entamée. Il prit les deux objets, huma l'alcool et feuilleta le cahier.

— Jimmy s'adonnait-il au dessin ? demanda-t-il à Mme Merrick.

— Jimmy ? Je ne peux rien affirmer, mais à ma connaissance, le dessin ne faisait pas partie de ses passe-temps. Cependant, ce carnet… Laissez-moi regarder, dit-elle en l'arrachant des mains de Rick avant que celui-ci ait fini de l'examiner. Dieu du ciel, il appartient à Rosalyn !

Mme Merrick passa les doigts sur les initiales « R. M. » gravées sur le cuir de la couverture et l'ouvrit pour en avoir le cœur net. Tandis que ses doigts tremblants glissaient lentement sur les pages, une pâleur cadavérique lui monta au visage. Quelques secondes plus tard, elle s'évanouit sur le grabat, comme foudroyée.

Lorsqu'elle recouvra ses esprits, elle repoussa le tablier avec lequel Agnes l'éventait et courut à la fenêtre où Rick compulsait le carnet de Rosalyn.

— Monsieur Hunter, je vous interdis de regarder ceci ! glapit-elle.

Pour toute réponse, Rick referma doucement le carnet et le lui tendit. Il en avait vu assez, et ils le savaient tous les deux.

— Madame Merrick, il conviendrait, me semble-t-il, de poursuivre cette conversation en privé, suggéra-t-il en montrant les employés de maison.

La femme demeura silencieuse, raide comme un piquet, soutenant le regard de Rick. Plusieurs secondes s'écoulèrent avant qu'elle ne cligne nerveusement des yeux. Elle se retourna ensuite vers Agnes et M. Scott.

— Laissez-nous seuls.

— Madame n'a besoin de rien d'autre ?...

— Je vous ai demandé de quitter cette chambre ! s'emporta-t-elle.

Après le départ des domestiques, Mme Merrick prit une profonde inspiration et s'adressa à Rick sur un ton déterminé :

— Je veux que vous partiez d'ici sur-le-champ et que vous oubliiez ce que vous venez de voir.

— Madame Merrick, votre fille était bien libre de faire de son corps ce qu'elle...

— Disparaissez !

— Fort bien, si tel est votre souhait. Mais, dans ce cas, l'assassin de Rosalyn restera impuni.

— Bien sûr que non ! s'exclama-t-elle, le visage dégoulinant de larmes. Je vous garantis que je veillerai personnellement à ce que ce valet d'écurie me supplie de mettre fin à ses souffrances ! Même si c'est la dernière chose que je fais en ce monde, je vous jure que je le retrouverai et qu'il moisira en prison en attendant de monter sur l'échafaud !

— Je n'en doute pas, madame Merrick. Le problème, c'est que vous commettriez une erreur dont vous vous repentiriez toute votre vie.

— Ah bon ? Et peut-on savoir pourquoi ?

— Ce n'est pas ce malheureux Jimmy qui a agressé votre fille.

Rick persuada Mme Merrick qu'elle serait plus à même de comprendre ses explications autour d'une tasse de thé.

Installés dans les fauteuils de la bibliothèque, ils se toisaient. La bouteille de gin trouvée dans le réduit de Jimmy reposait à présent sur le guéridon à côté du carnet de croquis. Rick s'en servit un verre, en but une gorgée et considéra la femme d'un air déterminé.

— Êtes-vous certaine de ne pas vouloir attendre le retour de votre mari ?

— Comprenez-moi bien, jeune homme. J'ignore comment je me suis laissé convaincre de vous écouter, mais sachez qu'il ne vous reste plus qu'une minute sur les trois que je vous ai concédées.

— Ce sera largement suffisant.

Il vida son verre d'un trait. Puis il fixa de nouveau Mme Merrick avant de prendre une profonde inspiration.

— Donc… Comme moi, vous avez vu les dessins qui représentent votre fille dans des positions indécentes…

— Je vous interdis de parler d'elle en ces termes ! Ces dessins ne représentent pas ma fille, se hérissa-t-elle.

— Ils ressemblent pourtant beaucoup à la jeune femme du daguerréotype…

— Si c'était le cas, qu'est-ce que cela prouverait ? le défia-t-elle. Ce satyre devait l'imaginer ainsi et lui a dérobé son carnet pour y reproduire ses fantasmes ignominieux.

— Ce serait bien sûr une possibilité. Cependant, en examinant le carnet, j'ai remarqué que la première page avait été grossièrement arrachée, sans doute pour empêcher quiconque de découvrir la dédicace que Rosalyn y avait écrite au crayon. Si vous vous donnez la peine de regarder, vous constaterez que la pression du trait a laissé une empreinte sur la deuxième page, et bien que ce ne soit pas très visible, on peut encore la lire. Je me suis permis d'y frotter un peu de cendre pour me faciliter la tâche.

Mme Merrick saisit le carnet et l'ouvrit d'un geste sec. Elle cligna des paupières pour s'empêcher de voir les dessins.

— Je n'arrive pas à la déchiffrer, feignit-elle en détournant les yeux.

— Dans ce cas, je vais vous la lire : « Pour Jimmy, avec tout mon désir. Ta Rosalyn. » Je suppose que vous reconnaissez l'écriture de votre fille.

— Taisez-vous ! Rosalyn est une jeune fille décente ! gémit-elle avant de lui arracher le carnet et de le flanquer par terre.

— Écoutez, madame Merrick, si vous refusez de regarder la vérité en face, je m'en vais et vous ne me reverrez plus. Je reste cependant persuadé qu'au plus profond de vous, vous souhaitez trouver le vrai coupable et le faire payer pour ses actes.

— D'après vous, Jimmy n'est donc pas le monstre qui a brûlé vive ma fille ?

— Absolument, même si l'assassin s'est donné bien de la peine pour que nous incriminions votre valet d'écurie.

— Qui est-ce, alors ?

— Je dois encore vérifier certains éléments, mais je pense que c'est votre futur gendre, j'en mettrais ma main à couper. Oui, je suis sûr que lord Clayton a délibérément brûlé vive votre chère fille.

— Lord Clayton ? Non, balbutia Mme Merrick. Vous plaisantez… Il est follement amoureux de Rosalyn !

— Je n'en doute pas. Et sa folie a été décuplée lorsqu'il a découvert les rapports impudiques que sa fiancée entretenait avec votre valet d'écurie.

— Comment osez-vous ? s'écria-t-elle en se levant dans l'intention d'appeler un domestique.

— Je vous en prie, accordez-moi encore quelques minutes. Comme vous le pressentiez, ce qui est arrivé à votre fille n'est pas un accident. Rosalyn n'aurait jamais utilisé un lumignon pour admirer sa nouvelle robe alors qu'elle avait à disposition une magnifique lampe à gaz. C'est ce qui a éveillé mes soupçons. Quelqu'un d'autre a allumé le quinquet.

Rick lui montra l'espèce de cure-dents qu'il avait ramassé sur le pas de la porte.

— De quoi s'agit-il ?

— Une allumette. Une chance qu'elle n'ait pas brûlé, car elle n'est pas ordinaire. Regardez, on peut encore y lire la marque, Lucifer. C'est une allumette de sûreté, avec laquelle les gens fortunés allument cigarettes et cigares pour ne pas risquer d'enflammer toute la boîte. Il est évident que Rosalyn n'aurait jamais utilisé ce type d'allumettes pour son quinquet ; j'ai vu que, pour ce faire, vous employiez de longues mèches d'amadou fournies par les cuisines. J'ai par ailleurs remarqué l'absence de cendriers dans la bibliothèque et dans la salle à manger, ce qui me laisse supposer que votre mari ne fume pas. Cependant, en entrant chez vous tout à l'heure, j'ai constaté que vous disposiez d'un cendrier placé en évidence dans le vestibule, pour les invités, je présume. Veuillez, je vous prie, confirmer mon hypothèse : lord Clayton est-il amateur de tabac ?

— Oui, un grand amateur. Rosalyn s'en plaignait constamment. Ce vice était la seule chose qui ne lui plaisait pas, répondit-elle, les yeux arrondis de surprise.

— Je suppose donc qu'à l'occasion de l'une ou l'autre de ses visites, cette canaille a fumé.

— Eh bien non, au contraire. À cet égard, il s'est toujours montré prévenant. Sachant que je déteste l'odeur du tabac, Clayton éteignait systématiquement sa cigarette en entrant dans le vestibule et ne la rallumait jamais avant d'avoir pris congé.

— Dans ce cas, nous pourrions avoir de la chance.

Sans demander la permission, Rick se leva et alla chercher le cendrier qu'il avait vu à l'entrée. Sous le regard ahuri de Mme Merrick, il en renversa le contenu par terre et trifouilla dans les résidus. Il finit par dénicher de petits bouts de bois qu'il brandit avec satisfaction.

— Voilà qui confirme mes soupçons ! Des allumettes de marque Lucifer, comme celle que j'ai découverte en haut. Lord Clayton est bien l'homme qui a mis le feu à votre fille.

— Comment le prouverez-vous ? Lorsque l'incendie s'est déclenché, Rosalyn se trouvait dans sa chambre qui était fermée à clef.

— C'est ce qu'a déclaré votre gouvernante. Mais Agnes a aussi décrit la façon dont les flammes l'ont enveloppée quand elle a entrebâillé la porte, ce qui signifie qu'elles ont dû être propulsées par le courant d'air provoqué par la fenêtre ouverte. Ce détail nous indique par où le criminel est entré et est reparti, hypothèse confirmée par les traces de boue que j'ai découvertes sur la corniche en me penchant à l'extérieur. C'étaient des empreintes de pas. Et puis j'ai senti dans la chambre de Rosalyn une puissante odeur de gin qui émanait de la crinoline. De ce même gin, précisa Rick en exhibant la bouteille qu'il avait trouvée dans la chambre du valet d'écurie. J'imagine que lord Clayton n'a rien voulu laisser au hasard et, après avoir mis le feu à la robe, il l'a aspergée de gin pour s'assurer que votre fille n'en réchapperait pas.

— Mais comment diable s'y est-il pris pour entrer et sortir sans qu'on le voie ? Et comment cette bouteille s'est-elle retrouvée sous le grabat de Jimmy ? s'enquit Mme Merrick.

— De toute évidence, avec l'aide de quelqu'un de la maison.

— C'est impossible. Nos domestiques ont toujours fait preuve de loyauté.

— Il me semble que vous devriez demander à votre majordome s'il est satisfait de ses gages. C'est sûrement lui qui a laissé entrer Clayton. Il lui a donné accès à la porte de la cour et lui a fourni une échelle pour monter à l'étage. Lorsque son fiancé s'est montré à la fenêtre, Rosalyn lui a ouvert, car ce n'était certainement pas la première fois qu'il pénétrait ainsi dans sa chambre. C'est ce qui a causé sa perte. Fou de jalousie, Clayton l'a brûlée vive. Après son geste ignoble, il est reparti par le même chemin et, une fois dans la cour, il a remis au majordome la bouteille de gin pour qu'il la cache dans les affaires de Jimmy.

— Ce n'est pas possible, M. Scott est à notre service depuis six ans...

— Certes... Écoutez, madame Merrick, je me suis entretenu avec M. Scott pendant que vous repreniez vos esprits. Au cours de notre discussion, il m'a assuré qu'il n'était pas entré dans le réduit de Jimmy depuis des semaines. Pourtant, tout à l'heure, il a affirmé sans rougir le moins du monde que le valet d'écurie avait vidé son armoire... et ce avant même d'en ouvrir les portes !

Rick marqua une pause pour laisser le temps à la femme de réfléchir.

— Entendez-moi bien, je ne prétends pas impliquer votre majordome dans la tragédie. Il ne faisait probablement que faciliter des rencontres furtives en échange d'une rétribution quelconque, et il n'aurait jamais imaginé un drame pareil. Je suppose qu'il va à présent garder le silence par crainte et par honte.

— Maudit Clayton ! Mais quel monstre serait capable d'une telle infamie ? Ce misérable était là hier encore, avec la police. Il l'a accompagnée sous couvert de vouloir aider et il a déploré l'effroyable accident. Quel hypocrite...

Mme Merrick se couvrit le visage, comme pour effacer ses souvenirs.

— Eh bien, de toute évidence, il est suffisamment impitoyable pour brûler vive votre fille et incriminer votre valet d'écurie dans le cas où la police aurait penché pour un crime.

— Je ne sais pas… J'ai du mal à le croire. Peut-être la bouteille appartenait-elle bel et bien à Jimmy.

— Pensez-vous qu'un jeune domestique ait les moyens de consommer un gin à 2 guinées le litre ? s'exclama Rick en lui montrant à nouveau la bouteille. Ce n'est pas du Old Tom, le gin bon marché avec lequel les terrassiers s'abrutissent sur les docks. C'est un Balmoral Blend, parrainé par le prince Albert lui-même, un gin vendu uniquement aux *gentlemen's clubs*… Non, croyez-moi, madame Merrick. Jimmy n'est qu'un pauvre diable qui, en imaginant ce qui pourrait lui tomber dessus, a fui sans même songer à emporter sa chevalière de famille.

— Un pauvre diable ? Si cet infâme palefrenier n'avait pas séduit ma fille, à l'heure qu'il est, nous serions en train de choisir la pièce montée pour la noce…

— Comme je vous l'ai dit, ce n'est pas à moi de juger Rosalyn. Allez trouver votre majordome et parlez-lui de ce que vous avez découvert. Dès qu'il se saura démasqué, il témoignera devant la justice.

Mme Merrick se leva, mâchoires serrées, et approcha son visage de celui de Rick. Si très peu de choses intimidaient ce dernier, le regard qu'elle lui décocha ne manqua pas de l'effrayer.

— Je les veux morts ! Les trois : Clayton, le majordome et cette saleté de Jimmy.

Rick arqua un sourcil et recula.

— Je regrette, madame Merrick. J'ignore ce que vous a dit mon associé, mais nous n'exécutons personne.

— Attendez une minute !

Elle se dirigea d'un pas décidé vers le secrétaire où elle était allée chercher la première bourse et lui en tendit une seconde.

— Voici 40 guinées. Prenez-les. Prenez-les ! jappa-t-elle.

Rick observa l'escarcelle dans la main de la femme. 40 guinées représentaient une somme suffisamment importante pour ne pas hésiter. Il comprit que Mme Merrick était aussi perdue que les hommes qu'elle voulait envoyer dans l'autre monde.

— Vous devriez brûler ce carnet et recourir à la police. Ils sauront comment agir, lui conseilla-t-il en enfonçant sur sa tête sa casquette dont il releva les bords.

— Parlez-en à votre associé ! Il les fera écorcher, j'en suis sûre. Il a l'air moins lâche que vous.

Elle le gifla sans crier gare. Rick ne cilla pas. Si Mme Merrick avait été un homme, il aurait certainement réagi, mais cette femme était à bout. Au fond, Joe avait raison : quoi qu'il fasse, plus rien ne ramènerait le bonheur dans cette famille. Il s'apprêtait à ouvrir la porte quand les sanglots de Mme Merrick lui parvinrent aux oreilles.

— Je vous ai entendu dans la chambre ! Je vous ai entendu promettre à Rosalyn que vous infligeriez au coupable ce qu'il mérite.

— Madame… je suis vraiment désolé pour votre fille. Veuillez à présent m'excuser, j'ai des affaires à régler loin du Strand.

Rick quitta la demeure sans qu'on le raccompagne. Il pleuvait à verse. Pourvu que ce ne soit pas un signe de mauvais augure, pensa-t-il. Il était toutefois déterminé. Il arrêterait de travailler avec Joe, même si une telle décision revenait à marcher pieds nus sur un nid de vipères.

5

Même le plus téméraire des Londoniens aurait hésité à traverser la ville à pied un soir comme celui-là.

Abrité sous une porte cochère, Rick observait l'agitation du Strand. À cette heure-ci, des milliers de travailleurs se débarrassaient de leurs uniformes et abandonnaient leurs occupations respectives pour envahir trottoirs et chaussée ; tous se hâtaient de regagner leurs pénates avant de se faire surprendre par la nuit. Sachant qu'un trajet en omnibus pouvait donner lieu à une véritable odyssée, Rick s'emmitoufla dans sa veste et se dirigea vers Waterloo Bridge dans l'intention de monter sur l'une des chaloupes qui sillonnaient continuellement la Tamise. S'il avait de la chance, une heure plus tard, il trinquerait avec Joe dans le lupanar des Françaises.

Tandis qu'il se frayait un passage à travers la foule, Rick réfléchissait à la façon dont il justifierait auprès de son associé son refus de répondre aux exigences de Mme Merrick. Il savait que Joe accueillerait mal la nouvelle et que, en dépit de sa corpulence et de son aspect débraillé, il pouvait être un adversaire redoutable ; le genre d'individu qu'on ne berne pas sans s'être signé trois fois. D'après les mauvaises langues,

Joe avait brisé les jambes de Ralph O'Connor, son précédent partenaire, qui l'avait escroqué, et l'avait jeté vivant dans le creuset d'une fonderie.

Jusqu'à présent, Rick avait réussi à éviter tout affrontement avec son associé, mais il doutait d'y parvenir encore longtemps. Une chose était certaine : lorsqu'il arriverait au bordel, il trouverait Joe aviné, employant ses dernières bribes de lucidité à frotter sa bedaine contre le ventre d'une donzelle. Il songea aux excuses qu'il pourrait invoquer, tel son désaccord avec la répartition des gains. Il finit cependant par parvenir à la conclusion qu'il lui faudrait dire la vérité, réclamer l'argent que Joe lui devait et mettre une bonne fois pour toutes un terme à leur relation professionnelle.

Il donna un coup de pied nonchalant dans une bouteille de bière vide. Malgré le gin ingurgité chez Mme Merrick, la pluie qui s'infiltrait sous sa veste le glaçait comme s'il avait plongé dans le fleuve. Arrivé à Waterloo Bridge, il s'éloigna de la file devant le guichet des passagers pour un vapeur de la Westminster Steamboat Company et descendit vers la première des neuf arches en granit du pont sous lequel mouillaient les péniches. Avant de monter, il acheta à un vendeur ambulant une fiole de liqueur qu'il déboucha avec les dents. Il en huma puis goûta le contenu ; l'alcool ne semblait pas trop frelaté. Il but jusqu'à ce que son estomac le brûle. Dans ces moments-là, il se méprisait, mais c'était le seul moyen d'étouffer les souvenirs effroyables qui l'assaillaient de temps à autre.

Après s'être acquitté du prix du trajet, il chercha un endroit où s'asseoir. Il avait eu de la chance ; alors que nombre des bateliers naviguant sur la Tamise transportaient des détritus et de la viande avariée, la péniche sur laquelle il venait d'embarquer chargeait du bois d'orme à destination des arsenaux. C'est sans doute la raison pour laquelle elle était bondée de passagers qui, telle une horde de rats, grimpaient à bord.

Il trouva une place près d'une jeune femme en haillons qui portait un sac plus grand qu'elle. Sur ses genoux reposait un nouveau-né d'une lividité cadavérique. La pluie redoubla d'intensité. Rick lui offrit une gorgée, pensant que le gin lui apporterait un peu de réconfort. Sans le remercier, la femme saisit la bouteille et en lapa la moitié comme si c'était de l'eau. Elle toussa et ouvrit des yeux dont le bleu profond contrastait avec la crasse qui maculait son visage.

— Tu veux me toucher ? Pour 1 penny, tu peux me tripoter les seins. Pour 3 pence, tu as droit à ce que tu veux, lui proposa-t-elle avant de soulever sa blouse, révélant une poitrine tombante et sèche.

Rick fouilla dans ses poches à la recherche de pièces de monnaie qu'il lui tendit et laissa la bouteille de liqueur à ses pieds. Il escalada ensuite un tas de madriers de l'autre côté du pont et s'installa tout en haut, en quête d'air frais, pour se changer les idées. De là, alors que le crépuscule était déjà bien installé, il contempla l'estampe qu'offrait la ville, plongée dans une semi-pénombre.

Bien qu'il ait parcouru ce trajet des centaines de fois, cette Londres nappée d'un brouillard épais et grisâtre le fascinait toujours autant. Il fixa ses yeux sur la berge, où les becs de gaz émettaient une lumière blafarde, presque valétudinaire, formant dans la brume des auréoles fantomatiques. La ville entière semblait exhaler une vapeur dense et humide, drapant les édifices d'un manteau spectral qui venait s'estomper sur les rives. Il sentait les relents des miasmes et des détritus, mêlés à la sueur des travailleurs épuisés. Rick ignorait si c'était l'odeur du brouillard, mais des effluves nauséabonds flottaient toujours sur la Tamise.

La péniche continua sa progression, indifférente à la douleur de la charge humaine qu'elle transportait. De temps à autre, le tintement pressant d'une cloche rompait le silence pour annoncer l'approche d'un canot dont le fanal n'éclairait qu'à une brasse devant sa proue. Au large de Whitefriars, la houle provoquée par le passage d'un cargo secoua l'embarcation telle une noix prise dans un torrent, sans que les passagers se troublent. Rick observa tous ces gens démunis. Ils avaient le regard de ceux qui voient passer la vie comme une fatalité triste et irrémédiable. Le bateau pouvait couler, personne ne se soucierait d'aucun de ces miséreux. Il maudit Londres. S'il avait conservé la bouteille de gin, il l'aurait vidée jusqu'à la dernière goutte.

Alors que l'embarcation s'approchait de Blackfriars Bridge, Rick avisa dans la brume le pinacle de la cathédrale St Paul, qui lui faisait penser à un gigantesque cerbère dont la silhouette marquait la frontière avec l'effroyable East End, le quartier que beaucoup considéraient comme l'antichambre de l'enfer. Rick se signa. Adieu la ville des merveilles, bienvenue dans celle du vice et du péché. L'endroit où il vivait.

La barge effectua un premier arrêt à l'embarcadère de la Tour de Londres. Parmi les passagers qui débarquèrent, Rick reconnut la femme à qui il avait fait la charité. L'homme qui s'approcha d'elle ressemblait à tout sauf à un mari. À la façon dont il la secouait, ce devait être son maquereau. Rick eut de la peine pour elle. Lorsque le dernier voyageur sauta à terre, la péniche s'éloigna du môle et cingla en direction de Limehouse. Il prit une vive inspiration. Ce serait bientôt son tour de descendre.

Quiconque se vantait de bien connaître Londres aurait affirmé sans hésiter que ses docks étaient synonymes de crimes comme de richesse. S'il avait fallu choisir le plus dangereux, celui de la Compagnie des Indes orientales aurait été assurément placé en tête de liste.

Après des années de travaux, ce dock s'étendait sur l'île aux Chiens dans un interminable dédale de digues, de canaux et de darses, où accostaient les navires venus d'outre-mer chargés d'épices et de soieries. Ce trafic avait donné naissance à une jungle d'entrepôts, d'arsenaux, de halles aux poissons, de tavernes et d'auberges miteuses, dont profitaient et jouissaient marins, dockers et autres travailleurs assignés aux tâches les plus diverses.

Si le jour l'activité portuaire conférait à ces lieux l'aspect d'une fourmilière, la nuit tombée, les malfaiteurs erraient dans l'obscurité à la recherche d'imprudents à dévaliser. Ce n'était guère un endroit pour les pusillanimes. Celui qui s'aventurait sur l'île aux Chiens après le coucher du soleil n'ignorait pas que son sort dépendait uniquement de l'humeur de Dieu ce jour-là.

Par chance, Rick ne croyait pas au destin et était étranger à la peur. Il connaissait ces quais comme sa poche et savait que, pour survivre, il fallait se protéger la gorge avec un collet de métal bien ajusté. En effet, ces dernières années, les criminels de l'East End s'étaient mis à employer des garrots pour étrangler leurs victimes par-derrière. Le nombre d'attaques avait été si important que des forgerons avaient inventé cet objet. Rick en avait toujours un sur lui. Il le mit autour de son cou comme un collier de chien.

À peine avait-il posé le pied sur la jetée que tous ses muscles se tendirent. Il empoigna son revolver sous son manteau et pressa le pas.

Tout en progressant à travers une forêt de mâts, il songea à Joe. Il en avait plus qu'assez de sa bassesse et de sa cupidité. Voilà longtemps qu'il attendait le moment de s'en éloigner. Il ne travaillait pas pour s'enrichir. Il n'avait qu'un objectif : mettre à profit ses économies, les relations qu'il avait nouées et son expérience de chasseur de criminels pour retrouver ceux qui avaient détruit sa vie.

Il reconnut le lupanar des Françaises grâce au mascaron rouge au-dessus de la porte – une enseigne clinquante arborant l'effigie d'une sirène. Rick contourna deux larrons qui lui barraient le passage et avança vers le rideau crasseux qui donnait accès au bordel proprement dit. En l'écartant, il fut accueilli par le son strident d'un violon, la clameur de la clientèle et les rires de trois catins qui se jetèrent sur lui pour se disputer la chair fraîche. Il essaya tant bien que mal de se faufiler entre les marins en sueur qui chantonnaient, tout occupés à chercher une bouche complaisante ou des jupes relevées. Il parcourut un couloir dont le plafond semblait à deux doigts de s'effondrer et regarda dans tous les box, sans trouver Joe nulle part. S'avouant vaincu, il se dirigea vers le comptoir, une grosse planche posée sur deux barils, et commanda un gin. Ce fut alors qu'il aperçut derrière un mur de chopes de bière la tête de son associé, effondré sur une table. Il lui fit penser à un morse qu'on aurait roué de coups. Rick hésita. Finalement il contourna un groupe de soûlards et, arrivé près de lui, lui secoua l'épaule avec véhémence. Joe ne bougea pas d'un pouce.

— Si ce raffut l'a pas réveillé, je doute que tu réussisses, gloussa une femme peinturlurée en lui souriant d'un air aguicheur.

En réponse, Rick prit l'une des chopes de bière et en déversa le fond sur la tête de Joe.

— Mais c'est quoi c'bordel ?

Joe se redressa comme si on venait de le poignarder, s'apprêtant à mettre en pièces l'auteur de cette impudence. En découvrant qu'il s'agissait de son associé, il sourit comme un nigaud et laissa retomber ses énormes fesses sur le tabouret.

— Diantre, Rick, te voilà enfin ! s'exclama-t-il en se frottant les yeux. Assieds-toi et buvons un verre. Si t'avais été plus long, il aurait fallu qu'ils aillent en chercher d'autres, ajouta-t-il en adressant un clin d'œil aux cocottes qui lui tournaient autour.

Rick considéra l'épave humaine qu'était devenu son associé. Bien que doutant sérieusement que Joe puisse comprendre ce qu'il allait lui dire, il préféra ne pas différer le moment de lui annoncer sa décision.

— J'arrête.

— Quoi donc ? L'alcool ? plaisanta-t-il. Hé, les filles, venez là !

Il happa deux donzelles qui passaient et se mit à les tripoter.

— Et ça, t'arrêtes aussi ?

— Non, Joe, je parle du travail de chasseur de criminels. J'arrête.

Joe repoussa les femmes tandis que sa bouche se tordait dans une grimace incrédule. Rick se tint en alerte. Cette expression trahissait sa colère, une colère toujours périlleuse.

— Écoute, camarade... C'est pas l'moment d'plaisanter. Si c'est pour l'argent que j'te dois...

— Je ne plaisante pas, Joe. Ce n'est pas une histoire d'argent. Je suis désolé, tu vas désormais travailler seul.

— Attends ! C'est à cause de cette vieille traînée du Strand ? Tu veux capturer tout seul l'assassin et empocher tout l'pognon ! C'est ça, espèce de salopard ?

Joe se mit sur pied tant bien que mal et saisit son tabouret dans l'intention évidente de l'éclater sur la tête de Rick, mais ce dernier lui attrapa le bras avant qu'il puisse assener le coup.

— Calme-toi. Tu ne sais pas ce que tu dis.

Joe se déroba et recula d'un pas en titubant, les yeux exorbités, comme s'il regardait un spectre. Très vite, des marins encerclèrent les deux adversaires et les encouragèrent à s'affronter.

— Pour qui tu t'prends ? Tu crois p'têt' que tu peux m'laisser tomber et t'en aller comme ça, l'air de rien, après tout c'que j'ai fait pour toi ? Ou attends une minute... J'ai pigé. Oui, c'est ça ! Tu veux monter ta propre affaire, hein ? Eh bien non, mon ami, non. Même pas en rêve ! Tu vas pas foutre en l'air mon négoce. Si un jour tu t'tires, ce sera quand j'le dirai, et direction l'cimetière !

Joe s'apprêtait à dégainer le couteau qu'il portait toujours dans un étui sous son aisselle.

— N'essaie même pas, l'arrêta Rick en enfonçant sa main dans la poche où il cachait son revolver.

L'expression courroucée de Joe disparut alors comme par enchantement. Peu à peu, sa respiration s'apaisa, et il leva les mains en signe de paix pour tranquilliser son jeune associé, qui pointait l'arme sur lui.

— D'accord, Rick, discutons comme des gentlemen, concéda-t-il avec un sourire.

Sans lui tourner le dos, Joe recula lentement avant de trébucher contre une chaise sur laquelle il se laissa tomber. En prenant les mêmes précautions, Rick l'imita.

— Écoute, Joe, je ne veux pas d'ennuis, déclara-t-il en posant sur la table le reçu qui attestait la dette de Joe à son égard. J'oublie ce que tu me dois. C'est à toi. Considère-le comme un geste pour le temps que nous avons travaillé ensemble.

Sans quitter son associé des yeux, Joe attrapa le reçu et le déchiqueta en mille morceaux. Il devait s'imaginer en train de le dépecer lui, se dit Rick.

— C'est tout ? C'est comme ça qu'tu comptes me remercier pour tout c'que j't'ai appris ? Et nos projets, alors ? vocifera-t-il.

— C'étaient les tiens, Joe. Je suis navré, mais en ce qui me concerne, tout ce qui a un rapport avec toi appartient désormais au passé.

Sanders gratta son crâne dégarni et regarda Rick avec mépris. Puis il cracha par terre et secoua la tête.

— C'est à cause de tes foutues recherches ? C'est pour ça, hein ? Dans ce cas, causons. On pourrait même trouver du temps pour chercher ensemble le zigue qui t'obsède. Par tous les diables, Rick, regarde-toi ! Tu devrais arrêter d'gâcher tes qualités. J'sais pas d'où tu sors, mais tu parles et tu t'comportes comme les gens de la haute. Putain, t'es plutôt beau gosse ! Si tu t'rasais et que t'achetais de nouvelles nippes, tu passerais pour un de ces lords qui traînent dans les clubs d'Oxford Street. Écoute, Rick, j'ai des idées. Faut pas croire, cette caboche dégarnie, elle fonctionne. Et là, elle m'dit qu'on devrait développer nos affaires. Se concentrer sur les richards. On appellera notre société « Sanders & Hunter, chasseurs de criminels ». Et fini les 70-30 %, on passera à 50-50. Et puis, si tu veux, ton copain pourra faire partie de notre négoce… C'est quoi déjà son nom ? Le type difforme qui fait des photographies de morts… Bref, je m'rappelle pas. C'est vrai que jusqu'à présent on n'a fait que survivre, mais si au lieu d'bosser pour des crève-la-dalle on s'consacrait à la haute, à nous trois, on ferait une équipe qui…

— Je m'en vais, Joe, l'interrompit Rick en se levant.

— D'accord, d'accord. Comme tu veux, répondit l'autre en se passant la main dans ses mèches échevelées. Mais tu sais quoi ? Je pense qu'on devrait pas se précipiter. Parler calmement, sans faire de grabuge. Après tout, si on doit être concurrents, faut qu'on s'entende sur où chacun d'entre nous travaillera et comment on se partagera l'gâteau. Regarde, là tout de suite, j'suis pas en état, ajouta-t-il en lui montrant ses mains qui tremblaient sous l'effet de l'alcool. Bordel de merde ! Ces putes m'ont rincé comme des sangsues. Si ça t'va, on dort ici, on prend du bon temps et demain, quand on aura l'esprit plus clair, on parlera affaires ? Sans rancœur, comme au bon vieux temps.

Joe éructa et tendit la main à son associé. Sa proposition inspirait à Rick la même confiance qu'un loup se proposant de surveiller la bergerie. Mais il pleuvait à verse et, s'il déambulait à ces heures indues dans l'East End, il risquait à coup sûr de tomber sur un assassin. Rick décida donc d'entrer dans son jeu. Avec un Joe sobre, il scellerait peut-être une séparation à l'amiable qui leur serait bénéfique à tous les deux.

Il empoigna à contrecœur la main que lui tendait Sanders, le laissa à ses chopes de bière et se dirigea vers le comptoir afin de louer une chambre. Pour 10 pence, la patronne le conduisit dans un box qui empestait le poisson pourri. Rick écarta le tissu vert cloué à l'embrasure de la porte pour y jeter un œil : un homme ivre enlaçait une prostituée qui ronflait sur un matelas crasseux à même le sol. Constatant qu'il y avait là assez de place pour s'étendre de tout son long, Rick accepta. La femme réveilla les deux occupants à coups de pied et leur ordonna de quitter les lieux. Après qu'ils eurent obtempéré, il s'allongea sur la paillasse sans ôter ses vêtements. Le lupanar des Françaises n'était pas à proprement parler un hôtel pour gentlemen, aussi dormirait-il tout habillé, avec ses chaussures et son collet de métal bien ajusté.

Un instant plus tard, il ferma les yeux. Comme tous les soirs, il serra contre sa poitrine la bague qu'il portait en pendentif et implora Dieu de l'aider à retrouver les assassins qui lui avaient tout pris.

6

Les halètements des prostituées n'importunaient guère Rick, mais une douleur à l'estomac l'empêcha de trouver le sommeil.

Il se leva avant les premières lueurs du jour. Anxieux, il sortit dans le couloir pour se débarbouiller dans une bassine à moitié vide et descendit à la cantine en évitant les ivrognes qui somnolaient dans les escaliers. Les relents âcres qui suintaient des murs ne réfrénèrent pas son appétit.

Arrivé en bas, Rick observa une cuisinière occupée à découper du lard qui grésillait sur la plaque comme s'il était doté d'une vie propre. Il n'eut pas besoin d'ouvrir la bouche ; avant qu'il ne lui demande quoi que ce soit, la femme en trancha un morceau à l'aide d'un grand couperet et le posa devant lui avec un verre de gin. Rick vida l'alcool d'un trait et dévora le bacon à belles dents. Le petit déjeuner calma son estomac, mais pas ses nerfs. Il jeta un œil à la ronde en pianotant sur le comptoir. Il était certain que Joe Sanders essaierait de jouer le tout pour le tout. Il préférait néanmoins l'affronter en sachant où et quand, plutôt que le croiser dans une ruelle sombre lorsqu'il s'y attendrait le moins.

Il vérifia son revolver. Une seule balle. Il fit tourner le barillet jusqu'à ce que le projectile s'aligne sur le canon, puis rengaina l'arme dans son étui d'épaule. Il tira sa montre à gousset. 7 heures. Son associé était en retard. L'alcool avait dû causer des dégâts, se dit-il, avant de s'enquérir auprès de la cuisinière de l'endroit où se trouvait Joe. À sa grande surprise, la femme lui répondit qu'il n'avait pas passé la nuit au bordel.

— En fait, il est parti juste après vous. Tenez, j'allais oublier, avant de s'en aller, il m'a demandé de vous remettre ça.

Elle sortit de son corsage un bout de papier froissé qu'elle posa négligemment à côté du verre et de l'assiette vides de Rick. Celui-ci déplia la feuille et la parcourut, puis consulta de nouveau sa montre. Il disposait encore de deux heures pour se présenter au rendez-vous donné par Joe dans son message. Un stratagème de dernière minute, sans nul doute. Rick n'en fut guère surpris. Après avoir pensé un instant remettre à plus tard la confrontation, il décida de mettre un point final à cette histoire. Il laissa une pièce de monnaie sur le comptoir.

Il allait tourner les talons lorsqu'il s'arrêta soudainement pour poser une seconde pièce à côté de la précédente.

— Pour le couvert, déclara-t-il à la cuisinière.

Et il s'empara, avant qu'elle ne réagisse, de son couperet. Puis il s'emmitoufla dans son manteau rouge et quitta le lupanar des Françaises, en quête de sa destinée.

Le choix du lieu où Sanders le convoquait ne le surprit guère. Il avait fréquenté la gare que la National Railways construisait à Spitalfields lors de missions et savait que c'était l'endroit idéal pour tendre une embuscade.

L'année précédente, des dizaines de grues immenses actionnées par de rutilantes chaudières à vapeur avaient pris d'assaut le quartier pour creuser des tranchées, défricher les voies, élever des remblais et démolir des bâtiments en vue du passage de la future ligne de chemin de fer qui devait relier Spitalfields et Brandon. La compagnie avait promis la prospérité aux habitants, mais les travaux avaient duré tant qu'il y avait eu de l'argent. Dès que les investisseurs s'étaient tournés vers des lignes plus rentables, les terrassiers avaient disparu, laissant derrière eux un immense terrain vague de boue et de gravats sur lequel se dressait, en guise de souvenir, l'énorme structure en fer censée soutenir les viaducs.

En arrivant, Rick reconnut les lieux, qui n'avaient guère changé depuis la dernière fois. Des chapardeurs avaient fait main basse sur les quelques rares machines orphelines qui n'avaient pas encore été volées. Même les gardiens avaient déserté. Il pleuvait à torrents. Rick regarda autour de lui. Pas âme qui vive. La gare abandonnée était devenue un refuge idéal pour larrons et vagabonds, mais ce matin-là la pluie les avait fait fuir. Ce n'était pas pour rien que Joe choisissait toujours cet endroit pour ses règlements de comptes.

Rick relut le billet graisseux que lui avait remis la cuisinière du lupanar. La phrase maladroitement griffonnée lui donnait rendez-vous à 9 heures sur les quais. Un véritable traquenard.

Il grimpa sur la plateforme et consulta sa montre. Il disposait encore de vingt minutes. Joe savait qu'il serait armé, aussi cacha-t-il le couperet dans un puisard. Puis il coinça son revolver dans sa botte, sous son pantalon.

Il jeta un œil à la ronde. S'il devait prendre la fuite, il pourrait utiliser la grue dont le bras pendait au-dessus de sa tête. Alors qu'il marchait sur le remblai, une planche céda, manquant le précipiter dans le vide. Tout était pourri. En entendant soudain des bruits de pas, il se cacha derrière un poteau. Deux ombres fantasmagoriques avançaient dans la brume. L'une avait la démarche maladroite et lourde de Joe ; l'autre était une silhouette maigre, presque squelettique. Tandis qu'elles approchaient, Rick aperçut une barre en fer dans la main de l'homme qui escortait Joe. Il n'en fut pas intimidé.

— Sors de là, Rick ! cria Joe. Pas la peine de t'planquer.

Il se redressa et considéra son ancien associé. La pluie dégoulinant sur son visage adipeux avait éteint la cigarette que ses lèvres continuaient de mordiller. Le type qui l'accompagnait avait un menton prononcé, la peau mate ; son regard fuyant semblait se mêler aux ombres que projetait son chapeau. Pendant un bref instant, quelque chose chez cet homme parut à Rick sinistrement familier.

— Salut, Joe. Je vois que tu n'es pas venu seul. C'est surprenant, quand on sait que tes amis se comptent sur les doigts de la main d'un manchot.

Il recula d'un pas et s'appuya contre le poteau, sans cesser de surveiller l'inconnu du coin de l'œil.

— On est tous pleins d'surprises, Rick, répondit Joe en essuyant les gouttes de pluie qui dégoulinaient sur son visage. Toi-même, hier, t'étais pas en reste.

— D'accord, Joe, arrêtons de tourner autour du pot. Ma proposition tient toujours. Tu peux garder tes clients. Je ne vais pas te les piquer.

— Ouais, c'est c'que tu dis maintenant, répliqua-t-il en tirant sur sa cigarette éteinte. Tu sais, je vais être sincère avec toi. À un autre moment, j't'aurais cru. Mais mon nouveau collègue, dit-il en désignant l'étranger avec qui il était venu, m'a raconté hier soir des trucs sur toi. Des trucs que j'savais pas.

— Ça alors. Et peut-on savoir qui est ton nouvel ami ?

L'inconnu avança de quelques pas pour le cerner par la gauche.

— Tu vas pas l'croire, le plus drôle, c'est que j'sais pas comment il s'appelle. Mais quelle importance ? On peut tous s'inventer un nom, pas vrai, Rick Hunter ? Ou peut-être que j'dois t'appeler Gabriel Lecrerc ?

En entendant son patronyme, le cœur du jeune homme s'accéléra. Il ignorait comment Joe l'avait découvert, mais de toute évidence, sa vie était en péril.

— Que veux-tu, Joe ?

— En vérité, j'suis juste venu te dire au revoir, Rick. D'après c'que j'ai compris, ces types ont des comptes à régler avec toi, répondit-il en battant lentement en retraite. Tu veux que j'te dise ? Tu pensais que j'savais rien sur toi, mais quand tu picoles, t'as la langue bien pendue. Ah, un dernier conseil : essaie même pas.

Il se palpa plusieurs fois l'aisselle.

— Ils sont au courant, et eux aussi, ils sont armés.

Joe signala un second sbire, posté un peu plus loin. Les muscles de Rick se contractèrent. Si ces individus étaient ceux qu'il imaginait, il devait réagir vite. Il chercha des yeux l'emplacement du bras de la grue dans l'espoir de l'atteindre d'un bond, mais il comprit qu'il ferait alors une cible parfaite pour le second homme. En se retournant pour parler à Joe, il ne vit que l'inconnu au teint mat. Ils étaient seuls. Son ancien associé s'était volatilisé.

— Qui vous envoie ? demanda Rick en reculant subrepticement vers le puisard où il avait caché le hachoir.

Pour toute réponse, l'homme assena un violent coup de barre sur l'épaule de Rick, qui s'écroula.

— Tu devrais nous remercier de te faciliter la tâche, lui lança son agresseur. Apparemment, c'est toi qui nous cherchais depuis un bon bout de temps.

Malgré la douleur, Rick essaya de se relever, mais l'inconnu le frappa de nouveau brutalement sur le bras.

— On peut éviter d'en arriver là, poursuivit l'homme à la peau bistre. Tu sais, les gens pour qui je bosse aiment pas beaucoup les zigues qui passent leur temps à fouiner sur les docks. Tu vois ce que je veux dire... Ceux qui posent des questions embarrassantes sur les cargaisons. Dis-moi qui d'autre est dans le coup, et ce sera moins douloureux.

Rick comprit que, sans une prompte réaction, il ne reverrait plus la lumière du jour. Toujours à terre, il envoya un coup de pied dans les jambes de son adversaire dans l'intention de le faire tomber. Il ne réussit toutefois qu'à le déséquilibrer. En riposte, l'autre leva sa barre. Rick parvint à rouler sur lui-même assez agilement pour éviter que le fer ne lui fende le crâne.

En luttant pour se redresser, il chercha le revolver dans sa botte, mais l'arme lui glissa des mains à cause de son bras blessé. L'inconnu sourit, révélant une denture étincelante contrastant avec sa peau sombre. À l'aide de sa barre de fer, il repoussa l'arme de Rick.

— Y a toujours des imbéciles qui préfèrent la souffrance, siffla-t-il en grimaçant, avant de porter un troisième coup sur la cuisse de Rick, qui se convulsa en hurlant de douleur.

— Si tu me tues, tu n'obtiendras aucune information, lança le jeune homme, essayant de gagner du temps tandis qu'il rampait vers le puisard où il avait caché le couperet.

— Tu crois ? Ma spécialité, c'est de faire parler les muets. Même les cadavres se mettent à table quand on sait s'y prendre !

À ces mots, il assena un nouveau coup sur le bras déjà bien mal en point de Rick, qui laissa échapper un cri. Surmontant sa souffrance, celui-ci rampa précipitamment vers la cachette et s'empara du couperet qu'il brandit devant son assaillant. Ce dernier sourit de nouveau, telle une bête qui se pourlèche en avisant la nourriture qu'elle s'apprête à déguster. Il balança sa barre de fer entre ses mains, accordant ainsi une pause à son adversaire. Rick saisit l'opportunité et se releva tant bien que mal. Son bras droit parvenait à peine à tenir le couperet, tandis qu'avec le gauche, toute manœuvre était vaine. L'homme à la peau bistre s'en aperçut.

— Cette fois, je te jure, c'est ta dernière chance. Qui d'autre est dans le coup ?

— Ta sœur, éructa Rick.

Le sourire de l'inconnu se mua en un rictus de fureur. Il saisit sa barre de fer des deux mains pour lancer un ultime assaut, mais à la dernière seconde, Rick s'écarta et l'arme vint s'écraser contre le poteau en frêne soutenant la structure. Soudain la toiture trembla comme une feuille et plusieurs poutres s'écroulèrent.

Rick profita du désarroi de l'inconnu pour se jeter sur lui. À ce moment-là, la plateforme céda et pencha brusquement. Ils perdirent l'équilibre et roulèrent jusqu'au bord. Alors qu'ils risquaient d'être précipités dans le vide, Rick saisit les poignets de son agresseur. Dans la confusion, celui-ci s'était emparé du couperet et le dirigeait vers son cou. Rick serra les mâchoires ; ses muscles tremblaient de tension tandis qu'il essayait d'écarter le bras qui le menaçait. Il vit, impuissant, la lame d'acier approcher lentement mais implacablement de sa jugulaire. Pendant un moment, il se crut perdu. Puis, se souvenant soudain qu'il portait son collet, il lâcha la main de l'homme, laissant le couperet ricocher sur la protection métallique qui lui ceignait le cou.

La stupeur de son attaquant permit à Rick de se retourner. Ils roulèrent de nouveau avant de tomber dans le vide.

L'impact fut suivi d'un silence total. Puis un bourdonnement inquiétant s'éleva dans les oreilles de Rick.

Il se tint un instant immobile, sur le dos, enveloppé par le nuage de poussière et de copeaux flottant au-dessus de lui. Il chercha une bouffée d'air qui le ramènerait à la vie. Après avoir enfin retrouvé son souffle, il tenta de se relever, mais n'obtint de ses jambes qu'un léger picotement. Il entendit alors un gémissement. Il tourna la tête et vit, gisant tout près, le corps de son agresseur enfoui sous un amas de planches. Rick souleva à grand-peine la poutre qui l'immobilisait et rampa dans la direction de l'homme au teint bistre. En dégageant quelques madriers, il découvrit son visage enduit d'une couche blanchâtre. Les yeux grands ouverts, il ne cessait de cligner des paupières, comme s'il contemplait un abîme. Rick écartait une autre planche lorsque l'étranger fut pris de convulsions et vomit du sang. Il vit alors, enfoncé dans sa poitrine jusqu'au manche, le couperet pour lequel ils s'étaient battus. L'homme avait un pied dans la tombe. Rick essaya malgré tout de lui soutirer des informations.

— Qui t'envoie ? lui demanda-t-il en le secouant sans la moindre pitié. Allez, réponds ! Qui t'envoie ?

L'inconnu remua comme une marionnette désarticulée. Son regard absent s'arrêta un bref instant sur Rick. Ses yeux s'écarquillèrent, comme pour fuir leurs orbites. Il émit un râle, cracha encore du sang, puis rendit son dernier souffle.

Rick pesta contre lui-même. Il venait de perdre l'unique maillon qui aurait pu le conduire à ceux qu'il pourchassait.

Il reprenait encore sa respiration quand une détonation se fit entendre et un projectile lui frôla la tempe en sifflant. Il fit volte-face pour constater avec horreur que le second sbire était en train de recharger son fusil. Il disposait de très peu de temps pour retrouver son revolver dans les gravats : l'autre courait dans sa direction. Par chance, Rick aperçut la culasse de son arme sous un tas de cordes et se jeta dessus au moment où l'homme, à quelques mètres à peine, ajustait le canon de sa carabine. Rick tira sans viser sur la silhouette qui s'apprêtait à l'exécuter. Deux détonations retentirent à l'unisson, mais une seule balle atteignit son objectif.

Toujours à terre, Rick regarda son assaillant lâcher son fusil tandis qu'une tache de sang s'étendait sur le devant de sa chemise. Bien qu'à court de munitions, il demeura sur le qui-vive, l'arme pointée sur son adversaire, le bras tremblant. Celui-ci tituba comme s'il était ivre et marmonna un juron avant de s'écrouler sans vie.

Rick prit quelques minutes pour se ressaisir sous la pluie qui trempait son visage. Il avait si mal aux reins qu'il crut qu'on les lui avait brisés. Son bras droit était une masse engourdie ; qui sait s'il pourrait encore le bouger. Mais au moins, il était en vie. Il contempla ses agresseurs, qui ne pouvaient pas en dire autant.

Lorsqu'il eut enfin retrouvé un peu de forces, il décida d'examiner les deux corps et s'approcha à grand-peine de l'homme à la carabine. À première vue, il devait s'agir d'un tueur occasionnel. Des mains calleuses, un visage hébété, il portait une veste bon marché dont le revers présentait les étoiles à cinq branches que les Juifs de Holywell Street cousaient sur les vêtements de seconde main qu'ils vendaient. Rick inspecta le contenu de ses poches. Il y trouva quelques shillings, un petit pochon de balles et l'un de ces garrots employés pour étrangler les imprudents. Nul objet de valeur ni de papier permettant de l'identifier. Il prit les cartouches, passa le fusil en bandoulière et se dirigea vers l'homme au teint bistre. Avant de se pencher pour le fouiller, il le considéra avec inquiétude. Il n'avait guère plus de trente ans. Rick avait déjà vu de nombreux cadavres, mais jamais aucun ayant conservé une moue de haine aussi atroce jusque dans la mort.

Il étudia son chapeau de feutre noir d'excellente qualité, sa moustache impeccablement taillée. De toute évidence, c'était un Hindou. Quoique abîmé par l'empoignade, son pardessus présentait une coupe irréprochable. Même ses bottes en taffetas semblaient flambant neuves. Il lui vida les poches. Rien d'intéressant non plus, hormis une bourse contenant 4 guinées – sans doute ses honoraires pour l'assassiner –, que Rick s'appropria. Ses mains étaient protégées par des gants en cuir finement cousus. Il les lui retira et ne découvrit ni alliance ni marques. En revanche, il crut apercevoir sur son poignet un début de tatouage. Il lui retroussa la manche et observa le dessin avec attention. C'était un cœur surmonté du chiffre *4*. À l'intérieur, quatre lettres séparées les unes des autres par une croix de saint André : *V.E.I.C.*

Il serra les dents avant de repousser sa propre manche. Puis il plaça son bras nu à côté de celui du cadavre et compara les deux tatouages. Il n'y avait pas l'ombre d'un doute : le même cœur, le même chiffre *4*, le même sigle… *V.E.I.C.*

Un cri dans son dos le ramena soudain à la réalité.

— Eh, toi ! Qu'est-ce que tu fous avec cette carabine ?

Rick se retourna et aperçut à quelques pas de lui un employé de la National Railways. Il tarda à cacher son visage. Assez pour que l'autre le reconnaisse.

— Rick, c'est toi ? Mais qu'est-ce qui s'est passé, bon sang ?

— Johnny ?

Rick pesta contre lui-même. Tous deux se connaissaient. Ce gardien avait été impliqué dans du vol de matériel et Rick l'avait démasqué. Comprenant que toute explication serait superflue, il se redressa avant que l'employé n'approche et, aussi vite que le lui permettaient ses maigres forces, il prit la fuite.

7

En montant les escaliers délabrés, Rick se réjouit de ne jamais avoir révélé à Joe Sanders où il habitait. Il tira à grand-peine la clef de sa poche et poussa la porte de la chambre qu'il louait dans un immeuble décrépit de Limehouse. Une fois à l'intérieur, il mit le loquet, puis se laissa tomber sur le grabat qui occupait les trois quarts de la pièce. Après avoir cherché une bouffée d'air, il se débarrassa avec lenteur de tous ses vêtements et observa son bras droit, qui avait pris une inquiétante teinte violacée. Il tressaillit de douleur en se palpant le flanc. Un des coups assenés avec la barre de fer avait dû lui fêler une côte.

Il maudit Joe de l'avoir vendu aux hommes qu'il recherchait depuis des années. Il aurait imaginé n'importe quelle trahison de sa part, mais jamais celle-ci. Comment diable était-il parvenu à entrer en contact avec eux ? Impossible de le savoir. De plus, sa rencontre inopinée avec le gardien de la National Railways, qui l'avait déjà certainement dénoncé comme l'auteur des deux meurtres, n'arrangeait rien. Il aurait été vain de s'expliquer. Johnny avait une dent contre lui.

Il alla chercher la cuvette pour nettoyer ses blessures. Tout en lavant le sang séché, il décida de retrouver Joe

Sanders pour qu'il le conduise au chef des deux sbires. Puis il déchira un bout de drap qu'il noua autour de son bras. Il s'apprêtait à se rhabiller lorsqu'on frappa à la porte.

Rick saisit un couteau et se plaqua contre le mur pour regarder à travers la fente pratiquée entre la paroi et le chambranle. Il ne vit qu'une ombre. Il retint sa respiration. De nouveaux coups résonnèrent.

— Ouvre, je sais que tu es là.

C'était une voix de femme. Rassuré, Rick reposa son couteau et entrebâilla la porte. Une jeune femme en blouse se tenait sur le seuil.

— Grands dieux, qu'est-ce qui t'est arrivé ? Tu m'avais juré d'arrêter les règlements de comptes. Si mon père apprend que tu t'es encore fourré dans de sales draps, il va te flanquer dehors.

Rick ne répondit pas. Il voulut refermer la porte, mais la femme prit les devants, se glissa prestement dans la pièce, puis s'assit sur le grabat.

— Je pense plutôt qu'il va me tuer s'il nous revoit ensemble. Allez, sors avant qu'il débarque, une pelle à la main.

— Mais non, Rick, mon père t'adore. D'ailleurs, je crois que tu es le seul locataire qu'il supporte. Je sais pas si c'est parce que tu paies ton loyer toutes les semaines ou si c'est parce que tu prends soin de moi.

Elle rit avec malice et l'embrassa sur la bouche avant que Rick puisse détourner la tête.

— Qu'est-ce que tu as au bras ? Tu t'es encore battu ? s'enquit-elle.

— J'ai arrêté ce travail, maugréa-t-il.

Il attrapa sa chemise pour se couvrir, mais elle l'en empêcha.

— Mon père est en déplacement, il sera de retour demain.

Elle se déchaussa, puis s'allongea avec une moue espiègle, attirant Rick sur le grabat.

— Allez, ne te fais pas prier !

Rick considéra la fille de son logeur. Bien qu'ayant passé la trentaine, elle avait un joli minois juvénile piqué de taches de rousseur qui affichait un sempiternel sourire. Il écarta une mèche de ses cheveux fous pour lui caresser la joue et elle ferma les yeux, ronronnant de plaisir. Il soupira.

Rick avait fait la connaissance de Rose lorsque, peu après son installation, elle lui avait proposé de s'occuper de son linge. Un jour, il s'était enquis de l'inquiétant hématome sur son cou, et, entre deux sanglots, elle lui avait raconté avoir contracté un mariage de convenance. Son époux était un ivrogne violent qui vivait aux crochets de son beau-père. Celui-ci avait consenti à l'union à condition qu'il donne son nom à l'enfant que Rose avait conçu au cours d'une nuit de négligence. Depuis lors, la jeune femme supportait ses infidélités et ses rossées. Rick s'était tenu à l'écart jusqu'au jour où il avait surpris cet indésirable en train de frapper le ventre de Rose, qui était retombée enceinte. Après avoir reçu une bonne peignée, le mari avait pris la fuite, et Rick occupait depuis une place spéciale dans le cœur de l'épouse. Depuis lors, ils avaient à maintes reprises partagé leur couche. Ils savaient tous les deux que leurs rencontres furtives n'étaient qu'un réconfort éphémère, qui avait au moins le mérite d'apaiser les blessures de leurs âmes.

Rick se lissa la barbe. Il était en péril et ne pouvait rester une minute de plus entre ces murs.

— Rose, il faut que je parte, dit-il en la repoussant délicatement.

— Pourquoi ? Ils te plaisent donc plus ?

La jeune femme déboutonna lentement sa blouse pour que Rick se laisse séduire par ses seins. Bien sûr qu'ils lui plaisaient. Ils étaient plantureux et avaient un goût de brioche.

Elle n'attendit pas qu'il se décide. Elle se redressa et se pressa fort contre lui pour le retenir, comme si d'une certaine façon elle pressentait que c'était la dernière fois. Rick se laissa faire. Il l'étreignit, savoura son cou et se délecta du pourpre de ses joues. Puis ses lèvres trouvèrent les siennes avec avidité.

Ils étaient épuisés, pantelants, l'un contre l'autre, les mains enlacées. Au bout d'un moment, elle se dégagea.

— Je vais plus te revoir, pas vrai ?

Rick ne voulait pas lui mentir. Il se leva le cœur lourd.

— Tu as Franky. Et tes petits…

Rick parlait de Frank, le boutiquier veuf qui lui faisait la cour depuis des mois. Seulement il était vieux et ennuyeux, à l'opposé du jeune locataire de son père.

— Oui, j'ai mes enfants. Sans toi, ce seront plus que de pauvres orphelins.

Rick enfila sa chemise. Rose l'enlaça par-derrière et chercha son cou pour le humer une dernière fois. Puis elle s'écarta, remit sa blouse en silence et sortit pour cacher les larmes qui roulaient sur ses joues.

Lorsque la porte se referma, Rick sentit un pincement au cœur, mais s'il restait là, les assassins qui le traquaient finiraient par lui mettre la main dessus. Il boutonna son manteau, emballa négligemment ses affaires, et parcourut du regard le logis dans lequel il avait passé ces dernières années. Puis, sans plus attendre, il poussa le grabat sur un côté, prit le pied-de-biche caché dessous et l'introduisit à l'endroit où les panneaux étaient légèrement désalignés. Après les avoir malmenés, il en sortit une liasse de billets. Il enveloppa ensuite la carabine dans une couverture et mit le ballot sur son épaule. Avant de franchir le seuil, il s'arrêta à la vue de son reflet dans le petit miroir de l'armoire. Il eut du mal à se reconnaître. Son visage avait perdu toute trace d'innocence. À présent, sa peau tannée et son expression, que les coups du sort avaient endurcie, rappelaient un loup obsédé par sa proie.

Il quitta l'immeuble et se mit en marche sans bien savoir où il allait.

Le plus urgent était de se débarrasser de sa barbe et de sa moustache pour vivre incognito. Il acheta le *London Enquire* à un jeune vendeur à la criée et parcourut les pages des petites annonces. Jusqu'à présent, il s'était logé dans des taudis miteux pour passer inaperçu, mais il soupçonnait que ce serait dans ce genre d'endroit qu'on le chercherait.

Il pleuvait à verse, comme si le ciel s'était soudain ouvert sur Limehouse afin d'en nettoyer toute la putréfaction. Lorsqu'il remit sa casquette, sa douleur au flanc le relança. Son bras était vraiment bien amoché :

il ne le sentait presque pas. Il ne perdit cependant pas une minute à s'apitoyer sur son sort. Il devait se dépêcher. Il monta dans un fiacre à la station de Yellow Lodge en indiquant la direction de Belgravia. Jamais on n'irait le chercher dans le nouveau quartier des Londoniens nantis.

Chemin faisant, il se souvint qu'il lui fallait changer d'aspect et demanda au cocher de faire une halte chez un barbier. Quelques mètres plus loin, l'homme arrêta son cheval devant un élégant salon de coiffure.

— Attendez-moi ici avec mes affaires.

Rick s'acquitta d'une partie de la course et s'assura que la carabine qu'il avait cachée sous le siège était à l'abri des regards indiscrets.

En entrant, il fut accueilli par un intense arôme de lavande et vit que l'établissement offrait les commodités habituelles exigées par les clients fortunés de cette partie de la ville : un poêle agréable chauffait la boutique où l'on trouvait des journaux du jour, des cigarettes et du thé pour rendre l'attente plus plaisante. Rick salua poliment les messieurs qui patientaient. Seul un vieil homme lui répondit, en grimaçant comme face à une crapule. Bravant son dédain, il prit place sur l'une des chaises en chêne rembourrées et attrapa un exemplaire du *London Herald* pour consulter les petites annonces. Les hôtels seraient le premier endroit où on le chercherait, aussi dirigea-t-il son attention sur les pensions. À Londres, il y en avait pléthore, mais dans ce quartier, leurs propriétaires exigeaient des références. Il se reprocha de ne pas y avoir pensé. Il ne disposait pour toute carte de visite que de son ballot et de la carabine qui l'attendaient dans le fiacre. Il replia le journal sous son bras et, tout en essayant d'ébaucher un plan, se laissa embrasser par la chaleur du poêle.

Lorsque vint son tour, il demanda le rasage à 6 pence. C'était certes le plus cher, mais le seul qui permettait de ressortir sans avoir le cou d'un porcelet égorgé. Quand Rick précisa au barbier qu'il souhaitait être rasé à blanc, celui-ci arqua un sourcil.

— Vous êtes sûr ? Si vous préférez, je peux vous faire la moustache à la mode, lui suggéra-t-il en lui montrant le dessin d'un dandy qui arborait avec fierté une moustache taillée au cordeau.

— Ah, les femmes ! Pour tout vous dire, j'aimerais garder ma barbe et ma moustache, seulement ma fiancée n'apprécie guère les poils. Or, pas question de contrarier une jeune promise à quelques jours de la noce. Sans parler de tous les frais. Par chance, ceci n'est pas un problème.

Le barbier mordit aussitôt à l'hameçon.

— Félicitations ! Et qui est l'heureuse élue ? demanda-t-il en enduisant de savon à barbe le cou de son client.

— Ma foi, au risque de commettre une indiscrétion, je vous avouerai qu'elle est de bonne famille, répondit Rick en baissant la voix. Vous voyez ce que je veux dire… Une riche héritière.

Sur ce, il adressa un clin d'œil au barbier comme s'il lui faisait une confidence.

— C'est toujours une excellente nouvelle.

— Cela va sans dire.

Rick marqua une pause et se gratta le menton pour faire croire au barbier qu'il hésitait à raconter la suite en raison des convenances.

— Vous avez l'air futé, et vous vous êtes certainement rendu compte que je n'ai ni feu ni lieu. Cependant, ma future épouse ignore que je manque de moyens. Elle pense que je suis fortuné, l'héritier d'anciens nobles. Elle m'a même chargé de prospecter le marché immobilier du quartier dans l'intention d'acquérir une propriété ici.

Le barbier écarquilla si grand les yeux que Rick crut qu'ils allaient tomber par terre.

— Pardonnez mon audace, mais votre fiancée n'est sûrement pas au fait des prix qui se pratiquent.

L'homme semblait connaître le sujet : sans attendre la réponse, il fit savoir à son jeune client qu'à Londres, n'importe quel édifice encore debout appartenait à l'une des trois familles dont la fortune s'était bâtie au fil des générations grâce à l'accumulation de biens immobiliers à louer. Les Westminster, les Cadogan ou les Russell ne vendaient jamais. Et ce n'était pas tout : non contents de pratiquer des prix exorbitants, ils bénéficiaient, au terme du bail, des travaux que les locataires avaient entrepris à leurs frais.

— Voilà comment les choses fonctionnent ici, conclut-il en finissant de raser le cou de Rick.

— Oui, vous confirmez les échos que j'ai eus, lui murmura celui-ci. Écoutez, je vais vous faire une confidence : j'ai tout juste assez d'économies pour louer mon habit de mariage. Il se trouve que je suis à la recherche d'un logis bon marché en attendant de trouver du travail. Peu importe que ce soit humble, du moment qu'on n'exige pas de références. J'aimerais habiter dans le quartier afin de me familiariser avec les lieux, car j'ai raconté à ma fiancée que j'y avais passé mon enfance. Par le plus grand des hasards, ne connaîtriez-vous pas une maison décente qui proposerait un logement discret ?

À ces mots, le jeune homme secoua sa bourse devant les yeux du barbier. Celui-ci toussota et rinça le visage rasé à blanc de Rick à l'aide d'une serviette imbibée d'eau chaude.

— J'ai l'impression que votre fiancée a raison, vous êtes bien plus séduisant sans barbe. Cela dit, de raison, elle ne doit pas en avoir beaucoup.

Il lui tendit un miroir tout en regardant autour de lui pour voir si les autres clients avaient prêté attention à leur conversation.

Rick eut du mal à se reconnaître. Son menton nu, taillé au ciseau, était surmonté de lèvres charnues et déterminées. Pendant un bref instant, ses yeux verts prirent une expression joviale qui lui rappela ses années d'étudiant. Il ouvrit sa bourse pour payer. Le barbier hocha la tête.

— Si vous voulez bien me suivre. Je viens de recevoir un parfum de santal qui devrait vous plaire.

Il enjoignit à l'employé de s'occuper de la boutique en son absence. Rick se laissa guider. Une fois dans la pièce attenante, l'homme referma la porte derrière lui et gratifia son jeune client d'un sourire exagéré.

— J'espère que ma proposition ne vous offensera pas... Il se trouve que mon frère possède une barcasse amarrée sur la Tamise, il s'en est servi un temps comme logis. Le pauvre est tombé malade et vit à présent chez nous. Son bateau est donc inoccupé. Le confort y est sommaire, mais je suppose que, compte tenu de votre situation, vous n'y verrez rien de saugrenu. De plus…

— Ce sera parfait, l'interrompit Rick.

Une barcasse était un bien meilleur refuge que ce qu'il aurait pu imaginer. Tout en rouvrant sa bourse, il s'enquit du prix du loyer. Le barbier se gratta la joue.

— Mmm… Une demi… Oui, une demi-livre par mois.

Rick estima qu'il s'agissait d'une somme abusive. Dans une bonne pension, une chambre propre avec cuisine partagée ne coûtait guère plus que 6 shillings la semaine. Il régla néanmoins sans protester.

— Plus une demi-livre supplémentaire pour le dérangement, ajouta l'homme. Prenez en compte qu'il y a d'autres personnes intéressées que je vais devoir envoyer promener.

Lorsque le barbier tendit la main à Rick pour conclure l'affaire, un éclat de convoitise brillait dans ses yeux.

— D'accord, une demi-livre maintenant, répondit le jeune homme avec un sourire emprunté en lui serrant la main si fort qu'il lui fit craquer les phalanges, et la seconde à la fin du mois. N'oubliez pas, mon mariage est en jeu, donc motus.

8

La journée touchait à sa fin quand Rick descendit sur le quai de Westbourne. D'après les indications du barbier, il trouverait la barcasse amarrée le long d'une jetée abandonnée, à quelques centaines de mètres de l'embarcadère en aval. Le trajet jusqu'à son nouveau logis lui parut interminable.

Lorsqu'il repéra l'embarcation, il constata que la belle peinture verte dont lui avait parlé le frère du propriétaire correspondait en réalité aux quintaux de mousse et d'algues fixés sur sa coque. À en juger par son état de délabrement, l'intérieur ne pouvait être qu'un dépotoir. Mais au moins, se dit Rick, il serait à l'abri des regards indiscrets.

La barcasse était plutôt spacieuse. À vue d'œil, elle mesurait une dizaine de mètres de longueur sur trois de largeur, la superficie de trois grandes pièces. Une fois sur le pont, Rick retira le cadenas de la petite porte de la cabine, qui céda au troisième coup de pied. En entrant, le froid lui transperça les os et une odeur de moisi le prit à la gorge. Tout était plongé dans l'obscurité la plus totale. Il progressa à pas lents, sentant craquer les membrures, tandis qu'il cherchait à tâtons la lanterne dont le barbier lui avait parlé. Il trébucha dessus et se baissa pour la ramasser. Après avoir allumé la mèche, il vit des centaines d'yeux brillants rassemblés dans la pénombre – les rats de la Tamise. Leurs couinements l'irritèrent et, dans la mesure où ils ne payaient pas de loyer, Rick les chassa à grand renfort de moulinets.

Après avoir dégagé un tas de bric-à-brac, il s'allongea sur le grabat. Il était recru de fatigue, à bout de forces. La douleur de son flanc, que l'exercice avait quelque peu étouffée, revenait l'assaillir en de violents élancements. Il essaya de l'ignorer et de mettre de l'ordre dans ses pensées.

Ils l'avaient retrouvé. Ironie du sort, lui qui avait si longtemps cherché les hommes qui avaient détruit sa vie, imaginant tant de fois la façon dont il les capturerait pour leur faire payer leurs crimes, était du jour au lendemain devenu leur proie. Pas question toutefois de baisser les bras. Les individus qui s'en étaient pris à lui dans la gare abandonnée s'étaient certes tus pour toujours, mais il lui restait encore l'atout Joe Sanders. Il le retrouverait, et même s'il devait lui arracher la langue, parole d'honneur, son ancien associé le conduirait au chef de ces crapules, peu importe de qui il s'agissait.

Il tenta de recouvrer son calme. Le bateau tanguait doucement dans des grincements plaintifs qui semblaient annoncer un naufrage imminent. Il flottait probablement depuis plus de cent ans et flotterait au moins cent ans de plus, mais il ne pouvait s'éterniser dans ce cloaque. Lorsque les choses se tasseraient, il chercherait un logis plus décent.

Il se releva et éclaira la cabine afin de ranger ses affaires sur les étagères. Puis il déballa la tourte à la viande qu'il avait achetée en quittant le salon de coiffure et la dévora. Il se lécha les babines comme un animal de proie. Il devait retrouver Joe Sanders mais il lui fallait attendre pour cela d'être remis sur pied. Pour ne rien arranger, le gardien de la National Railways l'avait à coup sûr dénoncé, et la police rôdait probablement dans les endroits qu'il avait l'habitude de fréquenter.

En se retournant sur le grabat à la recherche d'une position confortable, un élancement douloureux lui rappela l'état de ses côtes. Il se mit à trembler. La nuit tombait. Il avait besoin de se reposer. S'il était encore vivant le lendemain, il irait chercher de l'aide.

Il se réveilla en sentant qu'on lui mordillait le petit doigt. Il ouvrit les yeux, ne sachant plus où il se trouvait, mais les rats qui grouillaient sur ses bras se chargèrent de le lui remémorer. Il se redressa et les repoussa à grandes claques. Encore endolori, il alluma la lanterne et essaya de s'éclaircir les idées. Dehors, le jour pointait. Il s'étira, puis vérifia l'état de ses affaires : quelques vêtements de rechange, la liasse de billets, son revolver et la carabine. Trois fois rien, mais assez pour mériter d'être caché en lieu sûr. Il inspecta les lieux et repéra un recoin qu'il souilla encore davantage en y amoncelant squelettes de rats et autres détritus. Une fois satisfait, il dissimula son ballot sous le tas de rebuts. Il se disposait à faire de même avec la carabine quand il décida tout à coup de l'emporter, l'emmaillotant dans un chiffon qu'il tint en place à l'aide d'un bout de ficelle. Il finit ensuite le reste de tourte mis de côté la veille puis sortit en direction de l'hospice de Southwark où résidait Memento, son seul ami.

Rick attendit que tous les passagers descendent de l'omnibus. Comme lui, ils étaient venus à Southwark pour rendre visite à un parent. Au cours des dernières années, les établissements de bienfaisance destinés à remettre les égarés de Londres sur le droit chemin avaient proliféré, mais l'hospice de Southwark, du fait de sa discipline inflexible, s'apparentait davantage à un pénitencier qu'à un asile pour les plus démunis.

Après avoir mis pied à terre, Rick considéra l'imposante forteresse et ses murs de briques rouges plongés dans la brume.

Le plus souvent, ce genre de foyer dépendait de confréries de quartier qui donnaient refuge à toutes sortes d'indigents : femmes esseulées, prostituées dont les corps harassés ne généraient plus de revenus, orphelins ou enfants abandonnés, chapardeurs, vieillards sans famille, alcooliques, malades condamnés... Tous ceux que Londres rejetait étaient enfermés et soustraits aux yeux du monde dans ces établissements.

Ce n'était cependant pas le cas de Memento.

Les visites commençaient à 10 heures sonnantes. Rick laissa passer les familles massées devant la porte. Lorsque ce fut son tour, un gardien en uniforme noir le salua.

— Bonjour, m'sieur. Vous venez encore voir Memento ?

— Exactement, James. Il faut prendre soin de ses amis, pas vrai ?

— Qu'est-ce que vous avez là ? s'enquit l'homme en désignant le paquet qui dissimulait la carabine.

— Quoi ? Ah, ça ? C'est une canne, un cadeau pour Memento. Au fait, tenez, voici pour vous, répondit Rick en lui remettant les 5 pence grâce auxquels James regardait ailleurs et cessait de poser des questions.

Après avoir franchi le portail, le jeune homme s'éloigna du cortège des visiteurs et s'engagea dans un jardin latéral qui menait à une sorte de hangar en tôle. Comme à l'accoutumée, la porte était barricadée. Rick la poussa vigoureusement et, en entrant, se retrouva dans l'obscurité, ce qui était inhabituel. Il appela son ami, mais n'obtint aucune réponse. À pas lents, il se fraya un passage à travers le fourbi de machines démontées et de bouts de ferraille de toutes sortes qui jonchaient le sol. Dans le noir, n'importe quel objet pouvait s'avérer aussi dangereux qu'un couteau, si bien qu'il s'arrêta pour appeler de nouveau. Toujours pas de réponse.

Où Memento pouvait-il bien être ?

Memento adorait les machines. Il gagnait sa vie à les réparer, les transformer, et construisait des engins mécaniques qu'il vendait à des ateliers avec relativement peu de succès. Sa situation différait de celle des autres pensionnaires de l'hospice. Il y vivait par choix et, à la suite d'un accord passé avec les responsables, était libre d'entrer et de sortir à sa guise, à condition toutefois de respecter l'heure de fermeture nocturne.

Rick s'apprêtait à explorer une autre pièce quand une voix surgit de nulle part.

— Halte-là !

Soudain, un éclair blanc illumina fugacement les lieux.

— Attends, encore une ! entendit-il avant qu'une seconde décharge ne jaillisse.

L'instant d'après, Rick vit des volets s'ouvrir et une silhouette voûtée se découper à contre-jour.

— Tu continues tes expériences avec cet appareil photographique ? soupira-t-il à la vue de son ami.

L'étrange homme semblait sorti tout droit d'un cauchemar. Il fit un signe de la main à Rick, qui lui rendit son salut.

— J'ai ajouté un peu de magnésium. J'espère ainsi obtenir des instantanés plus nets et… Fichtre, Rick ! Qu'as-tu fait de ta barbe ? Viens, aide-moi, s'il te plaît, cette hanche me fait bigrement mal.

Rick accompagna Memento jusqu'à un établi. Ils poussèrent des chaudrons rouillés et prirent place sur deux tonneaux qui faisaient office de chaises. Comme chaque fois qu'il venait, Rick avait acheté à un vendeur ambulant des muffins, qu'il déposa sur la table. Memento se pourlécha les babines. Tandis qu'ils les dégustaient, Rick ne put s'empêcher d'éprouver de la peine pour son ami. Ses yeux dépourvus de paupières rappelaient ceux d'un serpent et l'impressionnaient autant qu'au premier jour. Memento devait avoir l'âge qu'aurait eu son père s'il avait été encore vivant.

— Mmm ! Ça c'est de la nourriture, rien à voir avec l'infâme brouet qu'on nous sert ici, marmonna Memento sans remarquer le regard compatissant du jeune homme.

Rick sourit. En réalité, mis à part ses machines et ses inventions, Memento ne prêtait guère attention à grand-chose.

— N'en as-tu pas marre de manger ces muffins ? lui demanda Rick.

— Et toi, n'en as-tu pas marre de chercher ces hommes ? À propos, pourquoi t'être rasé ? Tu enviais ma prestance ? plaisanta-t-il.

— Non, ce n'est pas ça.

Rick se tut quelques instants et engloutit un muffin d'une bouchée. Puis il considéra son ami d'un air sombre, prit une profonde inspiration et lui raconta l'attaque dont il avait été victime et tout ce qui s'était ensuivi. Memento avait cessé de manger, comme si son estomac s'était noué.

— Es-tu certain de les avoir tués ? Ils ne sont peut-être que blessés.

— Je t'assure que ces deux-là sont en enfer depuis un bout de temps.

— Je vois. Dans ce cas, concentrons-nous sur l'essentiel et regardons l'état de tes côtes, dit-il en se léchant les doigts.

Memento se retroussa les manches et palpa délicatement le torse de Rick, comme s'il avait des connaissances en médecine. Il plia et tendit ensuite plusieurs fois son bras meurtri.

— Attention ! se plaignit Rick. Bon sang, hier soir je ne le sentais presque plus !

— A priori, tu n'as rien de cassé. Tu deviens peut-être douillet, rit Memento. J'ai des bandes ici, attends un peu.

Il fourragea dans un tiroir rempli de bric-à-brac.

— Au fait, regarde ce que j'ai rapporté. C'est le fusil avec lequel ils m'ont tiré dessus, expliqua Rick en déballant l'arme. Qu'en dis-tu ?

Memento posa les bandes et examina le fusil aussi tendrement qu'il aurait caressé une femme, s'il l'avait pu. Il glissa ses doigts sur la culasse, détailla la marque de fabrique gravée sur le canon et vérifia son équilibre. Après l'avoir pointée en direction de Rick, il baissa l'arme et rendit son verdict :

— C'est une Merry Watson, une carabine banale, souvent utilisée par l'armée. Mais celle-ci a été modifiée, lui expliqua-t-il en lui montrant la partie grattée au niveau de la gâchette. On dirait qu'une inscription a été effacée ici, sans doute le nom du propriétaire. Je vais regarder ça de plus près. Voyons la chambre.

Il ouvrit le clapet métallique pratiqué sur un côté de la culasse qui donnait accès à un orifice rectangulaire percé dans le bois.

— Ça alors, c'est curieux…

— Qu'est-ce qui est curieux ?

— Les cartouches, elles ont l'air spéciales, elles aussi. Il va falloir que tu me les laisses pour que je les étudie de plus près. Mais attends, il y a un truc dans le fond.

Avec la pointe d'un couteau, il retira un petit carton plié qu'il tendit à Rick. Celui-ci le lut à haute voix : « Daphne Loveray, Passion d'Orient. 57, Portobello Lane. »

Joe Sanders n'était peut-être pas sa seule piste.

— Passion d'Orient… Tu sais ce que ça peut être ?

— Aucune idée. Une maison close, j'imagine. As-tu réfléchi à ce que tu allais faire ? l'interrogea Memento en reprenant le bandage. Je suppose que tu vas quitter Londres.

— Après avoir attendu si longtemps ma chance ? Non, certainement pas. Dès que j'irai mieux, je partirai à la recherche de Joe Sanders pour lui donner ce qu'il mérite.

— Joe, Joe… Je t'ai toujours dit de te méfier de ce bougre. Tu devrais être vigilant. D'autres s'y sont déjà frottés et reposent maintenant au cimetière.

— Oui… Écoute, Memento, j'ai besoin d'argent, c'est urgent.

— Combien ? s'enquit-il en terminant de fixer le bandage.

— Ce que je t'ai confié.

— Ton lingot d'or ?

— Oui, mais en argent comptant.

— Bon sang ! Vendre un lingot, c'est facile, mais le vendre à bon prix, c'est une autre paire de manches.

— Je sais, mais je ne connais aucun homme de confiance dans ce domaine. J'ai vraiment besoin de toi, peu importe ce que tu en tires. La seule chose que je te demande, c'est de ne pas éveiller de soupçons.

— C'est bien là l'autre problème, Rick. Avec ma tête, même un nain passerait plus inaperçu… Et puis, tu sais que je n'aime pas beaucoup m'aventurer hors de Southwark.

En effet, Rick le savait. Après l'explosion qui l'avait défiguré, Memento avait trouvé derrière les murs de l'hospice la protection et l'anonymat dont il avait besoin. Ici, personne ne le caillassait à cause de son apparence, personne ne se moquait de ses yeux sans paupières. Il vivait à l'écart, isolé du monde qui le détestait et entouré des engins grâce auxquels il assurait sa subsistance et occupait ses heures de loisir. En réalité, Memento ne quittait la sécurité de Southwark que pour s'adonner à un passe-temps aussi étrange que lucratif, qui consistait à prendre des photographies de morts.

— Quand tu sortiras pour tirer le portrait d'un défunt, tu pourrais peut-être trouver un moyen, avança Rick. Tu en connais, toi, des usuriers.

— D'accord. Mais supposons que j'y arrive, que je change ton lingot, que tu mettes la main sur Joe Sanders et qu'il te dise qui l'a payé pour te dénoncer. Imagine que tu résolves tous tes problèmes et que tu puisses enfin repartir de zéro. Tu auras besoin d'un nouvel assistant, non ? Je pourrais t'être utile. Regarde ce que je me suis fabriqué, ajouta-t-il en prenant dans une caisse des besicles teintées, qu'il chaussa pour cacher ses yeux. Tu sais bien que j'ai toujours voulu travailler avec toi. Je t'aiderai dans tes enquêtes, et...

Rick secoua la tête. Memento avait un certain âge, et sa présence lui porterait préjudice. Il essaya de le lui faire comprendre.

— Nous en avons déjà parlé. Je sais que ton intention est louable, mais là où tu m'aides vraiment, c'est ici, grâce à tes engins et à tes inventions. Memento, ajouta-t-il en lui posant la main sur l'épaule. Ici, tu es en sécurité. En revanche, avec moi, tu serais tout le temps en danger.

— N'essaie pas de me donner le change. C'est à cause de mon apparence grotesque, pas vrai ?

Memento repoussa Rick et se leva, courroucé.

— Bien sûr que non ! Simplement, le métier de chasseur de criminels n'est pas un jeu. Tu m'as vu plus d'une fois grièvement blessé. Regarde comme tu boites : il faut parfois courir pour sauver sa peau…

— Laisse-moi décider comment sauver la mienne !

Memento donna un coup de pied avec sa jambe mal en point dans des boîtes de conserve vides, qui volèrent dans le hangar. Rick le considéra tristement. Son ami était un brave homme, peut-être trop. Il ne pouvait l'exposer à des risques pour satisfaire une lubie.

— D'accord, je vais y réfléchir, mentit-il.

— Vraiment ? Alors il faut fêter ça !

Le visage déformé de Memento s'était illuminé. Sans laisser à Rick le loisir de répliquer, il se dirigea vers la fenêtre et demanda à un jeune qui travaillait au jardin de leur apporter une théière et la gazette du jour.

Memento trifouilla dans le fatras d'objets et en sortit deux tasses sales. Lorsque le garçon revint, il saisit le plateau sur lequel étaient posés le thé et le journal, puis attendit que le jeune retourne vaquer à ses occupations. Mais celui-ci resta debout, comme s'il attendait quelque chose.

— Que veux-tu, bon sang ? Mets ça sur mon compte. Allez, du balai ! le rabroua Memento.

— Tiens, c'est pour toi, intervint Rick en tendant au gamin les muffins qu'il n'avait pas quittés des yeux.

— Hé, mais qu'est-ce que tu fais ? C'est à moi ! se récria Memento.

— Allez, avale-les vite !

Rick pressa le garçon, qui fourra les petits pains dans sa bouche avant de prendre ses jambes à son cou comme s'il avait le diable aux trousses.

Memento secoua la tête et jura tel un charretier tandis que Rick souriait en son for intérieur. Pour aider son ami à décolérer, il lui servit une tasse de thé et lui tendit le journal, qu'il repoussa en gesticulant. Sur l'insistance de Rick, il cessa cependant peu à peu de bougonner et sirota son thé en parcourant distraitement la une.

— Au fait, n'allions-nous pas trinquer ? demanda Rick pour que son ami oublie ces enfantillages.

— Hein ? Ah oui, parbleu, à nous !

— Et à tes superbes daguerréotypes ! proposa Rick, sachant que le sujet enthousiasmait toujours Memento.

— À mes photographies, oui. D'ailleurs, il faut que je te montre les dernières.

Memento se leva et revint chargé d'une dizaine de clichés.

— Les voici. Regarde-les et admire un peu la qualité.

Pour lui faire plaisir, Rick examina les plaques de verre. Sur la première, un enfant, soigneusement habillé et fardé pour donner l'illusion qu'il était encore en vie, était assis dans un fauteuil. Endimanchés comme s'ils attendaient une visite importante, ceux qui devaient être ses parents lui tenaient chacun une main. Sur la deuxième le cadavre d'un homme d'âge moyen, également vêtu de manière formelle, un monocle sur l'œil droit et une pipe à la main. Rick jeta un coup d'œil rapide sur les autres clichés : les portraits typiques avec lesquels Memento gagnait en partie sa vie. Il observa les yeux inexpressifs des défunts et leurs corps raides comme des piquets.

— Quand penses-tu pouvoir vendre le lingot ? s'enquit Rick, revenant au sujet qui le préoccupait.

— Ils sont formidables, pas vrai ? dit Memento en reprenant les daguerréotypes qu'il enveloppa dans un tissu. Bon, avant tout, il faut que je regarde le cours de l'or pour négocier le taux de change. Une fois que j'aurai convenu oralement d'un prix, je déterrerai le lingot et l'astiquerai pour le faire briller, je le cacherai dans une miche de pain et j'irai dans le quartier des cambistes pour effectuer la transaction. Je ne sais pas, je dirais une semaine.

— Une semaine…

Rick secoua la tête. Memento reprit la lecture du journal à l'endroit où il l'avait interrompue, puis l'écarta soudainement sans le replier.

— C'est curieux…

— Quoi ? voulut savoir Rick.

— Tu m'as bien dit que les hommes qui avaient essayé de te tuer étaient morts, non ?

— Oui, plus raides que des harengs saurs, pourquoi ?

— Il n'en est pas question dans la rubrique des faits divers. Étrange que les chroniqueurs, toujours avides de charognes, soient passés à côté. Surtout s'il y a des témoins, d'après ce que tu m'as dit.

— Va savoir… Pour tout te dire, c'est le cadet de mes soucis. La seule chose qui m'importe à présent, c'est de mettre la main sur Joe Sanders.

— J'ai bien peur que ce ne soit impossible.

— Ah bon, et pourquoi ça ?

— Tiens, je te laisse regarder : il semblerait que quelqu'un t'ait épargné la besogne.

Stupéfait, Rick lut la brève à deux reprises. Ne parvenant pas à lui donner du crédit, il la parcourut une troisième fois.

INCIDENTS DE LA SOIRÉE

Hier soir, le cadavre d'un homme flottant dans les eaux de la Tamise a été retrouvé au large de Limehouse. Cette découverte tragique, devenue monnaie courante de nos jours, nous interpelle en raison de sa dimension macabre. La tête du malheureux était en effet presque détachée de son tronc, résultat d'une estafilade nette et précise, sans nul doute délibérée. Comme il est d'usage pour les morts dépourvus de papiers permettant de les identifier, l'église St Andrews a exposé le corps, dans l'espoir qu'un paroissien reconnaisse le défunt. Une femme a ainsi déclaré qu'il s'agissait d'un célèbre malfaiteur connu sous le nom de Joe Sanders.

Puisse Dieu l'accueillir auprès de Lui.

Rick en resta coi. La disparition de son ancien associé le désolait, non parce qu'il l'appréciait, mais parce que le seul homme capable de le conduire à ses agresseurs gisait désormais quelque part dans le quartier de Limehouse, la tête presque séparée du corps. Il laissa échapper un soupir. La perte de son joker le renvoyait à la case départ. Il se souvint alors du billet que Memento avait trouvé dans la culasse du fusil et le sortit de son portefeuille. « Daphne Loveray. Passion d'Orient. » Il fronça les sourcils d'un air déterminé. Tant qu'il lui restait une piste, la partie n'était pas terminée.

Après avoir quitté l'hospice de Southwark, Rick se ravitailla dans une épicerie où il se procura également bicarbonate et teinture pour se foncer les cheveux. Il monta ensuite dans un omnibus en direction de sa barcasse. Chargé comme un âne, il se réjouit d'avoir laissé sous bonne garde la carabine à Memento.

En chemin, il se demanda qui pouvait bien être cette Daphne Loveray et quel genre de commerce elle tenait. Passion d'Orient… Il s'agissait sans doute, comme l'avait suggéré son ami, d'une maison de tolérance. Londres en comptait tellement qu'on les répertoriait dans d'épais catalogues remplis de dessins représentant les différentes courtisanes dans les poses les plus osées.

Une fois à proximité de l'embarcadère, il scruta un moment les alentours afin de repérer des issues possibles pour s'échapper en cas de besoin. Ce faisant, il croisa une bande de gamins qui houspillaient des mouettes. Malgré leur air de diablotins, ils ne lui causeraient pas d'ennuis, se dit Rick, en décidant tout de même de s'en assurer.

— Hé, les gars, vous habitez dans le coin ? demanda-t-il en se baissant pour ramasser un caillou qu'il lança contre une mouette afin de se gagner leur sympathie.

— Qu'est-ce que ça peut vous foutre ? le rembarra l'un d'eux.

— Votre chef est là ?

— Qu'est-ce que vous lui voulez ? répondit un rouquin maculé de crasse.

Ce devait être lui. C'était le seul à dépasser les autres d'une tête et à porter un lance-pierre autour du cou.

— Ça vous dirait de gagner quelques biscuits ? leur proposa Rick. Vous n'aurez pas grand-chose à faire.

Il ouvrit son cabas et leur montra la boîte qu'il venait d'acheter. Le rouquin recula d'un pas et éloigna ses camarades avec ses bras. Il semblait avoir bien appris la leçon sur la façon d'aborder les inconnus.

— Foutez l'camp. Si jamais vous nous touchez, je crie et mon père vous éclate la tête.

— Hé hé ! J'aime bien ma tête telle qu'elle est. Vous voyez cette barcasse ? dit Rick en s'accroupissant pour se mettre à leur hauteur. C'est là que j'habite, et j'apprécierais que personne ne vienne y fourrer son nez. Si vous voulez des biscuits, vous n'aurez qu'à garder un œil dessus quand vous traînez dans les parages.

— C'est tout ? s'enquit le rouquin en lorgnant la boîte du coin de l'œil.

— Une dernière chose. Vous voyez la corde attachée à l'avant ? Si quelqu'un essaye de forcer la porte, défaites le nœud à son départ. Rien de plus. Et vous aurez des biscuits toutes les semaines.

Le chef de la bande se gratta le menton, feignant d'évaluer le risque, puis tendit la main pour recevoir son avance.

— D'accord, marché conclu !

Rick sourit et ouvrit la boîte de biscuits pour en sortir cinq, un par enfant.

— Et un de plus pour le chef, ajouta-t-il en lui en donnant un autre, un peu plus gros, avec un clin d'œil. On renouvellera notre accord toutes les semaines.

— Entendu. Mais si vous essayez de nous emberlificoter, mon père…

— Oui, je sais, il m'éclatera la tête. Allez, c'est bon, déguerpissez et reprenez vos jeux.

Ils avaient tourné les talons lorsque le garçon au lance-pierre l'interpella.

— Et qu'est-ce que vous gardez là-dedans ?

— Des serpents. Des serpents venimeux, lui répondit Rick en lui montrant son bras bandé.

La nuit tombait. La pluie avait cessé, laissant derrière elle boue et flaques à perte de vue. Rick avait besoin de repos. Il entra dans la cabine et s'assit sur un tonneau, puis tira de son cabas un paquet de farine, du sucre et un pot de bicarbonate qu'il mélangea à de l'eau. Il obtint ainsi une pâte qu'il déposa sur le sol à l'intention des rats. S'il avait de la chance, dans quelques jours, ils mourraient empoisonnés. Il se coupa ensuite une tranche de pain et un morceau de tourte à la viande. Homme et rongeurs mangèrent leur repas à belles dents.

Après s'être teint les cheveux, Rick se sécha la tête et s'allongea un instant. Il ferma les yeux pour se détendre. Son bras blessé avait en partie retrouvé sa mobilité, et la douleur aux côtes s'estompait par moments. Il repensa à Joe Sanders. Pauvre diable. Il imagina son corps mutilé à la merci des assauts de la Tamise. Voilà comment les gens qui le cherchaient payaient leurs dettes.

Il essaya de s'endormir, sans y parvenir. Les mots *Daphne Loveray. Passion d'Orient. 57, Portobello Lane* lui revinrent à l'esprit. Ce n'était sans doute qu'une prostituée, mais quoi qu'il en soit, il ne tarderait pas à le découvrir.

9

Descendu du tilbury qui l'avait conduit au 57, Portobello Lane, à Bayswater, Rick fut surpris de constater que le commerce au nom suggestif était en réalité un simple fleuriste.

Il était 7 heures : la boutique Passion d'Orient n'était pas encore ouverte. Aussi décida-t-il de patienter en se promenant dans les alentours. Il en profiterait pour prendre un thé et des toasts en guise de petit déjeuner.

Tandis qu'il marchait en quête d'un café, il découvrit que, contrairement à d'autres quartiers de Londres, l'ouest de Bayswater ressemblait à un petit village paisible où les habitants avaient réussi à préserver leur tranquillité des progrès de la civilisation. On pouvait en effet encore traverser la rue en admirant les bosquets qui surgissaient entre les maisons sans craindre d'être renversé par un omnibus.

Son bras, qui continuait de le faire souffrir, ne l'empêcha pas de se délecter d'un pain au bacon qu'il acheta finalement à un vendeur ambulant, auprès de qui il s'enquit de l'heure d'ouverture de la boutique de fleurs. Ce dernier fit mine de réfléchir, avant de répondre qu'il n'en savait rien.

— Peut-être à 9 heures, comme le cimetière de Kensal Green, avec qui ils font des affaires.

Rick consulta de nouveau sa montre. Bientôt 8 heures. Il demanda au marchand s'il y avait une papeterie dans le coin, et celui-ci lui en indiqua une à proximité. En se pressant, il devrait pouvoir s'y rendre et revenir juste à temps.

Peu avant 9 heures, Rick vit une dame bien en chair marchant d'un pas déterminé s'arrêter devant la boutique de fleurs, pester plusieurs fois tout en arrangeant son chapeau, farfouiller dans son sac à la recherche de ses clefs, puis ouvrir la grille. Quelques minutes plus tard, une autre femme mince et d'aspect malingre entrait en hâte, comme si elle arrivait en retard à un rendez-vous.

Rick attendit encore une heure pour s'assurer que l'endroit ne présentait nul danger. Il put ainsi constater que la clientèle de Passion d'Orient se répartissait à parts égales entre des parents endeuillés désirant acheter des bouquets pour fleurir les tombes de leurs défunts, des dames pomponnées qui descendaient de leurs calèches afin de se procurer des flacons d'essence de fleurs, et des employées de maison s'acquittant certainement des commissions de leurs maîtres.

Un livreur de fumier aussi crasseux que sa marchandise retint l'attention de Rick. Après une vive querelle avec la femme replète, il renversa son chargement pestilentiel devant la porte du magasin et repartit en proférant à grands cris des malédictions.

Après cet incident, Rick décida que le moment était venu. Il profita de l'arrivée d'un monsieur et d'une dame âgés et se colla à eux comme s'il les accompagnait. Une fois à l'intérieur, il laissa la femme émaciée s'occuper du couple et fit mine de s'intéresser aux plants qu'il apercevait dans le jardin. Il constata ainsi que l'établissement comprenait deux parties reliées par une immense porte vitrée : d'un côté se trouvait une serre luxuriante regorgeant de plantes et de fleurs tropicales, de l'autre la boutique proprement dite, où l'on recevait les clients. La pièce était équipée d'un présentoir en acajou qui débordait de somptueux arrangements floraux, rivalisant de beauté avec une rangée de pensées et d'hortensias.

En attendant son tour, Rick feuilleta le catalogue des prix posé sur le comptoir. La couverture indiquait « Veuve Hartford, fleuriste de la maison royale depuis 1750 ».

Une certaine Mme Hartford était donc la propriétaire du négoce…

Impressionné par les lieux, Rick ne s'y sentait guère à son aise. Quiconque entrant dans la boutique aurait pu se croire au jardin d'Éden, n'était l'odeur âcre et pestilentielle de fumier provenant du trottoir – qui semblait désormais à l'origine de l'altercation entre l'employée efflanquée et le couple de clients.

— Qu'est-ce que c'est que cette boutique ? Il est hors de question de payer 2 livres pour des fleurs nauséabondes ! Dites-lui, George.

— C'est hors de question ! répéta le mari comme un cacatoès bien dressé.

— Madame Miller, ce sont les fleurs que vous avez commandées, s'excusa la vendeuse.

— Croyez-vous que je vais les prendre, avec cette épouvantable odeur qui imprègne tout ?

Ne sachant quel argument invoquer, l'employée baissa les yeux, avant de lever la tête vers la mezzanine depuis laquelle la dame replète, chapeautée de son ridicule couvre-chef, semblait superviser le déroulement de la transaction. Rick en déduisit que ce devait être la gérante. Il aperçut sur son visage une moue de colère.

— Ce sont des fleurs très chères. Il est impossible de les refuser une fois qu'elles ont été coupées, ajouta l'employée.

— Comment ça, impossible ? Dites-lui, George !

— Bien sûr que c'est possible ! renchérit le mari, sans attendre qu'on lui souffle la repartie.

La vendeuse, déconcertée, proposa alors de leur accorder une remise de quelques shillings, ce que la cliente prit pour un affront.

— Non mais quelle honte ! On pourrait me les offrir que je n'emporterais pas ces fleurs qui empestent. Vous feriez mieux de retirer le fumier devant votre porte au lieu de…

— Vous renoncez donc à les acheter ? Formidable ! s'interposa Rick, feignant un intérêt soudain pour le bouquet que le couple refusait. Vous avez dit que vous le faisiez à combien ?

— Hein ? À 2 livres moins 5 shillings, hésita l'employée, surprise.

— Dites donc, jeune homme, qui vous a demandé votre avis ? maugréa la cliente comme un chien à qui on aurait arraché son os.

— Veuillez m'excuser, madame, mais je parlais à la vendeuse, riposta Rick sans la regarder, en effleurant délicatement les pétales du bout des doigts. 2 livres moins 5 shillings, n'est-ce pas ? Une aubaine, cela va sans dire, quand on sait qu'une simple pulvérisation d'eau fera disparaître cette petite odeur désagréable. Si vous voulez bien noter l'adresse où les envoyer…

— George ! Avez-vous déjà vu pareille effronterie ? Dites à cet indiscret de se mêler de ses affaires, et s'il veut un bouquet comme celui-ci, qu'il le commande et attende !

Le mari se racla la gorge devant le changement d'avis de son épouse, puis répéta mot pour mot, tel un perroquet, ce qu'elle venait de dire. Rick ne se démonta pas.

— Pardonnez-moi, mais à la façon dont vous avez déprécié le bouquet, j'ai cru que vous ne le vouliez plus. Vous comprendrez qu'il serait idiot de ne pas profiter d'une telle aubaine. Je vous en prie, précisa-t-il à l'adresse de la vendeuse, mettez-y quelques gouttes d'essence avant de l'envelopper.

— Mais enfin ! Je viens de vous dire que ce sont nos fleurs ! J'exige que… Et vous, mademoiselle, n'allez-vous donc rien faire ? Je parlerai de cet affront à la responsable et lui demanderai de vous renvoyer. George, dites-lui !

La vendeuse considérait les clients, de plus en plus abasourdie.

— La renvoyer ? Oh, attendez, voilà une chose que je ne saurais permettre, déclara Rick sur un ton plus conciliant. Écoutez, madame, je ne veux surtout pas causer injustement du tort à cette brave femme. Certes, ces fleurs sont magnifiques, mais si vous les désirez vraiment, gentleman que je suis, je me retire des enchères.

— Comment ? De quelles enchères parlez-vous ?

Les yeux de Mme Miller semblaient sortir de leurs orbites.

— De celles que nous avons de toute évidence commencées. Pour ma part, je suis prêt à payer le prix initial du bouquet. 2 livres, n'est-ce pas ? demanda-t-il à la vendeuse, qui acquiesça sans bien comprendre ce qui se passait. Mais si vous augmentez l'offre…

— C'en est trop ! George ! Je ne laisserai personne se moquer de nous. Sortez immédiatement 2 livres et 1 shilling de votre portefeuille et faites ravaler ses mots à cet insolent, gronda-t-elle.

— Hein ? Certainement, ma chérie.

M. Miller posa sur le comptoir deux billets et une pièce de monnaie avant de fondre sur le bouquet comme un animal sur sa proie.

Rick se composa une moue de stupeur au moment où les clients pivotèrent pour quitter l'établissement avec leur précieux chargement. Sitôt qu'ils eurent franchi le seuil, il sourit d'un air satisfait. En se retournant vers l'employée, certain de la trouver pénétrée de reconnaissance, il tomba nez à nez avec les sourcils froncés de la responsable. Il lut sur sa poitrine, en lettres brodées, « Hellen Hartford. Gérante ».

Sa soudaine apparition le décontenança. Engoncée dans une robe noire dont les coutures luttaient pour ne pas craquer, elle le scrutait comme s'il avait commis une exaction. Son chapeau extravagant surmonté d'une tête de chat empaillée laissa Rick sans voix. Cette femme potelée serait capable d'exposer dans sa boutique en guise de trophées les membres momifiés de quiconque la contrarierait, imagina-t-il un instant.

Il s'apprêtait à ouvrir la bouche, mais elle le devança en tapant dans ses mains avec une ironie que Rick ne sut comment interpréter.

— Un numéro impressionnant, commenta-t-elle.

— Merci. Ces gens prétentieux voulaient humilier la vendeuse, si bien que j'ai…

— Si bien que vous vous êtes mêlé de ce qui ne vous regardait pas, le coupa la fleuriste.

— Je vous demande pardon, je viens pourtant de vous éviter de perdre 2 livres…

— Vous n'avez rien évité du tout. J'aurais de toute façon vendu ces fleurs. De plus, les personnes à qui vous avez tenu tête sont des clients de longue date. Or, après votre intervention grandiloquente, je doute qu'ils reviennent.

— Je vois… Eh bien, laissez-moi vous dire que si c'était moi qui tenais cette boutique, je serais ravi de me débarrasser de clients aussi odieux.

— Certes, si c'était vous qui teniez cette boutique, ce qui n'est heureusement pas le cas. Fort bien, que puis-je faire pour vous ? Voulez-vous un autre bouquet ? Pour 2 livres, nous pouvons vous en composer des centaines.

Rick s'éclaircit la gorge. En intervenant, il avait cherché à gagner la confiance de la vendeuse, mais il marchait à présent sur des charbons ardents.

— Eh bien, en réalité, je…

— En réalité, vous n'aviez aucune intention d'acheter quoi que ce soit, ou je me trompe ? Je m'en doutais. Dans ce cas, que voulez-vous ? l'interrogea-t-elle en le toisant.

— Voyez-vous, madame Hartford…, commença-t-il, supposant que les lettres brodées sur son chemisier correspondaient à son nom. En fait, je suis en ville depuis quelques jours et je cherche du travail. J'ai des connaissances en botanique, et en voyant le tas de fumier devant votre boutique, je me suis dit que vous auriez peut-être besoin d'aide...

— Ah oui, ce monceau de crottin. Dès que mon jardinier arrivera, il le nettoiera avec la langue ! s'écria-t-elle sur un ton indigné. Penny, sais-tu pourquoi il n'est toujours pas là ? demanda-t-elle à la vendeuse, qui secoua la tête. Non, elle ne le sait pas. Satanés employés ! Ici, personne n'est jamais au courant de rien...

La fleuriste examina de nouveau Rick, comme si elle hésitait à faire l'acquisition d'un meuble rare.

— Bien, poursuivit-elle en pinçant les lèvres, donc si je comprends, vous venez d'arriver à Londres, vous entrez ici sans vous présenter, vous intervenez dans une vente qui ne vous concerne pas et vous souhaitez ensuite que je vous engage sans me fournir de références. Ma foi, j'ai beau regarder sur les murs, je ne vois aucune affichette indiquant qu'on recherche des employés.

— Pardonnez-moi, avec toute cette confusion, j'ai omis de vous remettre ceci, répondit Rick en lui tendant le document qu'il venait de confectionner dans la papeterie. En plus d'une expérience de jardinier, vous constaterez que j'ai aussi des connaissances de menuisier et d'apothicaire. J'ai vu que la serre avait besoin de quelques réparations, et que l'escalier menant à la mezzanine ne semble pas résister à votre corpul...

— Comment osez-vous ? À mes livres en trop, dites-le franchement, bon sang ! En quoi le fait que je sois enrobée vous importe-t-il ? Vous n'arrangez guère votre cas, jeune homme.

Mâchoires serrées, Hellen Hartford prit le document et le lut de mauvaise grâce avant de le lui rendre comme s'il s'agissait d'un pamphlet de propagande.

— Bon… Rick Hunter, je vais faire quelque chose pour vous. Allez à la Royal Horticultural Society de ma part, ils vous donneront la liste des centaines de fleuristes de la ville chez qui vous pourrez déployer vos talents. Je suis certaine que l'un d'eux recherche un expert pour épouvanter les clients.

En entendant son patronyme, Rick s'aperçut de sa bévue. Dans sa hâte, et parce qu'il avait si bien intériorisé son nom d'emprunt, il avait oublié d'en choisir un autre qui n'éveille pas les soupçons. Il était cependant trop tard, et il pouvait seulement espérer que cette erreur n'aurait pas de funestes conséquences.

— Écoutez, madame, je regrette de vous avoir importunée. Si vous ne souhaitez pas m'engager, permettez--moi au moins de faire amende honorable. Ce tas de fumier est toujours là et fait fuir les chalands. Laissez-moi le ramasser, et si vous vous montrez satisfaite, nous reparlerons de tout ça.

— Dites-moi, jeune homme, pourquoi devrais-je vous payer pour une tâche que mon jardinier effectuera dès qu'il arrivera ?

— Tout à fait, madame Hartford, je n'ai vu aucune affichette indiquant que vous cherchiez à engager un ramasseur de crottin.

Mme Hartford considéra Rick d'un air suffisant, puis se tourna vers la vendeuse :

— Penny, va mettre ces pétunias dans la serre et continue ce que tu étais en train de faire. Quant à vous…

En toisant le jeune homme pour la troisième fois, elle remarqua les blessures sur ses doigts.

— Quant à vous, je ne pense pas que l'état de vos mains soit dû à des tâches de jardinier.

— Quoi, ces égratignures ? Oui… Bon… N'allez surtout pas croire que je suis un bagarreur. J'ai surpris des hommes avinés à manquer de respect à une fille, improvisa-t-il en enfonçant les mains dans ses poches. J'imagine qu'ils ne s'y risqueront plus.

L'expression de la veuve Hartford s'adoucit. Elle s'apprêtait à répliquer lorsqu'un petit homme affublé de l'uniforme et de la casquette des postiers fit soudain irruption dans la boutique.

— Je cherche Mme Hartford.

— C'est moi, que puis-je pour vous ?

— Avec ce froid, une gorgée de gin ne serait pas de refus. Un gratte-pieds à l'entrée de votre boutique non plus. Vous avez vu le tas de fumier sur le pas de la porte ? lui demanda-t-il en lui montrant les mottes collées à ses souliers.

L'employé de poste farfouilla dans son sac et en retira une enveloppe qu'il remit à la gérante. Il attendit les 2 pence qui lui étaient dus et, après avoir salué les personnes présentes dans le magasin, sortit aussi discrètement qu'il était entré.

La fleuriste se retourna pour décacheter le pli. Elle chaussa ses lunettes en sautoir et en examina attentivement le contenu. Son visage blêmissait à mesure qu'elle lisait. Elle se tourna alors vers Rick, tout à fait livide.

— Dites-moi la vérité. Savez-vous vous battre ?

— Je me défends, madame, répondit Rick après une brève hésitation.

Elle regarda de nouveau ses poings meurtris.

— Fort bien, je dois sortir régler quelques affaires. Retirez-moi ce crottin. Si à mon retour tout est ramassé, je vous engagerai peut-être pour un temps.

Sitôt la fleuriste partie, Rick chercha à en savoir davantage sur son compte. Il avait prévu d'être à l'affût de tout ce que la vendeuse pourrait lui révéler par inadvertance, mais par chance, Penny se révéla une cancanière hors pair. Il le comprit dès qu'elle s'approcha derrière lui alors qu'il donnait les premiers coups de pelle dans le tas de fumier.

— On ne nous a pas présentés, lâcha-t-elle de but en blanc. Je m'appelle Penny Ryan, et je suis originaire d'Édimbourg.

Elle lui adressa un sourire jusqu'aux oreilles, dévoilant des gencives enflées et des dents jaunes en piteux état.

— Enchanté, Penny. Moi, c'est Rick, répondit-il sans interrompre son travail.

— Ton accent n'est pas d'ici. Tu viens d'où ? demanda-t-elle en s'asseyant sur un muret pour le regarder à l'œuvre.

— De loin.

Il ne voulait pas paraître grossier, mais il devait se garder de laisser échapper la moindre information sur son identité.

— Dis donc, t'es du genre à économiser ta salive, toi ! Qu'à cela ne tienne, moi, j'en ai à revendre. Alors comme ça, tu vas travailler ici ? Enfin un beau gosse dans la boutique, va falloir fêter ça ! Si tu voyais Gus, notre jardinier : même un fer à repasser ne viendrait pas à bout de ses rides, rit Penny, sans vergogne. Ça te dit, un petit pâté à la viande ? lui proposa-t-elle en retirant le torchon qui recouvrait son panier. Je les prépare avec les restes de la semaine, mais je t'assure qu'ils sont aussi moelleux que ceux de Covent Garden. Allez, fais pas la fine bouche, prends-en un, tu vas t'en lécher les babines !

Elle lui en tendit un légèrement brûlé, que Rick accepta après avoir posé la pelle et s'être épousseté les mains. La vendeuse se tut un instant dans l'attente du verdict.

— Mmm... délicieux, mentit-il.

— J'adore cuisiner ces pâtés. Farcis au bœuf, ils seraient encore meilleurs, mais pour ce que ça me coûte, 1 penny la douzaine, que demander de plus ? Le pied d'agneau fait l'affaire.

Rick hocha la tête. L'exercice lui avait ouvert l'appétit, et après tout, tant qu'on ne prêtait pas trop attention à leur goût, ces rissoles se laissaient manger.

— Je peux en prendre un autre ?

— Oui, oui, tiens. Tu sais, j'ai toujours rêvé d'être cuisinière, mais bon, on se fait engager là où on peut. Et comme tu vois, le hasard a voulu que je passe mes journées à fertiliser des pots de fleurs. Je ne me plains pas, précisa-t-elle en engloutissant un autre pâté. Dis-moi, c'est vrai que tu t'y connais en jardinage, ou tu as inventé ça pour dégoter du travail ? À moi, tu peux le dire, hein, lança-t-elle en lui donnant un coup de coude dans le dos, qui lui provoqua une vive douleur.

— Je m'y connais un peu.

Son deuxième pâté terminé, Rick retourna à sa besogne sans rien ajouter. Non pas que la conversation avec la vendeuse lui soit désagréable, mais c'était un tel caquet que rien ne semblait l'arrêter. Or, il devait finir avant le retour de la fleuriste.

Entre deux coups de pelle, il observait Penny à la dérobée. C'était une femme ordinaire, ni jolie ni laide, probablement le type de personne dont peu de gens se rappelleraient. Il lui donnait la quarantaine, encore que, s'il prenait en compte ses grandes dents jaunies et ses cernes profonds, il pouvait ajouter dix ans de plus. Son air malingre lui fit penser un instant aux prostituées qui turbinaient par dizaines dans les ruelles de l'East End pour une rasade de gin. La plupart des ivrognes qui battaient le pavé dans ces faubourgs l'auraient trouvée attirante.

— Et dis-moi, tu es marié ? lui demanda-t-elle à brûle-pourpoint.

— Fichtre, toussota-t-il, c'est quoi ces questions ?

— Des questions normales, ma foi ! Ne le prends pas mal, je ne t'ai pas demandé quelle était ta fortune. Tu sais, moi, j'ai failli le faire, enchaîna-t-elle, une pointe de nostalgie dans la voix. Me marier, je veux dire. Seulement le saligaud m'a plantée pour une autre qui, selon lui, était plus « dame » que moi. Non mais t'imagines ! Tu penses vraiment qu'on peut être plus « dame » que moi ?

Elle se leva pour effectuer une espèce de parade qui arracha un sourire à Rick.

— Non, je ne crois pas, mentit-il.

Il commençait à se dire que les pâtés ne compensaient guère une telle logorrhée. Il en avala un troisième et chercha à changer de sujet.

— C'est vrai, tout cela est pour le moins curieux. Et dis-moi, qu'est-ce que l'on fait chez vous ? Il me faut à tout prix ce travail, et, plus j'en saurai, plus j'aurai de chances de rester.

— Ben à ton avis ? On fait pousser des fleurs et on les vend.

— Cette fois, ce n'est pas moi qui ménage ma salive…

— J'ai mes raisons. Parler de fleurs est plus barbant que regarder sécher une couche de peinture. À vrai dire, il n'y a pas grand-chose à raconter, répondit-elle dans un bâillement. Comme chez tous les fleuristes, on entretient les plantes dans la serre, on prend soin du jardin pour qu'il soit beau, on alimente les germoirs, on transplante les pots, on met de l'engrais, on arrose, on sarcle, on fait des bouquets comme celui que je suis en train de terminer… Je continue ? La liste des choses à faire est si longue qu'il me faudrait plus d'une matinée pour te les énumérer !

— Oui, vas-y, j'ai de quoi m'occuper, l'encouragea-t-il en montrant le tas de fumier qui ne semblait pas diminuer.

Penny feignit de réfléchir. Puis elle se mordit la lèvre et esquissa un sourire qui occulta un instant sa vilaine mine.

— Eh bien, on prépare aussi des vases et des centres de table. De temps en temps, la veuve Hartford confectionne des gerbes et des couronnes pour des baptêmes et des mariages. Ah, et puis il y a les obsèques. On fleurit de nombreux enterrements, dit-elle en agitant les bras, avant d'ajouter en souriant : D'après moi, les morts méritent une belle dernière journée.

— Combien d'employés êtes-vous ?

— Beaucoup moins que ce qu'il faudrait. Ici dans la boutique, il n'y a que Gus et moi. Tu sais, le jardinier ridé dont je t'ai parlé tout à l'heure, et qui a disparu de la circulation. L'autre jour, il s'est cassé le poignet et il a voulu aller chez le médecin. Mais s'il ne revient pas dare-dare, il va avoir des ennuis… Et puis, il y a plusieurs journaliers qui travaillent dans les pépinières que la veuve possède dans le Surrey. Ils s'occupent des plantations et des récoltes, je ne sais pas combien ils sont.

— C'est vrai que la boutique a l'air grande. Est-ce que par hasard une certaine Daphne travaille ici ?

— Daphne ? Tu parles de Daphne Loveray ?

— Oui.

— Pas du tout ! s'exclama-t-elle. C'est une cliente distinguée. Tu la connais ?

— Non, non ! C'est juste que j'ai entendu son nom et celui de Mme Hartford pendant que je prenais mon petit déjeuner. Le négoce a l'air de bien marcher, ajouta-t-il pour changer de sujet.

— Plus tellement. D'après ce que raconte Madame, dans ses belles années, il y avait ici des dizaines de travailleurs, mais quand M. Hartford est tombé malade, Madame s'est consacrée corps et âme à le soigner. À sa mort, elle a fermé pendant un moment. Lorsqu'elle s'est retrouvée criblée de dettes, elle a rouvert, même si plus rien n'était comme avant. Ah, et il ne faut pas croire qu'elle a toujours vendu des fleurs pour les cimetières. On dirait pas comme ça, mais du vivant de son mari, ils faisaient des affaires uniquement avec la noblesse, fanfaronna-t-elle comme si le mérite lui revenait.

— Je vois… Donc pour résumer, le jardinier et toi faites tourner la boutique. Autrement dit, très peu d'employés pour autant de travail.

— C'est ce que je m'épuise à répéter à Madame, mais jusqu'à présent, ça lui glisse dessus comme de l'eau sur les plumes d'un canard, répondit la vendeuse, contente que Rick se rallie à son opinion. Et encore plus maintenant. Avec le Crystal Palace, ça n'arrête pas.

— Le Crystal Palace ? s'enquit le jeune homme.

— Tu sais bien… Cette exposition dont tout le monde parle. Un truc vraiment dingue. Ne me demande pas comment, mais si je ne me trompe pas, Madame a reçu ces dernières semaines plus de commandes qu'au cours des trois années que j'ai passées ici !

Rick se gratta le menton. En effet, comme toute personne possédant des oreilles, il avait entendu parler de la gigantesque exposition qui, pour la première fois, réunirait les objets les plus exotiques du monde entier. Cependant, il se demandait ce qui pouvait bien lier la veuve au Crystal Palace pour qu'elle ait soudain autant de commandes.

— Quel est votre rôle exactement dans cette affaire ? J'ai cru comprendre que l'exposition ne serait inaugurée qu'au printemps.

— Notre rôle ? Mais tu n'es pas passé voir les travaux ? Tu dois être le seul dans tout le pays ! L'enceinte de l'exposition est tellement grande qu'elle semble infinie. À l'extérieur, ils réaménagent tous les jardins, plantent de nouvelles haies et arrangent les anciennes, tant et si bien qu'ils semblent avoir abattu et défriché la moitié de Hyde Park pour construire cette énorme bâtisse en verre qu'ils veulent faire briller comme un palais royal. Et à l'intérieur… À l'intérieur, c'est une folie ! On dirait les salons de Buckingham ! s'exclama-t-elle comme si elle avait déjà franchi le seuil du château.

— Ça alors ! Je n'imaginais pas de telles dépenses. Mais quelque chose m'échappe : si Mme Hartford gagne autant d'argent, elle devrait engager plus de travailleurs.

— Je viens de te l'expliquer ! Madame dit qu'elle préfère être seule que mal accompagnée, que les appointements du Surrey représentent beaucoup de frais, et qu'il faut économiser pour les mauvais jours.

— J'ai très peu échangé avec elle, mais elle paraît plutôt revêche.

— Eh bien, comment te dire… ? Elle a son caractère. Certains fournisseurs ne la supportent pas. En ce qui me concerne, je dois admettre que c'est une bonne patronne. C'est vrai qu'elle est peut-être un peu sèche. Ces derniers temps, elle est sur les nerfs à cause du Crystal Palace, sans compter qu'hier soir, le veilleur de nuit a surpris un inconnu en train d'essayer d'entrer par effraction dans la boutique. Ça l'a chamboulée plus que de raison.

— Londres grouille de rufians, concéda Rick sans manifester son étonnement. Et sinon, pourrais-tu me parler de ses goûts ? Il me faut ce travail, et je me dis qu'un petit geste pourrait m'attirer sa sympathie.

Rick transpirait sous l'effort des coups de pelle.

— Ah ! Tu veux l'enjôler, hein ? Ma foi, tu vas avoir du mal. La veuve ne s'intéresse qu'aux fleurs, et pour en trouver une qu'elle n'a pas, faudra te lever de bonne heure.

— Quel ennui… Tu n'aurais pas une autre idée… ?

— Attends ! l'interrompit-elle. Si c'est vrai que tu t'y connais en botanique, alors…

— Oui ?

— Peut-être que tu pourrais…, sourit-elle avec malice.

— Allez, crache le morceau !

— Tu pourrais peut-être redonner vie à son orchidée ! s'exclama-t-elle en se levant. Je t'explique : il y a environ deux semaines, on a reçu un lot magnifique de fleurs exotiques d'outre-mer. Il y avait entre autres une orchidée, qui a manqué faire sortir les yeux de Madame de leurs orbites. La plupart des plantes ont survécu, mais l'orchidée en question a tout de suite flétri. Tu n'imagines pas la déception de Madame. On aurait dit qu'on avait tué son fils, même si la pauvre n'a jamais enfanté. Elle a refusé de la jeter et la conserve dans son bureau avec l'espoir de la sauver. Moi, je pense qu'elle est à deux doigts de crever.

Rick se félicita en silence. La proposition de la vendeuse représentait une occasion en or pour fouiner dans les affaires de la fleuriste.

— Tu mériterais un baiser, Penny ! Allons voir cette orchidée !

Il jeta la dernière pelletée de fumier, concluant ainsi sa tâche. Après s'être essuyé les mains sur son pantalon, il suivit la silhouette dégingandée de l'employée dans l'escalier qui montait à la mezzanine. Arrivé là-haut, il la laissa passer devant et, tandis qu'elle jacassait à propos des gravures sur les murs, il embrassa d'un coup d'œil la pièce aussi étroite qu'une cabine de bateau et la scruta dans ses moindres détails. D'innombrables volumes, flanqués d'une armée de classeurs débordant de liasses de papiers, étaient scrupuleusement alignés sur des étagères. Rick porta ensuite son attention sur le secrétaire en noyer qui présidait le bureau. Sur le feutre vert qui le tapissait reposait un coupe-papier aiguisé dont le manche était serti d'une remarquable rose d'argent. Rick l'observa, intrigué.

— La voici, l'interrompit Penny.

— Quoi ? demanda-t-il en se tournant vers elle.

— Ben l'orchidée que tu vas ressusciter, pardi !

— Ah oui, c'est vrai.

Il détourna son regard du coupe-papier, poussa un arrosoir et s'accroupit devant le pot que lui désignait la vendeuse.

— Tu vois ? Morte, ou tout comme. Toutes les prières du monde suffiront pas à la sauver, maugréa Penny.

Rick observa la fleur flétrie dans son pot en porcelaine. Il s'agissait en effet d'une espèce très rare d'orchidée noire. Il en avait vu aux Indes, mais il préférait oublier cette époque tragique de sa vie.

— À coup sûr, les racines sont gorgées d'eau, déclara-t-il. Pourquoi l'a-t-elle mise près du poêle ?

— Qu'est-ce que j'en sais ! Pour la réchauffer, je suppose, répondit Penny en haussant les épaules.

Rick toucha les pétales d'ébène à la recherche de pucerons. Il arrivait que des parasites fassent dépérir ces plantes. Cela ne semblait toutefois pas être le cas de celle-ci. Les sévices du voyage étaient certainement responsables de son état.

— J'ai cru voir un saule dans le jardin, dit-il en prenant le pilon et le mortier en métal qui reposaient sur une étagère. Pourrais-tu rapporter quelques bouts d'écorce ?

— Et toi, tu restes là ? balbutia Penny.

— La survie de la fleur peut être une question de minutes, mentit-il. En attendant que tu remontes, je vais assainir les hampes.

Penny pinça les lèvres comme si on lui demandait de trahir une amie très chère. Elle se décida néanmoins assez vite :

— D'accord, mais surtout, tu ne touches à rien !

— N'aie crainte.

— N'oublie pas, à rien !

Elle partit au pas de course, réitérant sa mise en garde dans l'escalier. Sans perdre une seconde, Rick posa l'orchidée et entreprit d'explorer les tiroirs qu'il avait repérés sous le bureau. Il tira le premier sans parvenir à l'ouvrir, maudissant le sort en le trouvant verrouillé. La veuve Hartford devait garder la clef sur elle, supposa-t-il. Il essaya le deuxième. Même chose. Après quelques secousses, le troisième céda en grinçant. Rick l'ouvrit lentement et découvrit qu'il était vide. Cependant, en regardant de plus près, il avisa une petite rainure à la jonction de la paroi inférieure et de l'avant du tiroir. À l'aide du coupe-papier, il souleva la trappe sous laquelle, dans un double fond, reposait un cahier relié de cuir. Sur la première page, il lut les mots « *SECRETUM LINGUA FLORUM* ».

Il s'apprêtait à le prendre lorsqu'une voix sèche l'interrompit.

— Peut-on savoir ce que vous faites ici ?

Lorsqu'il leva les yeux, il aperçut la silhouette épaisse de Mme Hartford se découper dans l'embrasure de la porte. Son sang se glaça dans ses veines, mais il s'efforça de n'en rien laisser paraître.

— Veuillez excuser mon audace, toussota-t-il en repoussant discrètement le tiroir avec son genou. J'ai demandé à Penny si je pouvais faire quelque chose pour vous, et elle m'a parlé de votre orchidée. J'ai pensé que je pourrais lui redonner vie en aérant ses racines à l'aide du coupe-papier et…

— Vous avez pensé ? Avez-vous sollicité un poste de jardinier ou de penseur ?

Elle le fusilla du regard, puis s'approcha d'un pas décidé de son secrétaire, saisit le coupe-papier orné et le glissa dans son corsage – la fleur d'argent brillait comme une broche entre ses seins.

— Et maintenant, sortez de mon bureau ! lui ordonna-t-elle.

— Voici l'écorce de saule ! lança alors Penny.

Son visage rougi par l'effort s'empourpra davantage lorsqu'elle tomba nez à nez avec la veuve Hartford.

— Dieu du ciel, madame, vous n'étiez donc pas allée… ? balbutia-t-elle.

— Chercher de nouveaux employés ? Oui, puisque, d'après ce que je vois, ceux que j'ai actuellement ne sont bons qu'à me causer des tracas. Gus est introuvable, et toi, tu fais monter des inconnus dans mon bureau. Dieu ne t'a-t-il donc donné une tête bonne qu'à porter un chapeau ?

— Pardonnez mon effronterie, madame Hartford, c'est moi qui ai insisté auprès de Penny pour que nous montions… Vous permettez ?

Avant qu'elle ne puisse réagir, Rick prit l'écorce de saule et la pila dans le mortier en ajoutant quelques gouttes d'eau de l'arrosoir.

— Avec un peu de chance, ceci aidera votre plante à reprendre vie, expliqua-t-il en versant la concoction dans le pot, qu'il éloigna ensuite du poêle.

— Serait-ce donc vrai que vous avez des connaissances en botanique ?

— Davantage que pour ramasser des tas de crottin, répondit Rick.

— Je ne m'avancerais pas autant si j'étais vous, car il se trouve que j'ai moi-même essayé le traitement à l'écorce de saule, articula-t-elle avec dédain, le menton levé. Or, comme vous l'aurez constaté, cela ne lui a pas redonné vie.

— La chaleur du poêle a très certainement aggravé le problème. Ces plantes ont besoin de chaleur, c'est vrai, mais, en cas d'excès d'eau, les racines en paient le prix.

La fleuriste pinça les lèvres. L'espace d'un instant, elle sembla chercher ses mots, avant de s'approcher du pot et de le replacer près du poêle.

— Si vous vous y connaissiez vraiment, vous sauriez que cette orchidée est condamnée !

Rick n'en avait pas l'ombre d'un doute, mais à trop vouloir montrer qu'il s'y entendait, il risquait d'éveiller les soupçons. Il feignit de se rendre à l'évidence :

— C'est vous la spécialiste.

— Exactement. Et maintenant, descendez à la boutique, prenez vos affaires et…

— Ne vous inquiétez pas, je connais la sortie.

Il secoua la terre de ses mains et se dirigea vers l'escalier.

— Un instant, jeune homme, je n'ai pas fini !

— Oui ?

Il se retourna sur le seuil. La veuve Hartford considéra d'un air déterminé ses blessures aux poings.

— Il me faut, ne m'en déplaise, quelqu'un pour nous aider en attendant que ce bon à rien de Gus réapparaisse. Alors tâchez de vous rendre présentable, et tenez-vous prêt à venir avec moi au Crystal Palace. Si vous voulez vraiment du travail, là-bas, vous en trouverez à foison.

10

Après avoir déposé les délicats bouquets dans le coffre du fiacre qui attendait à l'entrée de Passion d'Orient, Rick monta à la suite de la veuve Hartford et prit place en face d'elle. Il referma la portière, puis inspira résolument. Le smog était si épais qu'il était impossible de voir plus loin que le bout de ses souliers. Le cocher dut recourir aux services d'un gamin pour qu'il guide son cheval à pied. Hellen Hartford conserva son visage de marbre au moment où la voiture se mit en branle, tandis que Rick observait, toujours étonné, son couvre-chef orné d'une tête de chat empaillée.

— D'où viens-tu ? finit-elle par lui demander.

— Je suis américain. J'ai étudié la botanique à Boston, ma ville natale, mentit-il, comme chaque fois qu'on s'intéressait à ses origines. Et vous ? Votre employée m'a raconté que votre famille se consacrait au négoce de fleurs depuis plusieurs générations.

La question était indiscrète, mais plus il se montrerait curieux, plus il obtiendrait d'informations et moins il aurait à parler de lui.

— Penny a la langue bien pendue, répliqua-t-elle en secouant la tête. Enfin, puisque tu m'interroges, je vais te répondre. Je viens d'Édimbourg et, en effet, je descends d'une longue lignée de jardiniers royaux sur six générations. Naturellement, à Londres, tout le monde ne peut en dire autant.

En prononçant ces mots, elle redressa fièrement son double menton. Elle souleva le rideau du fiacre pour regarder à l'extérieur, sans distinguer autre chose que l'impénétrable manteau de brouillard.

— Toujours pareil, se plaignit-elle en lâchant le rideau avec un soupir de dépit. J'espère que ce sera plus dégagé à Hyde Park… Satané Gus ! Où donc a-t-il bien pu se fourrer ?

— Je suis sûr qu'il va vite revenir, pondéra Rick. Au fait, à quoi devrai-je m'employer au Crystal Palace ? Penny m'a dit qu'ils sont débordés.

— Penny, Penny ! soupira la fleuriste. Ma foi, c'est vrai, nous croulons sous les commandes. Pour des questions qu'il ne vaut pas la peine de développer, j'ai eu la chance de me voir confier la décoration des pavillons de nos territoires d'outre-mer.

Elle souleva de nouveau impulsivement le rideau et pencha la tête dehors. Elle pinça les lèvres avant de poursuivre.

— À cet effet, j'ai fait venir des plantes exotiques de très loin. S'il est vrai que le Crystal Palace a les mêmes attributs qu'une serre, je dois vérifier qu'elles s'acclimatent correctement. Si ce n'est pas le cas, ce sera un véritable désastre… Je fournis aussi les bouquets que les organisateurs veulent offrir en remerciement aux différents exposants, soit plus d'un millier, expliqua-t-elle en le regardant à peine.

Elle claqua des doigts pour sommer le cocher d'accélérer.

— Concernant ton travail..., ajouta-t-elle en lorgnant du coin de l'œil les mains du jeune homme, je t'avoue que, dernièrement, nous avons eu quelques frayeurs à la boutique. Des voyous, je suppose, ont essayé de nous cambrioler. Penny est incapable de changer une serrure et Gus, à son âge, ne ferait pas de mal à une mouche. En réalité, quelqu'un comme toi tombe à point nommé : habile de ses poings, et avec des connaissances en botanique par-dessus le marché.

Ces paroles désinvoltes ne cadraient pas avec les manières nerveuses de la veuve. Cinq années de travail en tant que chasseur de criminels avaient permis à Rick de flairer rapidement les menteurs. Or, de toute évidence, Hellen Hartford empestait le mensonge.

— Vous voulez donc que je surveille la boutique ?

— Oui, bien sûr, mais pas seulement. Je voudrais aussi que tu me protèges. Je me promène souvent seule dans la rue pour, entre autres, aller encaisser des clients. J'aimerais éviter de finir assommée. Tu serais une espèce de protecteur, de garde du corps.

Rick serra les dents. Une fleuriste escortée par un garde du corps était pour le moins inhabituel. Mais ce serait aussi l'occasion de découvrir qui elle craignait. Il décida d'entrer dans son jeu.

— Que devrai-je faire ? Vous accompagner partout ?

— Seulement là où je te le dirai, bien entendu. Pour éviter les commérages, je raconterai à ceux qui poseront des questions que tu es un neveu par alliance arrivé des contrées où tu dis être né.

— Dans le Massachusetts, aux États-Unis.

— C'est ça. Des anciennes colonies.

— Et Penny ?

— Eh bien quoi ?

— Si elle vend la mèche ? Elle sait que nous ne sommes pas parents.

— Oublie ça et laisse-moi régler les choses avec Penny. D'accord ?

Après avoir accepté l'insolite proposition de la veuve Hartford, Rick essaya de lui soutirer plus d'informations. Mais loin de se montrer loquace, cette dernière se replia sur elle-même, tournant le dos à toute conversation. Il n'insista pas.

Les cahots du fiacre et le long silence dans lequel la fleuriste s'était enfoncée lui permirent de donner libre cours à ses pensées. Il resongea au soir où il avait annoncé à son associé qu'il arrêtait. Peu à peu, telle une estampe, le lupanar des Françaises se matérialisa devant lui, ainsi que l'image désolante de Joe Sanders au milieu de la salle. Il le revit, agrippé à sa bière et entouré de prostituées, le flagorner pour qu'il revienne sur sa décision, puis passer des flatteries aux menaces. Son ancien collègue s'estompa très vite pour laisser place à la gare où il lui avait tendu une embuscade. Rick visualisa la scène comme s'il la revivait : la pluie sur son visage, les mercenaires, l'effroyable lutte à mort… De toute évidence, il ne s'agissait pas d'un règlement de comptes manigancé par un associé fâché. Non, ceux qui avaient tenté de l'éliminer n'étaient pas de simples tueurs. Rick en avait la certitude, car, après les avoir envoyés dans l'autre monde, il avait vu sur leur bras le même tatouage qu'il cachait sous sa manche.

Instinctivement, sa main gauche chercha son avant-bras droit, comme pour effacer à jamais son passé.

Il se demanda comment ils avaient réussi à le retrouver. Ou plutôt comment Joe était tombé sur les salopards que Rick traquait depuis si longtemps. Il maudit son ancien associé. Sa poltronnerie n'avait d'égale que son avarice. Joe avait dû avoir une bonne raison pour le trahir, très certainement une bourse bien pleine.

Il repensa à son effroyable mort, à son buste dévoré par les poissons et sa tête embrochée sur une pique, à l'église St Andrews, où il avait attendu d'être identifié. En dépit du mépris que lui inspirait Joe, Rick était navré qu'il ait connu une telle fin. Une fin qui l'attendait sans doute également, se dit-il, et qui dépendait peut-être d'une femme portant un chat empaillé sur son couvre-chef.

Un chapelet d'invectives méritant l'excommunication ramena Rick au présent. Déconcerté, il souleva le rideau et constata qu'après avoir traversé le carrefour de Sloane Street et Knightsbridge, le cocher tentait de se faufiler dans la multitude de charrettes, fiacres et cabriolets qui se pressaient en direction du Crystal Palace.

Il jeta un œil à la ronde. Au milieu du remue-ménage provoqué par les chevaux, une énorme foule de curieux, portefaix et transporteurs jouait des coudes en vociférant pour se frayer un passage.

— Toujours la même racaille, maugréa la veuve Hartford avec dédain. Viens, continuons à pied, sinon nous resterons coincés ici jusqu'à ce soir.

Sans le laisser répondre, elle ouvrit la portière et descendit du fiacre. Le jeune homme plaça les bouquets et les fleurs à replanter dans une brouette et emboîta le pas à la femme replète qui, ignorant la boue qui souillait ses bottines et les insultes lancées par les victimes de ses coups de coude, filait à vive allure. L'armée de curieux devint bientôt moins dense. Soudain, s'élevant au-dessus des frondaisons de Hyde Park, une stupéfiante construction fantomatique se dressa devant eux.

Rick demeura un instant bouche bée devant l'imposant palais de verre qui émergeait dans le brouillard. Flanquée d'innombrables baies vitrées qui se perdaient au loin, la bâtisse rappelait une gigantesque serre érigée pour le plaisir des rois ; un délire de verre et de fonte, éthéré, flottant, transparent, capable de défier l'imagination la plus prodigieuse. Il observa ses nefs oblongues, immenses, presque interminables, divisées en deux parties égales par un magnifique transept. La voûte en berceau brisé, couronnée de drapeaux, donnait aux peupliers voisins des airs de ridicules pots de fleurs.

— Tu vas rester là toute la journée ? lâcha Mme Hartford.

Rick secoua la tête et repoussa d'une bourrade un ouvrier qui menaçait d'écraser les bouquets.

Plus il avançait, plus il était estomaqué par la légion de travailleurs occupés à dresser des clôtures, aménager des allées, transporter des marchandises ou remédier à des imperfections. Partout il semblait y avoir quelque chose à construire ou arranger, et tout Londres paraissait être là pour s'en charger.

— Pour quand l'inauguration est-elle prévue ? demanda Rick à la veuve, qui continuait à progresser entre les ouvriers comme si elle était leur chef.

— Début mai, répondit-elle sans s'arrêter. Allez, dépêche-toi !

Rick dépassait un convoi de manœuvres lorsqu'il entendit des rugissements dans son dos.

— Écartez-vous, bande de fainéants !

Il recula juste à temps pour éviter les chevaux emballés. En se retournant, il vit un homme coiffé d'un turban, une cravache à la main, juché sur une espèce de roulotte de cirque recouverte d'une bâche.

— Que diable transportent-ils là-dedans ? entendit-on quelqu'un demander.

— Ça doit être des fauves, répondit un autre.

Il aperçut alors Hellen Hartford se disputer âprement avec l'un des gardiens qui contrôlaient l'accès au bâtiment et la rejoignit en courant.

— Ne traîne pas, le réprimanda la fleuriste. Tiens, voici un plan de l'enceinte. Allons-y. Et fais attention ! C'est un vrai pandémonium ! Des pavillons toujours en cours de montage, des vols, des détériorations… J'ignore comment ils comptent terminer.

En entrant, Rick resta coi.

Si l'extraordinaire architecture du Crystal Palace l'avait ébloui, l'intérieur le saisit encore davantage. Il jeta un œil à la ronde, émerveillé, et admira l'incroyable toit de verre qui laissait voir les nuages. Le luxe des tapisseries qui habillaient les cloisons, la splendeur des fontaines de cristal, la somptuosité des statues émaillant les galeries, la monumentalité de l'enceinte elle-même, capable d'accueillir dans son transept cinq immenses peupliers… tout le fascinait.

Et si tous les travailleurs de Londres semblaient s'affairer à l'extérieur de la bâtisse, le reste de la population était apparemment dedans. Des armées d'ouvriers s'étendaient à perte de vue et s'efforçaient de mettre la dernière touche au moindre détail.

— Impressionnant, n'est-ce pas ? fit remarquer la veuve Hartford à pleine voix. Et dire qu'il manque une bonne partie des objets qui seront exposés ! La seule chose que je ne supporte pas, c'est ce bruit infernal.

Rick acquiesça. En effet, le vacarme des machines en fonctionnement était assourdissant. Il reconnut une presse d'imprimerie qui crachait les exemplaires d'un journal, une grue articulée dont les dizaines de pistons et de pompes dansaient en l'air de manière convulsive et un métier à tisser devenu fou qui s'agitait frénétiquement. Hellen Hartford lui expliqua que l'exposition présentait encore bien d'autres machines merveilleuses.

— Je me demande s'ils vont bientôt les arrêter, lui cria-t-elle à l'oreille. À cette heure-là, ils les branchent pour vérifier leur bon fonctionnement.

Comme si l'on avait entendu son souhait, au même instant, les machines exhalèrent des rugissements plaintifs et s'apaisèrent peu à peu avant de s'arrêter définitivement. Comme Rick s'étonnait de cette synchronisation, la fleuriste lui expliqua que les principaux dispositifs mécaniques de l'exposition étaient reliés par des trains de poulies et de courroies qui les mettaient en mouvement grâce à d'énormes chaudières situées dans un bâtiment annexe.

— C'est pourquoi toutes les machines cessent de fonctionner en même temps lorsqu'ils éteignent la chaudière générale, conclut-elle.

Rick pensa à Memento qui se réjouirait de voir exposées toutes ces merveilles technologiques. Il se demanda un instant si son ami avait pu changer son or contre des espèces. Il irait lui rendre visite en fin de journée pour s'en enquérir.

Soudain, la veuve Hartford leva le bras pour saluer quelqu'un et se dirigea au pas de course vers ce qui ressemblait à un luxueux espace de détente installé sous les peupliers.

— Allez, secoue-toi ! le pressa-t-elle.

Rick, avec sa brouette, passa la magnifique grille en fer forgé qui donnait accès au jardin où se trouvait la salle des rafraîchissements très select. Il comprit que l'homme que venait de reconnaître la veuve Hartford était un gros bonnet. En effet, il distribuait des ordres à plusieurs assistants qui, échine courbée, se tenaient devant lui comme devant un noble. Au vu de ses cheveux grisonnants, Rick lui donna la cinquantaine. Il portait un élégant manteau Chesterfield cintré à double boutonnage et un chapeau haut de forme qui, avec ses impeccables bottes à talons, dissimulait sa petite stature. Rick fut surtout interpellé par sa moustache frisée au fer et son lorgnon en or. Lorsque l'homme s'inclina pour saluer la fleuriste, Rick se maintint à une distance prudente et les observa discuter avec entrain.

— Voyons, Rick, ne sois pas timide. Approche-toi ! lui enjoignit Hellen Hartford dans de grands moulinets. Veuillez l'excuser, cher Gustav, c'est mon neveu qui arrive tout juste des colonies, il ne connaît pas encore nos manières. Permettez-moi de faire les présentations. Rick Hunter, voici l'honorable Dr Gustav Gruner, consul d'Allemagne, conseiller personnel du prince Albert et responsable de la sécurité du Crystal Palace.

Après avoir posé la brouette, Rick lui tendit la main, mais au lieu de lui rendre la politesse, l'Allemand porta son attention sur un serveur d'un certain âge qu'il réprimanda pour sa lenteur. Une fois sa colère apaisée, il mit son lorgnon pour observer Rick tel un étrange spécimen.

— Vous venez donc des colonies ?

Il prit place autour d'une table sur laquelle reposait une tasse et invita les nouveaux venus à le rejoindre.

— D'où, exactement ?

— De Boston, dans le Massachusetts, répondit Rick. Ma famille y a émigré avant que je…

Gustav Gruner l'interrompit pour s'adresser à nouveau au serveur, avec un fort accent germanique, tout en repoussant sa tasse d'un geste rageur :

— Écoute-moi bien, bougre d'idiot, je t'ai dit que je ne voulais pas de résidus de feuilles de thé ! Reprends cette cochonnerie ! Oui, excusez-moi, dit-il en revenant à Rick avec d'apparentes bonnes manières, l'incompétence me fait sortir de mes gonds. Cette entreprise, là, Schweppes, ils servent de très bons produits, mais je ne comprends pas pourquoi ils embauchent des vieillards avec un pied dans la tombe. Enfin… Vous disiez que vous veniez du Massachusetts… J'ai toujours ressenti une certaine curiosité pour ces mondes grouillant de sauvages… Au fait, madame Hartford, comment se passe l'approvisionnement des fleurs ? J'ai reçu des plaintes de la part d'un exposant concernant des retards, précisa-t-il en laissant Rick parler dans le vide.

— Oh, cher Gustav, vous savez à quel point ces plantes tropicales sont délicates, bredouilla-t-elle. Il est vrai que nous avons eu un problème, qui a depuis été résolu, et les commandes seront honorées conformément à ce qui a été prévu. D'ailleurs, ces magnifiques bouquets sont destinés au pavillon des Indes. D'autre part...

— Je suis ravi de l'entendre ! Vous n'imaginez pas la quantité d'incompétents auxquels j'ai affaire tous les jours. Tous les jours ! Et quand on parle du loup..., ajouta-t-il en regardant la tasse de thé qui n'avait pas encore été retirée. Il me semble avoir fait preuve d'assez de patience envers ce serveur. Veuillez m'excuser, je suis extrêmement occupé et je vais devoir employer dix minutes de mon temps à le congédier.

M. Gruner se leva, mit son haut-de-forme et disparut dans la foule sans laisser à Rick et à la veuve la possibilité de le saluer.

— Quel malotru ! maugréa Hellen Hartford après s'être assurée qu'il ne pouvait plus l'entendre. S'il n'était pas craint de tous, plus d'un lui aurait déjà fait manger son chapeau.

À en juger par son ton, Rick déduisit que Hellen Hartford aurait été ravie de s'en charger. Il serait intéressant d'en apprendre davantage sur ce grossier personnage.

— J'ai fait sa connaissance peu après qu'on m'a confié la décoration des stands, déclara la fleuriste avant que Rick ne lui pose la question. Les gens qui ont eu affaire à lui le taxent de parvenu sans scrupule.

La seule chose qui le préoccupe, c'est lécher les bottes du prince Albert. Il se prend pour le maître du Crystal uniquement parce qu'il est allemand, comme notre prince… En outre, il surveille le moindre détail jusqu'à l'obsession. Il veut tout savoir, tout contrôler.

— Si Gruner est responsable de la sécurité, pourquoi aurait-il son mot à dire sur les ornements floraux ?

— Je lui ai moi-même posé la question. Il s'est gonflé comme un crapaud et m'a répliqué qu'il valait mieux éviter de contrarier une certaine catégorie de gens, dont il faisait partie. Bref, changeons de sujet. Gruner a le don de m'exaspérer.

Elle s'empara de la tasse de thé encore fumante qu'avait laissée l'Allemand et la vida d'une longue gorgée.

Ce Gustav Gruner inquiétait Rick, qui avait tendance à se méfier de tous ceux qui méprisaient leurs semblables. L'Allemand ne faisait guère exception. Il se réjouit de ne pas lui avoir serré la main. C'était comme si son lorgnon et sa moustache frisée le confortaient dans l'illusion d'appartenir à une race supérieure, qui l'exemptait de l'obligation de respecter ses congénères.

Rick suivit Mme Hartford lorsqu'elle se leva pour se diriger vers le comptoir de la buvette. Tandis qu'elle lorgnait un appétissant pudding au chocolat, un jeune homme en livrée s'approcha d'elle.

— Lord Bradbury vous invite aimablement à venir le retrouver, l'informa-t-il.

Hellen Hartford hocha la tête en signe d'acquiescement et engloutit avec avidité la part de gâteau qu'on venait de lui servir. Puis, la bouche encore pleine, elle se tourna vers Rick :

— Viens avec moi, j'ai un rendez-vous.

Ils suivirent le garçon en livrée jusqu'au pavillon de Birmingham, où les attendait un vieillard à l'air affable, prostré dans une chaise roulante.

— Chère amie ! s'écria-t-il tandis que ses yeux humides s'illuminaient devant la veuve.

Elle lui tendit la main – qu'il s'empressa de baiser en souriant – et lui présenta Rick comme son neveu récemment arrivé d'Amérique, comme elle l'avait fait avec Gustav Gruner.

— Enchanté de faire votre connaissance, le salua Rick.

— La famille de Mme Hartford est comme ma propre famille, répondit gracieusement le vieil homme.

— Lord Bradbury est un vieil ami de mon défunt mari. Lorsqu'il a appris que je traversais des difficultés, il a eu la bonté de devenir… comment pourrais-je dire… mon mécène ?

— Je vous en prie, très chère… Vous allez me faire rougir. À quoi bon avoir de l'argent, sinon pour le dépenser ? Et des amis, sinon pour prendre soin d'eux ? sourit-il.

— Toujours aussi modeste. Rick, tu dois savoir que lord Bradbury n'est pas uniquement un amoureux des fleurs. En réalité, il se passionne pour tout ce qui a trait à la nature.

— Chère Hellen, je vous en prie, cessez vos compliments ou vous allez finir par m'embarrasser. Disons plutôt que, comme je ne peux plus jouir de la nature comme je le voudrais, expliqua-t-il en touchant ses jambes mal en point, je tâche de m'en entourer.

— Ce satané cheval n'aurait jamais dû naître, déclara la veuve Hartford.

— Le pauvre animal n'y était absolument pour rien, l'excusa lord Bradbury. C'est le cavalier qui n'aurait jamais dû essayer de sauter ce fossé. Enfin, ce qui fait est fait, même si j'avoue avoir la nostalgie du temps où je pouvais monter à cheval. Au moins, je puis encore marcher ; mais lorsque la douleur m'assaille, je préfère utiliser ma chaise.

Rick vit les yeux du vieil homme s'embuer. Tiré à quatre épingles et coiffé d'une perruque d'un blanc immaculé, il sortit un mouchoir de la manchette de sa veste pour essuyer ses larmes. Sur ces entrefaites, la fleuriste s'adressa au jeune homme :

— Va remettre les bouquets au responsable du pavillon des Indes au niveau de l'entrée principale, s'il te plaît. Ne t'inquiète pas pour moi, je t'attends ici, en bonne compagnie.

— Que dois-je faire des plants de fleurs ? Je les laisse ici ?

— Non, prends-les aussi, et je te dirai à ton retour où tu dois les livrer.

Rick acquiesça sans ciller. Il repéra sur le plan le pavillon où l'envoyait la veuve Hartford, près de l'entrée sud donnant sur Kensington Gore, et quitta celui de Birmingham avec son précieux chargement.

11

En chemin, Rick ne cessait de s'émerveiller devant l'incroyable spectacle qui s'offrait à ses yeux : d'impressionnants trônes taillés dans du délicat marbre rose, des écrins où brillaient des diamants sans prix, des fontaines d'eau de Cologne, des assortiments de brocarts exotiques, des bêtes sauvages empaillées, des cabinets d'aisances, des poêles, des chandeliers inouïs... À cela s'ajoutaient toutes sortes d'éléments ornementaux, la plupart encore éparpillés sur le sol, attendant d'être installés sur leurs supports respectifs. Leur profusion semblait rivaliser avec celle des travailleurs, dont certains transportaient des tasseaux arrachés à la clôture provisoire pour former le plancher de l'enceinte.

Mais c'étaient surtout les machines qui stupéfiaient Rick. Il y en avait des centaines, si rutilantes que les imaginer en fonctionnement faisait presque de la peine. Machines à fabriquer des rafraîchissements, métiers à tisser mécaniques, débroussailleuses, presses d'imprimerie, charrues et moissonneuses-batteuses, torréfacteurs à café, fours géants, mannequins articulés, presses hydrauliques, locomotives, appareils photographiques, moteurs de navires, grues colossales...

On avait exposé dans ce prodigieux Crystal Palace les artefacts les plus invraisemblables qu'un savant fou aurait pu concevoir.

Rick leva les yeux vers les allées du niveau supérieur, également encombrées de présentoirs, qui, tels des balcons, couraient de chaque côté des travées.

— Hé, faites attention ! l'admonesta un ouvrier quand, dans un moment de distraction, Rick manqua renverser sa brouette.

Il redressa les bouquets et consulta de nouveau le plan. En relevant la tête, il constata qu'il se trouvait devant la salle la plus proche de l'entrée sud, entre les deux billetteries, précisément celle que lui avait indiquée la veuve Hartford. Il poussa la brouette entre les tentures de soie accrochées à la balustrade supérieure et croisa deux Hindous à qui il demanda où était la personne responsable du pavillon. Les hommes le regardèrent sans comprendre.

— Le responsable ? Le *prabhari* ? répéta-t-il.

L'un d'eux se gratta le turban et interrogea l'autre qui secoua la tête. Rick s'apprêtait à quitter les lieux lorsqu'une douce voix féminine l'arrêta.

— Des fleurs magnifiques. D'où viennent-elles ?

Il se retourna pour répondre, mais les mots lui restèrent coincés dans la gorge lorsqu'il aperçut la jeune femme aux yeux bleus, vêtue d'un voluptueux sari orange, qui l'avait apostrophé.

— Vous êtes… ? s'enquit Rick sans parvenir à terminer sa phrase.

— Je suis celle qui a posé une question la première, répliqua-t-elle en esquissant un sourire.

Impossible de ne pas remarquer sa magnifique silhouette, soulignée par le sari. Les Londoniennes avaient tendance à dissimuler leurs hanches sous des crinolines de la taille d'une cloche. Pourtant, à en juger par la blancheur de son teint et son accent, la jeune femme paraissait authentiquement anglaise. Médusé, Rick ne savait comment réagir.

— Vous parlez bien ma langue ? insista-t-elle.

— Bien sûr, bégaya-t-il, toujours troublé, je vous demande pardon. Je ne m'attendais pas… Enfin, je veux dire… Je cherchais le responsable du pavillon pour lui remettre ces fleurs et…

— Ah, je vois. Karum s'est absenté, mais ne vous inquiétez pas, je peux m'en occuper.

— Je suis navré, mademoiselle…

— Loveray. Madame Daphne Loveray, articula-t-elle en insistant sur le mot *madame*.

C'était le nom figurant sur le billet que Memento avait trouvé dans le fusil du tueur à gages. Rick en resta bouche bée.

— Excusez-moi, bredouilla-t-il en ôtant sa casquette. Pardonnez ma stupeur, madame Loveray, vous m'avez soudain rappelé quelqu'un.

— Vraiment ? J'espère que c'est une bonne chose.

— Hélas, non, répondit Rick, la mine assombrie.

— Je suis désolée. Je vous disais que je pouvais m'occuper des fleurs, reprit-elle pour changer de sujet.

— Je vous remercie pour votre proposition, mais ces bouquets sont extrêmement délicats, et j'ai reçu des ordres très clairs : les remettre en main propre au responsable du pavillon des Indes.

— Fort bien, vous allez donc devoir vous promener avec vos bouquets délicats dans ce capharnaüm en attendant le retour de Karum.

Elle invita Rick à regarder derrière elle. En avisant l'essaim frénétique de travailleurs qui se pressaient dans l'enceinte, il se souvint qu'il avait manqué renverser sa brouette quelques minutes auparavant. De toute évidence, s'il se déplaçait avec des fleurs au milieu d'un tel tumulte, il y avait toutes les chances qu'elles finissent piétinées.

— Si cela ne vous ennuie pas, je vais attendre ici le retour de ce monsieur.

— Comme vous voudrez, même si, pour tout vous dire, je ne pense pas que ce soit une bonne idée. Il risque de tarder, et vous et vos fleurs allez sûrement gêner le passage de l'éléphant.

— Je vous demande pardon ? s'exclama Rick, croyant avoir mal entendu.

— Vous avez bien compris. D'ailleurs, Karum doit être en train de prendre des dispositions pour son arrivée.

— Va-t-on vraiment faire entrer un animal pareil dans cette bâtisse ? demanda Rick qui haussa les sourcils, en se représentant les délicats vases du stand brisés en mille morceaux.

— Mais non ! précisa la jeune femme en affichant un sourire éblouissant. Il s'agit d'un spécimen empaillé. Apparemment, on s'est dit que cela ferait sensation. L'éléphant appartient à un musée dans le Suffolk. Cela n'empêchera pas la pagaille lorsqu'on va l'amener. Écoutez, je vous suggère de poser les bouquets ici et de m'accompagner jusqu'à l'entrée des livraisons. Je dois y régler une affaire, et nous y trouverons sans doute Karum.

— Le problème, c'est que si j'abandonne les fleurs trop longtemps dans cette immense serre, la chaleur pourrait…

— Voyons, laissez-moi regarder… Des pétunias, des glaïeuls, des roses, des lis, quelques pensées… Vous exagérez, rien qui ne puisse attendre une heure ou deux dans un endroit aéré.

— Eh bien, je vois que vous vous y entendez ! En fait, la personne qui m'envoie m'a instamment prié de les surveiller moi-même jusqu'au moment de les livrer.

— Je vois. Et j'imagine que la personne qui vous envoie est la veuve Hartford, n'est-ce pas ? demanda-t-elle en souriant.

— En effet. Vous la connaissez ?

— Cela va sans dire ! Vous avez raison de lui obéir, car elle n'est pas commode. Mais vous pouvez me faire confiance. Regardez, ici, elles seront à l'abri, lui dit-elle en pointant du doigt un caisson de verre posé à l'écart.

Rick observa le visage de la jeune femme qui resplendissait de candeur. Sans qu'il puisse se l'expliquer, il se laissa convaincre.

— Entendu, je viens avec vous.

— Formidable ! Si cela ne vous ennuie pas de patienter un instant le temps que je me change…, dit-elle en montrant son sari orange, si ajusté.

— Bien sûr que non, répondit Rick qui sentit son cœur frémir.

Cette inconnue lui ressemblait tellement… L'éclat de ses yeux, son sourire spontané, ses cheveux cuivrés, ses manières… Sans qu'il le décide, sa main effleura la bague accrochée à son cou. Il la serra et essaya de chasser les effroyables images qui lui venaient à l'esprit.

Lorsque la jeune femme sortit du vestiaire, vêtue d'une élégante robe à la mode, l'estomac de Rick se noua. Il crut apercevoir un être surgi du passé. Quelqu'un qu'il ne reverrait jamais.

— Ne restez pas planté là comme un piquet, allons-y ! s'écria-t-elle sur un ton résolu.

Sans donner la possibilité à Rick de réagir, elle se fraya un chemin dans la cohue des travailleurs qui s'écartèrent sur son passage comme si elle était la reine d'Angleterre en personne.

Alors qu'ils traversaient l'aile occidentale, la jeune femme s'intéressa à lui.

— Depuis quand travaillez-vous pour la veuve Hartford ? Vous n'avez pas l'air d'être un journalier.

Le plus approprié, se dit Rick, était de reprendre la version ébauchée par sa nouvelle patronne.

— En fait, je suis son neveu. J'arrive des États-Unis et je souhaite m'établir à Londres. Hier, comme le jardinier de ma tante manquait à l'appel, elle m'a demandé de l'aider. Et vous ?

— Moi ? Je ne suis qu'une Anglaise ordinaire qui affectionne les fleurs, lui répondit-elle sans se départir de son sourire. Vous venez donc du Massachusetts… Est-ce beau là-bas ?

Rick se racla la gorge. Il ignorait tout de cette région, mis à part que son nom s'écrivait avec quatre *s*.

— On trouve toujours du charme à son pays natal, n'est-ce pas ? Et vous, avez-vous vécu en Inde ? Je vous pose la question à cause du sari que vous portiez tout à l'heure.

— Oh, pas du tout ! rit-elle. Pour tout vous dire, je l'ai trouvé sur un mannequin du stand et je n'ai pas pu m'empêcher de l'essayer. Simple coquetterie féminine ! En revanche, je vous ai entendu parler hindi. Comment l'avez-vous appris ?

— Eh bien, disons que je m'intéresse aux langues étrangères, encore que je maîtrise à peine quelques mots, s'en sortit Rick tant bien que mal. Si ce n'est pas indiscret, qu'est-ce qui vous lie au pavillon des Indes ?

— Oh, pas grand-chose, déclara-t-elle sur un ton aimable.

Aimable, elle l'était assurément. Belle aussi, et spontanée, et loquace… Mais ce qui intriguait Rick par-dessus tout était la dimension irréelle de son regard. Il ne pouvait en déceler la cause. Peut-être était-ce l'éclat humide ou le bleu si intense de ses iris… Toujours est-il qu'elle respirait la joie de vivre. Ou peut-être que ses souvenirs faussaient sa perception.

En chemin, ils croisèrent une escouade de soldats qui marquaient lourdement le pas sans avancer d'un pouce. Intrigué, Rick en profita pour renouer la conversation.

— Parader sur place est un peu ridicule.

— Détrompez-vous, c'est ainsi qu'ils contrôlent la résistance du revêtement, m'a-t-on dit. Ils le font depuis plusieurs jours, sur ordre du responsable de la sécurité.

— Gustav Gruner ?

— Le connaissez-vous ?

— Assez pour ne pas désirer son amitié.

Daphne sourit de nouveau. En apercevant une énorme statue qui se balançait périlleusement tandis que des ouvriers déplaçaient son piédestal, elle déclara :

— Il y a trop de remue-ménage ici. Prenons un raccourci, ou vos fleurs vont mal finir.

Après avoir passé les pavillons de l'Afrique, du Canada et de Ceylan, ils traversèrent un stand médiéval débordant d'armures et empruntèrent une allée latérale consacrée aux machines horticoles.

— Tout cela est vraiment fascinant, s'émerveilla Rick.

— Vous n'avez encore rien vu, fit-elle en souriant de nouveau. J'ai découvert ici les articles les plus insolites, depuis un lit qui vous réveille le matin en vous jetant la tête la première dans une baignoire jusqu'à un prédicteur de tempêtes, constitué d'une bassine remplie de sangsues reliées à une cloche. On m'a même dit qu'on voulait exposer des fauves en cage. Je doute qu'on ose concrétiser une idée aussi incongrue.

— Navré de vous contredire, mais j'ai vu tout à l'heure un chariot se diriger vers le Crystal Palace.

— Avec des tigres ? demanda-t-elle en s'arrêtant pour s'en assurer.

— Tout à fait, deux.

— Impossible ! s'exclama-t-elle dans un éclat de rire incrédule. À tous les coups, c'est une initiative de Gruner. La seule chose qui lui importe, c'est de faire de la réclame pour le Crystal Palace.

Ils poursuivirent leur chemin et s'approchèrent de l'entrée des livraisons où le flot de travailleurs était encore plus dense, à croire qu'on y versait leurs salaires. L'un d'eux, une brute patibulaire chargée de sacs, écarta Daphne d'une bourrade comme elle lui barrait involontairement le passage.

— Regarde où tu vas, idiote ! lança-t-il.

Rick rattrapa la jeune femme à temps, sans toutefois empêcher que sa brouette ne bascule, renversant les fleurs.

— Vous allez bien ? s'enquit-il.

Il attendit que Daphne se ressaisisse avant de s'adresser à l'ouvrier qui l'avait poussée.

— Vous devriez lui présenter vos excuses, lui suggéra-t-il.

— Tu rigoles ? C'est à toi de faire gaffe à ce que fait ta catin.

Le type cracha en direction de Daphne Loveray. Rick lui flanqua aussitôt un uppercut dans la mâchoire qui, en plus du glaviot, lui fit aussi cracher quelques dents. Il éloigna ensuite la jeune femme, sans attendre que l'autre recouvre ses esprits, et tous deux quittèrent l'enceinte par une sortie de secours.

Une fois dehors, Daphne s'arrêta pour lui reprocher son intervention.

— Je vous remercie, mais je sais me défendre toute seule, déclara-t-elle d'un air contrarié.

— Tiens donc ! rétorqua Rick avec une pointe de suspicion. Et peut-on savoir comment vous vous y seriez prise ? En utilisant vos jupons pour frapper son entrej… ?

Sans le laisser terminer sa phrase, elle sortit un petit poignard de sa ceinture, qu'elle pressa contre la gorge de Rick, puis le remit sous sa crinoline aussi vite qu'elle l'avait dégainé.

Le jeune homme déglutit. Sans raison apparente, celle qu'il avait prise pour un ange s'était subitement transformée en démon. Il s'interrogea un instant sur la véritable nature de Daphne Loveray, et s'apprêtait à réagir quand elle le devança, en baissant la tête comme une gamine repentante.

— Pardonnez ma rudesse. Il m'arrive de… Je suis vraiment désolée. Oh, regardez, voilà Karum ! s'exclama-t-elle en levant les yeux. S'il vous plaît, attendez-moi une minute, je vais lui parler. Et merci pour votre aide.

Sur ces mots, la jeune femme partit dans les jardins rejoindre un groupe où se détachait un homme de haute stature au teint bistre et au port distingué. Il écouta Daphne, considéra Rick du coin de l'œil, puis opina du chef, termina ses explications et s'approcha à pas lents. Rick constata que Karum le dépassait légèrement.

— On m'a dit que vous aviez apporté des fleurs. Où sont-elles ? lui demanda-t-il en lui décochant un regard dédaigneux.

— Sur votre stand, en lieu sûr, répondit Rick.

Karum s'exprimait dans un anglais parfait, encore qu'avec un accent. Son visage lui parut vaguement familier.

— Pour rien au monde je ne voudrais qu'elles s'abîment, ajouta-t-il en glissant ses pouces dans une ceinture de soie surmontée d'une broche éclatante représentant une divinité hindoue.

— Soyez sans crainte.

Rick chercha des yeux le soutien de Daphne, mais ne trouva nulle trace de la jeune femme. Karum parut s'en rendre compte.

— Elle est partie, l'informa-t-il. J'espère que ce que vous me dites est vrai. La personne qui a commandé ces fleurs est particulièrement exigeante et ne saurait tolérer la moindre imperfection.

— Puis-je me permettre de vous demander qui est cette personne si exigeante ? s'enquit Rick en défiant Karum.

— Vous pouvez, bien sûr. C'est la dame qui vous a conseillé de laisser les bouquets sur le stand des Indes orientales, Daphne Loveray, lui répondit-il en le toisant des pieds à la tête d'un air hautain, avant de tourner les talons en le laissant bouche bée.

Rick se demandait où diable avait pu passer Daphne. Après avoir jeté un œil à la ronde sans la voir, il se dirigea vers les jardins, où les travailleurs semblaient prendre leur pause. Profitant de l'interruption momentanée de la pluie, ils déjeunaient, se reposaient ou discutaient entre eux. Rick aperçut au loin la « maison à vapeur », l'annexe en bois où s'ébrouaient les chaudières chargées de fournir l'énergie aux machines du Crystal Palace. Dans un enclos ouvert jouxtant le bâtiment, des dizaines d'objets empaquetés semblaient attendre leur tour pour être déplacés dans l'enceinte.

Rick donna un coup de pied dans un caillou. Il observa sa brouette. Il avait bien essayé d'arranger les fleurs, mais certaines étaient irrémédiablement abîmées. Il expliquerait à Mme Hartford ce qui s'était passé et en appellerait à son indulgence. S'il était vrai que ses poings intéressaient la veuve, l'incident serait sans doute relégué au rang de l'anecdote.

Il s'apprêtait à rebrousser chemin quand, tout à coup, un hurlement terrifiant glaça le sang de tous ceux qui se trouvaient dans les jardins. Le premier cri fut suivi par d'autres plus déchirants encore, provenant des alentours de l'enclos. Les journaliers abandonnèrent immédiatement leur repas et rejoignirent la cohue qui se dirigeait vers la « maison à vapeur ». Rick laissa sa brouette dans un coin et leur emboîta le pas. En s'approchant, il entendit des gens réclamer désespérément une arme, tandis que d'autres appelaient à l'aide. Il écarta sans ménagement les badauds et aperçut devant lui le chariot des tigres. Ce qu'il vit le terrorisa.

Ouvrant grand sa gueule, l'un des fauves menaçait tous ceux qui osaient avancer, pendant que le second tigre dévorait une masse indistincte qui ressemblait à un homme.

— Pour l'amour de Dieu, qu'on le sorte de là ! entendit-il supplier.

— Une carabine, apportez une carabine ! implora une autre personne à grands cris.

Rick s'approcha un peu plus pour constater que l'animal mâchonnait bel et bien un bras humain.

— Les clefs ! Mais qui a ces foutues clefs ? vociféra quelqu'un avec détresse.

Rick n'hésita pas. Il était conscient qu'en abattant le tigre, il s'exposerait et se verrait obligé de prendre la fuite, perdant ainsi toute possibilité de retrouver ses assaillants, mais il n'avait guère le choix. Il se fraya tant bien que mal un passage dans la foule, dégaina son revolver, le chargea et s'apprêta à tirer. Au moment où il allait appuyer sur la détente, une décharge provenant de l'autre côté de la cage retentit. L'animal se tordit et poussa un rugissement saisissant avant qu'un second coup de feu ne le touche mortellement à la tête.

Un murmure de soulagement s'empara de tous ceux qui se pressaient devant le chariot. Rick rangea discrètement son arme. Le soldat qui avait tiré se hissa sur la cage et ouvrit la trappe supérieure par laquelle on donnait à manger aux fauves.

— Vite, un bâton ! ordonna-t-il.

Quelqu'un ramassa un pieu et le lui tendit. L'homme le prit et, toujours sur le toit, en toucha l'animal pour s'assurer qu'il était bien mort. Il se glissa ensuite non sans difficulté dans la cage et desserra les griffes qui retenaient la pauvre victime, avant de la retourner pour voir ce qui restait de son visage. Un ouvrier la reconnut et cria son nom comme s'il voulait la ressusciter :

— Grands dieux ! Gus ! Gus !

— Misère ! se lamenta un travailleur. Puisse Dieu l'accueillir auprès de Lui, et qu'on aille prévenir la veuve Hartford.

12

Gus n'ayant pas de famille à Londres, c'est Hellen Hartford qui s'occupa de ses obsèques.

Elle acquit un linceul en coton et un simple cercueil en pin brut, mais à l'intérieur capitonné. Elle fit aussi appel à un boucher pour arranger autant que possible le cadavre atrocement mutilé de son employé. Il était si amoché qu'il ne fut pas nécessaire de glisser la cloche dans le cercueil, celle que l'on déposait d'ordinaire pour le défunt au cas où il viendrait à ressusciter. Penny Ryan, dont le visage hâve semblait rivaliser avec celui du macchabée, se chargea des pleureuses. Comme Rick l'apprit plus tard, lord Bradbury, le bienfaiteur de la veuve Hartford, avait insisté pour assumer les frais au nom de l'estime qu'il portait au vieux jardinier.

Mais davantage que les détails des funérailles, c'étaient les explications que les responsables du Crystal Palace invoquaient pour justifier l'incident qui intriguaient Rick.

D'après ce qu'il avait lu dans les journaux du matin, Gustav Gruner, chargé de l'enquête, avait fourni un rapport le jour même de l'accident. Dans ses conclusions définitives, l'Allemand dénonçait l'inconscience du jardinier, lequel, selon un témoin présent sur les lieux, s'était, dans un accès d'audace, hissé sur la passerelle de la cage pour atteindre la trappe par laquelle on nourrissait les animaux, afin de pouvoir les regarder d'en haut. L'ouverture était, semblait-il, mal fixée et avait cédé sous son poids, ce qui avait provoqué l'effroyable tragédie dont ni le Crystal Palace ni aucun de ses employés ne pouvaient assumer la responsabilité. Une explication suffisamment solide pour convaincre ceux qui n'avaient pas vu l'infortuné Gus se faire dévorer par le tigre sans qu'une goutte de sang soit versée.

Alerté par ce détail, Rick se proposa d'aider le boucher lorsque celui-ci arriva chez la fleuriste. Après le déjeuner, les deux hommes installèrent une table au fond de la serre pour rapiécer le corps de Gus dans un semblant d'intimité. Ils le dénudèrent, puis le lavèrent soigneusement. Vingt-quatre heures seulement s'étaient écoulées depuis l'attaque du fauve, mais l'arôme des fleurs était impuissant contre les miasmes pestilentiels, qui envahirent très vite l'arrière-boutique. Au bout de quelques secondes à peine, le boucher fut pris d'un haut-le-cœur. Rick, qui s'était couvert le bas du visage avec un mouchoir imbibé d'une solution camphrée, poursuivit le travail avec la méticulosité d'un horloger.

Ce n'était pas la première fois qu'il observait les ravages provoqués par les assauts d'un fauve. Néanmoins, en constatant les morsures sur le cou entaillé du jardinier, il ne put éviter un frémissement d'effroi. Par ailleurs, les lacérations de son torse le décontenancèrent : trop nombreuses, trop profondes, elles avaient été réalisées par un instrument extrêmement tranchant. Sans doute à l'occasion d'une séance de torture. Rick ne voulut pas en voir davantage. Il prétexta un malaise et se retira pour parler à la fleuriste, laissant le boucher se débrouiller avec les intestins de Gus.

Il trouva Mme Hartford dans son bureau, le regard perdu et le maquillage ravagé par les larmes. Elle n'avait cessé de pleurer depuis qu'elle avait appris la tragédie. Depuis, Rick s'était efforcé de se comporter comme le neveu qu'il était censé être. La veille, il avait même dormi dans la boutique, sur un lit de fortune, tandis que la veuve passait la nuit assise bien droite dans son fauteuil, telle une statue de cire. Rick n'avait pas fermé l'œil non plus. Il sentait que la véritable raison pour laquelle elle lui avait demandé de rester tenait moins à son chagrin qu'à la peur, que trahissaient ses yeux.

— Le boucher est en train de finir, l'informa Rick. Si jamais vous avez besoin de quelque chose, Penny est en bas. Je suis épuisé. Si vous n'y voyez pas d'objection, j'aimerais rentrer chez moi pour me laver et me changer.

Hellen Hartford le considéra un instant, comme si elle ne le reconnaissait pas. Finalement, une lueur de lucidité traversa son regard.

— D'accord, mais ne tarde pas trop, le supplia-t-elle.

Sans perdre de temps, Rick prit un phaéton à la porte de Passion d'Orient et demanda au cocher de le conduire à l'hospice de Southwark. Il voulait voir Memento et récupérer au plus vite son argent.

Il trouva son ami absorbé par des plaques qu'il utilisait pour ses portraits. Lorsqu'il se glissa dans la remise, Memento le regarda à peine.

— Ah, c'est toi ? Entre et installe-toi où tu peux. Je suis en train de tenter une expérience qui pourrait révolutionner la photographie. Au fait, j'ai ton argent.

Rick chercha un endroit où s'asseoir.

— Combien as-tu obtenu ?

— 50 guinées.

— Mais ce n'est même pas un dixième de ce que ça vaut !

— Oui, c'est sans doute moins que ce que tu attendais, mais avant de monter sur tes grands chevaux, laisse-moi t'expliquer. L'autre jour, j'ai réfléchi et je suis arrivé à la conclusion que si j'essayais de changer la totalité du lingot, j'avais toutes les chances de me faire déplumer par le premier larron venu. Les usuriers sont souvent de mèche avec les tire-laine ou les engagent pour dévaliser leurs clients occasionnels. Un éclopé se baladant dans Londres avec 500 guinées sur lui serait une tentation bien trop grande. J'ai donc fondu et coupé le lingot en dix, c'est plus sûr et moins suspect. J'ai replacé les neuf autres parties dans la cachette habituelle.

Memento sortit les 50 guinées d'un tiroir et les tendit à Rick, qui les empocha sans émettre d'objection. Au contraire, il félicita son ami pour son initiative et lui demanda de lui obtenir la même somme. Il lui raconta ensuite tout ce qui s'était passé au cours de sa visite au Crystal Palace. Son récit terminé, Memento, qui avait retiré son matériel photographique de l'établi, le regardait ébahi, ses yeux de serpent plus écarquillés que jamais.

— C'est stupéfiant ! J'ai lu la chronique dans le journal, mais jamais je n'aurais imaginé que tu avais assisté à la scène.

Rick lui fit part en détail des incohérences du rapport de Gustav Gruner.

— J'ai eu l'opportunité de rencontrer cet Allemand. C'est le responsable de la sécurité du Crystal. Un menteur et un authentique goujat.

— Pourquoi en es-tu si sûr ? Selon les articles, il y a un témoin.

— Puisque je te dis que j'ai vu le tigre dépecer le corps du jardinier sans qu'une goutte de sang soit versée ! Le malheureux était mort depuis deux jours quand on l'a balancé dans la cage.

— Tu n'as peut-être pas bien regardé. Dans cette situation, sous le choc, entouré par la foule… Et puis, tu m'as raconté que tout s'était passé très vite.

— Je te dis que j'ai raison, bon sang ! Écoute, tout à l'heure, nous avons habillé le défunt. Il empestait déjà la putréfaction. Avec le temps qu'il fait en ce moment, il est impossible qu'un cadavre se corrompe ainsi du jour au lendemain. Et puis, il y a ces étranges blessures sur son torse.

— Si tu veux mon avis, Rick, cette obsession qui te hante te fait sans doute imaginer des choses. La question de l'odeur est subjective. Je préférerais éviter les exemples, mais ce qui empeste pour toi peut être délicieux pour moi.

Rick ne chercha pas à comprendre l'allusion de Memento.

— Je sais ce que je dis.

— Et moi, je sais que tu subis une pression énorme. Dans ces situations, on peut facilement émettre des jugements hâtifs. Dis-moi, depuis quand t'y connais-tu assez en tigres pour affirmer que ces « étranges blessures » ne sont pas des coups de griffes ?

— Depuis que j'ai parlé au propriétaire des deux fauves. Dans un premier temps il s'est montré réticent, mais lorsque je lui ai graissé la patte, il m'a confirmé ce dont je me doutais.

— C'est-à-dire ?

— Les tigres avaient subi une onyxectomie.

— Ce qui signifie ?

— Qu'on les a amputés de leurs griffes plusieurs mois avant de les acheter.

Rick profita d'être chez Memento pour manger un morceau. Avant de retourner à Portobello Lane, il devait se procurer des vêtements élégants.

— Je préférerais m'en faire tailler sur mesure, mais je n'ai pas le temps. Aurais-tu une friperie à me conseiller ?

— À ta place, j'irais dans le grand magasin de Monmouth Street dont les journaux font l'article. Tu y trouveras de tout, depuis un costume de marquis jusqu'à des frusques de bagnard, répondit Memento en crachant sa chique.

Rick hocha la tête. Il connaissait cet endroit, un peu trop central à son goût.

— En parlant de journaux, j'ai feuilleté plusieurs anciens numéros et je ne m'explique toujours pas qu'aucun gazetier n'ait évoqué les deux hommes morts dans la gare de Spitalfields.

— C'est vrai que c'est très étrange. Après ce que tu m'as raconté l'autre jour, j'ai épluché toute la presse, sans rien trouver non plus.

— Bon… Il faut que j'y aille, dit Rick en vidant d'un trait la liqueur que Memento avait servie avec les biscuits. Merci pour tout, et…

— Attends une minute. Pourquoi ne prendrions-nous pas une photographie du mort ?

— De qui ? Du jardinier ?

— Oui, de ce Gus dont tu viens de me parler. Tu m'as bien dit que sa famille n'habitait pas à Londres ?

— C'est exact, mais je ne comprends pas…

— C'est très simple. Ce serait un geste pour ses proches, car, le temps qu'ils arrivent à Londres, hormis les vers, il ne restera plus grand-chose de leur parent. Une photographie du défunt, comme lorsqu'il vivait encore, serait un très beau souvenir.

Rick haussa un sourcil. Il savait que Memento avait très envie de l'accompagner dans l'une ou l'autre de ses aventures, seulement ce n'était pas le moment. Il y avait déjà eu deux morts, probablement liées – Joe Sanders et le jardinier.

— Pourquoi ferais-je une chose pareille ? demanda-t-il en essayant de faire comprendre à Memento que sa proposition n'avait aucun sens.

— Tu viens toi-même de le dire ! Tu ne sais plus où chercher, et la clef de cet imbroglio se trouve peut-être dans le bureau de Mme Hartford. Tu m'as aussi raconté qu'elle n'en sortait jamais et que le cadavre empestait. Eh bien, voilà : présentons-nous à la boutique avec tout mon bric-à-brac. Tu persuades la fleuriste de nous autoriser à photographier le mort ; de mon côté, je m'arrangerai pour la convaincre que le seul endroit approprié pour les daguerréotypes est son bureau. Une fois qu'elle aura consenti, je l'imagine mal rester, à cause de la puanteur atroce…

— Je pourrais alors en profiter pour…

— Exactement !

— Mais as-tu pensé à son visage défiguré ? La veuve pourrait avancer que personne ne voudra d'un tel souvenir.

— N'aie crainte, Rick, c'est mon métier. En choisissant le bon angle, ce ne sera pas un problème.

Rick considéra les yeux sans paupières de Memento, qui le fixaient aussi anxieusement qu'un chien attendant qu'on lui jette un os. Il secoua la tête. L'idée n'était pas si saugrenue, mais il redoutait de mettre son ami en péril. Cependant, devant son regard insistant, il finit par céder. Tant qu'il resterait à ses côtés, Memento serait protégé. Lorsque Rick lui dit qu'il acceptait, il hurla de joie comme s'il avait atteint le paradis.

Ils convinrent de se retrouver deux heures plus tard, à l'entrée de l'hospice, laissant largement le temps à Rick de se procurer une nouvelle tenue et à Memento de préparer la carriole pour transporter son matériel photographique. Ils mirent au point leur stratégie. Pour éviter tout risque, le jeune homme raconterait avoir rencontré Memento le matin même par le biais d'une réclame.

Rick ne s'éternisa pas dans la friperie de Monmouth Street. Les vendeurs essayèrent bien de lui fourguer des chemises à col relevé à la Brummel, des fracs, une tenue de chasse et des bottes assorties, mais Rick choisit des vêtements plus modernes et moins ostentatoires afin de rester discret. Il se décida pour une redingote sombre et cintrée, un pantalon de flanelle, une chemise blanche bien amidonnée et une jolie cravate rouge.

— Un haut-de-forme serait la cerise sur le gâteau, lui dit le calicot en lui tendant un chapeau avec un sourire affecté.

Devant un grand miroir en pied, Rick frémit. Son image lui rappelait celle qu'il renvoyait autrefois, notamment le jour où il avait demandé la main de sa fiancée. Soudain, sa vue se brouilla.

— Vous allez bien, monsieur ? Si cela vous semble trop onéreux, je peux vous faire une remise…

Rick le remercia pour son geste, mais paya rubis sur l'ongle. Il quitta ensuite la boutique et retourna à l'hospice de Southwark.

Il trouva Memento à la porte, vêtu d'un macfarlane et affublé des besicles noires qui cachaient ses yeux étranges, adossé à l'une de ces charrettes en bois utilisées par les colporteurs de livres. Après en avoir solennellement repeint les côtés, il en avait fait un atelier ambulant de daguerréotypie.

— Eh bien, dis donc, quel changement ! s'écria-t-il en voyant la tenue de son ami.

— Où est la mule ? s'enquit Rick.

— Le gardien va la sortir. Ils lui font une petite beauté, histoire qu'elle soit présentable.

En attendant, les deux amis passèrent en revue les détails de leur mise en scène. Lorsqu'il vit arriver la bête de somme suivie d'une légion de mouches, Rick se demanda ce que son ami pouvait bien entendre par « petite beauté » et « présentable ».

— Je te rappelle l'adresse, 57, Portobello Lane. Je vais te devancer pour préparer le terrain. Et n'oublie pas : pas de familiarité, toi et moi nous ne nous connaissons pas.

En entrant dans la boutique de fleurs, Rick fut surpris de voir se presser autour du cercueil une foule de paroissiens qui se lamentaient comme s'ils avaient perdu un enfant. Penny lui raconta que, désireux de découvrir les détails les plus scabreux de la mort de Gus, badauds et commères s'étaient joints aux pleureuses. Si certaines personnes s'étaient vêtues de noir, faisant écho aux couronnes de laurier ceintes de crêpes de deuil, la plupart portaient leurs habits de tous les jours. Ce fut sans doute la raison pour laquelle la tenue de Rick suscita toutes sortes de commentaires à voix basse.

La fleuriste s'approcha et le tira à l'écart.

— Peut-on savoir ce que tu cherches, bon sang, en t'habillant de cette façon ?

— Oubliez-vous que je suis de la famille ? Je me suis dit que, si je devais vous suivre partout, je devais être à la hauteur, lui expliqua-t-il en désignant son ridicule couvre-chef orné d'un chat empaillé.

La fleuriste inspira une grande bouffée d'air, comme un taureau, mais en relâchant son souffle, elle paraissait convaincue par l'argument de Rick.

— Entendu, mais écoute-moi bien : n'oublie pas qui tu es et la raison pour laquelle je t'ai engagé ! Il y a ici des gens que je ne connais pas. Ouvre donc bien les yeux et veille à ce que personne ne s'approche de mon bureau.

Rick acquiesça. Avec l'assentiment de la veuve, il s'éloigna et entreprit d'examiner l'assistance en détail. Les femmes lui donnèrent l'impression d'être de simples ménagères, sans autre dessein que d'avoir une bonne histoire à raconter à leurs amies. Quant aux hommes, soit ils appartenaient à la paroisse et étaient venus pour aider à porter le cercueil, soit ils accompagnaient leurs épouses. Rick n'eut guère le loisir de les observer plus longtemps, car, très vite, une mule tirant une carriole extravagante se présenta à la porte cochère de la boutique.

En apprenant que le conducteur, un homme voûté et affublé de besicles teintées, désirait lui parler, la veuve Hartford crut qu'il s'était échappé d'un asile. Redoutant qu'il puisse représenter un danger, elle chercha instinctivement Rick des yeux. Celui-ci la rassura et s'empressa de l'éclairer à ce sujet.

— Chère tante, pardonne-moi d'avoir oublié de te prévenir. Ce monsieur est un photographe réputé. Il s'appelle Memento Mori. Il y a quelque temps, je suis tombé sur une réclame où il proposait ses services, et je me suis dit que ce serait une belle façon de faire honneur aux proches de Gus.

— Comment ? Je ne comprends pas, explique-moi.

— Je vous en prie, permettez-moi de vous dire de quoi il retourne, intervint Memento en exécutant un simulacre de révérence. L'arrivée de la mort est horrible, voire ingrate. Toute une vie d'efforts pour finir mutilé… dévoré… !

— Excusez-moi, monsieur Momento…

— Memento, madame ! Memento Mori. C'est mon nom d'artiste, voyez-vous. Cela signifie…

— Cela signifie justement « souviens-toi que tu vas mourir », l'interrompit Rick, redoutant le manque total de pouvoir de persuasion de son ami. C'est un pseudonyme qui fait écho à sa profession. M. Memento est en effet spécialisé dans les clichés de défunts. Il fait en sorte qu'ils aient l'air vivants, afin que les proches ayant eu le malheur de perdre un être cher aient une trace de leur parent post mortem. Je me suis dit que cela permettrait à la famille du pauvre Gus d'en conserver un souvenir réconfortant.

— Ah, formidable, réagit Mme Hartford en arquant les sourcils sans conviction. Et qui est censé payer ses honoraires ?

— Chère madame, intervint de nouveau Memento, lorsque votre neveu m'a expliqué la mésaventure de votre jardinier, je me suis proposé de le photographier à mes frais.

— Personne ne fait rien gratuitement, se méfia-t-elle.

— Vous avez raison. Mais je suis persuadé que la publicité que je tirerai de cette affaire m'apportera de nombreux clients.

— Pensez à la famille de Gus, s'interposa Rick. Le temps qu'ils arrivent, il ne restera plus que ses os. Pensez à ses enfants, ses petits-enfants…

— Oui, pensez à eux, madame, renchérit Penny qui avait tout écouté.

La veuve Hartford regarda ses trois interlocuteurs avec la sensation d'être mise au pied du mur. Elle s'apprêtait toutefois à leur opposer un refus quand elle s'aperçut que toute l'assistance avait, comme Penny, suivi la conversation et attendait son assentiment.

— Bon, d'accord ! Mais sortez-moi de là cet affreux baudet ! Je ne veux pas de numéro de cirque dans ma belle boutique de fleurs !

Convaincre Mme Hartford que son bureau était le seul endroit réunissant les conditions requises pour photographier Gus s'avéra presque aussi difficile que faire faire demi-tour à la mule pour passer la porte cochère. Cependant, Memento insista lourdement sur le fait qu'il avait besoin d'obscurité, et la fleuriste finit par accepter à son corps défendant, à condition que ni le photographe ni son assistant ne touchent à quoi que ce soit.

Rick et trois paroissiens montèrent le cercueil au bureau. Memento avait déjà étalé un arsenal d'engins sur le secrétaire, sous l'œil attentif de la veuve. Après le départ des autres, elle s'intéressa au déroulé du processus.

Le photographe lui expliqua que, si les articulations n'étaient pas trop raides, il essaierait de placer le cadavre dans un fauteuil afin d'obtenir une posture aussi naturelle que possible. Étant donné que Gus n'était pas encore dans son linceul, il dissimulerait les accrocs de son pardessus sous un tablier de jardinier. Enfin, il utiliserait un crochet en forme de *U* pour fixer la nuque par-derrière et soutenir sa tête.

— Et bien entendu, je vais lui nouer un foulard autour du cou pour cacher ses blessures.

— Bien entendu..., répéta-t-elle de mauvaise grâce. Et combien de temps tout cela va-t-il prendre ?

— Ce sera rapide...

Memento regarda Rick, qui se racla la gorge. La veuve exigeait une réponse plus précise. En apprenant qu'il leur faudrait au moins une heure, elle poussa les hauts cris. Après un dernier accès de colère spécifiquement dirigé contre Rick, elle leur donna cependant l'autorisation de commencer.

Sans perdre une seconde, ils retirèrent le couvercle du cercueil pour laisser se répandre l'insupportable puanteur. À la première inhalation, la veuve Hartford en eut l'estomac retourné.

— Vous sentez-vous bien ? Voulez-vous un peu d'eau ? lui proposa Memento en lui tendant un verre maculé de sang.

Elle eut un nouveau haut-le-cœur et quitta son bureau en quête d'air frais.

— Pour l'amour du ciel, finissez au plus vite ! s'écria-t-elle en dévalant l'escalier.

Feignant la perplexité, Rick suggéra que Penny monte des plantes aromatiques pour combattre l'odeur de putréfaction. Il vit la veuve acquiescer tandis qu'elle s'éloignait en secouant ses vêtements pour se débarrasser de la pestilence.

Rick prit immédiatement la situation en main. Pendant que Memento s'occupait du mort, il ferma la porte sous le prétexte de contenir les miasmes, et ouvrit le tiroir du bureau où la veuve conservait son étrange cahier relié de cuir. À l'aide du coupe-papier serti d'une rose, il accéda au double fond et trouva le carnet. Il relut l'en-tête gravé sur la première page, « *SECRETUM LINGUA FLORUM* ».

Il compulsa avec empressement les dates, noms et adresses qui y figuraient. Cela ressemblait à un simple registre de commandes. Rien de particulier, hormis l'annotation en majuscules qui revenait de temps en temps à côté des dernières livraisons de fleurs : « Consulter A. Loveray au préalable. »

Daphne Loveray... L'extraordinaire jeune femme qu'il avait rencontrée au Crystal Palace le jour où le cadavre du jardinier avait été retrouvé dans la cage aux fauves.

13

Rick ne put copier que les dernières adresses du registre, car Penny Ryan fit irruption sans crier gare pour leur ordonner d'abréger. Par chance, avant qu'elle ne termine sa phrase, Memento s'était déjà interposé entre la vendeuse et son ami afin que celui-ci puisse remettre le cahier à sa place.

— Vous êtes donc d'Édimbourg, m'a raconté Rick ? lui demanda-t-il à brûle-pourpoint.

— C'est exact, répondit-elle en esquissant un sourire étonné.

— Il se trouve que j'y ai vécu un temps, et je suis surpris de ne pas vous y avoir croisée. J'aurais très certainement remarqué une dame si distinguée.

— Demoiselle…, corrigea Penny, stupéfiée par de telles flatteries, avant de se pincer le nez. Dieu du ciel, quelle horrible puanteur ! Dépêchez-vous de terminer, lord Bradbury vient d'arriver pour la veillée funèbre.

— C'est le grand inconvénient des morts, s'excusa Memento. Mais ne vous en faites pas. Descendez, nous finissons tout de suite. Il serait fort regrettable que votre teint magnifique soit gâté par l'odeur des miasmes.

— Merci, vous êtes très aimable. C'est curieux, je ne crois pas vous avoir vu à Édimbourg, et je pense que je me souviendrais de vos lunettes si particulières.

— Eh bien… Figurez-vous que je ne les porte que depuis que je me suis installé à Londres et que j'ai commencé à m'intéresser à la photographie. Elles me protègent des rayons, mentit-il. Elles ne me font certainement guère honneur, mais elles me permettent de mieux admirer votre extraordinaire beauté.

Memento fit une petite courbette. Penny sourit de nouveau à cet homme étrange qui l'accablait de louanges. Elle toussota sans savoir que répondre, puis tourna les talons pour se diriger vers l'escalier. Rick s'assura alors que le double fond du tiroir était bien emboîté et que tout était exactement à sa place.

— C'est bon, tu as fini ?

— Un instant. J'en prends une deuxième.

Rick tambourina des doigts en attendant que son ami termine. Quelques minutes plus tard, ils installèrent le malheureux Gus dans sa dernière demeure et le portèrent à l'entrée de la mezzanine. Avec les mêmes hommes qui les avaient aidés pour le monter, ils descendirent le cercueil et le placèrent au fond de la serre afin que l'odeur n'incommode personne.

En entrant dans la boutique, Rick entendit lord Bradbury insister auprès de la veuve Hartford pour voir son neveu ; celle-ci lui fit signe pour qu'il se joigne à eux. Il se dirigea donc vers le noble à perruque, assis dans sa chaise roulante.

— Milord…, le salua-t-il en inclinant légèrement la tête.

— Bien le bonjour, Rick. Enfin, façon de parler, compte tenu des circonstances. Je suis venu dire adieu au pauvre Gus, mais d'après votre tante, il vaut mieux que je m'abstienne de voir ce qu'il en reste. Elle m'a aussi raconté que son neveu avait eu l'heureuse idée de le photographier.

— C'est exact, milord. Si cela vous intéresse, il se trouve que j'ai ici…

Rick lui tendit le daguerréotype, protégé par une plaque de verre qui brillait dans un cadre de cuivre étincelant. Lord Bradbury chaussa son monocle pour regarder de plus près l'image du défunt.

— Par la barbe de Belzébuth, s'exclama-t-il en faisant tomber son pince-nez sur son plastron, mais il a l'air vivant ! Avez-vous vu, chère Hellen ?

La fleuriste prit le portrait et l'examina avec intérêt. En effet, Gus était paisiblement assis devant la bibliothèque de son bureau, les yeux ouverts, une main posée sur le genou, l'autre tenant un petit bouquet de fleurs. L'image était si nette que le jardinier semblait respirer.

— Impressionnant, balbutia-t-elle.

— Impressionnant ? Le mot est faible ! J'avais déjà vu ce genre de portraits, mais aucun si pur, marqué par une telle profondeur et un tel sens du détail. Qui en est l'auteur ?

— Un photographe que j'ai trouvé sur une réclame.

— Il est vivant ! répéta-t-il en regardant de nouveau le cliché. Pourrais-je en avoir une copie ?

— Hélas, non, milord. Pour autant que je sache, ces daguerréotypes sont uniques. Le photographe en a pris un second, mais de bien moindre qualité.

— C'est fâcheux. Quoi qu'il en soit, félicitez-le de ma part. La famille de Gus sera enchantée. Je vous en prie, montrez-le aux personnes ici présentes, c'est un travail remarquable !

Rick hocha la tête et récupéra délicatement le portrait. Il s'apprêtait à prendre congé de la veuve Hartford et de son bienfaiteur quand celui-ci l'interpella de nouveau.

— Un instant ! Je me demandais… Ce photographe serait-il disponible pour venir au Crystal Palace ? Je travaille actuellement à la publication d'un ouvrage commémoratif sur l'Exposition universelle, et figurez-vous que le plus difficile est la question des illustrations. Une série d'images d'une telle qualité, que mes artistes pourront ensuite reproduire, serait une aide précieuse. Il va de soi que je satisferais ses honoraires, quels qu'ils soient.

— Je ne connais pas ses engagements. En revanche, si vous le souhaitez, je peux l'appeler pour que vous…

— Non, laissez. Il se trouve que je suis pressé aujourd'hui. Je me suis arrêté un instant pour présenter mes condoléances aux parents de Gus, or je vois qu'ils ne sont pas là. Veuillez, je vous prie, transmettre ma proposition à cet artiste, et dites-lui qu'il me fasse porter sa réponse par l'intermédiaire de Hellen, répondit Bradbury en adressant un geste à son laquais pour qu'il le conduise à sa calèche. Ah, j'oubliais, j'ai invité votre tante à la garden-party que je vais donner à l'occasion de mon anniversaire dans les jardins royaux de Cremorne, à Chelsea, et naturellement j'étends l'invitation à son neveu des Amériques. J'espère donc vous revoir bientôt.

Lord Bradbury tapota deux fois sa canne sur le sol. Le laquais qui conduisait sa chaise la fit alors habilement pivoter et la poussa jusqu'à la voiture qui attendait à la porte de Passion d'Orient.

Les obsèques eurent lieu à Drury Lane, dans la crypte de l'église St Mary-le-Strand, dont Gus était un fervent paroissien. Comme la place manquait dans le cimetière, l'entourage du défunt dut attendre que le fossoyeur débarrasse l'une des niches du sous-sol pour procéder à l'inhumation.

— Ça a dû vous coûter une fortune ! grommela le croque-mort en introduisant le cercueil dans la cavité fraîchement vidée. Vous avez de la chance que ce soient des connaissances du révérend, parce qu'aujourd'hui, peu de morts trouvent le repos dans les vieux cimetières.

— Pourvu qu'il ne finisse pas comme ceux de la chapelle Enon, murmura Penny à Rick, assis à côté d'elle.

Lorsqu'il lui demanda de quoi il s'agissait, la vendeuse porta la main à ses lèvres.

— Une affaire horrible, souffla-t-elle. Il y a trois ans, il n'y avait plus de place pour de nouveaux défunts dans la chapelle Enon, à Clement's Lane. Les mauvaises langues racontaient que 15 000 corps environ étaient enterrés dans une crypte à peine plus grande que la serre de notre boutique. La chapelle a été vendue à un homme de négoce qui a retiré tous les macchabées et a construit une piste de danse. Elle est ensuite devenue un cirque. Mais bon, avec ce que Madame a déboursé, je ne crois pas qu'une chose pareille arrivera au pauvre Gus.

Décidément, autant d'attentions pour un simple jardinier surprenaient Rick.

Une odeur d'humidité et de cadavre flottait dans le sous-sol. Il regarda autour de lui. Les flammes des bougies permettaient à peine de distinguer les visages de ceux qui attendaient la fin de l'office. Rick commençait à s'impatienter. Après une ultime oraison funèbre, le révérend autorisa le fossoyeur à sceller la niche.

Une fois à l'extérieur de l'église, le jeune homme remit à l'heure sa montre qui s'était arrêtée au moment précis où Gus avait été retrouvé mort dans la cage aux fauves. La veuve Hartford fit de même avec la sienne, suivant la coutume.

— La vie continue, soupira-t-elle sans grande conviction.

Sur ces mots, elle passa devant Rick pour prendre place dans le fiacre qui devait les ramener à la boutique.

Pendant le trajet, il observa le visage épuisé de Hellen Hartford. Son regard semblait être resté dans la crypte, hanté par la mort et la désolation. Assise à côté, Penny tenait en silence la main exsangue de sa patronne. Personne ne disait mot. Pendant un instant, Rick eut la sensation qu'on l'avait enterré avec le jardinier. L'incessant claquement des sabots des chevaux lui rappela qu'il était encore vivant.

Après le remue-ménage que la tragédie avait suscité dans le voisinage, les jours qui suivirent les funérailles passèrent lentement, comme si les heures traînaient derrière elles la lourde pierre tombale de Gus. Tous les matins, Rick arrivait à la boutique dans l'espoir de découvrir une piste susceptible de le conduire aux hommes qu'il recherchait, convaincu qu'à tout moment l'étrange décès du jardinier précipiterait les événements. Cependant, les journées défilaient et se ressemblaient, sans rien de nouveau, comme les pages blanches d'un cahier.

Il en fut ainsi jusqu'à ce qu'on les attaque.

Tous les vendredis, après le déjeuner, Hellen Hartford se rendait au bureau de la Banque d'Angleterre pour y déposer la recette de la semaine. Comme elle se trouvait tout près de Portobello Lane, elle y allait à pied, et, par précaution, demandait à Rick de l'escorter. Ce jour-là ne semblait guère différent des autres. Ils étaient sortis avec leurs parapluies et Hellen marchait à une cadence surprenante pour sa corpulence. Derrière, Rick se tenait sur ses gardes, à l'affût de la moindre situation suspecte. Tout se passait normalement jusqu'à ce que soudain, à quelques mètres de la banque, deux individus encapuchonnés surgis de nulle part se jettent sur eux, frappent Rick dans le dos et arrachent le sac à main de la veuve.

Encore étourdi, le jeune homme se releva à temps pour apercevoir les malfaiteurs sauter une barrière et disparaître. Il n'hésita pas une seule seconde et se lança à leurs trousses en coupant par une ruelle, après avoir ordonné à sa patronne de se mettre à l'abri dans un café. Cette dernière obtempéra.

Rick tarda à revenir.

Elle finissait sa deuxième infusion de tilleul lorsqu'il fit irruption, hors d'haleine, dans le troquet. Trempé et mal en point, il se laissa tomber sur une chaise. Il réclama un verre d'eau et posa le sac à main de la veuve sur la table. Celle-ci blêmit comme devant un miracle. Elle s'apprêtait à reprendre son bien quand elle suspendit son geste, comme si, un bref instant, elle avait pensé qu'il appartenait à Rick.

— Tu vas bien ? se risqua-t-elle à demander.

Le jeune homme opina du chef et finit son verre d'eau.

— Des brutes épaisses, ces salopards. Je crois qu'ils m'ont brisé une côte, se plaignit-il.

Mme Hartford secoua la tête. Elle attrapa finalement son sac pour en vérifier le contenu. Soudain, sa mine s'assombrit.

— Maudits bâtards ! Ils ont pris l'argent. Voilà pourquoi ils t'ont laissé la vie sauve.

En guise de réponse, Rick mit la main dans la poche de son dolman et en sortit une liasse de billets qu'il posa à côté de son verre.

— Je les ai surpris au moment où ils commençaient la répartition, expliqua-t-il en luttant pour retrouver son souffle. Je me suis chargé d'un autre genre de distribution.

Rick montra à la fleuriste les marques sur ses poings. Celle-ci fixa la liasse de billets, bouche bée, comme s'il lui était impossible de croire que ce parfait inconnu avait non seulement risqué sa vie pour elle, mais lui rendait aussi la recette de la semaine qu'il aurait pu empocher sans être inquiété.

— Je savais que je ne m'étais pas trompée sur ton compte, conclut-elle.

Elle commanda un verre de gin pour Rick, paya la note et attendit qu'il reprenne ses esprits. Ils se dirigèrent ensuite ensemble vers la banque.

Bien que la veuve Hartford lui ait demandé d'assurer sa sécurité personnelle, elle passait des heures enfermée dans son bureau, reléguant son nouveau neveu à des tâches plus prosaïques.

Dès la première heure, Rick déchargeait et triait les fleurs en provenance des pépinières du Surrey. S'occupait de l'arrosage de la serre. Tamisait les graines à la recherche d'insectes. Aidait Penny à expédier les commandes. S'il lui restait du temps avant le déjeuner, il désherbait le petit potager que Gus avait commencé à cultiver près du cabanon à outils. L'après-midi, il taillait les massifs de fleurs. Amendait les plantes qui en avaient besoin. Arrachait les chaumes lui ayant échappé.

Il ne passait toutefois pas ses journées à trimer. Entre deux tâches, il discutait avec Penny, qui semblait peu à peu surmonter la perte du jardinier.

— On était très proches, répétait-elle sans relâche.

Rick acquiesçait chaque fois.

— J'imagine. Quand je pense que ça fait déjà deux semaines. J'en suis encore consterné.

— En plus, on croule sous le travail, ajouta la vendeuse en tremblant.

Elle était en train de confectionner une magnifique gerbe de narcisses et de véroniques qu'elle gâta au moment de l'envelopper. Rick s'empressa de l'aider. Il ramassa un narcisse tombé par terre et le remit soigneusement dans le bouquet.

— Si tu me permets…

— Mais qu'est-ce que tu fabriques ? s'écria-t-elle en renversant toutes les fleurs sur la table. Sacré bon sang ! Tu as vu ce que tu as fait ? Qu'est-ce qui te prend de tout mélanger au petit bonheur ?

La virulence de sa réaction surprit Rick. Il crut déceler sur son visage une moue apeurée et voulut s'excuser, mais elle le repoussa. Il l'observa recomposer le bouquet, en portant une attention particulière à l'emplacement du narcisse qu'il avait touché. À la fin, elle tourna légèrement ses pétales afin de les placer devant ceux d'une véronique.

— Je ne vois pas une grande différence, objecta Rick en levant un sourcil avec un certain dépit.

La colère revint sur le visage décharné de la vendeuse.

— Tu t'y connais en bouquets ? Écoute, tu m'as peut-être prise pour une imbécile l'autre jour en te faisant passer pour ce que tu n'es pas, mais tu as beau être le neveu de Madame, je ne vais pas permettre que…

— Ce que j'ai raconté l'autre jour n'était pas prémédité.

Rick toussota, sachant très bien que Penny faisait allusion à leur conversation, le matin où ils avaient fait connaissance. Elle clignait si fort des yeux qu'elle semblait s'éventer avec ses paupières.

— Madame m'a expliqué que c'est elle qui avait eu l'idée que tu te présentes comme un étudiant cherchant un emploi, mais si elle voulait s'assurer de ma loyauté, elle n'avait pas besoin d'un stratagème aussi grossier, ni d'un dandy pour me soutirer des informations. Ça fait des années que je travaille ici en donnant le meilleur de moi-même.

— Je sais. C'est exactement ce que j'ai pensé. Je lui ai même dit que ça ne me paraissait pas correct, improvisa-t-il. Mais tu la connais, elle est têtue comme une mule.

— Ça ne se fait pas, non, non, non ! Et je ne suis pas aussi maladroite qu'elle le croit ! dit-elle, les lèvres frémissantes, à deux doigts de pleurer. « Pourrais-tu me parler de ses goûts ? Il me faut ce travail, et je me dis qu'un petit geste pourrait m'attirer sa sympathie... »

Elle prit une inspiration qui parut lui rendre en partie sa dignité, puis se remit à sa tâche et acheva de retoucher le bouquet.

— Et voilà, regarde, maintenant il est parfait !

Rick s'arrêta pour observer la gerbe, qui, en effet, présentait une composition harmonieuse ; les pétales fuchsia et jaspés des pensées contrastaient avec les fleurs de lis, blanches et allongées.

— Il est magnifique, mais je ne comprends toujours pas ta réaction.

— Je t'ai juste empêché de massacrer mon travail.

Elle plaça le bouquet dans un vase d'eau sucrée afin qu'il se conserve plus longtemps. Puis elle se retourna vers Rick avec un air hargneux.

— Écoute-moi bien ! Tu en sais peut-être un rayon sur les maladies des plantes et mille autres choses, mais tu n'as aucune idée de la signification des fleurs ! Chaque bouquet est...

— Laisse-moi deviner... Une explosion de senteurs ? Une ode à la vie ? l'interrompit-il avec ironie.

— Arrête de dire n'importe quoi. Vous les hommes, vous n'êtes que des ignares !

Penny ferma les yeux pour ne pas le voir. Puis elle se retroussa les manches et pinça les lèvres.

— Qu'y a-t-il ? s'enquit Rick.

La vendeuse le toisait comme si elle se trouvait devant un cas désespéré. Après quelques instants de réflexion, elle s'assit sur une table, ouvrit le panier où elle rangeait son repas et tendit une pomme à Rick, qu'il accepta.

— Qu'est-ce que ça signifie ? lui demanda-t-elle.

— Quoi ?

— Seigneur, la pomme !

Rick considéra Penny, perplexe, puis observa le fruit comme s'il n'en avait jamais vu et croqua dedans. Il ignorait la réponse qu'on attendait de lui.

— Une pomme est une pomme. Tu la manges et c'est tout.

— Au nom de la reine Victoria ! Tu ne vois donc pas que cette pomme signifie que j'excuse ton comportement ? Les actions ont un sens, les pommes signifient des choses et les fleurs signifient des choses. Et pas qu'un peu !

Constatant que Penny prenait son laïus très à cœur, Rick comprit qu'il devait changer de stratégie.

— Tu as sans doute raison, mais je continue de penser que tu as eu une réaction exagérée.

— Exagérée ? Si tu savais de quoi il s'agit, tu aurais réagi de la même façon. Ce bouquet n'est pas un simple ornement. Il ne trônera pas sur la table d'une salle à manger, il ne décorera pas une bibliothèque, pas plus qu'il ne sera offert par un époux amoureux. Il faut donc que la disposition de chaque bouton, de chaque feuille soit exactement celle qui a été choisie. Si ta tante apprend que j'ai ruiné…

En s'apercevant qu'elle allait se trahir, Penny se tut soudainement. Elle inspira avec force avant d'éclater en sanglots.

— Allons, Penny, ne sois pas bête. Tu peux me faire confiance, la rassura Rick en essuyant ses larmes avec un mouchoir.

— Tu promets de ne rien dire à ta tante ?

— Bien sûr, tu as ma parole.

— Ce n'est pas qu'elle me l'a interdit, mais si elle apprend que je t'en ai parlé, elle pourrait se fâcher.

Ses lèvres frémirent comme si elle allait se remettre à pleurer.

— Je te jure qu'elle n'en saura rien.

Penny parut croire à la sincérité de Rick.

— Bon, je ne pense pas non plus mal agir. Au bout du compte, tu fais partie de la famille, commença-t-elle après une nouvelle inspiration qui fit gonfler son tablier. Eh bien, voilà, ce que je voulais t'expliquer, c'est que ce bouquet ne peut pas être modifié au risque d'altérer le message secret qu'il contient.

En entendant *message secret*, Rick dressa les oreilles comme un loup à l'affût d'une proie. Il mordit dans sa pomme et s'approcha de Penny pour ne manquer aucun détail. La vendeuse tira un autre fruit de son panier, le croqua comme si elle avait besoin de manger et poursuivit :

— En fait, à Londres, les Hartford n'ont jamais été considérés comme de simples fleuristes. On raconte que pendant des générations ils ont été les jardiniers de la famille royale à Édimbourg. C'est là-bas qu'ils ont appris le langage des fleurs, un code secret inspiré des anciens harems turcs, que notre ancien monarque, George II en personne, a découvert à l'occasion d'un voyage à la cour de Suède.

— Un code secret ? s'étonna Rick, le cœur battant la chamade.

— Oui, un moyen de communiquer qui permettait de contourner les contrôles sans éveiller les soupçons.

— Dans quel but les Hartford ont-ils appris ce langage ?

— Le même, j'imagine, que celui des concubines des sultans. Tu vois ce que je veux dire…

— Non, pas vraiment, dit Rick en jouant les ingénus.

Penny l'observa avec méfiance, avant de lui sourire d'un air condescendant, en découvrant ses dents gâtées.

— On raconte que tout a commencé par un jeu que le roi George a inventé pour surprendre ses invités. Lors des fêtes à la cour, il demandait à un convive d'écrire une phrase osée sur un carton et de le glisser dans une enveloppe. Il devait ensuite murmurer le message au jardinier, lequel confectionnait devant l'assistance un remarquable bouquet de fleurs, qu'il remettait à une dame désignée par le monarque. Enfin, cette dame, aidée par l'épouse du jardinier, révélait de vive voix et sans ouvrir l'enveloppe la signification des fleurs qui concordaient invariablement avec le message lascif.

— Eh bien, dis donc ! Un jeu coquin…

— Qui a très vite suscité l'intérêt des messieurs les plus libertins. Au fil des ans, ce qui n'était au départ qu'un divertissement privé est devenu un système de correspondance pour les amants secrets. Les nobles qui cherchaient à courtiser des femmes mariées ont trouvé dans le langage des fleurs un moyen idéal d'atteindre leurs objectifs libidineux.

— Et le monarque l'a autorisé ?

— Le roi ? s'écria Penny en se levant, désormais plus enjouée. Qu'est-ce qu'il pouvait bien faire pour l'empêcher ? Tu crois donc que ces nobles n'ont pas grassement payé les Hartford pour qu'ils leur révèlent les secrets du langage des fleurs ? Je ne veux pas donner raison à ce que les mauvaises langues affirment, mais apparemment, ils ont fait fortune en commerçant comme de vrais boutiquiers.

— Et la veuve continue donc d'exploiter ce négoce..., hasarda Rick.

— Pas du tout ! Au contraire. Le langage des fleurs a connu un si gros succès qu'il est devenu le sujet de conversation de tout Londres, au point que des éditeurs malins ont publié des livres qui décrivent la façon de confectionner ces gerbes. Bref, ce qui avait commencé par un recueil de messages lascifs a fini en une série d'ouvrages remplis de beaux dessins et de messages sans intérêt que toutes les dames de Londres collectionnent aujourd'hui dans leurs bibliothèques. Nous, nous continuons de composer des bouquets comme celui-ci, pour que des hommes naïfs les envoient à leurs prétendantes en imaginant qu'elles succomberont au charme de leurs manières princières.

Sa pomme terminée, Penny entreprit d'envelopper le bouquet. Rick demeura songeur. D'après ce qu'elle racontait, l'ancien langage des fleurs était devenu un instrument de séduction à la portée de tout un chacun, sans plus aucune dimension secrète. Mais s'il s'était popularisé, pourquoi une telle exaspération quand il avait touché la gerbe ? Et pourquoi cette réserve excessive au début pour ensuite tout révéler ? Quelque chose ne collait pas.

— En résumé, une histoire romanesque pour les amoureux, conclut Rick, feignant un total désintérêt.

Après avoir à son tour fini sa pomme d'une bouchée, il se dirigea vers le bureau de la veuve Hartford pour prendre congé avant de rejoindre sa barcasse.

14

À force de savonner le sol, au point d'y laisser ses ongles, Rick avait réussi à transformer l'embarcation en un semblant de logis. Cette nuit-là, ce ne furent donc pas les rats mais les cauchemars qui revinrent le tourmenter.

Il rêva de nouveau d'elle.

Comme toujours, il se vit approcher de la cabane où ils vivaient depuis leur arrivée à Calcutta. Faisant fi des risques, elle avait préféré habiter dans le quartier des pêcheurs plutôt que dans les baraquements de la Compagnie. Elle s'y sentait à son aise, disait-elle, loin des regards indiscrets.

Il poussa la porte en bambou et se dirigea à pas feutrés vers la chambre à coucher, où il aperçut la silhouette de son épouse bien-aimée, nue, protégée par une moustiquaire vaporeuse, paisiblement allongée sur leur lit aux draps de coton. Son cœur palpita, comme chaque fois qu'il l'imaginait en vie. Il s'approcha sans bruit pour ne pas la réveiller. Dans la pièce flottait un intense arôme sylvestre aux effluves de bois de santal et de safran, le parfum des marchés du Bengale. La rumeur des commerçants et les meuglements des vaches menaçaient à tout instant de la tirer du sommeil. Elle continuait pourtant de dormir, allongée sur le ventre, sa chevelure sombre et soyeuse déroulée jusqu'en bas du dos, telle une immense cascade noire.

Il s'arrêta pour la contempler. Il inspira profondément, comme s'il la humait, elle. Il l'aimait de tout son être.

Il souleva la moustiquaire en lin, s'agenouilla au bord du lit et écarta, aussi délicatement qu'une brise, les cheveux de son visage.

Ce fut alors qu'il la vit. Inerte. Livide.

Sans comprendre ce qui se passait, il essaya de la relever, mais sa tête s'affaissa sur son épaule, comme celle d'une poupée désarticulée. Il la redressa et vit ses magnifiques yeux bleus épouvantablement écarquillés qui ne regardaient plus nulle part. Il la secoua. L'embrassa et l'étreignit. Cria son nom encore et encore et la secoua de nouveau. Puis il la prit dans ses bras et sanglota en se maudissant. Rien n'y fit. Elle n'était plus. Elle ne serait jamais plus.

Un hurlement surgi de sa propre gorge le tira de son cauchemar. Malgré le froid, il dégoulinait de sueur et suffoquait. Il se redressa tant bien que mal et secoua la tête, puis déboucha une bouteille de gin qu'il but presque en entier avant de se laisser retomber sur le lit en pleurant amèrement. Près de sept ans s'étaient écoulés sans qu'il parvienne à l'oublier.

Il resta éveillé, absent, observant le balancement des planches de la toiture de la barcasse. Si seulement il avait pu le prévoir… Pas un jour ne passait sans qu'il s'en blâme. Si seulement il pouvait la ramener à la vie…

L'alcool s'acquitta très vite de sa mission et la douleur se dissipa malgré les souvenirs qui affluaient.

Il avait du mal à distinguer les images qui tourbillonnaient devant lui : le fort Williams de Calcutta, les plantations d'opium, l'indigène qui avait assassiné sa bien-aimée, le jour où il avait été jugé pour le meurtre de sa propre épouse…

Le visage de l'énigmatique jeune femme rencontrée au Crystal Palace surgit alors sans crier gare dans ses pensées. Daphne Loveray… Était-ce bien son nom ? Quel était l'éclat qui brillait dans ses yeux et pour quelle étrange raison lui rappelait-elle son épouse ? Il se frappa les tempes comme s'il voulait chasser cette vision, qui s'était installée parmi ses fantômes sans y avoir été autorisée. Il finit par se lever et vider la bouteille, ou tout du moins crut le faire. Il ne put en avoir la certitude, car son esprit se troubla et il perdit connaissance.

Une violente pression au niveau de la nuque le réveilla au petit matin et s'intensifia lorsqu'il tenta de se redresser. Il attendit que la douleur s'estompe. Il ne se souvenait pas de ce qui s'était passé dans la nuit. Au bout d'un moment, il quitta le lit et fit sa toilette au-dessus de la bassine qu'il partageait avec les rongeurs ayant survécu à la mort-aux-rats. Il consulta ensuite sa montre : 6 heures. Le jour allait se lever. Exceptionnellement, il n'irait pas chercher la veuve Hartford chez elle pour l'escorter à la boutique, car elle recevait ce matin-là un visiteur qui l'occuperait jusqu'à midi. Elle lui avait demandé d'aller récupérer une nouvelle serrure pour son bureau avant de se rendre au magasin.

Il se rasa soigneusement, mangea les quelques biscuits qu'il conservait dans une boîte et s'assura que l'argent que Memento lui avait remis était en sûreté.

Puis, après avoir cadenassé la porte, il quitta la barcasse en direction de la station d'omnibus la plus proche. Le brouillard qui enveloppait le quai empêchait de distinguer qui que ce fût. Par réflexe, il toucha le poignard qu'il cachait toujours dans sa botte.

La serrurerie où l'avait envoyé Hellen Hartford était située dans un passage de Charing Cross. C'était un vrai mouchoir de poche, avec tout juste assez de place pour le boutiquier. Un panneau clinquant surmontant l'échoppe sur toute sa longueur faisait pompeusement l'article des meilleures serrures d'Angleterre. La porte étant close, Rick tira le cordon de la sonnette. Un homme à l'air aigri et portant le bouc vint lui ouvrir. En apprenant l'objet de sa visite, il changea soudain d'expression.

— La commande de la veuve est prête. Cette femme sait ce qu'elle achète ! fanfaronna-t-il en montrant la serrure à Rick. C'est une Brooks renforcée à triple tour, autrement dit pas cette camelote merdique qu'on vend à la sauvette à Whitechapel. Soupesez-la. Impossible de la forcer, même avec une livre de poudre à canon.

Rick acquiesça sans trop de conviction. Il aurait hoché la tête même si l'homme lui avait assuré que sa serrure résisterait à l'assaut de toute la flotte de guerre britannique. Il observa les trois clefs, tandis que le serrurier ne cessait de répéter qu'il était impossible de les contrefaire, puis les mit dans la boîte avec le verrou et signa le reçu avant de quitter l'échoppe. Impossible de les contrefaire ? Le jeune homme sourit. De toute évidence, ce type ne connaissait pas les talents de son ami aux yeux de serpent.

En milieu de matinée, l'omnibus dans lequel Rick était monté s'arrêta devant l'imposant hospice de Southwark, dont on ne distinguait que les tours de briques sous l'épais manteau de brouillard. Il s'emmitoufla dans son manteau avant de descendre et, après avoir remis au gardien le pot-de-vin de rigueur, franchit le portail pour se diriger vers l'annexe de Memento. Rasant les hauts murs, il s'écarta pour laisser passer des pensionnaires en rang d'oignons, affublés de bonnets et de grands tabliers. En observant leurs mines de déterrés, Rick se demanda pour quelle raison Memento persistait à vouloir vivre dans ce lieu de désolation. Il ne comprenait pas sa peur de la liberté. Après tout, Londres grouillait de créatures de tout poil qui survivaient sans que nul leur prête attention.

Il trouva son ami en train de marteler un étrange engin qui donnait l'impression d'être condamné à ne jamais fonctionner. En s'apercevant de la présence de Rick, Memento reposa ses instruments et courut le saluer. Il insista pour célébrer sa visite autour d'une petite collation qu'il préparerait en un instant. Rick savait pertinemment qu'il était inutile de refuser. Memento fêtait tout et n'importe quoi, et toujours en mangeant. En deux temps, trois mouvements, il débarrassa son établi de la plupart des outils et étala sur une couche de clous une nappe dans un état aussi calamiteux que le support qu'elle prétendait recouvrir. Tandis que Rick essayait d'enjoliver la table improvisée, son ami mit une casserole sur le poêle pour le café et sortit une boîte en carton contenant les restes d'un pain d'épice.

— Il est au gingembre ! On me l'a apporté hier, précisa-t-il en avalant un morceau d'une bouchée.

Rick se coupa une part avec un couteau rouillé et, tout en mordant dedans, montra à Memento les clefs et la serrure.

— C'est pour le bureau de la fleuriste. Qu'en penses-tu ? Le serrurier soutient qu'il est impossible de contrefaire les clefs.

Son ami retira ses besicles noires et examina la serrure de ses yeux sans paupières.

— Ah bon ? Eh bien, moi, je soutiens que je suis beau. La différence, c'est que personne ne me croit, rit-il. Voyons, laisse-moi regarder ça de plus près. Voilà ! C'est une serrure à gorges avec double panneton et ardillon en Z. Combien de clefs te faut-il ?

Rick sourit. Il savait que son ami ne le décevrait pas.

Ils continuèrent à discuter un moment. Memento prenait un plaisir immense à écouter les aventures de Rick en rêvant d'y participer. Aussi, lorsque le jeune homme lui dit qu'il craignait la visite d'intrus dans sa barcasse, il ne put contenir son enthousiasme.

— Je pourrais te fabriquer un assommoir ! Je ne sais pas… Un piège à loup, par exemple ! Ou mieux encore, une arbalète qui se déclencherait à l'ouverture de la porte.

Rick haussa un sourcil, s'imaginant lui-même empalé. Il déclina la proposition de son ami en lui faisant croire qu'il avait déjà adopté des mesures moins drastiques. Memento maugréa un instant mais reprit vite du poil de la bête.

— Au fait, qu'en est-il du travail dont tu m'as parlé ? Les photographies au Crystal Palace ? Grâce à mes expériences, j'ai réussi à réduire le temps d'exposition.

Rick lui expliqua qu'il n'avait pas encore de nouvelles à ce sujet, mais que cela ne saurait tarder.

— Sans doute dimanche prochain. Lord Bradbury donne une garden-party pour son anniversaire dans les jardins de Cremorne. La veuve et moi sommes invités. Si je le croise, j'essaierai de lui en toucher deux mots.

— Tu vois ? Entre les bagarres, tes enquêtes et les bals, tu as la belle vie, alors que moi, je suis là, enfermé comme un pestiféré. Si j'étais ton associé, je pourrais t'accompagner dans ce genre de réjouissances…

— Je t'en prie, Memento, n'insiste pas ! Nous en avons déjà parlé, l'arrêta Rick avec un air sérieux.

Il se leva et s'éloigna de quelques pas tout en se maudissant en son for intérieur. Son ami ne comprenait pas. Rick ne rejetait pas son aide ; il avait déjà perdu un être cher et refusait qu'une telle tragédie se reproduise.

— Écoute, tâcha-t-il de lui expliquer pour la énième fois, prendre des photographies est un processus complexe, qui requiert des connaissances et du talent. J'en serais bien incapable. Je saccagerais tout à la première tentative. Toi, par contre, tu possèdes ce don. Lord Bradbury lui-même a été impressionné par la qualité de tes daguerréotypes. Et puis, tu es en mesure de réparer et de fabriquer n'importe quel engin. Nous avons tous telle ou telle facilité, et toi, tu excelles dans ce que tu fais.

— Oui, je sais, tu me l'as répété maintes fois. Je boite, je me fais vieux et je ne sais ni tirer ni me battre. Mais regarde, j'ai des mains habiles, tu viens toi-même de le dire, et mes yeux, si répugnants soient-ils, sont encore capables de repérer un moineau perché sur le dôme de St Paul. Ah, et puis tu as vu comme nous nous en sommes bien sortis, l'autre jour ! Ne me dis pas que je n'ai pas scrupuleusement respecté tes consignes. Et mon accoutrement ? Je suis certain que la veuve se demande toujours qui lui a volé son sac à main, rit-il.

Rick dut convenir que Memento et son compère avaient joué leurs rôles d'agresseurs à la perfection.

— En réalité, tu l'as même pris trop à cœur. Ton coup de poing dans le dos me fait encore mal, dit Rick en se grattant le crâne. Mais bon, l'essentiel, c'est que la veuve a mordu à l'hameçon quand je lui ai rendu son argent et qu'elle me fait maintenant autant confiance que si j'étais vraiment de la famille. Ton collègue va la fermer, n'est-ce pas ?

— Jack ? Ce poivrot a bu le shilling avec lequel je l'ai payé, et à la troisième pinte il ne se rappelait plus rien.

Rick secoua la tête. Memento avait raison. Seul, il ne pouvait s'occuper de tout. Il réfléchit à une mission ne comportant pas trop de risques.

— D'accord, regarde ce qu'on va faire, lui proposa-t-il en sortant de sa poche un bout de papier froissé qu'il posa sur la table. C'est la liste des adresses que j'ai pu copier l'autre jour dans le bureau de la veuve

Hartford. De très nombreuses commandes de fleurs ont été livrées là-bas. J'ai tellement de travail que je n'ai pas pu commencer à enquêter, et je t'avoue que ça me turlupine. Note toutes les adresses et essaie de découvrir qui y habite.

Memento saisit le papier et l'observa comme si on lui avait remis les joyaux de la Couronne. Il considéra alternativement son ami et les adresses. S'il avait pu battre des paupières, pensa Rick, Memento l'aurait fait plusieurs jours de suite. Il s'apprêtait à recopier les informations lorsque le jeune homme l'arrêta.

— Par contre, tu dois me promettre une chose.

— Tout ce que tu voudras !

— Il ne faut, sous aucun prétexte, que tu contactes personnellement ces gens. Recours à des intermédiaires, graisse la patte à des domestiques, des bonnes ou des voisins, mais jamais, tu m'entends, jamais tu ne dois permettre à quelqu'un de t'identifier.

— Compte sur moi.

Memento plaqua la liste sur sa poitrine, la tachant de gras. Son café avalé, il s'occupa des doubles des clefs. Il scia et lima des modèles vierges qu'il conservait dans une armoire jusqu'à obtenir des copies conformes. Tandis qu'il vérifiait leur bon fonctionnement, il interrogea Rick sur l'employée de la boutique de fleurs.

— Cette vendeuse m'a intrigué. Tu en penses quoi, toi ?

— Ce que je pense de quoi ? demanda Rick sans comprendre.

— Penny, comment est-elle ?

— À vrai dire, je ne sais pas grand-chose à son sujet, répondit-il en haussant les épaules. C'est un vrai moulin à paroles, mais à part ça, je crois que c'est une brave femme. Je ne vois pas quoi dire de plus.

— Et c'est toi le chasseur de criminels ? Allez, arrête ! Tu ne sais pas si elle est mariée, si elle a un soupirant ?

— Penny ? Par tous les diables, j'ai cru un moment que tu la soupçonnais ! s'écria Rick en riant. Pour autant que je sache, elle est célibataire. Mais elle t'a vraiment tapé dans l'œil ?

— Ce n'est pas ce que j'ai dit, marmonna Memento en ouvrant et fermant nerveusement la serrure. Et puis, quand bien même ce serait le cas, nous les monstres, nous n'aurions pas le droit de…

Il se mordit les lèvres et garda le silence.

— Personne n'a dit que tu étais un monstre.

— Non, mais tu le penses.

— Qu'est-ce que tu racontes ? Tu sais que tu es comme un père pour moi. Jamais une chose pareille ne me traverserait l'esprit.

— Dans ce cas, je ne comprends pas ce qui t'étonne.

— J'ai juste été surpris. Tu ne sais rien du tout de cette femme. En plus, elle est bien plus jeune que toi. Je n'aurais jamais imaginé qu'elle puisse t'intéresser.

— Eh bien si. Voilà, elles sont prêtes, annonça Memento en tendant la serrure et toutes les clefs à Rick. Si je te raccompagnais à la boutique, tu crois que je pourrais lui parler ? Peut-être qu'elle aimerait faire un tour. Ou mieux encore, demande-lui ce qu'elle a pensé de moi. Il se peut que je sois surpris.

Rick eut de la peine pour son ami. S'il ne voulait pas lui donner de faux espoirs, il ne pouvait pas non plus refuser.

— D'accord, je lui parlerai de toi, mais ne tire pas de plans sur la comète, prévint-il en se levant pour prendre congé.

— Formidable ! Tu me diras ce que tu auras découvert à son sujet, et moi ce que j'aurai trouvé sur ces livraisons de fleurs, conclut Memento en serrant la main du jeune homme. Ah, attends une seconde.

Il se dirigea vers l'armoire et sortit le fusil enveloppé dans un chiffon.

— Tiens. Je l'ai vérifié et chargé. Et puis je te l'ai personnalisé avec ce vernis que tu aimes tant. Si tu as de la visite, tu en auras peut-être besoin.

Rick eut le temps de passer à la barcasse pour y déposer l'arme qu'il avait arrachée au tueur dans la gare de Spitalfields. Il constata en effet que Memento avait appliqué sur la culasse le même vernis brun que sur son revolver. Il la remit dans le tissu, puis la cacha sous des madriers.

De retour à Portobello Lane, il fit part à la veuve Hartford de ses démarches et lui montra la serrure qu'il avait récupérée à Charing Cross en lui énumérant ses qualités par le menu. Prostrée dans son fauteuil, elle ne lui prêtait aucune attention. Elle semblait amenuisée et s'abîmait dans la contemplation de la clarté qui se glissait par la fenêtre.

— J'ai l'impression que le brouillard se lève, souffla-t-elle dans un murmure. D'après Penny, le temps va s'arranger. C'est une fille de la campagne, elle a l'œil. Puisse-t-elle avoir raison, sinon la garden-party de lord Bradbury sera gâchée. Il est vrai que le choix des jardins de Cremorne…

— En effet, si je peux me permettre, au vu de la date, je ne comprends pas comment il a pu avoir l'idée de fêter son anniversaire en plein air.

— Moi non plus, dit-elle en prenant la serrure, qu'elle regarda avec une absence totale d'intérêt. Quoi qu'il en soit, j'imagine que le bal aura lieu dans le manoir d'Ashburnham. Au fait, as-tu de quoi te vêtir ? lui demanda-t-elle sans grand espoir. Si tu remets la tenue des funérailles, tu auras l'air d'un domestique… Qu'à cela ne tienne, tu iras chez Hollister pour te louer des habits convenables.

Rick prit la livre que Hellen lui tendait avec nonchalance.

— Avez-vous besoin d'autre chose ?

— Non. Ou plutôt si. Pose la serrure sur la porte du bureau. Ah et puis, j'ignore où tu habites, mais j'aimerais que tu songes à t'installer dans l'annexe de la serre. C'est un endroit agréable, assez spacieux, avec un accès indépendant. D'ailleurs, Gus y a habité un temps, précisa-t-elle.

Rick était intéressé par cette proposition pour le moins inattendue. Lorsqu'il lui en demanda la raison, la veuve ne répondit pas. Elle ajouta seulement qu'il n'aurait pas de loyer à payer et qu'il pouvait disposer de l'annexe quand bon lui semblait.

15

Rick se rendit chez Hollister pour louer un costume. Une livre limitait ses choix, si bien qu'il en ajouta deux autres de sa poche et compléta la traditionnelle tenue de bal par un gilet en satin, un foulard, des bottes de taffetas et des gants assortis. Lorsqu'il coiffa le haut-de-forme, il eut du mal à se reconnaître dans le miroir. Il ressemblait à un véritable homme de négoce. Nulle retouche ne fut nécessaire. Il s'acquitta du montant, remit la lettre de garantie de Mme Hartford et monta dans le fiacre pour passer à la barcasse prendre quelques affaires.

À son retour, il faisait presque nuit. Quand la veuve aperçut son ballot, ses traits crispés se détendirent. Penny étant déjà partie, elle le conduisit elle-même à l'annexe de Gus. Tel qu'elle le lui avait annoncé, l'endroit était propre et ordonné.

— Les clefs sont sous le matelas. Ce soir, je vais rester travailler tard. Si tu as besoin de sortir, tu peux emprunter la porte de derrière.

Rick hocha la tête et regarda sa corpulente patronne monter lourdement l'escalier pour aller s'enfermer à double tour. Il entra alors dans son nouveau logis où il rangea ses effets personnels, cacha son arme et les doubles des clefs faits par Memento. La pièce sentait la lavande et, bien que petite, avait des allures de palais à côté de la barcasse. Malgré tout, il ne s'y installerait que provisoirement, en conservant la barque comme refuge sûr. Il se laissa tomber sur le matelas de laine tandis que sa main cherchait la bague accrochée autour de son cou, ferma les yeux et tenta de se reposer.

Le jour de l'anniversaire de lord Bradbury, la ville de Londres s'éveilla sous un ciel inhabituellement dégagé. En fin de matinée, le soleil chauffait si fort que la serre de Passion d'Orient ressemblait à un jardin tropical.

En hydratant les parterres d'orchidées pour essayer de les préserver de la montée des températures, Rick transpirait à grosses gouttes, mais il n'avait pas un instant à perdre : il voulait finir tôt pour se laver et se changer avant le retour de la veuve Hartford. Elle lui avait dit de se tenir prêt à l'arrivée du fiacre qui viendrait les chercher à 18 heures.

Vingt minutes avant l'heure convenue, un Rick resplendissant sortit de l'annexe, laissant la fleuriste sans voix.

— Eh bien, ça par exemple ! Regarde-toi, on dirait un vrai gentleman ! réussit-elle à articuler, sanglée dans un corset sur le point de craquer et fardée comme une poupée de porcelaine.

Rick finit d'ajuster ses gants et son chapeau devant le miroir accroché au mur de la boutique. Il n'avait pas lésiné sur les détails. Il portait d'étincelants boutons de manchettes en émail et exhalait un parfum capiteux de patchouli. Sa plus grande préoccupation, cependant, était de bien dissimuler le revolver caché sous sa veste.

— C'est vous qui êtes ravissante, tante Hellen, la complimenta-t-il.

— Ah ça c'est vrai, madame ! renchérit Penny, tout en s'évertuant à donner aux plumes du couvre-chef de sa patronne la petite touche finale qui leur manquait.

Une fois la veuve plus ou moins satisfaite, elle enjoignit à la vendeuse de fermer la boutique et tous trois sortirent sur le trottoir où attendait la voiture.

— Comme je vous envie, la soirée promet d'être superbe ! leur assura Penny.

La veuve regarda le ciel sans se fier au soleil radieux.

— Plus que mon chapeau, c'est certain, maugréa-t-elle, finalement mécontente de la disposition de ses plumes, qu'elle ne fit que malmener davantage en tentant de les retoucher. Bon, allons-y si nous voulons arriver à l'heure.

Rick ouvrit la portière du fiacre et monta à la suite de la fleuriste, qui, sitôt installée, fit un signe au cocher. Celui-ci cravacha les chevaux qui partirent d'un bon trot en direction de Cremorne.

Si Rick avait déjà visité ces jardins, il ne les avait jamais vus ainsi, décorés comme si on célébrait la naissance d'un nouveau prince.

Situé entre le quai de Chelsea et King's Road, à l'ouest de Battersea Bridge, Cremorne était devenu depuis son inauguration le lieu de divertissement le plus prisé des Londoniens. Moyennant 1 shilling, ces derniers pouvaient accéder au parc qui s'étendait sur

12 acres, arpenter les innombrables allées bordées d'ormes feuillus et de chênes, profiter des tables et des chaises disséminées un peu partout, de son magnifique labyrinthe et des multiples fontaines et étangs. Mais ce qui différenciait vraiment Cremorne des jardins de Vauxhall et autres, c'étaient ses attractions uniques en leur genre. Du bowling aux vertigineuses ascensions en montgolfière, en passant par les prodigieux spectacles de cirque ou encore le kiosque à musique populaire, les distractions ne manquaient pas. Pour les événements privés, on aménageait Ashburnham House, transformant pour l'occasion cet ancien manoir en restaurant et salle de bal.

Tout en se dirigeant, en compagnie de Mme Hartford, vers la longue file d'attente pour accéder au banquet, Rick observa les tenues des invités : les somptueuses robes en soie et les crinolines vaporeuses des dames coiffées de chapeaux colorés contrastaient avec les élégants costumes de fête sombres et les hauts-de-forme des messieurs. Il ajusta son gilet blanc et s'assura de la propreté de ses gants. À mesure qu'ils avançaient, un essaim de domestiques contrôlait les invitations et conduisait les convives à leur place. Enfin, un garçon portant une livrée bien trop grande pour lui les accompagna jusqu'à une immense table ronde dressée au centre de la salle.

La veuve lui expliqua que, dans une réception conventionnelle, les invités seraient entrés par ordre de titre et de lignée afin de présenter leurs hommages à l'amphitryon avant de prendre place. Ce soir-là, lord Bradbury avait préféré se passer de ce protocole, et, au bras de son majordome, il se déplaçait lui-même, non sans difficulté, de table en table pour saluer les convives.

— Quelle prodigalité ! s'émerveilla Hellen Hartford en effleurant du bout des doigts la délicate nappe en dentelle.

En effet, le salon était habillé de fanions et de guirlandes qui scintillaient à la lumière des immenses lustres de cristal. Sur chaque table rehaussée de fleurs, des coupes de taille et de hauteur différentes étaient disposées devant les assiettes en porcelaine ornées des armoiries du comte d'Ashburnham, tandis que des serviettes brodées en lin servaient d'écrin à l'argenterie fine.

Rick consulta sa montre. 19 h 15. Le quart d'heure de retard qu'exigeaient les normes de courtoisie.

Les invités étaient encore debout quand un bataillon de domestiques fit son entrée pour le cocktail de bienvenue. Un choix de canapés au caviar, de toasts au foie gras, de rôti de porc à la marmelade et d'huîtres de Cornouailles aiguisa l'appétit des convives. Mme Hartford ne cacha pas son enthousiasme.

En attendant que tout le monde soit là, Rick jeta un œil sur les petits cartons placés devant les assiettes de leur table. Face à lui, lord Bradbury, le bienfaiteur de la veuve et instigateur de la soirée ; de part et d'autre de ce dernier, un certain James Ellis, gérant des jardins de Cremorne, et Gustav Gruner, que Rick avait croisé au Crystal Palace. Entre l'impudent consul d'Allemagne et lui figurait le nom d'une dame.

— Qui est lady Ashley King ? glissa-t-il à Hellen Hartford.

Tout en mordant à belles dents dans un canapé, elle s'approcha de la table, et, après avoir chaussé ses lunettes, lut le bristol sans aucune discrétion.

— Lady Ashley King ? Mais tu m'as dit avoir fait sa connaissance. C'est Daphne Loveray !

En la voyant arriver, Rick blêmit. Il avait certes recréé plusieurs fois leur rencontre au Crystal Palace, mais il avait oublié qu'elle était si majestueuse, si belle. Daphne avança vers la table d'un pas décidé, gratifiant d'un sourire lumineux tous ceux qui s'inclinaient pour la saluer. Elle portait une éblouissante robe en dentelle cintrée et chaloupait à chaque pas, suscitant les œillades lascives des messieurs et les regards envieux des dames. Lorsqu'elle l'aperçut, Rick s'empressa de se découvrir, mais, au même instant, une silhouette râblée s'interposa entre eux pour saisir le bras de la jeune femme.

— Vous permettez ? lança l'homme trapu avant de l'accompagner à sa place, ignorant la présence de Rick, qui reconnut l'odieux lorgnon de Gustav Gruner.

Lord Bradbury arriva en compagnie de James Ellis, le gérant, qui fit officiellement les présentations. N'ayant d'yeux que pour Daphne Loveray, Rick ne lui prêta guère attention.

— Comme vous le verrez, j'ai demandé un service *à la française*. J'espère qu'il sera à votre goût, annonça fièrement M. Ellis en tortillant sa fine moustache.

Gustav Gruner afficha une moue d'approbation suffisante.

— Que signifie *à la française* ? chuchota Rick à l'oreille de la veuve Hartford.

— Que nous allons faire bombance, lui répondit-elle tout bas avec un sourire.

L'instant d'après, Rick comprit ce qu'elle voulait dire. Plutôt que d'apporter un plat après l'autre dans des assiettes préalablement garnies, les serveurs mirent en branle un chambardement de chariots débordants de plateaux, permettant ainsi aux invités de choisir ce qu'ils désiraient manger. Mme Hartford demanda un vol-au-vent de faisan, de la dinde à la gelée de marasquin et du turbot en sauce hollandaise, occupant une bonne partie de la nappe. De son côté, Daphne Loveray se contenta d'une soupe de tortue et d'œufs de pluvier en gelée d'aspic. Rick préféra solliciter les conseils de la fleuriste, qui lui recommanda de la cervelle cuite au vin de Porto et des brochettes de perdrix rouge, si malingres qu'elles semblaient avoir été torturées. Rick en eut un haut-le-cœur. Il en goûta un morceau qu'il avala comme si on l'y avait forcé un pistolet sur la tempe, et finit son verre de madère d'un trait pour le faire passer.

— Ce doit être très différent de ce que vous mangez habituellement, fit remarquer Daphne Loveray.

— Je vous demande pardon ? toussota Rick devant le commentaire inattendu de la jeune femme.

— La nourriture, je suppose qu'elle est très différente de celle de votre pays, répéta-t-elle en souriant.

— Je ne vous le fais pas dire, concéda-t-il, avant de fermer les yeux pour avaler un second morceau de perdrix.

Daphne, amusée par ses difficultés, le prit en pitié :

— Vous permettez ?

Sans attendre son approbation, elle piqua une fourchetée de perdrix qu'elle porta à sa bouche, puis toussa exagérément comme si elle s'étouffait.

— Vous allez bien ? s'enquit lord Bradbury.

— Dieu du ciel, monsieur Ellis ! Voulez-vous nous empoisonner ? Je me demande comment on a pu nous servir cette chose immangeable ! s'écria-t-elle en prenant un air offensé.

James Ellis devint rouge comme un piment. Il héla un garçon pour goûter une brochette de perdrix.

— Je ne sais pas… Je la trouve tout à fait normale, balbutia-t-il.

— Normale ? Insinueriez-vous que je fais la fine bouche ? s'insurgea Daphne avec une colère feinte.

— Non, non, Dieu m'en garde, bien sûr que non. Garçon ! Emportez immédiatement tous les plats de perdrix !

— Et la cervelle, ajouta-t-elle.

— La cervelle aussi, confirma Ellis. Je m'entretiendrai avec le cuisinier après le dîner. Veuillez accepter mes plus sincères excuses, lady King. Jamais chose pareille n'était encore arrivée.

— Je veux bien le croire. Je vous en prie, apportez à M. Hunter quelque chose de plus comestible. Du chevreuil aux pommes de terre vous plairait-il ? demanda-t-elle à Rick.

— Oui, bien sûr, bredouilla-t-il.

— Dans ce cas, n'en parlons plus. Du chevreuil aux pommes de terre !

L'incident permit à Rick de dissiper son embarras et d'engager une conversation plus enjouée avec ses voisines de table. Il commenta la décoration de la salle, loua les jardins, ainsi que leurs robes. Gustav Gruner l'interpella pour le réprimander.

— Je suppose qu'en tant qu'étranger, vous ignorez les normes de courtoisie de ce pays. Moi qui suis allemand, j'ai fait en sorte de les apprendre.

— Que voulez-vous dire ?

— C'est à cause de tes louanges, Rick, intervint la veuve Hartford. Il est inconvenant de complimenter une inconnue, qui plus est si elle est mariée.

Elle lui désigna des yeux la jeune Daphne. Rick toussota avant de s'excuser en lui expliquant qu'il n'avait eu nulle intention de l'offenser.

— Ne vous en faites pas, monsieur Hunter. M. Gruner et moi sommes de vieilles connaissances. Il cherche toujours à prendre ma défense, comme si j'étais sa nièce.

Le regard hostile que l'Allemand leur décocha n'échappa pas à Rick.

— Fort bien, de toute évidence, le jeune Rick Hunter ne souhaitait pas importuner lady King, qui, de son côté, ne s'est nullement sentie offensée. Passons donc à autre chose et continuons à manger, s'interposa lord Bradbury pour clore le différend.

— Les jeunes et leurs manières…, marmonna le consul entre ses dents.

— Monsieur Gruner, répliqua Bradbury, pour autant que je sache, le neveu de Mme Hartford s'est conduit en parfait gentleman. Il ignore peut-être nos habitudes singulières, mais je suis convaincu que sa tante, notre chère Hellen, se chargera de le mettre à la page. En parlant d'habitudes, vous vous demandez certainement ce qui nous réunit autour de cette table.

— En effet, je me suis posé la question. Je ne suis guère accoutumé à être assis en compagnie de gens de rang inférieur, déclara le consul avec insolence, en dardant sur Rick et sa tante un regard dédaigneux.

Lord Bradbury arqua un sourcil devant la remarque de l'Allemand. Il reprit un vol-au-vent de faisan et poursuivit :

— En fait, comme certains d'entre vous le savent, ma situation financière confortable me permet de disposer de beaucoup de temps libre. Or, ce que tout un chacun considère comme un privilège est pour moi une torture. La solitude est une chose terrible. Ma femme a perdu la raison et vit depuis des années cloîtrée dans un asile. Mon fils est un imbécile qui gâche sa vie en voyageant à mes frais en Europe avec ses petits camarades. Ainsi ma compagnie est-elle réduite à mes employés de maison qui veillent à la propreté de mon domaine, à mes chiens, ainsi qu'à mon majordome. John s'occupe de moi et me déplace de droite à gauche afin d'éviter que l'on me prenne pour un meuble. Terrible, je vous le dis..., répéta-t-il en avalant une longue gorgée de vin. Je ne peux pas chasser, les grands investissements ne m'apportent plus guère de satisfaction... Comment peut-on posséder tant d'argent et être si inutile ! Il m'a pourtant fallu accepter la situation, je n'ai pas le choix ! À vrai dire, je dois remercier les deux passions qui maintiennent encore lucide cette vieille relique : la science et les explorations. Je suppose que vous êtes au courant de mon intérêt et de mon soutien financier aux expéditions de Charles Darwin…

— Votre altruisme est connu de tout Londres, milord, intervint Daphne. Quant à Darwin, que dire ? C'est un homme extraordinaire.

— Sans nul doute, confirma Rick.

Il se mordit aussitôt la langue pour cette remarque inopportune. En effet, peu de gens savaient qui était Charles Darwin en Angleterre, et encore moins à l'étranger. Gruner s'en aperçut et s'étonna.

— Vous connaissez donc cet excentrique ?

— Non, je ne me suis pas bien exprimé. Je voulais dire que sans nul doute la science était, indépendamment de l'âge, un bastion et un moteur de l'intellect, corrigea-t-il pour réparer sa bévue.

— Fort bien. Je disais donc, reprit Bradbury, que j'ai trouvé dans l'avènement de l'Exposition universelle un moyen de satisfaire mon goût pour la science. J'ai en effet décidé de m'investir dans l'organisation du Crystal Palace. Un événement, qui, dans une plus ou moins grande mesure, est le dénominateur commun de cette tablée. Je travaille coude à coude avec sir Henry Cole à l'ouverture prochaine du musée des Manufactures à Marlborough House, un manoir qui accueillera, sitôt l'Exposition terminée, les objets exposés au Crystal Palace. Mais pardon, je ne veux pas vous ennuyer avec mes projets. En un mot, je souhaiterais être sincère à votre égard : la raison de votre présence à cette table tient à ce que je préférais avoir une conversation détendue sur les derniers potins de l'Exposition universelle plutôt que de discuter avec des banquiers des résultats financiers de mon usine de munitions, ou encore de la politique de notre Premier ministre, lord John Russell.

— Ces résultats vous ennuient peut-être, mais ce sont eux qui vous permettent d'offrir des banquets comme celui-ci, intervint Gustav Gruner. À propos de banquets, le bruit court que « le cabinet des 300 » est derrière un gros morceau. Avez-vous des informations à ce sujet ?

— Pas plus que vous. On ne parle que d'eux dans les hautes sphères, sans que personne connaisse leur identité. En réalité, j'ignore même si ce cabinet existe. Mais si c'était le cas, ajouta lord Bradbury après avoir vidé son verre de vin, compte tenu de ce que l'on raconte sur ses membres, puisse Dieu nous en préserver.

— Il semblerait qu'ils manipulent dans l'ombre les destinées du monde. Je crois que…

— Voilà, c'est exactement ce que je disais ! On commence à parler du menu et on finit par discuter politique. Je vous en prie, n'abusons pas de l'indulgence de nos invités en les assommant avec des sujets soporifiques. Nous sommes venus nous amuser, et je vous répète que c'est la raison pour laquelle je suis attablé ici en votre compagnie plutôt qu'avec des politiciens grincheux. Je sais que certains d'entre vous se connaissent déjà, mais permettez-moi de vous faire l'honneur de vous présenter formellement. À ma droite, notre cher consul, Gustav Gruner, responsable de la sécurité de l'Exposition universelle, qui pourra nous parler des progrès dans ce domaine. En face de moi, ma très chère amie Hellen Hartford et son charmant neveu, fournisseurs officiels des fleurs qui orneront les différents stands. Inutile de dire qu'ils sont tous les deux à la pointe de la mode en matière de décoration florale. À ma gauche, mon bon ami James Ellis, qui se chargera du banquet de l'inauguration à laquelle assistera la reine Victoria en personne. Quant à lady King… Eh bien, tout le monde sait que lady King est la bienvenue à n'importe quelle table.

Lord Bradbury rit et après avoir trinqué à la santé de Daphne en levant son verre de bourgogne, il s'enquit des différents menus que James Ellis pourrait servir au Crystal Palace. Rick en profita pour demander à sa jeune voisine quels étaient ses centres d'intérêt.

— Oh, tant de choses…

— Les fleurs, peut-être ?

— Compter. Compter m'amuse beaucoup.

— Je ne comprends pas.

— Eh bien, jouer avec les chiffres. Par exemple, je pourrais m'occuper à compter le nombre d'objets en verre qu'il y a dans la salle.

— Voulez-vous parler des verres posés sur cette table ?

— Oh non, bien sûr que non ! Ce serait un jeu d'enfant. Je parle de tous les objets en verre de l'ensemble des tables.

Daphne devait plaisanter, pensa Rick. Pourtant elle souriait en arborant un air de défi, comme si elle désirait qu'on la mette à l'épreuve. Attentif à leur conversation, Gustav s'adressa à la jeune femme en élevant la voix pour que tout le monde l'entende.

— Voilà qui semble amusant. Lady King assure être capable de deviner le nombre d'objets en verre qui se trouvent dans ce banquet. Et combien y en aurait-il ? Quatre cents ? Cinq cents ? Peut-être cinq cent cinquante ? sourit-il avec ironie.

— Un peu plus, répliqua-t-elle.

— Six cents ? proposa lord Bradbury.

— Davantage.

— Combien, précisément ? s'enquit Ellis en se grattant les favoris.

Daphne jeta un coup d'œil fugace sur leur table, avant de se tourner vers celles des autres convives. Au bout de trois secondes à peine, elle répondit :

— Il y en a exactement mille vingt.

La stupeur fut générale, même si personne ne sut s'il fallait la prendre au sérieux ou rire de bon cœur. Gustav Gruner sortit un calepin et un crayon qu'il posa sur la table.

— Je parie 10 livres que notre chère Daphne se moque de nous.

— Monsieur Gruner, ne prenez pas à cœur une simple plaisanterie entre convives, s'interposa James Ellis.

— Je n'aime pas les plaisanteries. J'ai dit 10 livres ! scanda le consul, et il retira de son portefeuille les billets qu'il déposa d'un geste sec devant lady King.

— Cher Gustav, vous savez très bien que je hais les paris, rétorqua la jeune femme en lui rendant son argent avec un sourire.

— Ah, j'étais certain que c'était de l'esbroufe ! ricana Gruner. Quand les choses deviennent sérieuses, fini les sornettes féminines. Et vous, lord Bradbury ? Je sais que vous êtes un joueur invétéré. Ne voulez-vous pas parier ?

— Non, Dieu m'en garde ! Je ne parie que sur les chevaux. Rien de pire que d'affronter des femmes.

— Allez-vous donc tous cautionner les divagations de lady King ? demanda l'Allemand avec un petit rire suffisant. J'en étais sûr. Beaucoup d'amabilité lorsqu'il s'agit de conter fleurette, et peu de courage quand il y a de l'argent en jeu.

— Moi, je lui fais confiance, déclara Rick en posant 10 livres sur sa serviette.

Gustav Gruner s'empourpra, non pour la somme qu'il risquait de perdre, mais parce que celui qui le défiait était Rick Hunter. Il prit les billets et les compta un à un comme s'il refusait de croire que le jeune homme puisse disposer d'une telle somme.

— Bien, maintenant que vous avez énoncé les termes du pari, voyons le résultat, lança lord Bradbury à Daphne Loveray pour l'inviter à justifier sa réponse.

— Comme vous voudrez, dit-elle, en attirant l'attention de tous les convives. Si vous prenez la peine de vérifier, vous constaterez qu'il y a dans cette salle 28 tables de 6 couverts et 10 tables de 8 couverts, ce qui fait un total de 248 couverts. Étant donné que chaque couvert est composé de 2 coupes à vin et 1 verre à eau, on peut conclure…

— On peut conclure que vous vous êtes trompée dans vos calculs, l'interrompit Gruner qui terminait ses opérations dans son calepin. Voilà ! 248 couverts à raison de 3 coupes par couvert font 744 coupes.

Sans se départir de son sourire triomphant, il se pencha pour prendre l'argent de Rick.

— Pas si vite, l'arrêta Daphne. J'ai parlé d'objets en verre, et pas uniquement de coupes. Si vous me laissez terminer, vous verrez qu'il y a 1 salière pour 2 couverts, ainsi que 3 carafes d'eau par table.

Le rictus de Gruner se figea. Il remit son lorgnon et gribouilla nerveusement dans son carnet. De plus en plus agité, il vérifia ses opérations en mordillant son crayon.

— Eh bien je suis navré, vous persistez dans votre erreur. Voyez-vous, commenta l'Allemand à l'adresse des autres invités, j'obtiens un total de 114 carafes et 24 salières, ce qui, ajouté aux 744 verres, représente 982 objets. Comme vous pouvez le constater, il en manque 38 pour atteindre le chiffre que lady King a avancé.

Il se leva pour ramasser les 10 livres, mais Daphne l'en empêcha de nouveau. Elle prit entre ses doigts une grosse cuillère qu'elle fit tinter contre le surtout de fleurs ornant le centre de la table.

— Vous entendez ? Du cristal. Comme les 37 autres. Faites le calcul, Gustav. 982 + 38 = 1 020.

Sans permettre à l'Allemand d'objecter, elle s'empara nonchalamment des billets et les tendit à Rick pour qu'il les range dans son portefeuille.

La suite du dîner se déroula paisiblement. Il fut à plusieurs reprises question des rumeurs concernant les retards des préparatifs de l'Exposition universelle, qu'un Gruner de mauvaise humeur se chargea de démentir.

Rick ne prêta guère attention aux potins, car il n'avait d'yeux que pour la jeune femme assise à côté de lui. Sans qu'il sache pourquoi, quelque chose dans son regard le ramenait à son ancienne vie à Calcutta. Il observait ses gestes délicats, son sourire communicatif et son amabilité chaque fois qu'elle ouvrait la bouche. Il ne perdait toutefois pas de vue que son nom figurait dans le fusil avec lequel on avait voulu l'éliminer.

Il ressentait le besoin de lui parler davantage, sans savoir exactement de quoi. Dès que l'occasion se présenta, il la remercia pour son intervention dans le changement de plats et flatta ses compétences en matière de mathématiques.

— Comment diable avez-vous fait ? Je n'arrive pas à croire que vous avez pu effectuer autant de calculs en trois secondes.

— Moi non plus, répliqua-t-elle en souriant. Si je vous confie mon secret, saurez-vous le garder ? J'ai passé un long moment à observer les tables pendant le cocktail.

— Quoi qu'il en soit, vous avez une mémoire prodigieuse.

— Disons que je me souviens de ce qui m'intéresse, rit-elle encore.

— Je vous prie de bien vouloir excuser mon indiscrétion, dit Rick après avoir longuement hésité à lui poser la question. Ne vous sentez surtout pas obligée de me répondre, mais pour quelle raison utilisez-vous deux noms ? J'entends tout le monde vous appeler Daphne, alors que sur le carton de la table vous figurez comme lady Ashley King.

— En fait, Ashley est mon premier prénom et King le nom de famille de mon mari.

Elle marqua une pause tandis que son visage se voilait de tristesse, puis ajouta en souriant :

— J'adore qu'on m'appelle Daphne. Vous compris.

Après les desserts, les femmes passèrent à la salle de bal pour laisser les hommes s'attarder à table et fumer. Gruner tendit son étui à cigarettes à Bradbury et à Ellis, ignorant Rick.

— Vous ne fumez pas ? Tenez, prenez le mien, proposa Bradbury au jeune homme en le lui lançant pour qu'il l'attrape. À mon âge, il faut savoir renoncer à certains vices si on veut en conserver d'autres.

Sur ces mots, le vieux monsieur vida son verre de bourgogne, puis se tourna vers le salon où se pressaient les femmes.

Rick alluma sa cigarette à une bougie et tira une bouffée. Il ne fumait quasiment jamais, mais il avait accepté l'étui de Bradbury pour narguer Gruner. Ce dernier s'en aperçut.

— Voyez-vous, Rick, notre cher amphitryon a rappelé tout à l'heure nos différents liens avec le Crystal Palace. Or, d'après la conversation au cours du dîner, j'ai cru comprendre que vous n'étiez en fait qu'un simple assistant, celui de votre tante. Je me trompe ?

— Vous avez raison, tout comme je suis arrivé à la conclusion que vous n'étiez qu'un simple malotru.

Rick n'était pas disposé à se laisser humilier par Gruner, tout consul soit-il.

— Assister n'est nullement un déshonneur, intervint Bradbury. En outre, M. Hunter m'a trouvé un photographe que j'ai l'intention d'engager pour immortaliser les différents pavillons. Prenez ma carte, jeune homme, ajouta-t-il en lui tendant un bristol sur lequel figuraient son titre et son adresse. Dites à ce monsieur de passer chez moi dimanche à l'heure du thé, afin que nous parlions des détails. Venez avec lui, si vous le souhaitez. J'aimerais qu'il commence au plus tôt à photographier les stands, et vous pourriez le conseiller, si toutefois votre emploi du temps vous en donne le loisir.

Ils n'avaient pas fini de fumer leur deuxième cigarette que Daphne Loveray et Hellen Hartford firent soudain leur apparition bras dessus, bras dessous, en échangeant des sourires complices.

— Ce n'est peut-être pas digne de dames cultivées, direz-vous, mais l'heure est venue de mettre un terme à vos bavardages et de vous occuper de nous comme il se doit, déclara la veuve avec une joie que Rick ne lui connaissait pas.

Elle devait être éméchée. À en juger par son sourire, Daphne l'était aussi.

— Lord Bradbury ! Nous ne sommes pas dans un *gentlemen's club* où les hommes jouent au billard et font mine de lire. Les dames vous réclament ! renchérit la jeune femme.

— Eh bien, dans ce cas, ne les faisons pas attendre, répliqua l'amphitryon avant de frapper deux fois dans ses mains pour que son majordome pousse la chaise roulante sur laquelle il venait de prendre place et le conduise à la salle de bal.

Aux premières notes de l'orchestre, les messieurs s'empressèrent d'attirer les dames sur la piste. Rick demeura assis près de la veuve Hartford à regarder Gruner solliciter une danse à Daphne Loveray. En la voyant accéder à sa requête, il sentit la jalousie l'éperonner au creux du ventre. Sa mine contrariée le trahit.

— Eh bien, tu en fais une tête, mon neveu ! N'aimes-tu donc pas les valses ?

— Oh, si bien sûr ! répondit Rick, qui se moquait éperdument de la musique. Simplement, je me demandais si le mari de lady King approuverait que son épouse danse avec un nain.

Malgré ses impeccables bottes à talons, Gruner demeurait d'une stature ridicule.

— Son mari, Gideon King ? Tu veux rire ! Depuis qu'il a convolé avec Daphne, cet homme ne s'intéresse qu'à ses chevaux et à ses tableaux. Je ne devrais pas le dire, mais je doute qu'il aime les femmes.

Rick observa de nouveau Daphne glisser sur la piste, main dans la main avec un type de vingt centimètres de moins et vingt ans de plus. Il crut voir sous son apparente amabilité à l'endroit du consul une moue de répulsion. Néanmoins, les règles de courtoisie n'autorisaient pas une femme à décliner une invitation à danser. C'est la raison pour laquelle, à la fin de la troisième valse, Rick les rejoignit.

— Si vous voulez bien m'accorder cette danse, dit-il à Daphne, toujours au bras de Gustav Gruner.

— Comment osez-vous ? Ne voyez-vous donc pas qu'elle danse avec moi ? répliqua l'Allemand, en attirant la jeune femme contre lui.

— Justement, répondit Rick.

— De quel droit… ? Dieu du ciel, regardez-vous, vous n'êtes qu'un pauvre diable.

— Et vous, qui êtes-vous pour vous cramponner de cette façon à une dame ? Si vous étiez aussi courtois que vous le dites, vous sauriez qu'il est répréhensible de danser plus de trois fois de suite avec la même personne.

Le consul foudroya Rick du regard.

— En voilà assez ! intervint Daphne Loveray, en se libérant du bras de Gustav. Vous croyez-vous au marché ? Monsieur Gruner, merci pour votre compagnie, et monsieur Hunter, merci pour l'invitation. Veuillez à présent m'excuser, je souhaite me reposer un instant, loin de deux mâles furibonds.

Daphne tourna les talons, les laissant l'un en face de l'autre. Rick lança à Gustav un regard de défi, auquel ce dernier répondit par un sourire de suffisance.

— Vous vous imaginez peut-être que cette femme s'intéresse à vous ? Vous la connaissez bien peu ! laissa tomber le consul avant de se retirer, abandonnant le jeune homme au milieu de la piste de danse.

Rick consulta sa montre. Il était 22 heures, et les invités continuaient à danser dans la joie et l'insouciance. Il soupira d'ennui. Il ne connaissait personne. Il observa la veuve Hartford, qui conversait avec lord Bradbury, la langue plus déliée que jamais. Il ne restait plus qu'à attendre la fin de la fête, pensa-t-il, entouré de ces messieurs apprêtés et de ces dames prétentieuses. Il prit un verre de gin et sortit sur la terrasse.

Appuyé contre la balustrade, il contempla les jardins de Cremorne, débordants d'allégresse et de vitalité. Des couples se promenaient entre les arbres en riant, d'autres se dirigeaient vers le kiosque à musique. Soudain, un bouquet de feu d'artifice explosa dans le ciel avant de se déverser en une cascade de couleurs. Il s'émerveillait du spectacle quand il sentit qu'on lui touchait le dos.

— Vous vous ennuyiez à l'intérieur ?

En se retournant, Rick aperçut Daphne Loveray. Surpris, il posa son verre et tenta d'ébaucher un sourire.

— Non, j'avais juste envie de prendre l'air. La nuit est splendide.

— Eh bien, moi, je ne supportais plus cette horrible musique, soupira-t-elle en se plaçant à ses côtés. Enfin… Tout à l'heure, j'ai été un peu trop sévère avec vous. Je sais que vous vouliez seulement me libérer de cet idiot vaniteux, et je tenais donc à m'excuser. Je suis désolée, mais Gustav Gruner a vraiment le don de m'agacer.

— Vous n'avez pas à vous excuser. J'ai été trop impulsif.

— C'est incroyable, n'est-ce pas ? s'exclama-t-elle, les yeux levés vers le ciel constellé d'explosions de couleurs.

— Oui, et regardez les gens, acquiesça Rick en signalant les personnes qui marchaient en contrebas en direction de l'orchestre. Eux, au moins, ils s'amusent.

— Eh bien, rejoignons-les ! dit Daphne Loveray en riant.

Rick fut surpris par la proposition de la jeune femme et plus encore quand elle le prit par le bras pour l'entraîner dans la volée de marches menant aux jardins.

Tandis que Rick et Daphne se mêlaient à la cohue qui chantait et dansait, il la remercia de l'avoir libéré de cette fête de collets montés.

— Ce n'était pas désintéressé, avoua-t-elle avec un sérieux qui inquiéta Rick.

— Comment ça ?

— Que croyez-vous ? N'oubliez pas que, grâce à moi, vous avez gagné 10 livres. Vous m'en devez au moins la moitié !

Elle éclata de rire, révélant des dents magnifiques. Rick rit aussi. Sans savoir pourquoi, il se laissa emporter par la spontanéité de cette femme qui le conduisait à vive allure vers le kiosque à musique où un orchestre interprétait des polkas et des mazurkas endiablées. Lorsqu'ils arrivèrent, elle le tira dans le flot des danseurs qui riaient et trinquaient. Rick la prit dans ses bras et eut la sensation que le bonheur perdu lui revenait.

Ils dansèrent un moment, achetèrent à boire aux étals ambulants qui entouraient le kiosque, puis s'écroulèrent, épuisés, sur l'un des bancs en bois bordant les allées.

— Je n'en peux plus !

— Moi non plus, mentit Rick.

Il serait resté collé contre elle toute la nuit.

Soudain, un homme tirant un étrange chariot bigarré s'approcha d'eux.

— Une photographie, messieurs dames ? Pour seulement une demi-livre, vous aurez un souvenir impérissable, leur proposa-t-il avec un sourire charmeur.

— Non, merci, répondit Daphne.

— Pourquoi pas ? rétorqua Rick, qui tendit une pièce à l'homme.

— D'accord, pourquoi pas ? sourit-elle.

Le photographe installa son matériel et, avant de déclencher son appareil, leur demanda de rapprocher leurs visages.

— Parfait ! Elle sera prête dans une demi-heure, précisa-t-il. Voici le reçu. Vous pourrez venir la chercher près du kiosque à musique.

Une fois que l'homme eut disparu avec sa carriole, Rick se tourna vers Daphne. Elle haletait encore à cause de la danse. Elle ferma les yeux pour reprendre son souffle, les joues en feu ; sa poitrine se gonflait à chaque inspiration, en tendant son corsage. Elle lui sembla irréelle. Sans doute du fait de l'effet conjugué de l'alcool et de l'exercice, Rick sentait à peine le froid qui tombait sur les jardins.

Daphne rouvrit les paupières et fixa le jeune homme. Le bleu de ses yeux le transperça. Il ne savait comment réagir, jusqu'au moment où elle s'approcha et effleura ses lèvres des siennes. Puis elle s'écarta comme si elle regrettait d'avoir commis un délit.

— Je suis désolée, articula-t-elle. Il m'arrive parfois…

Sans crier gare, son visage se tordit en une effroyable grimace de douleur.

— Daphne ! Qu'avez-vous ? s'enquit Rick en l'étreignant tandis qu'elle se pliait en deux. Daphne !

Pour toute réponse, elle se cramponna à lui et, dans un murmure, lui demanda de la ramener auprès de Bradbury.

— Il saura quoi faire, souffla-t-elle avant de perdre connaissance.

Rick la prit dans ses bras et, esquivant tous ceux qui lui barraient la route, courut tel un désespéré en direction d'Ashburnham House.

Il trouva lord Bradbury dans un salon privé en compagnie de Hellen Hartford. En le voyant entrer, tenant

Daphne inerte dans ses bras, la fleuriste poussa un cri et le vieil homme blêmit.

— Pour l'amour du ciel, aidez-la ! Je ne sais pas ce qui lui arrive.

Rick la posa avec une infinie délicatesse sur un divan. Aussitôt, Bradbury appela des domestiques et ordonna qu'on l'installe dans une chambre à coucher.

— N'a-t-elle pas besoin d'un médecin, milord ? demanda Rick.

— Non, répondit Bradbury avec circonspection. Je vais m'en occuper.

16

Au cours des journées qui suivirent la fête, Rick ne cessa de songer à Daphne Loveray, en se demandant comment elle allait et quand il la reverrait. Avec le retour de la pluie, son accablement s'intensifia. En dépit de la joie inattendue que le soleil de Cremorne avait insufflée dans son âme, les rayons de l'astre s'étaient révélés aussi fugaces que le baiser de la jeune femme.

Il ne parvenait pas à la chasser de son esprit et, pire encore, il ne comprenait pas ce qui pouvait la lier aux hommes qui étaient à ses trousses.

Il ignorait la cause de son trouble. Il la connaissait à peine. C'était une folie. Pourtant, chaque fois qu'elle apparaissait dans ses pensées, quelque chose en lui s'agitait et le ramenait un bref instant aux Indes, à l'époque où il avait savouré le bonheur.

Un matin, la veuve Hartford insista de nouveau pour qu'il prenne définitivement ses quartiers dans l'annexe. Après avoir laissé traîner, Rick finit par accepter. Ce soir-là, à la fin de sa journée de travail, il monta dans le fiacre que la fleuriste avait fait venir afin qu'il aille chercher le reste de ses affaires. Avant de partir, il avait inspecté les lieux de fond en comble.

En constatant qu'il y avait assez de recoins pour y cacher tout un arsenal, il avait poussé un soupir de satisfaction. Il dissimulerait le fusil dans ses vêtements pour le ramener dans son nouveau logis.

La nuit tombait lorsque la voiture de louage s'arrêta sur le quai de Westbourne. Rick descendit et demanda au cocher de l'attendre. En montant sur la passerelle, il découvrit avec stupeur que le nœud de proue était défait.

Il jeta un regard à la ronde. Pas âme qui vive. Il s'approcha à pas lents de la petite entrée et remarqua que le cadenas avait été forcé. Il saisit le poignard qu'il cachait dans sa botte puis entrebâilla prudemment la porte. Une obscurité absolue régnait à l'intérieur. Il chercha la lanterne à tâtons, sans la trouver, gratta une allumette et avança au milieu de ses affaires éparpillées. Soudain, quelque chose lui tomba sur la tête. Le cœur battant la chamade, Rick envoya des coups de couteau dans l'air avant de s'apercevoir qu'il s'agissait d'une planche pourrie qui avait cédé. Il prit une inspiration et continua. Les gens qui avaient mis sa barcasse à sac avaient fait du bon travail. Le matelas éventré rappelait les entrailles d'un agneau, la table était renversée, les tiroirs vidés et les vêtements abandonnés par terre. Rick se précipita vers la cachette où il avait placé ses économies. À première vue, tout semblait intact. Il souleva un bardeau et soupira de soulagement : tout était là, jusqu'au dernier billet. En revanche, le fusil qu'il avait caché sous des madriers avait hélas disparu.

Il se reprocha de ne pas l'avoir mieux dissimulé. Il trouva enfin le quinquet et l'alluma. Laissant immédiatement ses regrets de côté, il ramassa ce qui lui semblait encore utilisable : quelques vêtements, des ustensiles de toilette, des bottes et des chaussures. Puis il emporta le tout jusqu'au fiacre. Il avait à peine fait quatre pas qu'il entendit soudain une voix dans la brume.

— Hé, m'sieur ! Ici, m'sieur ! C'est moi, venez !

Craignant une embuscade, Rick s'apprêtait à dégainer son couteau quand le visage d'un gamin moucheté de taches de rousseur surgit d'une ruelle au milieu du brouillard.

— M'sieur, vous vous souvenez pas de moi ? C'est moi, le chef de la bande !

— Diantre ! Mais oui, le rouquin au lance-pierre. Que fais-tu là ?

— Ben en fait, m'sieur, l'autre jour, on surveillait, comme vous nous l'aviez ordonné. Moi et Bernie, l'un des gars de la bande, on fumait des cigarettes. On préparait une vengeance contre son beau-père qui lui avait filé une raclée. Au final, Bernie a pas voulu rentrer chez lui et on a dormi là, près de votre bateau. Au p'tit matin, on a été réveillés par un bruit, et là, on les a vus.

— Qui donc ?

— C'est une information précieuse, m'sieur…

Le gamin cracha vigoureusement dans sa main, qu'il tendit pour recevoir une rétribution. Rick sortit un demi-shilling, cracha dessus plus fort, puis remit pièce et glaviot dans sa poche.

— Tu l'auras si ce que tu me racontes en vaut la peine.

Le gosse tordit la bouche, mais n'insista pas.

— J'sais pas quelle heure il était, m'sieur, mais la lune était encore bien haute. Ils étaient deux, et je vous assure que c'était pas des gars d'ici. À cette heure-là, c'est des canailles d'un autre genre qui traînent sur les quais…, précisa-t-il tandis que ses traits enfantins se durcissaient. Ils ont tourné un moment autour de votre bateau. Après ça ils sont entrés, et on a entendu des bruits. Ils sont très vite ressortis et ils ont disparu.

— C'est inquiétant… Saurais-tu me décrire ces hommes ?

— Il faisait bien noir et à cause de leurs chapeaux, on voyait pas trop leurs visages.

Rick hocha la tête. Ce n'étaient peut-être que deux maraudeurs. Ou pas. Le rouquin ne semblait pas mentir. Il lui tendit la pièce de monnaie en le remerciant. Après avoir mordu le demi-shilling pour s'assurer de son authenticité, le gamin l'empocha et tourna les talons. Il s'arrêta au bout de quelques enjambées.

— Ah, et si jamais ça peut vous être utile, m'sieur, l'un des deux zigues parlait avec un accent étranger. Pas comme le vôtre, plus étranger, précisa-t-il avant de disparaître dans la brume.

Rick replongea dans une Londres fangeuse, grise et hébétée, où le gin bon marché coulait dans les veines des nécessiteux et où la misère s'effaçait uniquement lorsqu'il fermait les yeux pour ne pas la voir. Tous les soirs, après avoir accompagné la veuve Hartford chez elle, il arpentait la ville et buvait pour oublier ses peines.

De retour à Portobello Lane, il s'enfermait dans l'annexe et, après une ultime rasade d'alcool, il s'allongeait sur le grabat pour contempler les poutres du plafond sur lesquelles finissaient par apparaître l'orchestre de la guinguette de Cremorne, la mélodie des mazurkas et le baiser que Daphne lui avait offert juste avant de s'évanouir.

Des années durant, il avait cru que jamais plus il ne ressentirait cet étrange fourmillement. Depuis qu'il était rentré en Angleterre, les femmes avaient défilé dans sa vie comme des étoiles filantes, l'éclairant fugacement pour le plonger ensuite dans une obscurité désolante. Sans qu'il se l'explique, Daphne lui avait donné une petite lueur d'espoir. Mais les souvenirs qu'elle ravivait en lui l'amenaient à boire, tout comme l'incertitude de pouvoir un jour la revoir et la prendre dans ses bras.

Depuis la soirée de Cremorne, il n'avait plus entendu parler d'elle. Il dut pour cela attendre la visite chez lord Bradbury avec Memento, qu'il accompagnait pour discuter des termes de son contrat de photographe.

Sur les indications de la veuve Hartford, les deux amis se rendirent ce jour-là dans un vieux palais des environs de Greenwich. Un majordome les accueillit, avant de les conduire dans une bibliothèque contenant davantage d'armes et de massacres de cerfs que de livres. Lorsque lord Bradbury fit son apparition, Rick et Memento lui adressèrent leurs compliments et écoutèrent ses instructions concernant les pavillons à photographier. Le vieil homme leur fit part de son intérêt tout particulier pour le stand où étaient exposées les dernières avancées en matière de fabrication de munitions. Il leur demanda de se rendre au Crystal Palace les jours fériés pour éviter la foule de travailleurs, et leur remit deux lettres de créance leur permettant d'accéder à l'enceinte.

Rick attendit la fin de la conversation autour des honoraires pour s'enquérir de l'état de santé de Daphne Loveray. Le vieil homme lui répondit qu'elle souffrait parfois d'intenses douleurs dont on ignorait l'origine.

— Peut-être ne le sait-elle pas elle-même, précisa-t-il avant d'ajouter qu'elle se reposait probablement dans le manoir que son mari possédait à la campagne.

Les journées passèrent lentement, sans que Rick ait de nouvelles de Daphne. Il essaya de se changer les idées en travaillant d'arrache-pied dans la boutique de fleurs. Le matin, après le nettoyage et les réparations de la serre, il préparait les commandes et effectuait les livraisons, parcourant Londres de bout en bout. Il assumait tous les jours de nouvelles responsabilités qui l'occupaient et, au cours de ses rares moments de loisir, il lisait dans l'annexe un traité intitulé *Le Langage des fleurs*, d'un certain Robert Tyas, qu'il s'était procuré auprès d'une société d'horticulture.

En compulsant ce livre, il se rappelait ses jeunes années d'études, quand il se rendait tous les jours à la faculté pour obtenir son diplôme de botaniste. L'ouvrage, qu'il dévora avidement, lui causa une si vive impression qu'il s'en procura un autre portant le même titre, mais écrit cette fois par Charlotte de Latour. D'après le libraire, cette Française s'était inspirée des lettres que Mary Wortley Montagu avait rédigées lors de son séjour en Turquie, à l'époque où son mari était ambassadeur.

Selon lady Wortley, et comme l'avait affirmé Penny, l'origine du langage des fleurs remontait au temps des grands sultans ottomans. L'utilisation de bouquets pour transmettre des messages dans les harems reposait moins sur la qualité des fleurs que sur les correspondances qui pouvaient être établies à partir de leurs noms. Pour cette raison, Charlotte de Latour avait modifié ce langage afin de l'adapter aux coutumes européennes.

Au fil des pages, Rick apprit que l'acacia représentait « un amour secret », la lavande « la méfiance », l'amandier « l'indiscrétion », la jacinthe « une douleur immense ». Cela dit, la combinaison des fleurs, leurs couleurs et leur disposition altéraient tant le sens du bouquet qu'il fallait de solides connaissances pour le déchiffrer.

Plusieurs jours durant, il dévora ces pages, ainsi que tous les livres qu'il réussit à dénicher sur le sujet dans plusieurs librairies. Il réunit ainsi une collection de neuf ouvrages. La lecture l'accaparait et l'éloignait du gin. Cependant, quand le sommeil l'emportait, le baiser de Daphne Loveray revenait irrémédiablement dans son esprit.

Un matin, de retour d'une livraison, Rick trouva Penny assise sur un petit banc, le visage enfoui dans ses mains. Lorsqu'il le lui releva, il vit qu'il était ravagé de larmes. À l'étage, on entendait des cris et des lamentations.

— Que s'est-il passé ? s'enquit Rick en tentant de consoler la vendeuse.

— Un terrible incendie a dévasté toutes les pépinières du Surrey, articula-t-elle entre deux gémissements. Nous sommes ruinés.

Rick lui tendit son mouchoir et monta quatre à quatre l'escalier qui menait au bureau. En poussant la porte, il découvrit la veuve Hartford en pleurs sur le divan, la tête enfoncée dans un coussin. Il s'approcha et essaya de la réconforter, en vain.

— C'est une tragédie, sanglota-t-elle. Tout est parti en fumée.

Elle lui raconta qu'elle tenait l'information de l'un des domestiques de lord Bradbury.

— Il y a des dizaines de blessés ! Il paraît même que Jimmy, le fils d'un des journaliers, est couvert de brûlures ! ajouta-t-elle sans cesser de gémir.

Ignorant les conséquences qu'un tel drame pourrait entraîner, Rick ne savait que dire.

— Si je peux vous aider d'une façon ou d'une autre…

— Grands dieux, pauvres gens ! Que vais-je faire ? Je ne sais pas si je vais devoir fermer ou si…

Elle se couvrit les yeux et éclata de nouveau en sanglots. Rick s'approcha de la console où la veuve conservait une bouteille de whisky et lui servit un verre qu'elle avala comme de l'eau. À la quatrième gorgée, elle s'apaisa.

— Ça va mieux ?

— Que faire ? Il faudrait que je me rende dans le Surrey au plus vite. Seulement, avec tout le travail en cours, les commandes du Crystal Palace, les livraisons de bouquets, les fournisseurs… Avant, lorsqu'il m'arrivait de m'absenter, Gus s'occupait de tout, mais à présent, je n'ai pas d'autre choix que de fermer la boutique.

— Je comprends. Si vous voulez, je peux vous accompagner dans le Surrey.

— Merci, Rick. Je te suis sincèrement obligée. Une chance que Dieu t'ait mis sur mon chemin. J'ignore encore comment je vais m'en sortir. Mais lord Bradbury s'est déjà proposé de venir avec moi et m'a offert l'hospitalité dans son manoir, non loin de là.

— Cela me paraît être une bonne idée.

— Oui, mais la boutique ? Si je la ferme, je vais décevoir le Crystal Palace, et nous perdrons des clients.

— À votre place, je ne m'inquiéterais pas tant. Je suppose que si lord Bradbury vous a proposé de vous héberger, c'est qu'il considère, au vu des circonstances, que les approvisionnements du Crystal Palace ne sont pas la priorité. Après tout, c'est lui qui vous a trouvé ce contrat.

— Tu as sans doute raison, mais je ne voudrais surtout pas le décevoir. Il est responsable devant les exposants. Il a misé sur mon négoce, et je ne peux pas le remercier en le laissant en plan à quelques jours de l'inauguration. Ah, si Gus était là…, s'exclama-t-elle en essuyant ses larmes.

— Et Penny ? Ne peut-elle pas s'occuper de la boutique en votre absence ?

— Penny… ? Tu veux rire ! Tu l'as bien vue, elle travaille dur, mais elle ne sait pas compter jusqu'à sept. Non, ce n'est pas possible, à moins…, ajouta-t-elle en regardant le jeune homme. À moins que toi…

Rick haussa un sourcil en voyant soudain tomber du ciel la chance de fouiller le magasin de fond en comble sans que personne s'interpose. Il n'aurait pu rêver mieux. Le premier pas pour profiter d'une telle aubaine consistait à se faire prier.

— Je vous remercie sincèrement. Je suis certes capable d'organiser les commandes et de préparer les envois, voire de gérer les livraisons puisque je connais les cochers, mais j'ignore encore bien des choses. Je n'ai pas de pratique dans la confection des bouquets, je ne sais pas comment les ornementer ni…

— Penny pourrait s'en occuper, argua Hellen.

— D'accord. Mais vous ne me connaissez pas du tout, je pourrais vous décevoir, ou vous voler…

— Écoute, mon garçon, je suis quelqu'un de méfiant par nature. Je fermerai le bureau à clef. De plus, si tu avais voulu me voler, tu l'aurais fait lorsque ces hommes m'ont attaquée. À la place, tu as risqué ta vie et tu m'as rendu mon argent. Non, tu ne ferais rien qui puisse me faire tort, je le vois dans tes yeux.

Rick hocha la tête. En descendant l'escalier avec la mission de tenir quelques jours les rênes de Passion d'Orient, il ne put s'empêcher d'être pris de remords. Certes, il disposerait de temps pour retourner un à un les carreaux de la boutique, mais en son for intérieur, il se méprisait de tromper ainsi la veuve.

Le soir même, Hellen Hartford fit ses bagages et prit la route du Surrey. Elle avait laissé des recommandations et une liste de tâches dont Rick devrait s'acquitter en son absence. Encore bouleversée, Penny lui promit d'apporter à son neveu toute l'aide dont il aurait besoin.

Sitôt seul, le jeune homme courut sans attendre dans le bureau qu'il ouvrit à l'aide des clefs fournies par Memento et se précipita sur le tiroir où la fleuriste cachait son cahier secret. Après avoir forcé la serrure, il fouilla le double fond avec avidité, mais il était vide. Il regarda dans les autres tiroirs. Rien. Il assena un coup de poing sur la table et se blâma pour son ingénuité. Il aurait dû se douter que la veuve emporterait son précieux registre.

Le lendemain matin, il profita de devoir livrer des fleurs du côté de Lambeth pour rendre visite à son ami Memento. Malheureusement, celui-ci avait quitté l'hospice de bonne heure sans que le gardien sache lui préciser où il allait. Rick le remercia, le pria d'informer Memento de son passage et retourna à ses livraisons.

Il traversa la Tamise pour gagner le quartier de Kensington. Il lui fallait remettre une composition florale à Mary Aldridge, une cliente régulière de Passion d'Orient. Elle le reçut elle-même. C'était une femme apprêtée, élégamment vêtue. Après avoir pris les fleurs, elle s'enquit de l'incendie.

— Un parent de ma bonne, qui vient du Surrey, lui a tout raconté ce matin. Apparemment, c'était horrible. N'est-ce pas là-bas que se trouvent les pépinières de Hellen ?

Rick lui confirma que le feu s'était propagé sur les plantations de sa tante, laquelle était partie la veille dans le Surrey pour constater les dommages.

— Je ne peux vous en dire davantage, ajouta-t-il.

— Alors comme ça, vous êtes son neveu. J'ignorais que la veuve avait de la famille à Londres.

— Eh bien oui. Je suis arrivé d'Amérique il y a peu, et ma tante m'a engagé dans la boutique.

— D'Amérique ! C'est si loin ! Bon, pour en revenir à cette affaire, le parent de ma bonne lui a raconté que tout avait brûlé comme un feu de joie et qu'il ne restait plus une brique debout. Nous avons aussi appris dans les journaux la mort de Gus. Je ne sais vraiment pas comment vous allez vous en sortir. Il semblerait qu'on vous ait jeté un sort.

— Oui. Ma tante prendra les choses en main dès son retour. En attendant, c'est Penny et moi qui tenons la boutique.

— Que dites-vous ? Penny travaille toujours pour Hellen ? Je n'en crois pas mes oreilles ! s'exclama Mme Aldridge en se signant. Cette femme n'est pas fiable, et vous devriez être vigilant. Quand nous avons appris que votre tante allait l'engager, nous l'avons prévenue, mais elle n'en fait toujours qu'à sa tête.

Rick accorda toute son attention à la cliente, qui semblait impatiente de lui révéler ce qu'elle savait. Il fit mine d'être surpris :

— Quel est le problème avec Penny ?

— Ne me dites pas que personne ne vous a informé ? Voyons… Ce n'est pas moi qui l'affirme, Dieu me garde, seulement tout le monde dans le quartier sait ce qu'elle faisait avant de travailler pour la veuve.

Mme Aldridge regarda d'un côté et de l'autre comme si elle s'apprêtait à lui livrer un secret.

— Si vous passez au Cerf rouge, reprit-elle, n'importe quel client pourra vous dire le nombre de grains de beauté qu'elle cache sous ses jupons.

Elle ajouta que Hellen Hartford avait eu pitié de Penny, laquelle lui avait promis de ne jamais reprendre ses errances nocturnes. Pourtant, des voisins l'avaient depuis vue entrer ou sortir du Cerf rouge en pleine nuit.

Rick quitta Kensington avec un nouveau sujet de préoccupation, non pas tant pour le métier qu'exercerait Penny à ses heures perdues – il s'en moquait éperdument – mais pour les amitiés qu'elle pouvait avoir cultivées au cours de ses pérégrinations.

À midi, il s'arrêta déjeuner dans une gargote où l'on servait des saucisses et de la bière tiède. Tandis qu'il dévorait son repas à belles dents, il songea à faire part à Penny de la rumeur dont lui avait parlé Mary Aldridge, avant d'abandonner l'idée. Non seulement la vendeuse nierait tout, mais il risquait de s'attirer son hostilité. Il décida donc de se taire et de garder un œil sur elle, sans l'alerter.

Il se rendit ensuite au Crystal Palace pour obtenir son laissez-passer. Après le lui avoir remis, le gardien le conduisit auprès du responsable des jardins, un petit homme tavelé de vérole qui lui indiqua l'entrepôt où il lui fallait déposer les commandes, ainsi que les sillons prévus pour les plantations en cours.

En entrant dans l'enceinte pour constater par lui-même l'avancée des préparatifs, Rick n'en crut pas ses yeux. À moins de deux mois de l'inauguration, les différents pavillons semblaient avoir été victimes d'un tremblement de terre : des centaines d'employés étaient occupés à trier des milliers d'objets éparpillés sur le parquet. Les rumeurs sur les retards importants que Gustav Gruner s'était chargé de démentir étaient donc bien réelles.

Cette vision l'amena à consulter sa montre. 18 h 15 déjà. S'il voulait être de retour avant la fermeture de la boutique, il devait se hâter. Mais il lui fallait d'abord aller voir la cage aux fauves où l'on avait retrouvé Gus – la raison première de son passage au Crystal Palace.

Il quitta le transept et emprunta la galerie occidentale pour rejoindre l'entrée des livraisons. Il sortit dans les jardins, puis se dirigea vers la « maison à vapeur ». Par chance, le chariot des tigres était posté au même endroit, recouvert d'une bâche. Il s'approcha et, tout en faisant mine de déplacer des caisses, s'assura que la cage était vide. Il chercha ensuite la façon d'accéder à la trappe sur le haut de la cage et constata que seule une petite échelle permettait d'y monter. Elle était si instable que la tâche s'avéra malaisée. En déployant d'importants efforts, Rick finit par atteindre la trappe. Inutile de l'ouvrir. Elle était si étroite que, pour passer au travers, il aurait fallu être vigoureusement poussé. Sans compter un autre détail : au moment où Gus avait disparu, il avait le poignet cassé. Il n'aurait donc jamais pu gravir l'échelle.

Quand il arriva à Portobello Lane, la nuit était déjà tombée. Il prit congé du cocher et regarda de part et d'autre de la rue. Pas âme qui vive. Lorsqu'il essaya d'entrer, il trouva la porte verrouillée de l'intérieur, mais il apercevait de la lumière, ce qui lui parut étrange. Il tira sur la cloche, sans que personne vienne lui ouvrir. Il fit le tour par l'annexe de Gus, pensant trouver Penny dans la serre. Alors qu'il approchait de la boutique proprement dite, il avisa la silhouette de la vendeuse, buvant une tasse de thé et discutant de manière enjouée avec un inconnu. Rick se tint en alerte, avant de découvrir, stupéfait, qu'il s'agissait de son ami photographe.

Après avoir surmonté sa surprise, il toussota, faisant sursauter Penny et Memento.

— Ah, te voilà enfin, Rick ! s'exclama celui-ci avec une joie enfantine. Nous parlions justement de toi. Assieds-toi et prends une tasse.

Le visage de la vendeuse débordait du même enthousiasme. Encore perplexe devant la présence du photographe, Rick prit place et se servit du thé. Il s'aperçut qu'il était froid, ce qui signifiait que Memento et Penny étaient ensemble depuis un bon moment. Il pria pour que son ami ait gardé sa langue dans sa poche.

— On m'a dit que tu étais passé à Southwark. J'ai imaginé que ce devait être important et je me suis présenté à la boutique, se justifia Memento sans se départir de son sourire. Penny m'a dit que je pouvais t'attendre ici, mais si j'avais su que tu allais autant tarder, je serais revenu un autre jour.

— Et de quoi discutiez-vous ? s'enquit Rick, qui craignait le pire.

— Bah, de choses sans importance. De nous, de Londres, de mon métier de photographe… À propos, savais-tu que Penny avait déjà été photographiée ?

Se souvenant du Cerf rouge, Rick préféra ne pas penser aux circonstances dans lesquelles on avait pu prendre ces clichés.

— Ton ami est très amusant, sourit-elle en laissant voir ses dents de cheval. Il m'a même proposé de poser pour lui. Bien entendu, je lui ai dit qu'il pouvait me tirer le portrait autant qu'il le voudrait.

— En échange de vos fameuses rissoles, intervint Memento en riant.

Rick les regarda d'un air inquiet. *Ton ami*... Il lui avait donc dit qu'ils se connaissaient. Que lui avait-il raconté d'autre ? Il demanda à Penny si elle avait arrosé les orchidées.

— Oh, mais tu ne m'en avais pas parlé, s'étonna-t-elle.

— Mince, j'ai dû oublier. S'il te plaît, va leur mettre un peu d'eau pendant que je note les ventes de la journée.

Dès qu'elle quitta la pièce, Rick fusilla Memento du regard. Il l'aurait volontiers empoigné par le devant de sa chemise.

— Peut-on savoir ce que tu es venu faire ici, bon sang ? Tu veux donc que je me fasse démasquer ?

— Eh, calme tes ardeurs ! s'écria Memento en se levant, piqué au vif. Je te signale que c'est toi qui es passé me voir à l'hospice. Je me dis que ce doit être urgent, j'accours aussi vite que possible, et c'est comme ça que tu me remercies !

Rick serra les mâchoires. Memento était certes son ami, mais il fallait le surveiller de près. Il essaya de désamorcer la situation.

— Excuse-moi, je suis allé à Southwark en pensant que tu avais peut-être des nouvelles concernant les adresses que je t'avais confiées. Je ne m'attendais pas à ce que tu viennes ici et que tu tues le temps en racontant ta vie à Penny.

— Que voulais-tu que je fasse ? Mon existence là-bas n'est pas particulièrement divertissante.

— Et tu t'es dit que la boutique était un cirque où tu pourrais t'amuser ?

— Je ne sais pas, mais au moins, Penny s'intéresse plus à moi que les taverniers. Elle était même bien plus contente de me voir que toi !

Memento retira ses besicles noires et les jeta rageusement sur la nappe. Rick observa son ami qui jurait, tête basse. Il comprit qu'il était allé trop loin et lui tendit ses lunettes.

— Tiens, remets-les. Si Penny te voit sans, elle ne te cuisinera plus de rissoles.

Memento regarda Rick et obtempéra à son corps défendant. Il marmonna dans sa barbe avant de tirer un bout de papier froissé de sa poche.

— Voilà pourquoi je suis venu. Tes fameuses adresses.

Il se leva, se disposant à partir. Rick l'arrêta.

— Attends, pardonne-moi. J'ai cru un moment que tu pouvais m'avoir…

— T'avoir fait démasquer ? Je ne suis pas aussi idiot que tu le penses, marmotta-t-il, toujours tête basse.

— Je ne l'ai jamais pensé. Tu sais que tu es mon meilleur ami, déclara-t-il, repentant. En réalité, mon seul ami.

Memento ronchonna encore mais, cette fois, reprit sa tasse et but une gorgée de thé.

— Mmm… Toi aussi, tu es mon seul ami, souffla-t-il en lui tendant la main en signe de réconciliation.

Au bout de cinq minutes à peine, Penny revint de la serre, les manches trempées. Elle dit à Rick qu'elle avait arrosé les fleurs de son mieux, mais qu'elle avait renversé de l'eau dans la pénombre. Il la remercia pour ses efforts et lui proposa son manteau, dans l'espoir qu'elle quitte la boutique.

— Tu en as assez fait pour aujourd'hui. Je m'occupe de fermer. Demain, tu peux venir un peu plus tard, si tu veux.

La vendeuse se couvrit avec le manteau du jeune homme et débarrassa les tasses de thé. Après avoir remis le bout de papier froissé dans sa poche, Memento se leva pour l'aider.

— Ma foi, j'ai été ravie. J'espère vous revoir bientôt pour vous montrer une robe imprimée à fleurs qui ressortirait très bien sur les photographies. Et encore merci pour la bague ! dit Penny en désignant l'anneau doré, assez clinquant, qui brillait à son doigt.

— Je l'espère moi aussi, mademoiselle, répondit Memento en lui faisant une courbette ridicule.

Après le départ de la vendeuse, Rick jeta un regard perplexe à son ami.

— Une bague ? Tu lui as offert une bague ?

— Oui, je suis passé l'acheter à Covent Garden. Une babiole, précisa-t-il avec un naturel déconcertant.

Rick secoua la tête. Sachant qu'il était inutile d'essayer de le raisonner, il s'abstint de le réprimander. Memento ressortit le papier des adresses et le posa sur la table. Le jeune homme le prit de mauvaise grâce et, après quelques secondes, demanda au photographe de le lui déchiffrer.

— Voyons si j'arrive à me relire.

Memento réajusta ses besicles et approcha le billet de son nez.

— Alors ?

— Attends… Voilà, ça y est ! En premier lieu, Melissa Jones. Adresse : 12, Castle Street. Des nantis. Une belle maison. J'ai interrogé la nurse en me faisant passer pour un vendeur de purin. Apparemment, ils achètent des fleurs pour des événements ponctuels. Rien de suspect, selon moi. Je me suis ensuite rendu dans trois autres propriétés, du côté de Chelsea, appartenant respectivement à Sarah Winchester, Anna Myers et Daisy Baker. Des maîtresses de maison prétentieuses. Là aussi, des bouquets ornementaux, rien d'étrange.

— Continue, dit Rick qui prenait des notes dans son calepin.

— Concernant les livraisons à Wilbur Floyd, le type de Victoria Street, tu sais, celui qui recevait un tas de commandes, j'ai découvert qu'il s'agissait d'arrangements floraux à destination de plusieurs *gentlemen's clubs* du voisinage. Des endroits chics. Il réceptionne les bouquets, les emballe de manière élégante et les offre comme si c'étaient des bijoux. C'est tout du moins ce que m'a raconté son domestique.

— C'est tout ?

— Attends, j'ai gardé le plus intéressant pour la fin.

Memento marqua une pause pour engloutir les biscuits que Penny avait laissés sur la table.

— Tu es obligé de les manger maintenant ? s'impatienta Rick.

Ignorant la remarque, Memento avala sa dernière bouchée, lâcha un rot sonore et sourit, sachant que ce qu'il s'apprêtait à raconter à son ami en valait la peine.

— Tu es prêt ? Eh bien, accroche-toi. Les trois adresses suivantes sont celles où figure aussi le nom de Daphne Loveray. En premier lieu, Karum Daswani.

— Karum ? Mais je le connais ! Je lui ai parlé au Crystal Palace. C'est le responsable du pavillon des Indes orientales.

— Eh bien, il semblerait qu'il ait d'autres occupations. L'adresse est celle d'une fumerie de luxe, près de Charing Cross. Tu sais, l'un de ces lieux de perdition où l'on consomme de l'opium et des femmes.

— Intéressant…

— La deuxième adresse est celle de Ralph White, mathématicien de son état. J'ai interrogé les voisins et apparemment il travaillait au Foreign Office.

— Il travaillait ? Aurait-il été remercié ?

— Pire, il s'est fait renverser par une voiture le jour où, selon le carnet, on lui a envoyé un bouquet. Lequel, selon sa veuve, n'est jamais arrivé. Plus surprenant encore : un voisin qui a assisté à la collision m'a assuré que ça ne ressemblait pas à un accident.

Rick prit une profonde inspiration. Le Foreign Office était le bureau du gouvernement qui régissait les affaires de la Grande-Bretagne à l'étranger et, plus généralement, la richesse de l'Empire britannique.

— Quoi d'autre ?

— Ça vient. La troisième adresse est celle d'un certain Alan Sinclair, célibataire, journaliste et analyste financier. Disparu à la date de l'envoi de son bouquet. Devine où il travaillait.

— Au Foreign Office ?

— Exactement.

17

Ce soir-là, Rick fouilla de nouveau la boutique de fond en comble. Hormis quelques livres de comptes sur lesquels figurait l'adresse du domicile de Daphne Loveray, il ne trouva rien digne d'intérêt. Sans être un expert, le nombre élevé de commandes passées par Wilbur Floyd, l'intermédiaire qui fournissait les *gentlemen's clubs*, l'intrigua. Il nota l'adresse de livraison – 5, Victoria Street –, puis chercha dans la bibliothèque de la veuve un plan de Londres pour localiser la rue en question. Lorsqu'il la repéra, il hocha la tête en constatant que sa mémoire ne l'avait pas trahi : l'établissement de Wilbur Floyd était situé exactement là où il le pensait, c'est-à-dire à quelques mètres de 10, Downing Street, tout près du Foreign Office.

De retour à l'annexe, il but un verre de gin tout en essayant de récapituler les derniers événements. L'alcool aida.

D'un côté, Passion d'Orient cachait de toute évidence quelque chose d'interlope. La disparition brutale du jardinier et la découverte ultérieure de son cadavre ne pouvaient être liées qu'à une affaire trouble, dans laquelle Gustav Gruner était certainement impliqué. En effet, le consul, chargé d'élucider les circonstances du drame, avait attribué le décès de Gus à un malheureux accident, sachant qu'une telle affirmation ne pourrait être corroborée par la moindre enquête officielle, dont il était lui-même chargé.

De l'autre, il y avait Daphne Loveray. En dépit de l'avanie qu'elle avait infligée à Gruner à la garden-party de lord Bradbury, tous deux semblaient bien se connaître. Presque trop.

Rick but une deuxième rasade de gin. Il se méfiait de Daphne, tout en souhaitant coûte que coûte dissiper ses soupçons. Il lui était pénible de reconnaître que l'incompréhensible attirance qu'elle exerçait sur lui l'empêchait probablement de la juger de manière impartiale. Or, c'était bien son nom qui figurait sur le bout de papier caché dans l'arme de l'un des sbires de la gare de Spitalfields. En outre, Daphne était liée à la fois à Gruner, au pavillon des Indes du Crystal Palace dirigé par Karum Daswani, et aux étranges envois de fleurs.

Ce Karum se trouvait aussi en bonne place sur la liste des suspects. C'était un Hindou, comme l'un des hommes de main qui avaient essayé de le tuer, et il tenait une fumerie d'opium à Charing Cross. Rick devait en apprendre davantage sur son compte.

Le Foreign Office, l'agence du gouvernement qui régissait les destinées de la Compagnie britannique des Indes orientales, complétait le puzzle. Deux de ses employés avaient reçu des fleurs de Passion d'Orient de la part de Daphne Loveray. Le premier était mort, le second avait disparu.

La Compagnie des Indes orientales... La société privée monopolistique la plus puissante du monde, qui avait la mainmise sur le commerce dans de nombreux pays lointains et possédait des richesses incalculables. L'organisation pour laquelle Rick avait travaillé des années, jusqu'à ce qu'elle détruise sa vie.

Il finit son verre de gin et s'allongea sur le grabat.

Quel rôle pouvaient bien jouer Penny et la veuve dans cet imbroglio ? Les continuelles crises de panique de Hellen Hartford la plaçaient au cœur de ses soupçons. Il ferma les yeux un instant, avant de se relever. Impossible d'attendre que les événements se précipitent ; telle était la conclusion à laquelle il arriva. La mise à sac de son bateau constituait le premier avertissement. Soit il agissait, soit ceux qui le recherchaient finiraient tôt ou tard par le capturer.

Il monta au bureau, un quinquet à la main, et s'empara d'un bout de papier et de la plume qui reposait sur le secrétaire pour élaborer un plan qu'il exécuterait le lendemain à la première heure. Un plan qui impliquait une certaine Daphne Loveray.

Il n'attendit pas l'aube pour sauter du lit, faire sa toilette et se raser. Il choisit un costume sobre et des brodequins propres, attrapa ensuite l'un des bouquets de pétunias que Penny avait préparés la veille, l'enveloppa soigneusement et fixa une carte sur l'emballage. Puis il laissa un billet sur le comptoir informant sa collègue qu'il s'absenterait toute la journée pour régler des affaires. Il glissa son revolver dans sa botte, s'assura que tout était en ordre et quitta la boutique en direction du 12, Primrose Hill Road, le domicile londonien de Daphne Loveray, selon le registre de la veuve.

Rick passa en revue sa stratégie dans l'omnibus.

Il avait prévu d'arriver aux abords de la propriété avant les livreurs de pain et de lait, qui, en général, entraient dans les cuisines pour y déposer les commandes matinales. Rick attendrait donc qu'ils sortent pour essayer de leur graisser la patte afin de savoir si les maîtres se trouvaient chez eux ou si Madame était toujours souffrante. Une fois assuré de sa présence, il se présenterait, le bouquet à la main, alléguant aux domestiques qu'il devait le remettre personnellement à lady King, avec des instructions expresses sur le soin à lui apporter. Si elle était absente, il s'enquerrait de son adresse à la campagne.

Tandis qu'il songeait à tout cela, l'omnibus traversa Regent Street et Portland Place, puis longea Regent's Park par l'est avant de franchir Regent's Canal, où le cocher arrêta les chevaux pour qu'ils se reposent. Après être descendu, Rick profita du promontoire pour contempler la multitude de toits et de cheminées qui s'étendaient à ses pieds. Du haut de Primrose Hill, Londres rappelait une gigantesque Babel mâchurée de fumée et de suie, sur laquelle le soleil du petit matin déversait ses rayons en faisant briller les tuiles d'ardoise comme si elles avaient été enduites de mélasse.

Il se retourna vers les bâtisses de la rue pour s'assurer de l'adresse. Le numéro 12 correspondait à une propriété en briques rouges à deux étages, percée de fenêtres en bois blanc et flanquée d'un porche. Il consulta sa montre. Il était encore tôt. Il repéra non loin de là un mastroquet ouvert, où il décida de s'abriter du crachin soudain. Il commanda des tranches de pain d'épice beurrées et s'enquit des horaires de passage des livreurs. En sirotant un café chaud, il observa par la devanture les mouvements autour de la résidence de Daphne Loveray.

Une première voiture de livraison arriva au bout d'une demi-heure, mais ne s'arrêta pas devant le 12. Rick devint nerveux. La propriété était peut-être inoccupée, à moins que ce ne soit tout simplement pas le fournisseur de lady King. Quelques minutes plus tard, une deuxième charrette remplie de pots de lait fit halte en face de la maison. Rick finit sa seconde tasse de café, demanda au tavernier de lui garder son bouquet et quitta l'établissement pour accoster le laitier au moment où il remonterait dans sa carriole. D'abord récalcitrant, l'homme se mit à jacasser en voyant un shilling briller entre les doigts de Rick.

— Je crois que les propriétaires sont rentrés y a trois jours, même si j'peux pas garantir qu'ils soient chez eux, j'ai vu que leurs domestiques, lui expliqua-t-il, ravi du pot-de-vin.

Rick s'estima satisfait. Il retourna dans la taverne et engloutit une autre tranche de pain d'épice grillée en attendant une heure moins indue pour apporter ses pétunias. À 10 heures, il se dit qu'il était temps. Il vérifia sa tenue avant de se présenter, le bouquet à la main, sur le perron de la résidence. Après avoir tiré deux fois le cordon de la sonnette, il vit arriver un homme sec, en livrée. Lorsque Rick demanda à parler à lady King, le domestique l'informa que Madame était absente.

— Vous pouvez me laisser les fleurs, je les lui donnerai à son retour.

— La fleuriste m'a enjoint de lui remettre le bouquet en main propre. Savez-vous où je peux la trouver ?

— Je suis navré, je ne suis pas autorisé à livrer une telle information. Si vous n'avez besoin de rien d'autre..., le congédia le majordome en refermant la porte.

— Un instant. Attendez... Attendez !

Rick mit son pied contre le chambranle pour l'arrêter.

— Que se passe-t-il en bas ? Que sont ces cris ? s'enquit une voix depuis l'étage.

Rick entendit des pas descendre les escaliers et se diriger vers l'entrée. Un homme grisonnant fit son apparition, une pipe au coin des lèvres, élégamment vêtu d'une veste d'intérieur en velours. Il avait une démarche mal assurée et empestait l'alcool.

— Lord Gideon King, je présume ? articula Rick en inclinant légèrement la tête.

— En effet. Que voulez-vous ? Pourquoi ne laissez-vous pas vos fleurs aux domestiques ? répondit l'aristocrate en esquissant une grimace de dégoût, comme s'il parlait à de la vermine.

— Voyez-vous, milord, j'ai l'ordre exprès de les remettre en main propre à lady King. Ces fleurs sont extrêmement délicates et je dois lui expliquer...

— N'avez-vous donc pas entendu que Madame est absente ? Si vous voulez, laissez votre bouquet, et sinon, revenez plus tard.

— Bien... Quand lady King sera-t-elle de retour ?

Lord King ferma les yeux un bref instant, comme si les questions du jeune homme l'épuisaient.

— Quand cette garce sera de retour ? Je l'ignore et je m'en contrefous, martela-t-il avant de claquer la porte.

Sidéré, Rick retourna à la taverne, commanda un gin et se fraya une place entre deux clients. Il but son verre d'un trait et, tandis qu'on lui en servait un autre, engagea la conversation avec son voisin de gauche, à qui il offrit très vite une bière. Quelques chopes plus tard, il l'interrogeait sur lady King, lui demandant s'il la connaissait, en précisant avoir entendu des rumeurs quelque peu osées sur sa beauté. Le type retira sa casquette, considéra Rick, puis balaya le mastroquet du regard, comme s'il cherchait quelqu'un de mauvaise grâce.

— Tu vois des femmes ici ? Putain, c'est une taverne d'hommes, pas un endroit où traînent les dames !

Le zigue se recoiffa et continua à siroter sa bière. Rick finit son verre avant de se lever pour s'asseoir sur un tabouret près de la cheminée, d'où il pouvait guetter le numéro 12. Il demanda au tavernier les journaux des jours précédents, mais celui-ci ne les avait pas. Au bout d'une heure, Rick vit enfin un jeune homme sortir de la résidence de lady King. Il régla sa consommation et s'empressa de le suivre. Après avoir rattrapé le garçon, il le talonna sur quelques pas puis l'aborda au coin de la rue.

— Excuse-moi, tu travailles au service de lord King ?

— Oui, qu'est-ce que vous m'voulez ? s'étonna l'autre.

Rick n'y alla pas par quatre chemins. Il tira un billet d'une livre de sa poche ; si le garçon répondait à ses questions, l'argent serait à lui. Le domestique hocha la tête, réjoui.

— C'est vous qui vous êtes disputé tout à l'heure avec Monsieur ?

— Tu le veux, oui ou non ?

Après avoir regardé derrière lui, comme s'il craignait qu'on le surprenne, le jeune empocha le billet.

— J'vous écoute, mais grouillez-vous.

— Lady King ? Où je peux la trouver ?

— Alors ça, personne le sait. Ça fait deux jours que Madame est pas rentrée.

— Je vois... Son mari ne semble pas trop s'en soucier.

— Vous feriez quoi, vous, à sa place ? Si ma femme me prenait pour un cornichon en passant ses nuits dehors, moi aussi, j'la maudirais.

— Tu veux dire qu'elle s'absente souvent ?

— Disons que Madame entre et sort quand ça lui chante.

— Tu ne sais pas où elle va ? se hasarda-t-il à lui demander.

— Non, mais d'après les rumeurs qui circulent dans la maison, le cocher va parfois la chercher à Charing Cross et la ramène bien imbibée.

Rick en resta abasourdi, comme si on l'avait assommé avec un gourdin. Cette réponse ne correspondait pas à l'image qu'il s'était faite de la jeune femme, le soir où ils avaient dansé ensemble dans les jardins de Cremorne. Il renonça à en savoir davantage ; il ne s'en sentait pas la force.

— Vous voulez que je lui donne ces fleurs ? lui demanda l'employé de maison.

— Hein ? Ah, oui, bien sûr.

Rick lui tendit le bouquet, en retirant le petit bristol.

— Je lui dis que c'est de la part de qui ?

— Dis-lui qu'on les lui envoie d'Amérique.

Sur ces mots, Rick tourna les talons et se mit à marcher sous la bruine.

Il arpenta les rues de Londres sans que le rideau de pluie réussisse à l'arracher à ses pensées. Il avançait à pas lents à travers la foule qui le dépassait comme s'il était invisible. Les cris des vendeurs, le martèlement des voitures sur les pavés, les hennissements des chevaux… rien ne semblait affecter cette âme en peine qui déambulait parmi la cohue des passants. Au bout d'un moment, le tumulte finit tout de même par le sortir de sa léthargie. Sans savoir comment, il se retrouva à parcourir les ruelles adjacentes à Tottenham Court, trempé. Il n'avait même pas pensé à ouvrir son parapluie. Il s'arrêta sous un porche, essayant de reprendre ses esprits, puis il entra dans une gargote pour se réchauffer et en profita pour demander si par hasard ils avaient de vieux journaux. Ils ne disposaient malheureusement que de la presse du jour.

Que faire ? Il connaissait bien le quartier. S'il continuait en direction de la Tamise, il traverserait Piccadilly Circus et Trafalgar Square avant d'atteindre Whitehall, ses boutiques de luxe et ses *gentlemen's clubs*. Des endroits où, se dit-il, il pourrait consulter les journaux qu'il cherchait. Les clubs de Londres possédaient tout ce qu'un mortel pouvait désirer. Le problème était d'y accéder sans être membre de plein droit. Ici, les nantis prêts à débourser des fortunes pour appartenir à l'un de ces cercles d'élite ne manquaient pas. Ce qu'ils appréciaient par-dessus tout était de se maintenir ainsi à l'écart de la pègre qui pullulait en ville.

Par chance, Rick connaissait Randolph O'Leary.

Il le trouva comme à l'accoutumée, tiré à quatre épingles, en faction devant l'entrée du palais néoclassique du Club Athenaeum. Arborant des favoris imposants, il se guindait de manière si absurde qu'il donnait l'impression d'avoir été empalé. En apercevant Rick, Randolph abandonna un instant sa posture et le salua comme s'il était un membre du Parlement. Rick se réjouit que le portier lui soit encore si reconnaissant de son intervention, le soir où un gentleman du club avait voulu le renvoyer parce qu'il ne s'était pas courbé sur son passage.

Comme chaque fois qu'ils se retrouvaient, ils évoquèrent l'incident.

— Tu as dû lui faire une de ces frayeurs ! dit Randolph.

Il sourit en revoyant l'expression apeurée de l'homme en question au moment où il lui avait présenté ses excuses.

— Fréquente-t-il toujours le club ? s'enquit Rick.

— Fichtre non ! Après votre « rencontre fortuite », il a demandé sa désaffiliation pour rejoindre le Carlton Club. Et toi, qu'est-ce que tu deviens ? Ça fait des lustres que je ne t'ai pas vu.

O'Leary s'éloigna un instant et reprit sa posture hiératique pour saluer deux messieurs en costume et haut-de-forme qui entraient dans l'établissement.

Rick lui expliqua qu'il avait besoin de consulter des vieux journaux. Randolph l'écouta attentivement, puis prit un air faussement solennel et posa sa main sur l'épaule du jeune homme.

— C'est tout ? Compte sur moi !

Quelques minutes plus tard, un domestique fit passer Rick en catimini par la porte de service et le conduisit dans une pièce jouxtant le fumoir avant de sortir en lui demandant d'attendre. À travers une fente, Rick aperçut un somptueux salon équipé d'une immense bibliothèque en acajou, de plusieurs tables de billard et d'épais tapis. Peu après, il entendit quelqu'un tourner la poignée. La porte s'ouvrit, laissant apparaître l'employé chargé d'un paquet de journaux.

— Voilà ce que j'ai trouvé qui correspond à la date que Randolph m'a indiquée. Vous avez quinze minutes, lui dit-il avant de ressortir.

Rick se précipita sur la liasse qu'il entreprit aussitôt de trier. Il y avait de tout. Il écarta rapidement les gazettes et les opuscules et divisa les journaux en deux tas : d'un côté la presse quotidienne – *The Thames*, *The Morning Herald*, *The Morning Post* et *The Evening Standard* –, de l'autre les hebdomadaires – *The Illustrated London News*, *The Observer* et *The Spectator*. S'il manquait certaines publications, il espérait que ce serait suffisant.

Il parcourut les faits divers, en gardant un œil sur la poignée de la porte. Les deux premiers numéros ne l'éclairèrent pas, mais il trouva dans le *Morning Herald* ce qu'il cherchait. Il lut le texte attentivement :

FAITS DIVERS

Hier après-midi, M. Ralph White, âgé de cinquante-quatre ans, a été victime d'un malheureux accident au moment où il quittait son domicile. Un fiacre, tiré par une monture emballée, a renversé le mathématicien, qui a succombé sur-le-champ à ses blessures au niveau du cou.

Rick laissa échapper un juron. Cette brève n'apportait guère plus de précisions que celles fournies par Memento.

Il continua à chercher. Dans l'*Evening Standard*, l'information était traitée de manière encore plus succincte.

Il feuilleta ensuite la presse hebdomadaire. *The Spectator* évoquait l'incident en ne donnant que les détails les plus macabres. De son côté, l'*Illustrated London News* accompagnait son article d'un dessin dramatique. Enfin, la rubrique consacrée aux faits divers de l'*Observer* se limitait à indiquer le nombre de victimes d'accidents de la circulation par semaine à Londres.

Rick consulta sa montre ; il lui restait trois minutes. Le domestique reviendrait d'une seconde à l'autre. Il serra les dents et observa les tas de journaux éparpillés par terre. Après un instant de réflexion, une idée lui vint. Il fourragea parmi les exemplaires déjà lus pour trouver le numéro du *Morning Herald*, qui décrivait l'accident de manière plus détaillée, et vit sur la une qu'il s'agissait de la première édition du matin. Dans celle-ci, les nouvelles de la veille étaient souvent abordées avec moins de profondeur que dans celles de la mi-journée ou du soir – un stratagème commercial pour que les lecteurs ayant lu les brèves au moment de leur pause-déjeuner ressentent le besoin d'acquérir les éditions postérieures afin d'obtenir plus d'informations.

En retournant à nouveau le tas, il trouva un deuxième exemplaire du *Morning Herald* qu'il avait dans un premier temps écarté, pensant qu'il s'agissait d'un numéro en double. Or, il constata sur la manchette que c'était l'édition du soir. Il fila à la page qui l'intéressait.

FAITS DIVERS

Hier après-midi, M. Ralph White, insigne mathématicien âgé de cinquante-quatre ans, a succombé à un malheureux accident survenu au moment où il quittait son domicile. Les faits se sont produits vers 17 heures, lorsqu'un fiacre de la Compagnie des voitures Aldrich, dont la monture s'est subitement emballée, a renversé l'infortuné. Malgré les efforts acharnés du cocher pour le ranimer, l'homme est mort sur-le-champ des suites des blessures que l'une des roues lui avait infligées au cou.

Rick inspira avec satisfaction. Voilà exactement ce qu'il lui fallait.

Soudain, la porte s'ouvrit d'un coup, laissant apparaître le domestique, la mine décomposée.

— Finissez-en ou je vais être renvoyé !

Le jeune homme hocha la tête. Tout en feignant de ranger maladroitement les journaux, il escamota la feuille qu'il venait de lire. À la sortie de l'Athenaeum, il remercia Randolph O'Leary pour le service rendu et partit en quête d'un restaurant où il pourrait apaiser la faim provoquée par sa découverte.

Même si le quartier de Mayfair regorgeait de rôtisseries, il choisit le Scott Oyster House, dont la soupe de fruits de mer était réputée dans tout Londres.

C'était d'ailleurs le plat préféré de son ancien associé, Joe Sanders. En attendant sa commande, il déplia la feuille de chou sur la nappe en lin et relut la brève attentivement : « Compagnie des voitures Aldrich… »

Il sourit en son for intérieur. À Londres, entre les particuliers et les sociétés, plus de 5 000 fiacres se partageaient un négoce prospère. Par chance, Rick connaissait la Compagnie des voitures Aldrich ; il avait recouru à ses services du temps où il œuvrait comme chasseur de criminels.

La société Aldrich ne se distinguait guère de ses concurrents pour la qualité de ses prestations, mais elle offrait des prix plus bas au détriment de ses employés, payés au rabais. Aussi le mécontentement régnait-il parmi les cochers. Joe et Rick en avaient tiré profit en leur proposant de travailler occasionnellement pour eux. En échange d'une modique rétribution, ils leur demandaient de procéder à des filatures ou de leur révéler des informations sur certains voyageurs.

Il lut la suite de la brève : « dont la monture s'est soudain emballée… ».

Ce n'était certes pas impossible, mais les chevaux utilisés pour l'attelage se déplaçaient toujours au trot et étaient habitués au tumulte de la ville. Étant donné qu'ils étaient recrus de fatigue, il était très rare qu'ils s'emballent.

Plus surprenant encore, l'accident avait été causé par un fiacre, et non par un omnibus, comme dans la plupart des cas : les omnibus étaient des véhicules lourds à un étage, tirés par au moins deux chevaux et pouvant transporter jusqu'à vingt passagers. Une fois lancés, ils ne pouvaient ni s'arrêter ni tourner brusquement, ce qui dans la pratique provoquait de nombreux accidents dès qu'un piéton distrait s'interposait sur leur chemin. Au contraire, les fiacres légers attelés à un seul animal, qu'il s'agisse des cabs agiles, des tilburys à deux roues ou des phaétons rapides, étaient faciles à ralentir et à maîtriser, n'occasionnant guère d'incidents graves. Même en cas de collision, la victime se faisait rarement écraser et s'en sortait le plus souvent indemne.

Cela dit, du fait même de cette agilité, ce genre de voiture, conduite par la bonne personne, pouvait devenir une arme meurtrière.

Dans le cas du mathématicien, le choc s'était doublé d'une mort instantanée. Trop de malchance à la fois. Ou du moins assez pour enquêter de manière approfondie.

L'arrivée d'un serveur tenant sa commande dans les mains interrompit les conjectures de Rick. Il rangea la coupure de journal, regarda avec appétit l'assiette débordant de crabes vermeils qu'on venait de poser devant lui et s'y attaqua avec gourmandise. Cependant, malgré l'intense odeur de mer et l'assaisonnement parfait au citron et au poivre, il eut du mal à apprécier son repas, gâché par le souvenir de tout ce qu'il avait appris le matin au sujet de Daphne Loveray.

Il quitta le restaurant l'estomac lourd et l'esprit embrumé. L'image d'une jeune femme dissolue, infidèle et libertine l'avait assailli sans relâche au point de lui faire délaisser ses crustacés. Il n'avait cessé de songer à la façon dont le jeune domestique et son mari l'avaient discréditée. Pour autant, il ressentait toujours le besoin de la revoir en nourrissant l'espoir qu'un autre baiser étoufferait ces calomnies.

Le blizzard de la rue l'arracha à ses pensées. Il était presque 17 heures. Trop tard pour essayer de parler à l'un des cochers de la société Aldrich. Il irait le lendemain.

Il passa en revue son plan et se souvint que la fumerie de Karum Daswani se trouvait à quelques pas de là. Il s'emmitoufla dans sa veste et se mit en marche. Le moment était sans doute venu de découvrir de ses propres yeux à quoi ressemblait l'un de ces lieux de perdition où l'on fumait de l'opium et où des femmes se prostituaient.

18

À sa grande surprise, la fumerie de Charing Cross était très différente des bouges de Limehouse où se rendait la plèbe la plus vile de Londres.

L'opium était un vice auquel s'adonnaient les misérables. Ceux qui n'avaient pas de quoi se payer un verre dépensaient leurs maigres deniers dans cette drogue bon marché qui les faisait dormir. Certains établissements n'étaient que des taudis de la taille d'un mouchoir de poche, où les clients consommaient de l'opium affalés à même le sol, entassés les uns sur les autres tel du bétail sans cervelle. D'autres proposaient des liqueurs et les services de gourgandines tuberculeuses ; sous l'empire du narcotique, les hommes n'étaient guère regardants.

Mais la fumerie qui se dressait devant Rick n'avait rien d'un bouge fréquenté par des va-nu-pieds. Située au rez-de-chaussée d'un très bel édifice pourvu d'une cour intérieure, elle était protégée par une impressionnante porte rouge ornée de deux têtes de dragon en or, sur la gueule desquelles pendaient deux anneaux servant de heurtoirs. Aucune enseigne ne faisait état de son activité. Il repéra non loin de l'entrée principale un autre accès emprunté par des filles. Nonobstant leur apparente élégance, il devait s'agir de prostituées.

Rick décida de se poster derrière un poteau pour surveiller le va-et-vient des clients.

Le premier ne tarda pas à arriver. Un cinquantenaire nanti, confirmant ce que Rick avait imaginé. Il portait un haut-de-forme, des souliers lustrés et un costume aux plis nets. Il frappa le marteau trois fois et attendit. Une employée orientale vêtue d'un kimono brodé vint lui ouvrir. Après un bref échange, elle laissa entrer l'homme, qui lui remit de l'argent, puis referma aussitôt la porte. La scène se répéta vingt minutes plus tard. Un autre client du même acabit donna trois coups de heurtoir et s'introduisit précipitamment dans la fumerie. À ce moment-là, un monsieur en profita pour sortir. Rick l'observa avec attention. Il n'était pas très grand et avait un visage quelconque. Rick enfonça son chapeau, vérifia que son revolver n'était pas chargé, puis s'apprêta à le prendre en filature.

Avant de quitter la cour, le petit homme regarda nerveusement d'un côté et de l'autre du trottoir, comme s'il craignait d'être reconnu. Il prit ensuite la direction du Mall. Rick lui emboîta le pas et vit une alliance scintiller sur sa main droite. Sans nul doute, un homme marié. Précisément ce qu'il lui fallait.

Dès qu'il le put, Rick se précipita sur lui et le poussa violemment à l'intérieur. L'autre essaya de crier au secours, mais le revolver de son agresseur l'en dissuada.

— Tenez ! Prenez l'argent et laissez-moi partir, balbutia-t-il, le visage convulsé par la peur.

Rick feignit de vouloir lui tirer dessus. L'homme tremblait comme un porcelet avant l'abattage.

— Je me contrefous de ton pognon. Tu sais qui m'envoie ?

— Non. S'il vous plaît, ne me tuez pas, j'ai des enfants !

Marié et père de famille. Encore mieux. Rick rit sous cape.

— Je suis sûr que ta femme n'apprécie pas ce que tu fais dans cette fumerie d'opium…

— Dieu du ciel ! C'est elle ? Je vous jure qu'il ne s'est absolument rien passé. C'est la première fois que j'y mettais les pieds et…

— Arrête de m'embobiner ! le coupa Rick en armant son revolver.

— Non, non… Pour l'amour de Dieu, ne tirez pas ! Je ferai tout ce que vous me demanderez.

— Qu'est-ce que tu fabriquais là-dedans ?

— Rien, je vous jure, l'implora-t-il en joignant les mains.

— Ah bon ? Et moi, je raconte quoi à ton épouse ? Que son mari se promenait sur le Mall et qu'après avoir trébuché, il a par hasard atterri dans une luxueuse fumerie d'opium pleine de catins ?

— Bon, d'accord, j'avoue. Je suis entré pour me détendre un peu. Quel mal y a-t-il à ça ? Je travaille comme une bête de somme et j'avais besoin de quelque chose pour me calmer… C'était la première fois, et je n'ai touché personne !

— Tu me prends pour un cornichon ou quoi ?

— Je vous assure que…

— La ferme ! Tu empestes le parfum bon marché et tu n'as même pas nettoyé les marques de rouge à lèvres sur ta chemise. Bon, je vais te dire ce qu'on va faire : on va chez toi et on explique tout à ta femme. Comme ça, moi je touche mes gages et ton épouse saura de quelle façon tu la respectes.

— Non ! supplia l'homme en s'agenouillant de manière pathétique. Je vous en prie, non ! Ça détruirait ma vie. Que voulez-vous que je fasse ? Vous voulez de l'argent ?

— Mmm... Ce que je veux ? Laisse-moi réfléchir..., dit Rick. C'est vrai que tu as quelque chose qui pourrait m'intéresser.

— Vraiment ? Dites-moi ! Tout ce que vous voulez...

— Cesse de pleurnicher, bon sang ! Tu connais un client important de la fumerie, un gros bonnet, quelqu'un qu'on traite avec déférence là-bas ?

— Hein ? Oui, bien sûr, je suppose que vous parlez de sir George Preston, le banquier.

— Oui, tout à fait, répondit Rick qui entendait ce nom pour la première fois. Tu sais s'il est arrivé ?

— Non, pas encore... Sir George Preston passe généralement après le dîner, en fin de soirée.

Rick secoua la tête ; pour quelqu'un qui ne fréquentait pas la fumerie, l'homme savait même à quelle heure venaient les cafards. Il réfléchit à la façon de le presser un peu plus, serra les mâchoires et enfonça son revolver dans son ventre.

— À quoi il ressemble, ce Preston ? Décris-le-moi.

— Ma foi, je ne sais pas... La soixantaine... Grisonnant, petit et bien en chair. Il a une éruption rougeâtre sur le cou.

— Très bien. Une autre question : le responsable, Karum Daswani, il est dans la fumerie en ce moment ?

— Comment dites-vous ? Non, non plus. Pour autant que je sache, il n'y passe que rarement. Un jour, j'ai entendu les employés dire que M. Daswani ne venait que pour réapprovisionner la fumerie en opium et récupérer la caisse. Je vous en prie, ne tirez pas !

L'homme ne parvint pas à s'empêcher d'uriner dans son pantalon.

— C'est bon, conclut Rick, qui baissa son revolver.

— Je peux… ? Je peux partir ? bégaya l'autre, le visage dégoulinant de sueur malgré le froid.

— Oui. Attends ! Un instant… C'est combien ?

— Plaît-il ?

— Tu es sourd ou quoi ? Je te demande le prix de l'entrée à la fumerie.

— 2 livres. Le tarif inclut une boule d'opium, un verre de liqueur et le massage.

— Bien, donne-les-moi.

— Hein ? Oui, oui… Tenez, les voici. Autre chose ?

Pour toute réponse, Rick toisa le bougre des pieds à la tête et le saisit par les revers de sa veste.

— Si tu trompes encore ton épouse, je te garantis que je ferai moi-même en sorte que ça ne se reproduise pas, le menaça-t-il en pointant son revolver sur l'entrejambe de l'homme.

Ce dernier acquiesça, recula précautionneusement sans cesser de regarder l'arme, puis détala comme si le diable était à ses trousses.

L'instant d'après, Rick se tenait devant l'immense porte rouge. Il prit une bouffée d'air, cogna trois fois le heurtoir et attendit qu'on lui ouvre. La femme asiatique apparut et lui demanda ce qu'il désirait.

Pour toute réponse, il lui tendit les 2 livres, mais elle referma sans accepter l'argent.

Il refrappa aussitôt le marteau. Cette fois, l'employée était escortée par un colosse oriental, qui ressemblait aux dragons de l'entrée. Rick ne se laissa pas intimider.

— Comment osez-vous me claquer la porte au nez ? Je viens de la part de mon patient, sir George Preston. Je me plaindrai et ferai en sorte qu'on vous renvoie à coups de pied dans le derrière !

À peine avait-il prononcé le nom du banquier que le battant s'ouvrait comme par magie. Les deux Asiatiques s'inclinèrent simultanément et l'invitèrent à entrer, le dos toujours courbé.

Rick les suivit le long d'un large corridor garni de tapis et éclairé de petites bougies parfumées qui brillaient telles des lucioles. Il fut frappé par le luxe des murs drapés de soieries aux motifs orientaux et inspira l'intense odeur d'opium qui flottait comme un voile de brume. En avançant, il aperçut de chaque côté du couloir plusieurs cabines privées, protégées par des paravents en bambou et de sombres tentures vaporeuses, d'où s'échappaient de délicates notes de luth. Ils arrivèrent enfin dans une vaste salle au centre de laquelle se trouvait une table noire, scrupuleusement laquée, flanquée aux deux extrémités d'énormes vases en porcelaine.

— Déchaussez-vous, lui murmura la femme, avant de lui tendre un tabouret pour qu'il puisse s'asseoir.

Rick obtempéra. Par chance, après avoir laissé filer le petit homme, il avait glissé son revolver dans sa ceinture et non dans sa botte, tel qu'il en avait l'habitude. Une fois qu'il fut installé à la table, les deux employés quittèrent la pièce, l'abandonnant en compagnie d'un petit bâton d'encens qui brûlait devant lui et dont la fragrance inondait la pièce. L'instant d'après, une porte coulissa et un homme très maigre, aux traits asiatiques, les yeux maquillés comme ceux d'une prostituée, entra. Sans adresser un regard à Rick, il prit place en face de lui.

— Mon assistante m'a informé que vous venez de la part de sir George Preston, expliqua-t-il dans un anglais maladroit mais courtois. Je vous prie de bien vouloir pardonner Mei Ling, elle travaille ici depuis peu et ignorait votre lien avec notre client, monsieur…

— Evans… Thomas Evans. Médecin personnel de sir George, improvisa-t-il.

— Fort bien, monsieur Thomas. En quoi puis-je vous aider ? Désirez-vous la formule normale ? La complète… ? Ou un service spécial ?

— Voyez-vous, bien que je me sois acquitté des 2 livres de l'entrée à votre employée, je ne suis pas venu pour me divertir. L'éruption cutanée de sir Preston s'est aggravée. Il a exprimé des doutes concernant l'hygiène de votre établissement ou celle des jeunes filles qui le fréquentent. Il m'a demandé de procéder à un examen afin d'écarter tout soupçon de miasmes contagieux.

— Mais c'est impossible ! Sir Preston ne s'est jamais plaint de nos installations. En outre, il est inenvisageable de déranger nos clients en ce moment, répondit l'homme en clignant nerveusement ses yeux bridés.

— Comme il vous plaira, lança Rick en se levant. Je vais de ce pas en informer mon patient. D'après ce qu'il m'a dit, il est prêt à s'adresser directement au conseil de Santé afin de procéder à la fermeture immédiate de cet établissement.

— Attendez une minute !

L'androgyne se redressa et regarda Rick, qui faisait mine de s'en aller. À l'aide d'une mailloche, il frappa un petit gong posé sur le bord de la table. Quelques instants plus tard, la femme qui lui avait ouvert se présenta. Le responsable lui murmura quelques mots dans une langue que Rick ne reconnut pas, avant de se tourner vers lui :

— Si vous voulez bien vous donner la peine de suivre Mei Ling. Elle va vous montrer nos dépendances et tout autre endroit que vous souhaiterez voir.

Rick hocha la tête, se rechaussa devant l'air contrarié de son interlocuteur et emboîta le pas à Mei Ling, qui emprunta une galerie menant aux fumoirs privés.

— Restez derrière moi, et pas un bruit, lui souffla-t-elle.

Elle avançait d'un pas extrêmement lent, tandis que Rick ouvrait les yeux aussi grands que possible. Il vit de nouvelles cabines protégées par des tentures sombres, dans lesquelles il distingua, cachés sous un nuage de fumée, des hommes allongés sur des divans. Certains tiraient sur de longues pipes argentées rappelant des flûtes à bec. D'autres, à demi conscients, recevaient les attentions de jeunes femmes dévêtues. Rick constata que toutes les fenêtres étaient pourvues de solides barreaux.

— C'est ici que nous préparons la marchandise, lui expliqua Mei Ling en passant devant une espèce de remise. Comme vous pouvez le voir, tout est propre. Du reste, nos clients préfèrent fumer l'opium ou le boire sous forme de laudanum, mélangé à de la liqueur. Quasiment personne ne le mâche, car il est trop chaud et amer.

Rick observa deux employés découper des bâtons caoutchouteux pour les débiter ensuite en boulettes. Si les fenêtres étaient là aussi pourvues de barreaux, la porte arrière semblait une issue possible.

— Achetez-vous des fleurs ? Je veux dire… En utilisez-vous pour décorer ou parfumer ?

— Oh oui, bien sûr, les salles de plaisir en sont pleines.

— Pourrais-je les voir ? Il arrive qu'elles soient porteuses de maladies, se justifia-t-il.

— Je suis désolée, mais ces pièces sont actuellement occupées, répondit la femme en secouant la tête.

— L'affection de sir George Preston ne peut attendre. Il doit bien y avoir une façon d'y jeter un œil sans déranger…

Rick savait que tous les établissements où officiaient des prostituées étaient équipés de judas pour pouvoir épier les clients. Mei Ling parut comprendre. Après un instant d'hésitation, elle opina du chef. Elle se dirigea vers une grande salle fermée, entra dans une pièce attenante, déplaça légèrement un tableau et montra à Rick l'ouverture permettant de regarder ce qui se déroulait de l'autre côté de la paroi.

Il attendit que Mei Ling s'écarte et approcha son œil. Lorsque sa pupille se fut habituée à la pénombre, il avisa au milieu de la fumée un vieil homme allongé sur un lit et une femme nue en train de le chevaucher avec lenteur. En dépit du caractère embarrassant de la scène, il continua de les épier. Tout en pressant ses fesses contre le corps de l'homme, la femme lui tendait une pipe d'opium et l'embrassait. Il ne prêta aucune attention au vase de fleurs et s'éloigna du judas.

— Tout va bien ? lui demanda Mei Ling.

— Oui, toussota Rick. Pouvons-nous voir l'autre salle ? Celle avec la porte rose ?

Sans mot dire, l'Asiatique gagna l'autre extrémité du corridor, se glissa dans une pièce et déplaça un nouveau tableau. La scène que découvrit Rick en approchant son œil du judas le saisit d'effroi.

Au milieu des volutes de fumée, allongée sur un large divan de satin, une jeune femme gisait sur le dos, la poitrine nue et les bras ballants. Rick cligna fortement des yeux pour effacer ce qu'il venait de voir, mais le visage de la demoiselle était toujours là, inerte, hâve, le regard vide. Il se détourna aussitôt.

— Il faut que je lui parle.

— Elle est dans un état second. Dans une heure ou deux, vous pourrez éventuellement…

— C'est important. C'est peut-être elle qui a infecté sir George Preston. Je dois l'interroger sur-le-champ.

Mei Ling fronça les sourcils, comme hésitante. Elle remit le tableau en place et conduisit Rick à l'entrée de la pièce.

— Elle a beaucoup fumé. Je ne crois pas qu'elle puisse vous comprendre. Et puis… c'est une bonne cliente, tâchez de ne pas la déranger.

Les doigts de Rick pianotèrent nerveusement sur l'encadrement de la porte en attendant que Mei Ling l'ouvre. Lorsqu'elle fit glisser la jalousie, son cœur s'accéléra. Il s'apprêtait à entrer quand soudain une voix impérieuse l'arrêta.

— Monsieur Thomas… Auriez-vous l'amabilité de nous suivre ?

Lorsqu'il se retourna, Rick vit le colosse asiatique et le responsable androgyne. Il comprit à leur expression qu'il ne s'agissait pas d'une invitation. Il envisagea de dégainer son revolver, mais préféra attendre la suite des événements.

— Bien entendu.

Le garde du corps ferma la jalousie à clef, laissant la jeune femme à l'intérieur.

Rick suivit les deux hommes qui le conduisirent dans le salon où il avait été accueilli. En entrant, il aperçut un troisième individu, debout, le dos tourné.

— Asseyez-vous, je vous en prie, lui dit l'androgyne.

Rick obéit. Il sentait la présence du colosse derrière lui.

— Eh bien, que se passe-t-il ? s'enquit-il en se composant une moue de contrariété. Sir George Preston n'apprécierait pas cette interruption.

— C'est probable. Cependant, le mieux serait de lui poser la question directement.

L'homme qui leur tournait le dos fit alors volte-face. Rick ne le reconnut pas. Néanmoins, en remarquant l'éruption rosâtre courant sur son cou, il comprit qu'il s'agissait du banquier, de la part de qui il avait prétendu venir.

Sans leur laisser le temps de réagir, Rick empoigna la mailloche du gong qui reposait sur la table et l'écrasa sur la tête du colosse, avant de lancer le tabouret contre le responsable et de se précipiter dans le couloir, où il buta contre Mei Ling.

— La clef de la porte rose, vite !

Rick la saisit par les épaules. La femme resta sans voix.

— Je vous dis de me la donner ! insista-t-il en la secouant.

— C'est… c'est lui qui l'a, balbutia-t-elle.

Rick regarda derrière lui et vit avec effroi le colosse se relever et dégainer une arme, prêt à le poursuivre. Il repoussa Mei Ling et courut en direction de la remise où l'on préparait l'opium.

— Dehors, allez, allez, sortez ! ordonna-t-il aux employés en les menaçant.

Les deux hommes lâchèrent ce qu'ils avaient dans les mains et s'enfuirent. Sitôt seul, Rick se barricada à l'aide d'une table et se précipita sur l'entrée des livraisons, qu'il ne parvint pas à ouvrir, en dépit de ses tentatives répétées. Il entendit alors un énorme coup sur la porte, tandis qu'un second menaçait de l'enfoncer.

Sans plus attendre, il empoigna son revolver et l'arma au moment même où le garde du corps faisait irruption dans la remise. Rick le mit aussitôt en joue.

— Halte-là !

Le colosse parut hésiter. Rick ne lui donna pas le temps de réagir et planta l'arme contre la serrure de la sortie qu'il fit sauter d'une balle. Puis il visa de nouveau le garde du corps.

— N'essaie même pas.

Sous ses assauts, la porte finit par céder et il se retrouva dans la cour intérieure de l'édifice. Gardant l'Asiatique en ligne de mire, il courut dans la rue, où il se mêla à la foule. Puis il se hissa dans un fiacre et ordonna au cocher de le conduire à Portobello Lane.

Chemin faisant, il essaya de reprendre ses esprits. Il n'avait rien découvert à propos des fleurs, mais ce qu'il avait vu lui serrait encore le cœur. Il avait reconnu la jeune femme qui gisait, nue et vaincue par l'opium, sur le divan. La dernière personne qu'il aurait voulu trouver dans ce genre d'endroit. La même qui l'avait embrassé dans les jardins de Cremorne. Daphne Loveray. Celle qu'il avait un moment cru pouvoir aimer.

19

De retour à la boutique, Rick trouva porte close. Penny était partie avant l'heure de fermeture. Une feuille de papier couleur saumon reposait sur le comptoir : une dépêche portant le sceau de la poste du Surrey, envoyée le matin même. La veuve Hartford les informait de son intention de rester là-bas encore deux jours.

Rick alla chercher une miche de pain dans le cellier et s'assit à table. Il disposait donc de quarante-huit heures avant de se retrouver à nouveau pieds et poings liés.

Pourquoi Penny s'était-elle absentée ? Il mangea le quignon sans trouver de réponse. Sa tête était à deux doigts d'exploser. La journée avait été désastreuse et s'était achevée de la pire façon qui soit.

L'image de Daphne Loveray, nue et droguée sur le divan de la salle de plaisir, lui revint. Son estomac se noua. Que faisait-elle seule dans ce lieu de perdition ? Se prostituait-elle ? Il se souvint que Mei Ling en avait parlé comme d'une bonne cliente. Souffrait-elle d'une addiction à l'opium ? Il savait bien ce qui arrivait à ces gens-là : ils ruinaient leur vie et celle de leur entourage. Était-ce la raison pour laquelle son mari, lord King, l'avait taxée de traînée ?

Il avait beau retourner le problème dans tous les sens, il ne parvenait pas à comprendre ce qui se passait autour de cette femme énigmatique, ni ce qui pouvait bien la lier aux hommes qui le pourchassaient. Même s'il refusait de l'admettre, un lien existait pourtant bel et bien.

Il avala encore du pain avec une gorgée de gin, puis prit le quinquet et se dirigea vers l'annexe. Il se déshabilla, nettoya son revolver et remplaça la balle utilisée. Enfin, il se coucha.

Ses récentes découvertes sur Daphne Loveray, qu'il s'efforçait en vain de chasser de son esprit, l'empêchèrent de fermer l'œil de la nuit.

À l'aube, il ne s'était toujours pas endormi. Il avait gambergé des heures durant, se reprochant de s'être laissé séduire par les charmes d'une inconnue – un comportement on ne peut plus puéril. Il avait refusé de voir son côté obscur, désormais incontestable. Plus il en apprenait à son sujet, plus il regrettait de s'être voilé la face.

Il se leva pour s'occuper de la boutique. La veuve rentrerait le surlendemain et il tenait à ce qu'elle trouve le magasin dans un état impeccable afin de conserver sa confiance. Après avoir fait sa toilette et mangé un morceau, il arrosa les parterres de fleurs et contrôla l'état des plantes exotiques. Tandis qu'il vérifiait les compositions florales destinées au Crystal Palace, il se demanda où était passée Penny. La boutique allait ouvrir sous peu et elle ne donnait pas signe de vie.

Au bout d'un moment, Rick commença à s'inquiéter. La vendeuse manquait toujours à l'appel, et il ignorait où aller la chercher. Pourvu que ses prétendues errances nocturnes au Cerf rouge ne soient que des racontars, se dit-il.

Lorsque la fatigue se fit sentir, il décida de faire une pause et feuilleta les ouvrages sur le langage des fleurs qu'il avait achetés. Il prêta une attention particulière au livre de Charlotte de Latour, inspiré des lettres qu'avait écrites Mary Wortley Montagu, épouse de l'ambassadeur britannique en Turquie. Il avait le pressentiment qu'il trouverait des éléments de réponse entre ses pages.

Vers 11 heures, la cloche sonna. À travers la grille, Rick aperçut Penny, ce qui le surprit, puisqu'elle avait les clefs. Elle entra tête basse, sans même le saluer. Comme il la retenait pour lui demander ce qui se passait, il vit l'énorme hématome qui courait sur sa joue de l'oreille au menton.

— Dieu du ciel ! Que t'est-il arrivé ?

Rick essaya d'écarter la mèche de cheveux qui couvrait la blessure, mais la vendeuse détourna la tête.

— Ce n'est rien, je me suis cognée en tombant du lit.

En matière de bosses, Rick en connaissait un rayon et savait qu'aucun lit ne pouvait se montrer d'une telle violence. De plus, les traces de fard sous les yeux de Penny et l'odeur de parfum bon marché indiquaient autre chose. Il lui demanda si elle avait consulté un médecin. Penny répondit par l'affirmative ; c'était précisément la raison de son retard. Sa joue tuméfiée témoignait toutefois du contraire. Rick préféra ne pas insister. Il lui suggéra de rentrer chez elle et d'y rester jusqu'à ce qu'elle se rétablisse, mais à ces mots, la vendeuse tressaillit. Elle contourna Rick en silence pour s'engouffrer dans la boutique.

Le jeune homme n'eut d'autre choix que d'accepter son mutisme. Il posa ses livres et lui prépara un cataplasme à l'argile et au camphre.

— Tiens, ça va te soulager.

Alors qu'elle tentait d'enfiler un tablier, il voulut lui donner un coup de main et elle se mit à trembler, comme si elle craignait que Rick ou toute personne s'approchant d'elle ne la frappe. Il trempa un bout de tissu dans l'emplâtre et le lui appliqua délicatement.

— Penny, qui t'a fait ça ? Si tu me le dis, je pourrai t'aider.

Elle éclata alors en sanglots et, en pressant le chiffon contre son visage, partit vaquer à ses occupations.

À midi, Rick avait expédié la plupart des commandes en attente. Toutes ses tentatives de reprendre la conversation avec Penny s'étaient soldées par un échec : elle le fuyait sans cesse. Il était toutefois déterminé à découvrir ce qui lui était arrivé. Il consulta sa montre. L'heure du déjeuner approchait, le moment qu'il avait choisi pour confier les rênes de la boutique à la vendeuse et se rendre au siège de la Compagnie des voitures Aldrich.

— Je dois sortir.

— Aujourd'hui aussi ? se plaignit Penny. Mais tu n'as pas vu le télégramme de ta tante ? Elle sera de retour après-demain, et toi, tu vas te balader alors qu'on a plein de travail.

Rick balaya la boutique du regard : tout était propre et ordonné, les plantes entretenues et les commandes livrées. Penny avait peur.

— J'ai une affaire pressante à résoudre, mais voilà ce qu'on va faire. Pendant mon absence, ferme à clef et n'ouvre à personne. Je vais faire passer un message à Memento pour qu'il vienne photographier les vases que j'ai préparés ce matin. Comme ça, tu auras de la compagnie en attendant mon retour.

— Mais il va me voir dans cet état…

Penny épousseta son tablier, oubliant un instant l'hématome sur son visage. Elle porta ensuite la main à sa joue et considéra Rick comme s'il pouvait résoudre le problème.

— Ça se voit à peine, la rassura-t-il. Sans compter qu'avec ses lunettes noires, Memento ne peut distinguer une noix d'une pastèque. Allez, ne t'inquiète pas. Je vais lui dire de tirer cinq fois sur la cloche pour que tu saches que c'est lui. Tout va bien se passer.

Après s'être assuré que Penny avait bien verrouillé la porte, Rick remit à un cocher une enveloppe cachetée adressée à Memento et monta dans un fiacre pour se rendre à la Compagnie des voitures Aldrich.

Arrivé aux abords du siège, il se rendit tout droit aux écuries, où les employés étaient en train de déjeuner. L'un d'eux, robuste et râblé, aux airs de statue inachevée, se leva dès qu'il reconnut Rick et courut le saluer, la bouche pleine de haricots.

— Enfoiré ! Putain, trois mois sans te voir ! Vous avez arrêté les affaires ou quoi ? lui demanda-t-il en s'essuyant avec sa manche.

Rick donna une accolade au cocher et s'assit à côté de lui. En apprenant la mort de Joe Sanders, l'homme se prit la tête entre les mains.

— Pour rien t'cacher, ça m'étonne pas. J'devrais pas le dire, va savoir dans quelle partie de l'enfer il se traîne à l'heure qu'il est, mais ton associé était un sale type. Tôt ou tard, il devait lui arriver quelque chose. Enfin… Tu sais mieux que moi de quoi j'parle. Tiens, bois un coup, lui dit-il en lui tendant une bière et en lui proposant des haricots. Qu'est-ce qui t'amène ? Tu continues tout seul ?

— Pas exactement…

Rick lui expliqua qu'il était à la recherche du cocher impliqué quelques mois plus tôt dans la collision du mathématicien Ralph White. Sans attendre sa réponse, il jeta des pièces de monnaie dans sa gamelle vide.

— Ça m'revient…, dit le conducteur de fiacre, avant de boire une gorgée de bière et de lâcher un rot sonore qui fit sursauter les chevaux. Tu dois parler d'Oreille. On l'appelait comme ça parce qu'il en a qu'une, rit-il, révélant des gencives édentées.

— Ça alors ! Et tu connais ses horaires de service ?

— Il travaille plus ici. Il est parti le jour de l'accident. À vrai dire, il nous manque pas. C'était un zigue dangereux, mal embouché… Selon des rumeurs, il avait été au trou après avoir tué un collègue dans une bagarre.

— Tu sais où je peux le trouver ?

— Laisse tomber. Des copains à qui il devait de l'argent ont essayé et ont découvert que ce salaud avait filé en Irlande, les poches bien remplies. Apparemment, avant d'se volatiliser, il s'était vanté d'avoir gagné un billet de loterie. Ah ah, tu parles… ! ajouta le cocher en crachant entre ses bottes. Cet escroc avait même pas d'quoi payer un cireur de chaussures.

Rick hocha la tête, le remercia pour les renseignements et quitta les écuries.

Une fois dehors, il inspira profondément. Tout allait dans le sens de ses conjectures et confirmait ce que le témoin avait raconté à Memento à propos d'une probable collision intentionnelle. Oreille avait sans aucun doute été payé pour foncer sur le mathématicien. Après l'avoir percuté, et tout en faisant mine de l'aider, le scélérat avait dû l'étrangler à mort.

Rick ne retrouverait jamais cet homme, il en était certain. Ceux-là mêmes qui l'avaient engagé pour exécuter Ralph White devaient déjà l'avoir liquidé. S'il voulait en savoir plus, il lui fallait sonder la vie du mathématicien et tenter de comprendre pourquoi on avait voulu lui régler son compte. Des raisons qui devaient sûrement être liées à ses activités au Foreign Office.

Rick relut ses notes. Il lui restait à enquêter sur la disparition d'Alan Sinclair, qui, comme feu le mathématicien, s'était volatilisé sans laisser de traces après avoir reçu un bouquet de fleurs. Le journaliste et analyste financier travaillait aussi pour le Foreign Office.

Mais avant d'éveiller le moindre soupçon, Rick devait trouver le moyen d'accéder aux bureaux du gouvernement en toute discrétion.

L'omnibus le déposa sur Westminster Bridge, un endroit animé, bondé de voitures et de piétons. Il descendit pour traverser la Tamise et contempla l'impressionnante façade gothique du nouveau Parlement, qui, de loin, semblait hérissée de mille flèches. Le fleuve franchi, il admira l'imposante tour de l'horloge, qui, bien qu'encore en chantier, exaltait sans complexe la puissance de la Grande-Bretagne. Il enfila Parliament Street et se dirigea vers Downing Street, une rue étroite qui passait entre les bâtiments du gouvernement. Arrivé à l'intersection, Rick s'arrêta et jeta un coup d'œil à la ronde. Tout était tel qu'il se le rappelait : le Bureau des Indes en face du Foreign Office au sud, le Trésor et Horse Guards au nord.

Des années auparavant, il avait fréquenté ces lieux, et s'il était impossible qu'on le reconnaisse, rasé et vêtu comme un banal négociant, il préférait ne pas prendre de risques. En pressant le pas, il emprunta le passage pour rejoindre St James' Park afin de repérer les entrées latérales. Il fut alors intrigué par la présence d'un vieux cireur de chaussures, qui se reposait dans un curieux fauteuil dont le dossier en bois impressionnant était une reproduction miniature de la tour de l'horloge voisine.

Rick n'y réfléchit pas à deux fois. Il macula ses brodequins de boue et s'approcha du vieil homme. En apercevant un client potentiel, celui-ci se redressa comme un ressort et dépoussiéra en hâte le siège. Rick s'y installa, puis posa son pied sur le support.

— Que me conseillez-vous ? De la graisse de cheval ?

L'autre prit place sur son tabouret, cracha sur les bottes de Rick et les essuya avec une étamine.

— Elles sont comme neuves, et vous avez pas l'air du genre à marcher dans les flaques. Avec un bon cirage, elles seront parfaites, m'sieur.

— Merci de mettre le meilleur produit que vous ayez.

Rick chercha un moyen d'engager la conversation.

— Vous avez là un très beau siège, dit-il, feignant l'intérêt.

— Il vous plaît, hein ? souffla le vieil homme sans cesser de frotter. Il m'a coûté les yeux de la tête. Je l'ai commandé à un ébéniste au moment où ils ont démarré le chantier de la tour de l'horloge. D'ailleurs, j'sais pas s'ils vont la finir un jour… Le type a fait du bon travail, comme qui dirait : depuis que je l'ai, tout le monde vient voir Little Ben, le cireur de chaussures au trône gigantesque.

— Little Ben… Étrange surnom. Ma foi, vous êtes plutôt bien placé. Ça fait longtemps que vous travaillez ici ?

— Avant, j'étais un peu plus bas, devant le Parlement, mais après l'incendie de 1834, j'suis venu m'installer ici. Il fait moins froid. Soixante-sept ans de métier, m'sieur ! J'ai commencé avant même d'apprendre à marcher, et j'espère continuer soixante-sept ans de plus, rit-il tout en s'évertuant à faire briller les bottes de Rick comme si elles étaient en cuir verni.

— Toute une vie, dites donc. Et vous avez beaucoup de clients ?

— Si j'en ai beaucoup ? Ha ha, je les ai tous ! C'est pas que les employés de ces bureaux soient spécialement généreux, mais ils paient comptant. J'me défends, oui m'sieur !

— Je suppose que vous engagez la conversation avec eux ?

— Qu'est-ce que j'peux bien faire d'autre ? Quand on a passé autant d'années à lustrer, on finit par causer aux chats. Pour tout vous dire, avant, les gens allaient directement au travail avec des souliers qu'ils avaient cirés chez eux, mais depuis que cet Allemand maniaque de la propreté est là, les employés de bureau viennent me voir pour que j'y passe un dernier coup.

— Un Allemand ? Quel Allemand ?

— J'sais plus comment il s'appelle. Regardez c'que ce salopard m'a fait, dit-il en ôtant sa casquette, révélant la cicatrice qui lézardait son crâne chauve. J'ai eu beau vider une boîte de graisse sur ses bottes, ce misérable nain m'a flanqué un coup de cravache parce que le résultat était pas à son goût.

Surpris, Rick comprit immédiatement qu'il s'agissait de Gustav Gruner. Il était impossible que puissent exister à Londres deux Allemands à la fois de petite taille et si vils. Le vieux cireur avait repris son travail et frottait sans répit, au point d'y laisser ses ongles. Rick voulut l'épargner. Il lui demanda d'arrêter et lui remit une livre que l'homme accepta bouche bée, comme si c'était Noël et qu'on lui offrait une dinde. Rick s'étira pour se décoincer le dos. Il voulait arriver à la boutique à temps pour s'entretenir avec Memento.

— L'Allemand dont vous me parlez porte-t-il un lorgnon et des bottes à talons ? demanda-t-il encore.

— Tout à fait. Vous l'connaissez, m'sieur ?

— Par ouï-dire seulement. Savez-vous où il travaille exactement ?

Le vieil homme leva le bras et indiqua le bâtiment du Foreign Office.

— J'sais pas ce qu'il fait, mais il passe ses journées là-dedans.

De retour à Portobello Lane, Rick trouva Penny près du comptoir, serrant un vase rempli de fleurs dans une étrange pose d'odalisque, tandis que Memento essayait de la photographier, abrité sous une toile. Ne voulant pas les déranger, il les salua et contourna tant bien que mal le bric-à-brac que son ami avait éparpillé par terre. Il mit les gueulardises qu'il venait d'acheter sur une table en attendant la fin de la séance. En sentant les effluves d'une tourte à la viande fraîchement retirée du four, Memento resurgit telle une taupe affamée quittant son terrier.

— Sapristi, Rick ! Tu nous as rapporté le dîner ? s'écria-t-il en humant le fumet à plein nez.

Sans lui répondre, le jeune homme observa le visage de la vendeuse. Si sa contusion était encore visible, elle l'avait plutôt bien dissimulée sous plusieurs couches de fard. Lorsqu'il lui demanda si la douleur était passée, elle se déroba et courut rejoindre le photographe pour s'enquérir du résultat.

— Ne bouge pas ! Rappelle-toi que j'en prends systématiquement deux pour être sûr d'en avoir une bonne, la gronda Memento, comme s'il s'adressait à une fillette.

Une fois leur session finie, après avoir étendu une nappe sur la table, l'employée alla chercher derrière le comptoir la salade de pommes de terre qui lui restait du déjeuner pour compléter leur petit festin. Puis elle fit le service, en réservant la plus grosse part à Memento. Elle l'aida aussi à mettre correctement sa serviette. Tout en mangeant avec appétit, Rick remarqua les regards incessants qu'ils s'échangeaient.

— Sais-tu que Penny pose comme une professionnelle ? dit Memento en la contemplant avec un air de merlan frit.

Penny lui retourna un sourire similaire, que Rick trouva sincère. Les voir roucouler de la sorte l'inquiétait franchement.

— As-tu photographié les fleurs dont je t'ai parlé sur le billet ? lui demanda Rick.

— Oui, oui, les daguerréotypes sont dans ma musette. Encore un peu de pudding, Penny ?

— Laissez-en un peu pour demain matin, suggéra Rick avant de se lever pour débarrasser.

Penny s'empressa de l'aider, pendant que Memento terminait les restes. Après que la vendeuse eut disparu en emportant la vaisselle, Rick réprimanda son ami pour les aises qu'il prenait avec elle.

— Pourquoi tant de reproches ? Peut-on savoir ce qui te dérange, bon sang ? s'étonna Memento.

— Ça me dérange que tu baves comme un gamin, alors que tu ne sais rien à son sujet.

— C'est précisément pour cette raison que je veux la connaître, rétorqua Memento dont les traits se durcirent.

— Je me demande si c'était une bonne idée que nous travaillions ensemble. Je t'ai laissé me donner un coup de main, en pensant que tu saurais te tenir.

— Non mais tu t'écoutes parler ? s'insurgea Memento. N'ai-je pas photographié ce que tu m'as indiqué ? Je te rappelle d'ailleurs que ce n'est pas toi qui m'as engagé, mais lord Bradbury !

Rick en resta coi. Il ne savait pas comment lui expliquer les soupçons qui planaient sur Penny. Il ne voulait surtout pas qu'une femme de mauvaise vie brise le malheureux cœur de son ami. Un si grand cœur.

— As-tu vu sa blessure à la joue ? finit-il par lui demander.

— Hein ? Oui, Penny m'a raconté avoir été prise de vertiges en se levant. Elle a perdu l'équilibre et s'est cognée contre son lit. Pourquoi ?

— Son lit, bien sûr… Et tu en penses quoi ?

— Que devrais-je en penser ? Chut, tais-toi, la voilà, souffla Memento en se retournant.

— Bien… Tout est propre, déclara la vendeuse. On y va ?

— Oui. Attends une minute, je range le matériel…

— Un instant, les interrompit Rick, incrédule, vous partez ensemble ?

— Eh bien oui, répondit Memento. Je suppose qu'il n'y a pas d'inconvénient à ce que je laisse mon attirail ici et passe le récupérer demain. Je ne me le pardonnerais pas si Penny avait un nouveau malaise et se rompait le cou sur le pavé.

Rick ne trouva pas d'arguments pour s'y opposer. Une fois seul, il considéra les appareils de Memento entassés près de l'entrée de la serre. Il se réjouissait du bonheur momentané de son ami, tout en s'inquiétant pour lui. Il craignait que celui qui avait attaqué Penny ne s'en prenne aussi à la personne qui l'accompagnerait.

Avant de se coucher, Rick se demanda quel était le rôle de Gustav Gruner au Foreign Office. Jusqu'à présent, il croyait que ses responsabilités se limitaient à la sécurité du Crystal Palace, mais son lien avec le prince consort était apparemment assez étroit pour qu'il fourre son nez dans les tentacules de l'Empire.

Le Foreign Office… La Compagnie des Indes orientales…

En buvant un dernier verre, Rick repensa à tout ce qu'il avait appris sur la corporation au cours des années où il y avait travaillé.

Depuis sa création vers 1600, l'honorable Compagnie britannique des Indes orientales s'était développée en fonction des intérêts de ses fondateurs, 216 investisseurs privés, avides de pouvoir et de richesse. Ces hommes de négoce avaient vu dans le continent asiatique la possibilité d'amasser des fortunes colossales. Lorsque la Couronne avait autorisé, moyennant un pourcentage, l'exploitation et le monopole commercial, ils s'étaient lancés comme une meute sur les Indes. La corporation avait mis en place ses propres armées, créant une puissante machine de domination grâce à laquelle, des décennies durant, elle avait soumis et spolié nations et royaumes pour le bénéfice et la plus grande gloire de Sa Très Gracieuse Majesté. Toutefois, au moment où l'inépuisable torrent d'argent avait commencé à se tarir, le gouvernement britannique avait fait main basse sur la Compagnie, de façon à pouvoir la contrôler.

C'était l'époque turbulente, marquée par la corruption et les guerres, que Rick avait connue.

Recru de fatigue, il se laissa tomber sur son grabat sans même se déshabiller. Ses rêves le ramenèrent à Calcutta.

Une nouvelle journée de mars commença sous la même brume et la même pluie. Penny arriva à la boutique avant l'heure d'ouverture. Le bleu de son hématome s'était assombri. Tout en se mettant au travail, elle loua la gentillesse de Memento, qui l'avait invitée à prendre un thé chaud puis l'avait raccompagnée jusqu'au porche de son immeuble.

— En me quittant, il m'a demandé si l'on pouvait se revoir, avoua-t-elle à Rick avec un certain embarras. Je crois que je vais accepter. Il n'est peut-être ni jeune ni séduisant, mais c'est un brave homme, et ça ne court pas les rues.

Ne voulant pas aborder la question, Rick fit mine d'être distrait.

— Il y a encore pas mal de travail. Ma tante arrive demain.

Au cours de la matinée, ils n'échangèrent quasiment pas un mot. Rick s'affaira dans la serre, Penny au jardin, où elle retirait même les toiles d'araignée. Il rempotait des plantes lorsque soudain la voix de la vendeuse l'interrompit.

— Rick, si tu as une seconde, il y a quelqu'un pour toi dans la boutique.

— Pour moi ? Qui c'est ? s'enquit-il, méfiant.

— Vaut mieux que tu ailles voir toi-même.

Sans lui donner plus d'explications, Penny s'en retourna au jardin poursuivre son grand nettoyage.

Rick épousseta ses mains pleines de terre et secoua sa chemise. L'idée de passer par l'annexe pour prendre son revolver lui traversa l'esprit, mais il voulait éviter une scène devant Penny. Il fit tomber la terre de ses bottes et se dirigea vers la boutique. C'est alors qu'il la vit, vêtue d'une élégante robe bleue.

Daphne Loveray.

20

Sans doute à cause du souvenir toujours vivace de son corps nu allongé sur le divan de la fumerie d'opium, Rick fut saisi d'un trouble qui lui empourpra les joues. Il tenta de le dissimuler en déplaçant des sacs de sable qui entravaient le passage. Après avoir salué Daphne, il la dévisagea franchement. Malgré sa pâleur, son regard le séduisait comme au premier jour.

Il s'enquit de sa santé. Il n'avait officiellement aucune nouvelle depuis le soir où ils s'étaient embrassés dans les jardins de Cremorne.

— Je vais mieux, merci. Notre famille possède une maison dans le Kent, l'air de la campagne m'a fait du bien.

— Ravi de l'entendre. Qu'est-ce qui vous amène ? Désirez-vous passer une nouvelle commande ?

— Ma foi non, répondit-elle dans un éclat de rire. Je me promenais dans le quartier et j'ai décidé de venir saluer l'étranger qui m'a livré hier matin un joli bouquet de pétunias.

— Ah, oui, les fleurs. Je suis désolé, bredouilla Rick en se grattant le crâne. Je reconnais que c'était maladroit de ma part. J'étais préoccupé par votre santé et je ne pensais pas que votre mari serait là.

— Ne vous inquiétez pas. Elles sont magnifiques. Je regrette que vous n'ayez pas pu me les remettre personnellement. Je suis rentrée du Kent ce matin.

Rick regarda les pupilles dilatées de Daphne. Il détestait qu'on lui mente. Il l'avait vue la veille, de ses propres yeux, dans la fumerie d'opium, vaincue par la drogue. Il essuya le comptoir et retoucha des bouquets, sans savoir quoi faire.

— Je suis content de vous voir, lui avoua-t-il avec franchise.

— Moi aussi. J'ai appris pour l'incendie des plantations de votre tante. Comment va-t-elle ? Est-elle toujours dans le Surrey ?

— Elle a envoyé un télégramme pour prévenir qu'elle rentrait aujourd'hui. Elle doit être en route.

— Va-t-elle arriver ce matin ?

— Non, elle a dit qu'elle serait là pour le souper.

— Formidable ! Dans ce cas, allons nous promener. Je dois encore faire quelques emplettes et, seule, je m'ennuie royalement.

— Nous deux ? balbutia Rick.

— Oui, bien sûr.

— Mais votre mari…

— C'est maintenant que vous vous en inquiétez ? Dans les jardins de Cremorne, vous ne paraissiez guère vous en soucier.

Rick demeura sans voix devant cette réponse aussi spontanée qu'inattendue. Il n'avait évidemment pas oublié cette soirée, au cours de laquelle il avait peut-être manqué de discernement. Il s'était laissé emporter par l'alcool, le cadre et la danse. Et surtout par le regard de Daphne, qui exerçait encore sur lui un charme irrésistible. Il balaya la boutique des yeux. Quand bien même il négligerait quelques heures ses obligations, il ne restait en réalité plus grand-chose à faire. Le matin même, il avait tout nettoyé de fond en comble et traité les commandes en cours selon les instructions de la fleuriste.

En outre, Rick vit dans la proposition de Daphne non seulement l'occasion de jouir de nouveau de sa compagnie, mais aussi d'en apprendre plus sur ses énigmatiques activités.

Il justifia devant Penny son départ soudain par le besoin de se rendre à une réunion de la Royal Horticultural Society, dont lady King était membre. Il pria ensuite la jeune femme de patienter une minute et courut dans l'annexe se laver et se changer. Ce faisant, il se demanda pourquoi une dame comme Daphne Loveray, noble et mariée, s'intéressait à quelqu'un de son acabit. Peut-être, voulut-il croire, obéissait-elle à la même raison qui le faisait régulièrement divaguer à l'évocation de son souvenir.

En s'installant avec Daphne dans le fiacre qui l'avait amenée à Portobello Lane, il sentit que, le temps d'un instant, le fugitif s'effaçait pour laisser place à un nouveau Rick, plus insouciant, plus humain, se préoccupant de bagatelles, comme cette promenade en compagnie d'une jeune personne qui le fascinait. Lorsqu'il s'enquit du malaise dont elle avait été victime dans les jardins de Cremorne, Daphne éluda la question et se mit à parler avec entrain des boutiques qui les attendaient. Rick lui recommanda de préférer les vendeurs de Wellington Street, près de Covent Garden, aux chapeliers du Strand, qui s'apparentaient davantage à des arnaqueurs professionnels qu'à des commerçants. Daphne ne cacha pas son étonnement.

— Pour quelqu'un qui vient de débarquer à Londres, vous me semblez bien au courant.

— Il ne faut pas croire, toussota Rick qui s'en voulait pour sa remarque. Je connais les chapeliers fiables car ma tante me les a conseillés. Et puis, il y a beaucoup de vendeurs de fleurs au marché de Covent Garden, et il m'arrive de m'y promener.

La suggestion de Rick parut amuser Daphne, qui ordonna au cocher de prendre la direction de Covent Garden, un détour de quelques miles à peine.

— Que faisiez-vous dans le Massachusetts ? demanda-t-elle.

— J'y ai seulement passé mon enfance, improvisa-t-il. J'ai fini mes études en Europe, puis je me suis enrôlé sur un navire pour parcourir le monde. Ça peut avoir l'air intéressant, mais j'ai eu une vie plutôt routinière, je vous assure. Et vous, comment employez-vous votre temps libre ?

— Moi ? Eh bien, ma foi, si parcourir le monde vous semble routinier, imaginez mon existence auprès d'un ivrogne qui n'a d'yeux que pour ses tableaux. Je mène une vie des plus moroses. Je me promène avec mes amies, je surveille les domestiques, guère plus. Des tâches de maîtresse de maison, en somme.

— Qu'en est-il du Crystal Palace ?

— Comme vous le savez, je suis membre de la Royal Horticultural Society. La possibilité de prendre part à la décoration du pavillon des Indes orientales s'est présentée, et je me suis portée volontaire. Dans le seul but de tuer l'ennui.

Sous l'effet d'un cahot qui secoua le fiacre, les doigts de Daphne effleurèrent ceux de Rick, qui sentit tout son corps frémir. Il lui prit la main et la lui tint serrée.

Ils descendirent sur Waterloo Bridge car, à cette heure-là, la circulation dans les petites rues de Covent Garden était infernale. Daphne prévint le cocher qu'elle rentrerait par ses propres moyens et saisit le bras de Rick pour s'engouffrer dans le dédale animé des échoppes et des boutiques.

— Voyons ces chapeaux, dit la jeune femme en souriant.

— Oui, allons-y.

Daphne avoua à Rick qu'elle n'avait jamais mis les pieds dans un endroit aussi distrayant. Les vendeurs de fleurs se bousculaient pour leur proposer un bouquet tandis qu'ils serpentaient dans la foule des commerçants ambulants avec leurs charrettes de nourriture. Rick acheta un sandwich au poulet fort appétissant et le partagea avec Daphne, qui, après l'avoir goûté, avala le reste goulûment, comme une gamine espiègle.

Soudain, un groupe de jeunes gens éméchés les encerclèrent en chantant et en dansant. Ils leur tendirent des chopes de bière et les obligèrent à trinquer. Rick fut rassuré de voir Daphne fredonner et s'amuser, serrée contre lui, virevoltant au rythme du chœur qui les encourageait. Elle riait avec l'allant d'une enfant qui vient de se faire de nouveaux amis. Il mit alors de côté ses soupçons et se laissa emporter par la joie contagieuse du moment. Lorsque les jeunes disparurent, ils se retrouvèrent l'un contre l'autre au milieu de la foule, à se regarder dans les yeux.

— Je n'ai pas l'impression qu'on vend des chapeaux ici, déclara finalement Daphne.

— Non, en effet, répondit Rick en riant, et sans lâcher sa main délicate il l'entraîna vers les arcades menant à Wellington Street.

Ils s'apprêtaient à enfiler la ruelle des chapelleries quand, soudain, Daphne s'écarta de son compagnon pour lire un placard coloré qu'arborait un homme-sandwich. Il y était question d'un *freak show*. La jeune femme demanda un renseignement au crieur, avant de rejoindre Rick en courant.

— Vous avez vu ? C'est à deux pas et ça commence dans un quart d'heure. Allons-y ! s'écria-t-elle en le tirant par la manche.

Rick haussa un sourcil. Ces spectacles de créatures difformes suscitaient sans doute la curiosité de beaucoup de gens, mais pour sa part, il désapprouvait qu'on se réjouisse du malheur d'autrui. Daphne lui donna raison, en lui précisant qu'il s'agissait d'un tout autre genre de spectacle. Elle montra à Rick le placard sur lequel était dessiné un magicien vêtu d'une tunique dorée, qui s'autoproclamait le meilleur du continent.

— Les baratineurs ne m'intéressent pas non plus.

— Ce n'est pas n'importe qui ! C'est l'incroyable Dr Faust, tout Londres en parle !

Rick céda. Daphne le regardait avec un tel enthousiasme qu'il lui était impossible de dire non. Il acheta un autre sandwich qu'ils partagèrent en se dirigeant vers la salle de spectacle.

Dans la file d'attente, Rick contempla les immenses affiches bigarrées qui tapissaient les murs ; sur l'une d'elles, une femme accroupie possédant quatre jambes et deux bras rappelait une horrible araignée. De toute évidence, le propriétaire de ce cirque savait attiser la curiosité morbide des passants. Au moment d'acheter leurs billets, Rick demanda à Daphne si elle était vraiment certaine de vouloir entrer.

— C'est un spectacle de magie, je vous assure, lui répéta-t-elle.

Après avoir traversé un hall orné de masques étranges, ils atteignirent une pièce tout en longueur où des dizaines de chaises étaient alignées autour d'une estrade en bois. Rick fut stupéfait de constater qu'elle était noire de monde. Ils avancèrent et prirent place sur les sièges correspondant à leurs tickets et patientèrent, attentifs à tout ce qui se passait. Daphne trépignait d'impatience. Quelques minutes plus tard, un monsieur Loyal vêtu d'une veste à brandebourgs fit son apparition sur la scène.

— Mesdames, messieurs. Venant de la lointaine Hibernie, héritier d'une lignée perdue, l'étonnant Dr Faust, l'homme capable de lire les esprits les plus hermétiques !

Le public accueillit cette annonce par un tonnerre d'applaudissements. Des assistants tirèrent ensuite les rideaux pour plonger la salle dans la pénombre. Seules deux petites lampes à gaz restèrent allumées, enveloppant la scène d'un mystérieux halo terne et jaunâtre. L'instant d'après, un roulement de tambour suivi d'un éclat de cymbales annonça l'arrivée théâtrale d'un monsieur chauve, drapé dans une cape dorée.

Aussitôt un silence sépulcral se fit. Peu à peu, la flamme des lampes s'intensifia pour révéler le visage inexpressif du magicien, comme de marbre.

— Bienvenue au spectacle le plus incroyable auquel vous ayez jamais assisté ! déclama-t-il avec une voix d'outre-tombe. Ce que vous vous apprêtez à voir n'est pas le fruit de tours de passe-passe ou de ruses. Seul le pouvoir dont j'ai été béni peut expliquer les miracles inouïs que vous allez contempler.

L'homme marqua une pause. Une toux sèche et un raclement de gorge se firent entendre dans l'assistance. Rick regarda Daphne, qui fixait le prestidigitateur d'un air concentré.

— C'est un honneur de révéler mes pouvoirs à un public aussi distingué, poursuivit-il. Afin de vous donner un premier aperçu de mon art, je vais nommer des personnes ici présentes que je n'ai jamais vues auparavant.

Il ferma les yeux un moment et pressa ses doigts contre ses tempes, comme s'il essayait de visualiser quelque chose.

— Voilà ! J'aimerais saluer Mme Mayer, qui est venue avec son petit garçon Jimmy. Je vous en prie, ne soyez pas timide, madame, levez-vous.

La femme obtempéra, bouche bée.

— Mais comment… ? Comment diable sait-il qui je suis ? bégaya-t-elle.

Une salve d'applaudissements suivit.

— Je vois aussi que M. Mortimer Taylor, médecin de son état, nous fait l'honneur de sa présence, continua l'illusionniste. Docteur Taylor, auriez-vous l'amabilité de vous lever et de confirmer que nous ne nous connaissons pas ?

— Effectivement, je n'ai pas ce plaisir, répliqua l'homme, qui, affublé de lunettes, avait l'air d'un scientifique.

— Quel fanfaron, chuchota Rick, je suis sûr qu'ils sont tous de mèche.

— Enfin, je salue ce beau couple d'amoureux, Daphne et Rick. Soyez les bienvenus dans mon spectacle !

Rick en resta comme deux ronds de flan. Il était impossible que ce charlatan connaisse son nom. C'était la première fois qu'il le voyait, et Daphne ne l'avait pas quitté une seconde, de sorte qu'elle n'avait pas pu lui révéler leurs prénoms. Il applaudit avec le public, sans comprendre comment le magicien s'y était pris.

— Merci. Je vais maintenant effectuer un calcul mental sans précédent, pour lequel j'aurai besoin de l'aide d'un volontaire.

Aussitôt plusieurs personnes levèrent le bras, mais l'homme à la cape choisit une fillette qui agitait son mouchoir.

— Fort bien, une jeune demoiselle très jolie. Tu es venue avec tes parents, petite ? lui demanda-t-il lorsqu'elle monta sur scène.

— Avec ma maman.

L'enfant désigna une femme coiffée d'un chapeau bleu, qui salua le prestidigitateur depuis son siège.

— Formidable. Laisse-moi deviner ton prénom. Tu t'appelles… Esther ?

— Oui ! lança-t-elle en souriant.

Une nouvelle salve d'applaudissements éclata dans le public.

— Bien, Esther, voici ce que tu vas faire. Tu vas descendre dans l'assistance avec la petite ardoise en bois et la craie que voilà. Tu vas demander à trois personnes d'y noter un nombre à deux chiffres, supérieur à 35. Puis tu t'adresseras à une quatrième personne, celle de ton choix, qui additionnera les trois nombres. Tu as compris ?

— Oui ! répondit-elle de nouveau.

— J'adore ce genre de tours ! confessa Daphne à Rick.

La fillette descendit de l'estrade et se dirigea vers un monsieur assis au deuxième rang pour qu'il note le premier nombre. Elle répéta ensuite l'opération auprès d'une femme qui insistait pour être choisie, avant de s'approcher d'un homme portant un tablier de boulanger. Enfin, elle contourna l'assistance par-derrière et courut à l'autre bout de la salle pour remettre l'ardoise à un monsieur vêtu d'une redingote et coiffé d'un chapeau melon.

— Savez-vous additionner ? lui demanda le magicien.

— Naturellement, répondit l'homme.

— Dans ce cas, merci d'effectuer l'opération, de rendre l'ardoise à la fillette et de mémoriser le résultat. Et toi, Esther, tu effaceras bien tous les chiffres pour que je ne puisse pas les voir.

Le monsieur à la redingote obéit. L'enfant reprit l'ardoise, l'effaça et courut la remettre à l'illusionniste, qui la montra à l'auditoire. Il requit un silence absolu, ferma les yeux et se concentra. Un nouveau roulement de tambour retentit. Enfin, le Dr Faust griffonna sur la tablette.

— Je vous en prie, monsieur, dit-il à l'adresse de l'homme au melon, révélez au public le résultat de l'opération.

— 164.

— 164 ? En êtes-vous certain ?

— Absolument.

Le magicien leva l'ardoise d'un geste solennel et montra le nombre qu'il venait lui-même d'écrire : 164.

Tandis que le public applaudissait à tout rompre, Rick observa les quatre volontaires qui avaient participé à la démonstration. Il déduisit à leurs mines stupéfaites qu'ils n'étaient pas de mèche avec l'artiste. Il s'agita sur son siège et regarda Daphne, qui suivait avec attention les explications du Dr Faust.

— Pour le prochain exercice, je vais encore avoir besoin de l'aide d'un collaborateur. Tenez, vous par exemple, dit-il à la mère de la fillette qui venait d'intervenir. Auriez-vous l'amabilité de m'assister ? Il n'est pas nécessaire que vous montiez sur scène.

La femme au chapeau bleu acquiesça et se leva, dans l'attente de ses instructions.

— Fort bien, poursuivit le Dr Faust, je vais maintenant demander à quelqu'un de me bander les yeux. Je vais ensuite tourner le dos à l'auditoire et deviner quels seront les objets choisis par notre collaboratrice parmi ceux proposés par le public. S'il vous plaît, que quelqu'un vienne me couvrir les yeux !

Rick n'attendit pas qu'on le devance. Il courut jusqu'à l'estrade. En grimpant, il décocha au prestidigitateur un regard de défi. Il était convaincu d'avoir affaire à un imposteur. Il noua méticuleusement le bandeau, s'assurant de son efficacité.

— Je vois à la façon dont vous vous êtes donné du mal que vous vous méfiez de moi, articula le magicien à voix haute. Bien, maintenant que vous avez constaté que je suis absolument aveugle, je vous prierai de rester à mes côtés pour vous assurer que personne ne me souffle les réponses. Madame, voulez-vous s'il vous plaît choisir un premier objet ? Demandez-moi ensuite de quoi il s'agit.

La femme hésita entre la multitude d'articles que le public brandissait autour d'elle : briquets, mouchoirs, fleurs, étuis à cigarettes, cannes, parapluies, bonnets… Elle s'approcha d'un homme corpulent et accepta la pipe qu'il lui tendait. Elle la leva pour la montrer à l'assistance et s'adressa au magicien.

— Docteur Faust, pouvez-vous deviner ce que j'ai dans la main gauche ?

Le prestidigitateur mit ses doigts sur ses tempes puis, sous le regard attentif de son auditoire, déclara à pleine voix :

— Il s'agit d'une pipe en buis !

Des applaudissements enthousiastes fusèrent. La femme attendit qu'ils s'atténuent pour se diriger vers une autre partie de la salle où elle prit une montre.

— Docteur Faust, sauriez-vous dire ce que j'agite dans ma main ?

L'homme reproduisit la même expression de concentration, puis s'écria :

— Vous tenez dans votre main une montre de valeur !

Le public applaudit encore plus fort. La femme avança enfin vers une dame qui lui proposait un précieux camée. Elle le brandit en l'air et demanda de nouveau :

— Docteur Faust, sauriez-vous deviner ce que je tiens à présent ?

Le magicien se concentra une nouvelle fois, sous l'œil attentif de Rick. Cette fois, il mit plus de temps à répondre.

— Madame, vous avez entre les doigts un camée délicat !

L'assistance se leva comme un seul homme en applaudissant, tandis que Rick s'interrogeait sur la façon dont le magicien s'y prenait. En retirant son bandeau pour saluer son auditoire, celui-ci aperçut sa mine contrariée. Il sollicita le silence et s'adressa aux spectateurs.

— Malgré l'enthousiasme que vous me témoignez, je perçois chez mon jeune assistant une lueur de méfiance. Je vous en prie, pouvez-vous me le confirmer ? demanda-t-il à Rick.

— Disons simplement qu'il m'est difficile de croire aux supercheries.

Sans ciller le moins du monde, le Dr Faust ébaucha un léger sourire.

— Dans ce cas, offrons à notre volontaire une ultime preuve. Vous êtes venu accompagné, n'est-ce pas ?

— Comme beaucoup, rétorqua Rick.

— À la bonne heure. Votre amie pourrait-elle se lever pour que le public la voie ?

Daphne obéit et salua timidement les gens qui la scrutaient, voyant en elle une privilégiée.

— Fort bien, Rick, je suppose qu'il existe entre Daphne et vous certains sentiments. Vous me direz que c'est une évidence, puisque vous êtes venus ensemble au spectacle, mais je vais vous donner une nouvelle chance d'appréhender l'étendue de mon pouvoir, déclara-t-il en fourrageant dans une poche, d'où il retira un œuf de poule. Tenez, prenez-le et regardez-le attentivement. Comme vous pouvez le constater, il s'agit d'un simple œuf dur. Je vais maintenant vous demander de le signer avec cette plume et de le remettre à mon assistant au fond de la salle, à qui vous chuchoterez tout bas un mot qui revêt une signification particulière pour vous. Il glissera ensuite l'œuf dans une boîte magique et, après une invocation, vous le rendra. Vous viendrez alors me rapporter ce même œuf dur. Êtes-vous d'accord ?

— Bien sûr, répondit Rick.

— Mais avant, examinez ce foulard noir, bandez-moi les yeux et assurez-vous qu'il recouvre aussi mes oreilles afin que je ne puisse ni voir ni entendre ce qui se passe dans la salle.

Rick obtempéra. Il enroula plusieurs fois l'épais bandeau autour de la tête du magicien, l'aveuglant complètement. Il descendit ensuite de l'estrade et se dirigea vers l'assistant. Il hésita sur le choix du mot, puis prononça finalement tout bas *Cremorne*.

Sitôt après, l'homme plaça l'œuf dans une énorme boîte en métal posée à côté de lui. Il manipula quelque chose à l'intérieur, puis la referma. Il attrapa alors une torche allumée qu'il approcha de la boîte, provoquant une grosse flamme. Rick et le public le regardèrent avec une attention soutenue. Un roulement de tambour prolongea la tension. L'assistant étouffa le feu, retira l'œuf et le rendit à Rick. Celui-ci l'examina méticuleusement. Il était chaud, mais c'était bien le même. Il se dirigea vers la scène, en s'assurant que l'homme ne transmettait à personne le mot qu'il venait de lui murmurer à l'oreille. Une fois sur l'estrade, le magicien demanda à Rick de lui débander les yeux.

— Merci de vérifier que c'est bien votre œuf, signé de votre main, lui enjoignit-il.

Rick l'examina sous toutes les coutures, encore qu'il n'y ait pas grand-chose à voir. Il s'agissait incontestablement du même œuf. Satisfait et confiant, il le tendit au magicien. Il était impossible que cet imposteur puisse deviner son mot. Il ne décela pourtant pas la moindre inquiétude sur le visage de ce dernier.

Toujours sur la scène, le Dr Faust s'installa à une table, brisa lentement la coquille, la détacha de l'œuf et le mangea. Sur ces entrefaites, il attendit un instant, pressa ses doigts sur ses tempes, prit l'ardoise qu'il avait utilisée pour le précédent numéro afin d'y griffonner quelque chose. Il la reposa face cachée sur la table et demanda à Rick de révéler aux spectateurs le fameux mot.

Celui-ci le considéra, incrédule, avant de prononcer à voix haute *Cremorne*. Il vit alors Daphne sourire, puis il fixa d'un air de défi le magicien qui patientait debout, à quelques pas de la table.

— Auriez-vous, je vous prie, l'amabilité de retourner l'ardoise et de la montrer à l'assistance ?

En lisant le mot *Cremorne*, Rick blêmit. Il la présenta en tremblant au public qui lança des vivats et applaudit à tout rompre.

Tandis que Daphne essayait un chapeau dans l'une des boutiques de Wellington Street, Rick demeura à l'écart, ruminant ce qui venait de se passer.

— Rick ! Vous êtes dans la lune ? Que pensez-vous de ce modèle ? voulut-elle savoir en inclinant légèrement un magnifique couvre-chef de velours bleu orné de plumes de faisan.

— Il est très joli.

Il lui seyait à merveille, seulement il ne cessait de repenser au spectacle du Dr Faust, en se demandant comment diable il s'y était pris pour deviner son mot.

— Encore en train de ressasser ça ? comprit Daphne. Je vous répète que ce n'étaient que de bons tours de magie.

— Des tours de magie ? J'ignore si les premiers numéros étaient truqués, mais je vous assure qu'il a trouvé *Cremorne* sous mes propres yeux.

— Quelle heure est-il ?

— 16 h 30, répondit Rick après avoir tiré sa montre à gousset.

— Bien, je vous propose un marché, déclara-t-elle en souriant. Finissons de choisir mon chapeau, ensuite vous m'inviterez à boire un thé et je vous révélerai son secret.

Ils trouvèrent une charmante pâtisserie offrant une vue spectaculaire sur la Tamise. Ils prirent place dans des fauteuils tapissés de cuir et admirèrent les eaux placides du fleuve qui scintillaient chaque fois qu'un rayon de soleil venait frapper les sillages des chaloupes. Rick se sentait à son aise dans cet endroit paisible. Il regarda Daphne, qui s'abîmait dans la contemplation du paysage. Ses yeux brillaient aussi, tandis que des plumes de faisan tanguaient sur sa tête.

Un garçon leur servit la commande sur un plateau d'argent : du thé accompagné d'un assortiment de biscuits au gingembre. Rick en servit une tasse à Daphne et prit un biscuit, avant de le reposer aussitôt.

— Eh bien, allez-vous me dire comment diable il s'y est pris ?

Daphne éclata de rire. Elle mordit un bout de biscuit et sirota une gorgée de thé. Elle lui raconta qu'elle se rendait souvent dans ce genre de spectacles, car elle adorait démêler les subterfuges des charlatans.

— La magie mathématique m'intéresse particulièrement, précisa-t-elle. En une seconde, je suis capable de trouver la formule qu'utilise le mentaliste pour nous tromper. Je dois reconnaître que ce Dr Faust était plutôt doué.

Rick hocha la tête sans comprendre, attendant toujours que Daphne lui révèle le mystère.

— Vous n'avez donc cru à aucun de ses numéros ? demanda-t-il. Je ne sais pas, au tout début, quand il a salué quelques inconnus par leurs prénoms, je me suis dit que les gens devaient être de mèche, mais il a aussi deviné les nôtres.

— Oui..., dit-elle sur un ton condescendant. Si vous fréquentiez ce genre de spectacles, vous auriez sans doute remarqué ses assistants dans la file d'attente devant la billetterie. L'un d'eux m'a certainement entendue vous appeler Rick, et vous m'appeler Daphne, et il s'est passé la même chose pour les autres.

— Sacrés roublards ! Et le numéro de l'addition sur l'ardoise ?

— Celui-là m'a semblé intéressant dans un premier temps, avant de s'avérer aussi grossier que le premier.

Il n'a pas choisi la jeune demoiselle au hasard. Au contraire, elle était dûment entraînée. Ce devait être sa fille, et la mère de la petite, la dame au chapeau bleu, son épouse.

— Sur quoi vous basez-vous pour avancer cela ?

— Eh bien, vu l'attachement de l'enfant à la femme, elles devaient être parentes. Et puis j'ai remarqué que la femme portait des souliers doublés du même tissu doré que la cape du magicien.

— Mazette, quelle perspicacité ! Et comment expliquez-vous le tour ?

— Comme je vous disais, la fillette savait ce qu'elle devait faire. Elle a demandé à trois personnes d'écrire les nombres, mais à la quatrième, elle a présenté le revers de l'ardoise sur lequel figuraient d'autres chiffres, préalablement griffonnés par le Dr Faust. Celui-ci connaissait donc le résultat à l'avance.

— Mince alors, c'est d'une simplicité renversante. Je me sens idiot.

— La vérité se cache dans des détails insignifiants.

Daphne but une autre gorgée de thé. Rick resta silencieux et la considéra un moment. Ne parlait-elle pas de lui et de son double jeu ?

— Et comment, en ayant les yeux bandés, a-t-il pu deviner quels étaient les objets choisis par la dame ? La pipe, la montre en or, le camée... Je vous assure qu'il n'a pas pu les voir.

— Il n'en a pas eu besoin. L'astuce se trouvait dans la formulation des questions que lui posait sa femme. À chaque objet correspondait une certaine question, énoncée différemment afin de l'identifier selon un code convenu à l'avance. Ainsi, si son acolyte lui demandait « Qu'est-ce que j'*ai* dans la main gauche ? », le magicien savait que c'était une pipe. Si elle disait « Qu'est-ce que j'*agite* dans ma main ? », alors c'était une montre. Peut-être que la question « Qu'est-ce que j'agite *doucement* ? » indiquait qu'il s'agissait d'une montre en argent. Il lui suffisait de mémoriser une liste d'équivalences entre questions et objets élaborée par ses soins.

— Et si quelqu'un lui avait présenté un objet étrange auquel il n'avait pas pensé ? Je ne sais pas, un dentier, par exemple.

— Son assistante ne l'aurait simplement pas pris, répondit-elle en souriant.

L'acuité de ses déductions surprit de nouveau Rick. Quel que soit l'angle sous lequel il la regardait, Daphne était une femme très particulière. S'il ignorait le rôle qu'elle pouvait bien jouer dans la conspiration qui le menaçait, ce n'était certainement pas celui d'une maîtresse de maison ordinaire. Il finit sa tasse de thé.

— Et *Cremorne* ? Comment a-t-il trouvé ? Je parie que là vous n'avez pas d'explication, la défia-t-il.

— J'en ai peut-être une. Ou pas. Mais assez d'énigmes. Il se fait tard et j'ai rendez-vous avec une vieille amie.

Rick se crispa. Il ignorait les affaires qui pouvaient requérir l'attention de Daphne et espérait que la fumerie d'opium de Charing Cross n'en faisait pas partie. La jeune femme se leva en s'essuyant la bouche, et Rick l'imita. Il demeura un instant ébloui, fixant ses lèvres humides qui conservaient à la commissure une légère trace de marmelade. Il la lui retira délicatement avec sa serviette.

— Vous auriez pu utiliser votre bouche, lança-t-elle.

— Plaît-il ?

— Votre bouche.

Rick s'approcha de Daphne et la prit dans ses bras. Le rigorisme moral de l'époque ne permettait pas aux couples de s'embrasser en public, mais Rick n'était pas anglais. Il baisa passionnément les lèvres pleines de la jeune femme, s'écarta une seconde pour contempler l'étrange éclat de ses yeux, et s'apprêtait à recommencer quand elle l'arrêta de la main.

— Trop de magie pour aujourd'hui.

— Pour certaines choses, trop n'est jamais assez, rétorqua-t-il en essayant de l'attirer à lui.

— Peut-être, mais je dois y aller.

— Vous ne m'avez pas expliqué *Cremorne*.

— Laissez le temps au temps. Je vous le dirai peut-être la prochaine fois que nous nous verrons.

Ce départ soudain intrigua Rick : il lui semblait excessivement précipité et peu naturel.

Sitôt après avoir refermé la portière du phaéton dans lequel la jeune femme venait de monter à la station de Long Acre, il se hissa dans le premier fiacre libre et ordonna au conducteur de suivre la calèche qui le précédait. Celle-ci rejoignit la circulation chargée qui encombrait à cette heure la chaussée pour se diriger vers Piccadilly. Quelques centaines de mètres plus loin, elle s'arrêta brusquement pour laisser descendre Daphne. Rick fouilla à la hâte dans ses poches et paya le cocher, qui le fustigea pour la brièveté de la course. Sans faire cas de lui, il sauta à terre et chercha la silhouette de la jeune femme parmi la foule qui se pressait sur le trottoir. Il la perdit de vue un instant, écarta un garçon qui brandissait une énorme pancarte sous son nez et aperçut un peu plus loin des plumes de faisan qui se balançaient au-dessus des têtes des passants. Il se hâta de réduire l'écart, puis conserva une distance prudente. Pour quelle raison était-elle montée dans une voiture pour en redescendre aussitôt ? Elle avait peut-être changé d'avis, mais si elle avait réellement rendez-vous, cela ne semblait pas sensé. Non. Malgré son refus d'y croire, il n'y avait qu'une explication : elle avait pris ce phaéton dans le seul but de lui donner le change.

Dans la cohue, il vit Daphne bifurquer sur St Martins Lane. Son pouls s'accéléra. Cette rue menait à Charing Cross. Il continua de la suivre, en réduisant un peu la distance. À mesure qu'ils s'approchaient de la fumerie d'opium, Rick remarqua qu'elle ralentissait. Arrivée à la hauteur de l'édifice, la jeune femme s'arrêta et jeta un œil dans la cour qui donnait accès à l'établissement de Karum Daswani. Elle se retourna alors inopinément, comme pour s'assurer que personne ne la surveillait. Rick se tapit tant bien que mal derrière un réverbère. Il crut un instant qu'elle allait entrer. Cependant, après une brève hésitation, Daphne reprit sa marche.

Soulagé, Rick lui emboîta le pas. Il la suivit sur l'avenue de Whitehall en direction de Westminster Bridge et la vit soudain tourner sur Downing Street.

Son cœur se glaça à la vue de la scène qui s'offrit alors à lui.

Un homme de petite taille, un lorgnon perché sur son nez, était adossé au mur au coin de la rue. Malgré la distance, Rick reconnut Gustav Gruner. En avisant Daphne Loveray, l'Allemand se découvrit et la salua avec familiarité. Elle lui répondit par un éclat de rire, et tous deux descendirent Downing Street pour accéder aux bâtiments du Foreign Office.

Le cireur de chaussures se souvenait de Rick et de son pourboire. Le jeune homme prit place sur le trône en bois. Tandis que Little Ben s'efforçait de faire briller ses bottes, Rick l'interrogea sur la dame qui venait de franchir la porte du bureau des Affaires étrangères.

— Si j'la connais ? Est-ce que j'ai pas deux yeux comme tout le monde ? Impossible de pas la remarquer ! Ça fait des mois qu'elle entre et sort de ces bureaux. Avant, c'était un autre homme qui l'accompagnait, un certain Ralph White, un mathématicien débraillé qui recourait souvent à mes services. Il m'arrivait de les voir déjeuner ensemble dans St James Park, mais depuis qu'il s'est fait écraser, elle est tout l'temps fourrée avec cet horrible nain.

21

Une simple maîtresse de maison ? Non, certainement pas.

Daphne mentait, non pas en exagérant de manière innocente ou en péchant par omission, mais en ayant recours à des ruses sournoises, de toute évidence étudiées. Rick serra les poings de rage. Même s'il ne voulait pas l'admettre, une femme froide et calculatrice se cachait sous son apparence délicate.

Le trajet de retour à la boutique de fleurs fut un supplice. Celle qui lui avait offert un après-midi inoubliable et à qui il désirait le plus accorder sa confiance ne cessait de lui mentir. Elle avait affirmé être rentrée du Kent le matin, alors qu'il l'avait lui-même surprise la veille dans une fumerie d'opium. Elle lui avait parlé de sa vie ingrate de maîtresse de maison, se languissant dans sa résidence de Primrose Hill, quand en réalité elle passait ses journées au Foreign Office, de connivence avec Gustav Gruner. Le plus douloureux était de penser que ses baisers aussi avaient certainement été une mascarade.

Pourquoi tant de mensonges ? Il préférait cependant dédaigner de possibles excuses et affronter la réalité.

Si Daphne voulait le duper, ce n'était pas lui qui allait le lui permettre.

En descendant du fiacre, Rick s'aperçut qu'il y avait du changement chez Passion d'Orient. Des caisses jonchaient le trottoir à l'entrée, tandis qu'à l'intérieur, une voix familière exhortait les uns et les autres à se dépêcher. En poussant la porte, il trouva Mme Hartford entourée de Penny et de deux inconnus qui lui demandaient où ils devaient poser les plants.

Il s'approcha de la veuve qu'il salua d'une embrassade, comme s'il était réellement son neveu. Elle le complimenta pour la propreté de la boutique et la gestion des commandes, avant de le présenter aux deux personnes qui l'aidaient : un homme trapu et un garçon qui ne semblait pas très futé.

— Voici Lawrence et son fils Billy. Ils travaillaient dans les plantations du Surrey, mais après l'incendie, comme il y avait trop de bras là-bas et qu'ils ont des parents à Londres, je leur ai proposé de venir nous donner un coup de main jusqu'à l'inauguration de l'exposition.

En tant que membre de la famille de Hellen Hartford, Rick leur souhaita solennellement la bienvenue. Un bref échange confirma son impression : le jeune Billy semblait effectivement souffrir d'un retard mental. Il demanda en aparté à la veuve quelles seraient leurs fonctions.

— Allons discuter là-haut.

Une fois dans le bureau, la fleuriste posa sur le secrétaire son cahier relié de cuir et quelques journaux qu'elle avait rapportés du Surrey. Elle lui expliqua que les nouveaux employés s'occuperaient désormais du nettoyage des locaux, des travaux de jardinage et du chargement et déchargement des approvisionnements.

— Il va te falloir être patient avec le jeune Billy. Je m'estimerai heureuse s'il n'entrave pas le travail. Comme tu t'en es sans doute aperçu, il est non seulement muet, mais simple d'esprit. Son père et lui sont adorables. Lawrence était déjà à mon service avant la naissance de son fils, et nous avons toujours tâché de les aider.

— N'ayez crainte.

— Concernant tes missions, je dois reconnaître qu'en mon absence, tu les as remplies de manière plus que satisfaisante. Penny m'a raconté ton zèle et ta rigueur avec les commandes.

— Merci, j'ai fait de mon mieux.

— Au fait, sais-tu ce qui lui est arrivé au visage ? Je lui ai posé la question, mais elle l'a éludée.

— Je n'en suis pas certain. Elle m'a dit que c'était un accident, apparemment une bête chute en se levant.

— Je vois…, fit la veuve, la mine assombrie. Bien. Tu continueras à veiller à ma sécurité et à celle de la boutique. Ne t'inquiète pas pour l'annexe, tu peux y rester.

— Formidable. Et dites-moi, dans quel état avez-vous trouvé vos plantations ? Apparemment, il y a eu beaucoup de dégâts ?

— As-tu déjà vu une dinde oubliée au four ? soupira-t-elle en se composant un visage de circonstance. Je ne sais pas… Cela pourrait bien signer ma perte. Il reste à peine quatre poutres sur pied… Heureusement, il n'y a pas eu de victimes.

— Je suis navré. Connaît-on les causes de l'incendie ?

— Il semblerait que la foudre ait mis le feu à la grange. J'ai parlé au maire qui m'a confirmé qu'un orage de tous les diables s'était abattu ce soir-là. D'ailleurs, à mon arrivée, il pleuvait encore à torrents, ce qui a au moins permis d'étouffer les flammes.

L'expression de la fleuriste était équivoque, et Rick se méfiait toujours des gens qui donnaient plus d'explications que nécessaire.

Les jours suivants se déroulèrent sans accrocs. Les nouveaux employés étaient prévenants et s'adaptèrent vite à toutes les tâches que leur confia la veuve. Le vieux Lawrence, malgré son dos voûté, travaillait pour deux et se mouvait avec l'agilité d'un jeune homme. Quant à son fils Billy, il voulait tout le temps aider, mais s'opposait souvent à son père lorsque celui-ci l'empêchait d'effectuer des travaux hors de sa portée.

Un matin, Lawrence lui confisqua des cisailles, et, dans un accès de colère, Billy détruisit une jardinière. Rougissant de honte, son père promit à la patronne qu'il paierait les dégâts.

— Il a de la bonne volonté, mais il n'est pas très doué, l'excusa-t-il.

En plus de son labeur dans la boutique, Rick travaillait désormais en tant qu'aide-photographe.

— La seule chose que je te demande, c'est que tu fasses coïncider les jours où tu accompagnes cet homme avec nos livraisons au Crystal Palace, lui avait indiqué la veuve Hartford, qui, en échange de l'autorisation octroyée à Rick pour aider Memento, avait reçu de nouvelles commandes de la part de lord Bradbury.

C'est ainsi que Rick devint l'ombre de son ami. Tous les deux jours, il le retrouvait à Hyde Park et de là ils gagnaient ensemble le Crystal Palace pour immortaliser les lieux. À l'occasion d'une de ces séances, Gustav Gruner se présenta devant eux sans aménité. Un responsable s'était, semblait-il, plaint des dépenses occasionnées par la mise en fonctionnement d'une fontaine que Memento et son assistant voulaient photographier, après avoir obtenu l'autorisation de rigueur. Rick la tendit au consul allemand, qui la froissa sans même la lire.

— Je me soucie comme d'une guigne de ce que dit cette autorisation. J'en ai par-dessus la tête des pouilleux de votre espèce qui ne font qu'entraver notre travail. Ramassez votre attirail et allez photographier des fleurs ailleurs ! les menaça-t-il.

Bien que Gustav Gruner n'ait jamais recroisé Rick, il ne paraissait pas avoir oublié leur démêlé à Cremorne. C'était réciproque : le jeune homme avait encore à l'esprit la vision de ce grossier personnage entrant au Foreign Office au bras de Daphne. Il ne se démonta pas. La mise en route ou l'arrêt d'une fontaine n'était pas du ressort de l'Allemand, tout responsable de la sécurité fût-il.

— Vous savez, monsieur Gruner, répliqua-t-il en se baissant pour ramasser l'autorisation, vous devriez davantage respecter ce que nous faisons, ainsi que lord Bradbury, qui nous a engagés.

— Bradbury ? Ha ! J'en ai jusque-là de ce milord qui se prend pour un philanthrope. Quant au « respect », espèce de godelureau, il me semble que vous n'avez aucune leçon à me donner.

— Je ne comprends pas ce que vous insinuez.

— Tiens donc ! Très intelligent pour certaines choses et très distrait pour d'autres ! N'est-il pas méprisable de conter fleurette à une femme mariée ?

Rick en resta coi. De deux choses l'une : soit Daphne Loveray avait parlé à Gruner des moments qu'ils avaient passés ensemble, soit on les avait surveillés. Il crut déceler une pointe de jalousie dans le reproche de l'Allemand.

— Ce que je fais de ma vie privée ne vous concerne absolument pas ! lui lança Rick, devant le regard incrédule de Memento.

Blême de colère, Gruner appela aussitôt un gardien pour les mettre à la porte. Lorsque ce dernier poussa son ami, Rick fit volte-face et le saisit à la gorge :

— Ne le touche pas !

Alors qu'ils gagnaient la sortie, Rick se reprocha son impulsivité. Avec des gens comme Gruner, il valait mieux être prudent. Inutile cependant d'avoir des regrets. Les deux hommes placèrent les daguerréotypes dans la carriole de Memento, qui entreprit de lui prodiguer des conseils.

— Elle est donc mariée…

— Qui ça ? grogna Rick.

— La fameuse Daphne dont tu me parles de temps en temps. Elle s'appelle bien Daphne, non ? Moi qui pensais que vous vous entreteniez seulement de fleurs.

— C'est exact. J'ignore pourquoi cet Allemand a insinué autre chose. Cette dame est une simple cliente de Passion d'Orient.

— Mais elle te plaît ? insista Memento. Je ne sais pas… Un type aussi séduisant que toi ne devrait pas se fourrer dans ce genre d'ennuis. Ce ne sont pas les femmes célibataires qui manquent !

— Ça suffit ! s'énerva Rick. Est-ce que je te dis, moi, ce que tu dois faire ou non avec Penny ? J'aurais pourtant bien des raisons de te réprimander !

— Hé, calme tes ardeurs ! lui enjoignit Memento en laissant tomber son attirail. Tu ne comptes pas encore me sermonner ? Si tu savais comme cette femme me rend heureux, tu te mettrais tes sous-entendus là où je pense. Et si tu ne cesses pas immédiatement, tu auras affaire à moi.

Rick se mordit la langue.

Au-delà des soupçons qui planaient sur le passé trouble de la vendeuse, force était de convenir qu'il n'avait pas vu Memento aussi épanoui depuis bien longtemps. Son ami, d'ordinaire un indécrottable grincheux, ne bougonnait plus pour n'importe quelle vétille ; il se montrait à présent joyeux, confiant. Il repensa à Penny et à la façon dont elle le dorlotait. Elle lui préparait des desserts et prenait soin de lui avec tendresse. Une tendresse qu'il n'avait certainement jamais reçue, pas même de ses parents. Il s'en voulut d'avoir de tels préjugés. En voyant le bonheur de Memento, il lui fallait accepter que chacun méritait une seconde chance, toutes scandaleuses qu'aient pu être ses actions passées. Il pensa alors à Daphne Loveray.

Une fois la charrette chargée, il s'excusa auprès de son ami.

— Vas-y maintenant, le congédia-t-il, se sentant stupide.

— Et toi ? Tu ne viens pas ?

— Non, j'ai oublié de déposer les fleurs que m'a confiées la veuve, répondit-il en ramassant un paquet dans la voiture.

Ce même après-midi, la veuve Hartford l'avait chargé de livrer un bouquet enveloppé dans un carton, et après l'altercation avec Gruner cette tâche lui était complètement sortie de la tête. Il vérifia le bordereau de livraison : il lui fallait laisser les fleurs au pavillon des Indes, à l'intention de son responsable, Karum Daswani.

Il se faufila sans difficulté par l'une des portes latérales du Crystal Palace. Une fois à l'intérieur, il emprunta la galerie centrale pour atteindre le stand des Indes orientales, qu'il trouva, à son étonnement, désert. Après avoir tourné autour un moment, il s'adossa à un pilier pour attendre un employé. Avisant soudain le gardien qui les avait expulsés, il se cacha instinctivement derrière les tentures du pavillon.

Au bout de quelques minutes, une voix familière lui parvint aux oreilles. C'était Gustav Gruner, accompagné de Daswani. Rick retint sa respiration et resta dans sa cachette, silencieux.

— As-tu réussi à découvrir quelque chose ? entendit-il Gruner demander à l'Hindou.

— Pas encore. Cette Daphne est rudement coriace, répondit Karum en lui tendant un verre.

— Je ne sais pas pourquoi je te paie, bon sang !

Gruner jeta son verre par terre, non loin du rideau derrière lequel Rick était tapi. Le jeune homme sursauta et recula autant qu'il put.

— Fais-moi confiance, je finirai par lui soutirer des informations. L'opium opère des miracles. C'est juste une question de temps.

— Ce temps, nous ne l'avons pas, déclara Gruner. Sans compter qu'il y a ce zigue dont je t'ai parlé, cet abruti d'étranger.

— Celui qui la courtise ?

— Exactement. La garce se croit plus intelligente que tout le monde… Mais je ne devrais pas être surpris : si elle est capable de trahir son mari, comment n'irait-elle pas trahir l'Empire britannique ? Il s'appelle Rick Hunter, tu devrais lui régler son compte.

Rick passa d'un pied sur l'autre et marcha sur un morceau de verre brisé, qui craqua sous son poids.

— Qu'est-ce que c'était ? s'enquit Gruner, alerté.

— Je ne sais pas, je vais voir.

Rick vit avec effroi le colosse au turban s'approcher et chercha une issue des yeux, mais il était fait comme un rat. Karum n'était plus qu'à un empan de la tenture, il allait le repérer. Rick se préparait à un affrontement lorsqu'il aperçut, au dernier moment, le bout d'une corde accrochée à la toiture. Sans hésitation, il s'en saisit et se hissa assez haut pour échapper au regard de l'Hindou, au moment précis où celui-ci soulevait le rideau pour examiner ce qui se cachait là, tandis que juste au-dessus de sa tête Rick retenait sa respiration. Finalement, Daswani se tourna vers Gruner.

— Il n'y a qu'un carton de fleurs, dit-il, surpris.

Deux jours plus tard, Rick revit Memento qui se présenta à l'improviste à la boutique, souriant tel un enfant ayant reçu un nouveau jouet. Il n'eut guère le loisir de s'enquérir du motif de sa venue, car son ami entra en trombe et courut vers Penny.

— Qu'en penses-tu ? dit-il à la vendeuse en lui tendant un document.

— C'est celle dont tu m'as parlé ? Vraiment ?

Penny porta les mains à son visage, avant de se jeter au cou de Memento. Piqué par la curiosité, Rick leur demanda, après qu'ils eurent relâché leur étreinte, s'il était possible de connaître la raison d'une telle joie.

— Regarde, Rick ! C'est le bail de ma nouvelle maison !

— De notre maison ! précisa Penny.

Rick resta sans voix. Il avait beau s'être réjoui pour son ami l'autre jour, Memento lui semblait maintenant aller un peu trop vite en besogne. Lui qui était si innocent, Penny ne risquait-elle pas de lui causer un tort irréparable ?

— Vous avez bien réfléchi ? parvint-il à articuler. Je veux dire… Que vas-tu faire de toutes tes affaires ?

— C'est une grande maison, avec une cour immense. Elle est un peu excentrée, mais on va se débrouiller.

Devant leur enthousiasme, Rick fut bien obligé de se rendre à l'évidence : au vu de l'air radieux de Penny, il n'y avait a priori aucune raison de s'inquiéter. Elle courut le raconter à la veuve Hartford, qui poussa un cri de joie comme si c'était elle qui s'était trouvé un mari. Peu après, Lawrence et son fils se joignirent à la fête, et il fallut séparer Billy de Penny lorsqu'il devint un peu trop affectueux.

Pendant un bref instant, l'envie éperonna Rick.

Il pensa à Daphne Loveray. Il l'avait certes revue dans la boutique, mais c'était toujours pour régler des questions de commandes en présence de Hellen Hartford. Les rares fois où ils s'étaient retrouvés seuls, elle avait persisté à sauver les apparences. S'échanger des regards furtifs, sentir sa main effleurer la sienne ou l'avoir à portée de ses lèvres en feignant d'être de simples connaissances était un véritable supplice.

Le mois d'avril était bien entamé et son enquête piétinait. Durant la journée, Rick s'efforçait de protéger ses arrières et ceux de la fleuriste. Une fois la boutique fermée, il effectuait des recherches pour localiser Alan Sinclair, le journaliste et analyste financier qui travaillait au Foreign Office. Il semblait avoir disparu de la surface du globe. Rick décida de s'assurer que rien ne lui avait échappé.

L'occasion se présenta le jour où la veuve s'absenta pour négocier des approvisionnements ; Rick profita de ce que Penny était occupée dans la serre pour aller de nouveau consulter, au moyen de son double de clefs, le registre de Hellen Hartford.

Par chance, le cahier relié de cuir où étaient consignés les envois de fleurs était bien rangé dans le tiroir du secrétaire. Rick le feuilleta avidement. Aux côtés des noms d'Alan Sinclair et Ralph White, il vit celui de Daphne Loveray, ainsi que trois petites initiales qu'il n'avait pas remarquées la première fois : « M. W. M. ».

Rick se frotta la mâchoire.

Il se demandait à quoi ces lettres pouvaient bien correspondre lorsque ses yeux s'arrêtèrent par hasard sur les journaux que la fleuriste avait rapportés du Surrey. Surpris, car elle n'avait pas l'habitude de lire la presse, il les parcourut. Ils dataient du jour où elle était allée constater les dégâts dans ses plantations, le lendemain de l'incendie. Un titre rapportait l'incident : la brève ne parlait pas d'orage. En tournant les pages, il arriva au bulletin météorologique et, à sa grande stupeur, découvrit que la semaine avait été douce et ensoleillée. La veuve Hartford lui avait menti.

Le soir, il essaya de mettre de l'ordre dans ses pensées. Daphne Loveray lui avait menti. Elle travaillait avec Gustav Gruner, qui avait sommé Karum Daswani de lui régler son compte. La fleuriste lui avait affirmé avoir été témoin d'un orage alors que le journal du jour soutenait le contraire.

Rien ne concordait. Une veine battait à sa tempe. Incapable de trouver le sommeil, il se leva et fit les cent pas dans l'annexe.

« M. W. M. ».

Que cela pouvait-il bien signifier ?

Soudain, ses yeux se posèrent sur sa collection de livres. Il s'approcha de l'étagère et fit glisser ses doigts sur les tranches des ouvrages avant de s'arrêter sur celui de Charlotte de Latour, intitulé *Le Langage des fleurs*. Il le prit et parcourut les notes qu'il avait griffonnées le jour où il en avait fait l'acquisition. D'après le libraire, pour écrire son livre, l'auteure s'était inspirée des lettres que lady Mary Wortley Montagu avait rédigées au cours de son séjour en Turquie.

« M. W. M. », Mary Wortley Montagu.

Il passa la nuit à relire *Le Langage des fleurs*.

Le surlendemain, peu avant midi, Penny se présenta à la boutique chargée de deux paniers d'osier. Lorsqu'elle les ouvrit, le vieux Lawrence et son fils Billy n'en crurent pas leurs yeux. Aussitôt, le garçon se précipita dans la serre où Rick arrosait les plantes et le tira par la manche comme si un grand danger le menaçait.

— Que se passe-t-il ?

Rick posa son arrosoir et suivit Billy cahin-caha, sans parvenir à interpréter ses sons gutturaux. Arrivé dans la boutique, il vit la veuve et Lawrence déballer les victuailles que Penny avait cuisinées.

— Diantre ! Qu'est-ce que c'est que tout ça ?

Rick les aida à disposer la nourriture sur la table.

Ce n'était peut-être pas un banquet de sybarites, mais Penny avait fait en sorte qu'il y ait le choix : groseilles, pudding du Yorkshire, charcuterie, saucisses noires, haggis de son Édimbourg natal, pommes de terre rôties, pain frais, purée de pois et confiture d'abricots.

— Sans oublier la tarte aux pommes ! dit-elle fièrement.

Lawrence dut retenir Billy de se jeter dessus.

— C'est toi qui as préparé tout ça ? lui demanda la veuve Hartford.

— Mais oui, madame, je voulais vous faire une surprise, répondit la vendeuse en rougissant.

— Et Memento ? s'enquit la fleuriste.

— Il va arriver d'une minute à l'autre.

Penny était excitée comme une puce.

Tel un convive de pierre, Rick écouta la conversation entre les deux femmes, avec l'impression d'être le seul à ignorer la raison de ce festin. Penny avait troqué son habituelle tenue grise et élimée contre une robe aux couleurs vives.

On venait de finir de dresser la table quand Memento fit son apparition, fagoté comme s'il se rendait à un baptême. Rick le regarda d'un air ahuri. Il empestait le musc, et si son sens de l'élégance rappelait celui d'un épouvantail démantibulé, il semblait ravi de ses oripeaux.

En apercevant le banquet, il s'approcha de Penny et lui planta un baiser sur les lèvres. Elle sursauta, puis observa tous les convives avec le sourire nerveux d'une gamine ayant commis un méfait. Elle saisit ensuite la main de Memento et tous deux s'écartèrent solennellement de quelques pas, comme s'il leur fallait de l'espace pour faire une annonce en grande pompe. Memento prit la parole en premier.

— Eh bien, voilà, vous vous direz certainement que je me précipite, mais les choses arrivent quand elles arrivent ; et lorsqu'on tombe sur un trésor, on ne peut pas tergiverser, au risque qu'un plus malin que soi ne l'emporte.

— Qu'est-ce que je peux dire de plus, madame ? intervint Penny. Merci à vous tous d'être là pour ce moment si spécial, et merci à toi, Memento. Crois-le ou pas, mais tu m'as redonné le goût de la vie.

Elle regarda le photographe avec ravissement et l'embrassa à son tour sans réserve. Tout le monde applaudit, à l'exception de Rick, qui, connaissant le passé de Penny, trouvait son discours ridiculement emprunté. Il avait beau ignorer ce que l'on célébrait, il craignait le pire.

— Très bien, lança Memento en levant sa coupe. À notre mariage !

— Aux fiancés ! trinqua la veuve Hartford.

— Aux fiancés, murmura Rick, sans enthousiasme.

Dès qu'il en eut l'occasion, il prit Memento à part. Il redoutait que son ami ne commette une erreur monumentale, et ne savait pas comment lui en faire part. Il attendit qu'il termine d'avaler son morceau de gâteau et il exprima son inquiétude. En l'écoutant, Memento crut à une plaisanterie de mauvais goût.

— Je ne te dis pas de ne pas te marier, je te conseille simplement de patienter un peu. Ni Penny ni toi n'êtes croyants. Vous pourriez d'abord essayer de vivre ensemble, et plus tard…

— Mais qu'est-ce que tu me racontes là ? se récria-t-il, ses yeux de serpent ronds comme des soucoupes. As-tu seulement idée de l'impatience avec laquelle Penny attend ce mariage ?

— Non, mais j'imagine, marmonna-t-il entre ses dents.

Memento fit volte-face.

— Écoute-moi bien, si tu veux continuer à être mon ami, oublie tes sermons et réjouis-toi pour moi. Je suis un grand garçon, je n'ai pas besoin d'un tuteur comme si j'étais simple d'esprit.

— Nom de Dieu ! Jamais je n'ai pensé une chose pareille. Seulement, tu es à deux doigts de faire une sottise. Et c'est parce que je te considère comme mon ami que je dois te prévenir. Cette femme..., hésita Rick. Cette femme n'est pas ce qu'il te faut. Tu devrais...

— Je devrais arrêter de t'écouter, oui.

Memento jeta son assiette sur le comptoir et s'apprêtait à rejoindre Penny lorsque Rick lui empoigna l'avant-bras.

— Putain ! Il y a des choses que tu ignores. Cette femme... Bon sang, c'est une femme de la rue !

— Tu crois que je ne suis pas au courant ? C'est toi l'ignorant ! Penny m'a tout raconté dès le premier jour.

Bien que Rick lui ait présenté ses excuses, Memento ne voulait plus entendre parler de lui et le repoussa d'une bourrade. Il essaya de se justifier, en vain. Le photographe prit Penny par le bras, lui murmura quelques mots à l'oreille et tous deux quittèrent la boutique de fleurs avant la fin du banquet.

À la tombée de la nuit, Rick avait une nouvelle raison pour ne pas trouver le sommeil.

22

Jamais Rick n'aurait imaginé qu'il reverrait Daphne Loveray dans la gare animée d'Euston, que l'on devait à la compagnie ferroviaire London and North Western Railway.

En route pour le quartier de Camden, il consulta sa montre qui marquait 8 h 30. La circulation fluide du samedi matin lui permit d'arriver bien avant l'heure convenue. Il descendit à la station de l'hôtel Victoria et se dirigea vers le grandiose portique grec soutenu par quatre colonnes doriques, si monumental que les voyageurs avaient l'air de fourmis insignifiantes. En traversant la cour des écuries, il accéda au somptueux hall à deux niveaux dont les plafonds à caissons n'avaient rien à envier à ceux des plus élégants palais.

Il avait rendez-vous avec Daphne sur un banc situé près des guichets, alors occupé par cinq petits voyous qui s'amusaient à importuner les passants. Rick ne leur prêta pas attention et attendit debout. Peu après, il les vit s'en prendre à un vieil homme tiré à quatre épingles et à son petit yorkshire. Il les observa du coin de l'œil tandis qu'ils se moquaient de l'animal et tarabustaient son maître. L'un d'eux, un adolescent corpulent au nez aplati, s'approcha du monsieur pour lui demander une cigarette. Ce dernier la lui donna.

— Et de quoi l'allumer, ajouta-t-il.

Mal à l'aise, l'homme chercha dans ses poches et lui tendit un briquet en or. Le jeune alluma sa cigarette, en tira une grande bouffée, puis fit main basse sur le briquet. Lorsque son propriétaire le somma de le lui restituer, il reçut une bourrade.

— Maudit sois-tu ! fulmina le vieillard tombé au sol, tandis que le yorkshire mordillait les bottes de l'agresseur.

— Dégage, sale bestiole !

Alors que le voyou s'apprêtait à assener un coup de pied à l'animal, Rick s'approcha et le gifla.

— Ne vous en faites pas, ce n'est rien, dit-il au vieil homme en lui rendant son briquet.

— Hé, toi !

Rick se retourna et vit que le gredin s'était relevé. Soutenu par ses camarades, il lui faisait face avec une barre de fer. Rick ne se laissa pas intimider.

— Écoutez, les gars, vous devriez vous trouver un travail honnête. Les petites frappes comme vous finissent toujours mal, lança-t-il en leur adressant à peine un regard.

L'instant d'après, le jeune au nez aplati se rua sur Rick, lequel, prudent, l'esquiva d'une feinte, avant de le mettre à terre à la faveur d'un croche-pied. Sans lui laisser le temps de réagir, il lui arracha la barre de fer et l'envoya contre la jambe du second attaquant, qui s'écroula en hurlant de douleur. Les trois autres garçons se regardèrent, surpris. Devant l'expression menaçante de Rick, ils relevèrent leurs compagnons et s'enfuirent au pas de course.

Il reboutonnait sa veste lorsqu'il entendit derrière lui des applaudissements discrets. En faisant volte-face pour voir d'où ils venaient, il aperçut Daphne Loveray. Il ne sut que dire. Elle était ravissante, vêtue d'une robe de satin turquoise, ses souliers assortis à son chapeau.

— Petit échauffement matinal ? lui demanda-t-elle en souriant.

— Je m'entraîne ! Il faut essayer de vieillir dignement, répondit Rick en riant. Je peux ? ajouta-t-il en prenant la valise de Daphne. Nous allons donc à Northampton ? Quand ma tante m'a dit que je devais vous accompagner, j'ai cru à une plaisanterie.

— Eh bien non, comme vous voyez. Tenez, c'est pour vous.

Elle lui tendit un paquet méticuleusement emballé. Rick leva un sourcil. Un cadeau était bien la dernière chose à laquelle il s'attendait de sa part.

— Vous n'auriez pas dû. Qu'est-ce que c'est ?

Il l'ouvrit avec soin et constata, déçu, qu'il s'agissait d'une tenue de cocher.

— Qu'est-ce que ça signifie ?

— J'espère que c'est la bonne taille. Vous trouverez un mot dans la poche qui explique tout. Vous pouvez vous changer dans les toilettes.

Sans poser davantage de questions, il se dirigea vers les cabinets d'aisances et chercha la missive dont Daphne avait parlé. Dans la même poche, il découvrit deux billets de train, l'un pour un passager avec voiture et l'autre en première classe. Il lut avidement les mots de la jeune femme.

Après avoir revêtu la tenue, acheminez-vous vers l'endroit où stationnent les calèches, prenez la berline numéro 16 et, sans rien demander à personne, conduisez-la à la plateforme de chargement du premier quai. Les employés de la compagnie de chemin de fer contrôleront vos billets, dételleront le cheval pour le mettre dans le wagon des montures et hisseront la calèche dans celui des marchandises. Vous resterez dans la cabine jusqu'au premier arrêt, à Camden Town. Retirez votre accoutrement juste avant d'arriver en gare et venez me retrouver dans les voitures de première classe.

Baisers,

Daphne

Bien que ne comprenant pas la finalité d'une telle manœuvre, le jeune homme obéit.

Conduire une berline ne différait guère d'une voiture ordinaire. Rick grimpa sur le siège et cravacha le cheval pour le mener à la plateforme où attendaient d'autres calèches voyageant aussi vers le nord. Lorsque les employés détachèrent l'animal et fixèrent la berline sur le wagon des marchandises, Rick resta assis dans la cabine fermée. Il observa le quai qui grouillait de centaines de voyageurs, de porteurs, de vendeurs de rafraîchissements et de quelques tire-laine. Il consulta de nouveau sa montre. En attendant le départ imminent, il admira la gigantesque structure métallique qui recouvrait le terminus de chemin de fer, à demi caché par les nuages de fumée des locomotives. L'odeur du charbon et du bois brûlé lui donna de l'allant. Voyager était toujours exaltant, et le faire en compagnie de Daphne Loveray promettait de l'être encore davantage.

À 9 heures précises, le chef de gare souffla dans son sifflet comme si sa vie en dépendait. Aussitôt, la machine s'ébroua péniblement en exhalant un panache de vapeur avant de commencer à traîner sa lourde charge. Le convoi prit de la vitesse, passa dans les tunnels de Hampstead Road, traversa Regent's Canal et se dirigea vers Camden Town, le premier arrêt, qu'il atteignit en moins de vingt minutes. Rick était fin prêt.

À peine arrivé, il sauta sur le quai et courut à la recherche des voitures de première classe. Elles étaient généralement situées en queue de convoi, le plus loin possible des émanations de la chaudière. En se frayant un chemin parmi la foule, Rick passa devant les wagons de troisième, de simples caisses à bétail dépourvues de toit, où des bancs en bois avaient récemment été fixés. Ceux-ci n'étaient ni équipés de toilettes ni reliés entre eux, obligeant les nombreux passagers à descendre lors des arrêts pour se soulager ou acheter à manger. S'apprêtant à voyager dans le vent et le froid, ces derniers semblaient surtout se soucier de trouver un parapluie pour s'abriter du crachin. Rick laissa derrière lui les wagons de seconde, à carrosserie fermée, et chercha celui qui correspondait à son billet de première.

Une fois à bord, il constata que les fauteuils en cuir étaient garnis de coussins et le sol recouvert de tapis. Daphne était installée au fond. Il prit place à côté d'elle.

— Pardon pour toutes ces précautions, mais en sortant de chez moi j'ai eu l'impression que quelqu'un me surveillait, chuchota-t-elle en le saluant comme s'il s'agissait d'un inconnu.

— Qui donc ?

— Un employé de mon mari, je suppose. Il se préoccupe parfois de sa réputation. Quoi qu'il en soit, je crois l'avoir semé.

Rick se demandait si Daphne lui disait la vérité ou non, mais sans y attacher trop d'importance. Il avait d'autres préoccupations. Il voulait notamment savoir pour quelle raison la veuve Hartford l'avait prié d'accompagner la jeune femme à Northampton.

— La requête de ma tante m'a fort surpris. Depuis le temps, j'avais perdu l'espoir de vous revoir en tête à tête.

— Lorsque nous sommes convenues du voyage, elle a allégué que le trajet était bien trop long pour une dame seule et elle a tenu à ce que vous m'escortiez. Cela m'a étonnée aussi. Quant au fait de nous voir en privé, mieux vaut tard que jamais, ajouta-t-elle en lui prenant doucement la main.

— Qu'allez-vous faire à Northampton ?

— Je dois m'entretenir avec lord Bradbury. Il y est confiné depuis la semaine dernière, et votre tante m'a dépêchée là-bas pour régler une affaire liée au Crystal Palace.

— Vraiment ? Dans ce cas, j'en profiterai pour l'interroger sur les photographies qu'il nous a commandées. Quant au Crystal Palace, je ne vous ai pas encore demandé ce que vous faisiez au pavillon des Indes le jour de notre rencontre…

— Eh bien, voyez-vous, il se trouve que j'entretiens depuis quelques années une vive amitié avec Hellen Hartford. Elle a toujours eu confiance en mes goûts, et lorsqu'on l'a priée de prendre en charge la décoration des stands, elle m'a sollicitée pour m'occuper de celui des Indes orientales, qui attend un grand nombre de visiteurs.

Pendant le reste du voyage, les réserves de Rick à l'encontre de Daphne s'estompèrent. Malgré ses mensonges, la jeune femme conversait avec la spontanéité d'une adolescente, et l'éclat de son regard plein d'innocence continuait de le fasciner. Débordant d'un enthousiasme contagieux, elle semblait ravie de parler de casse-tête, de jeux et d'énigmes mathématiques. Ce qui captivait le jeune homme par-dessus tout était la joie avec laquelle elle paraissait appréhender les situations les plus insignifiantes. La pluie entrant par la petite fenêtre qui mouillait ses cheveux la faisait rire, tout comme une chanson mal fredonnée ou un baiser volé puis rendu de la même façon. Plus il s'entretenait avec elle, plus il nourrissait l'espoir qu'elle gagnait à être connue, indépendamment de ce qu'elle passait sous silence.

Il se souvint de la première fois qu'il l'avait vue, vêtue de son sari orange ; du dîner à Cremorne et de son corps menu contre le sien, tandis qu'ils dansaient au rythme d'une polka. Ce qui l'impressionnait le plus était son anticonformisme, sa bravoure presque irrévérencieuse face à une moralité corsetée qui l'obligeait à se comporter comme une femme docile, soumise à un époux mesquin et indolent, et dont le seul intérêt consistait à maintenir un mariage moribond pour éviter les racontars.

De temps en temps, leurs corps se rapprochaient sous l'effet des cahots du train. Rick repensa alors à leurs derniers baisers, dans le salon de thé surplombant la Tamise, après le spectacle de magie. Involontairement, une chose entraînant l'autre, il songea à l'incompréhensible tour de l'œuf qu'elle avait omis de lui expliquer. Lorsqu'il le lui fit savoir, Daphne le gratifia d'un sourire mystérieux.

— Que pensez-vous de moi ?

Rick toussota devant cette question inattendue. Il ne savait pas s'il devait lui mentir ou répondre sincèrement.

— Comment ça ?

— L'œuf abrite une énigme et vous vous demandez laquelle, mais en réalité, nous cachons tous des secrets.

Il ne voyait pas où elle voulait en venir. Il avait l'impression qu'elle était entrée dans sa tête et fourrageait parmi les doutes qu'il nourrissait à son égard.

— Je pense que je vous désire et que je ne vous connais pas. Que j'aimerais me rapprocher de vous et que je me méfie. Que je voudrais pouvoir briser la cuirasse qui me sépare de vous et que le monde et ses conventions stupides disparaissent pour…

Daphne l'interrompit en l'embrassant sur les lèvres. Il plaqua sa bouche contre la sienne pour lui rendre son baiser avec la même chaleur. Il aurait voulu que cet instant s'éternise, mais Daphne s'écarta en le ramenant à la réalité.

— Comme pour le tour de l'œuf, méfiez-vous toujours des apparences. Quoi que vous cherchiez, laissez-vous guider par votre cœur et vous trouverez la vérité en vous.

La locomotive s'arrêta à Blisworth afin que les passagers en correspondance pour Northampton descendent. Cependant, le train couvrant les quatre miles qui séparaient les deux villes n'acceptait pas les calèches, si bien que Daphne et Rick durent terminer le voyage en berline.

Lorsqu'ils atteignirent les abords du palais d'été de lord Bradbury, la montre du jeune homme indiquait 13 h 30. Il estima qu'ils disposeraient d'environ deux heures avant de retourner à Blisworth s'ils voulaient prendre le dernier train pour Londres.

Il cravacha le cheval, qui trotta en hennissant dans les jardins français entourant l'impressionnant manoir de l'aristocrate. De magnifiques fontaines bordaient un labyrinthe de haies soigneusement taillées.

Sitôt la calèche stationnée, un domestique prit en charge l'animal, tandis qu'un autre plus âgé les invitait à le suivre. Ils se débarrassèrent de leurs manteaux dans le vestibule et empruntèrent un couloir rempli d'armes et de trophées de chasse pour atteindre une somptueuse salle de réception, où lord Bradbury les attendait sur sa chaise roulante.

— Chère Daphne, bienvenue dans mon humble demeure. Et vous aussi, monsieur Hunter. Je vous en prie, prenez place. Souhaitez-vous un rafraîchissement avant le déjeuner ? Un gin, peut-être ?

Daphne accepta, et Rick fit de même. Tout en buvant, la jeune femme fit part à leur hôte de son admiration pour le palais.

— Je suis ravi qu'il vous plaise. Il appartient à ma famille depuis des générations et, ma foi, je suis fier de le maintenir dans son état d'origine. Merci d'être venue, et merci à vous aussi, Rick, d'avoir accompagné Daphne. Au fait, où en êtes-vous des photographies du Crystal Palace ? Je n'ai pas eu de vos nouvelles depuis notre dernière entrevue.

— Tout avance comme vous le souhaitez, milord. Nous avons photographié la machine à fabriquer des munitions que vous nous aviez indiquée et envoyé les daguerréotypes chez vous à Greenwich, répondit Rick en s'abstenant de mentionner sa brouille avec Memento, ainsi que l'incident qui les avait opposés à Gustav Gruner.

— Formidable. Lorsque vous verrez le photographe, demandez-lui de livrer un second jeu à la Patent Shot Manufactory, mon usine de munitions. J'y entreprends actuellement des travaux de rénovation, et des daguerréotypes dans le bureau impressionneront nos clients. Et vous, très chère, avez-vous parlé à la veuve Hartford ?

— Oui, bien sûr. J'espère que nous aurons le temps de tout aborder par le menu.

— Naturellement, naturellement. Bon, si vous voulez bien, passons à la salle à manger pour déjeuner.

Le repas se déroula agréablement, dans le respect du formalisme attendu. Bradbury veilla à maintenir une conversation légère, centrée sur ses passions philanthropiques. Elle gagna en substance au moment où Daphne souleva la question des colonies.

— Mon mari affirme que les mesures prises récemment par notre gouvernement pour cesser de traiter nos sujets des Indes comme de simples esclaves révèlent un mélange de faiblesse et d'impuissance. Selon lui, ces êtres inférieurs ne comprennent que la poigne de fer, et si nous commençons à céder, nous finirons par perdre ce qui nous appartient. Je ne suis bien entendu pas de cet avis, et j'aimerais connaître le vôtre.

— Une question complexe, réagit Bradbury en avalant une gorgée de vin. Voyez-vous, chère Daphne, maintenir le flux de richesse qui subvient aux besoins de la Grande-Bretagne exige parfois des sacrifices de la part des uns et des autres.

— Du côté anglais, de quels types de sacrifices parlez-vous ? Accepter l'asservissement de ces gens comme un mal nécessaire ?

— Non, bien sûr que non. À mon avis, laisser entendre que la Grande-Bretagne a simplement pillé ces pays serait une grave erreur. Sans aller plus loin, la Compagnie des Indes orientales a construit des routes, des chemins de fer, des écoles, etc., investissant des sommes faramineuses dans une région sauvage pour y apporter la culture et la connaissance.

— Des sommes faramineuses tirées de la spoliation de ces mêmes territoires.

— Ne soyez pas si dure, chère amie. La Compagnie est une entreprise privée, et en tant que telle, il lui faut réaliser des bénéfices. N'oubliez pas qu'elle doit financer l'entretien d'une flotte gigantesque et celui de sa propre armée. Mais n'allez pas croire que je cherche à justifier ses exactions. J'essaie simplement de mettre les choses en perspective. En outre, aujourd'hui, contrairement à il y a de cela quelques années, c'est la Couronne qui contrôle la Compagnie.

Rick demeura attentif, sans intervenir. Il s'était naturellement formé une opinion en connaissance de cause, et même si les intérêts obscurs qui animaient la Compagnie ne lui étaient pas inconnus, il ne pouvait les révéler, au risque de se faire démasquer.

Sans y prendre garde, ils restèrent à converser à table jusqu'à l'heure du thé. Rick consulta sa montre avec inquiétude. Il ignorait combien de temps durerait l'entretien de Daphne et de lord Bradbury, mais il leur faudrait se hâter s'ils voulaient rentrer à Londres. Afin de leur permettre de discuter en privé, il leur proposa de préparer leur départ. Ils n'émirent pas d'objection.

Le domestique qui l'accompagna aux écuries lui expliqua qu'elles étaient désormais vides.

— Autrefois, il n'y avait pas de place même pour un poulain, mais depuis que Monsieur a eu son accident, il s'est débarrassé de toutes ses montures, à l'exception de celles nécessaires à sa voiture.

Arrivés au box, ils trouvèrent le cheval prostré sur la paille, ce qui surprit Rick. Il tira sur ses rênes pour le relever, mais l'animal renâcla en émettant un hennissement aigu. À sa seconde tentative, il résista de nouveau. Le jeune homme découvrit alors qu'il avait une entaille profonde à la jambe.

— Diable ! Que s'est-il passé ? s'enquit-il en se baissant pour l'examiner.

— Je n'en ai pas la moindre idée, monsieur. Il s'est peut-être fait mal avec cet outil, répondit le domestique en montrant une vieille houe qui traînait par terre.

Rick secoua la tête. L'estafilade était assez sérieuse pour devoir laisser le cheval au repos quelques jours. Il consulta de nouveau sa montre.

— Et la monture de lord Bradbury ?

— Elle est attelée à sa calèche, qui est en train d'être retapissée à huit miles d'ici. On doit la ramener ce soir.

— Ce soir ? Très peu de trains circulent le samedi, le dernier sera déjà passé.

Le domestique haussa les épaules. Rick n'attendit pas qu'il le raccompagne. Il rebroussa chemin en hâte et, sans prévenir les employés de maison, se dirigea vers la salle à manger pour exposer le problème à Daphne. Il trouva la pièce vide. Cependant, il entendit des voix de l'autre côté de la cloison. Il s'apprêtait à interrompre la jeune femme et son hôte lorsqu'il crut comprendre que la conversation tournait autour du Foreign Office et du langage des fleurs. Il s'arrêta sur le pas de la porte et tendit l'oreille.

— La veuve ne sait pas grand-chose, mais son concours est indispensable, dit Daphne.

— Et Gustav Gruner ? demanda Bradbury.

— Cet homme est un problème pour la sécurité de ce pays. Il essaie de tout saboter. Si ses projets triomphent, il conduira la Grande-Bretagne au chaos.

Soudain, un domestique surgit derrière Rick.

— Excusez-moi, monsieur, vous cherchez quelque chose ?

Rick n'eut d'autre choix que d'entrer en scène et d'interrompre la conversation.

— Merci, je cherchais lord Bradbury et lady King, mais je ne les trouvais pas, biaisa-t-il. Pardonnez-moi, milord, je crois que nous avons un problème de transport. Notre cheval s'est entaillé la jambe, et apparemment, il n'y a pas de voiture disponible pour nous ramener à la gare de Blisworth.

— Sapristi, quelle guigne ! Je suis sincèrement désolé. Comment va l'animal ?

— Il s'est blessé avec une grosse houe. Il lui faudra plusieurs jours pour se remettre.

— Je suis vraiment navré. Mais ne vous inquiétez pas. Kevin ! Que l'on me prévienne dès que ma voiture sera de retour. Je vous prie de bien vouloir m'excuser, ajouta-t-il à l'adresse de ses invités, il se trouve que j'ai demandé à un forgeron non loin d'ici de vérifier un moyeu. Ils la ramèneront cet après-midi, vers 18 heures.

— Le temps d'arriver à Blisworth, le dernier train pour Londres sera parti, rétorqua Rick.

— Diantre ! N'y a-t-il donc plus d'autres trains, Kevin ? s'enquit Bradbury.

— Le suivant passe à 4 heures du matin. Mais si je puis me permettre, milord, je ne le recommande pas à Madame. Il n'y a que des wagons de troisième classe, bondés d'ouvriers.

— C'est vraiment fâcheux. Je ne sais que vous dire. J'espère que cette situation ne vous causera pas de désagréments irréparables. La seule chose que je peux faire, c'est vous offrir mes excuses ainsi que, naturellement, l'hospitalité dans mon humble demeure.

— Inutile de vous déranger, intervint Daphne, je suppose que nous trouverons un endroit où passer la nuit à Northampton.

— En aucune façon ! Je ne vous laisserai pas dormir, par ma faute, dans une pension miteuse. Vous resterez ici et serez mes hôtes. Kevin ! Demandez au majordome de préparer deux chambres avec toutes les commodités. Ah, et dites aussi au cocher de se rendre dès son retour au bureau de poste pour télégraphier les messages que mes invités auront besoin d'envoyer.

— Entendu, milord, répondit Kevin en faisant une révérence, avant de se retirer pour exécuter les ordres.

— Ainsi, vous pourrez partir bien reposés demain à la première heure et prendre un train dans de bonnes conditions, conclut l'aristocrate.

La soirée fut modérément divertissante. Lord Bradbury régala ses convives de ses meilleures liqueurs et leur montra son extraordinaire collection de fossiles, rapportés des expéditions qu'il avait financées. Daphne et Rick remirent au cocher des messages à l'intention de lord King et de la veuve Hartford, puis tous trois soupèrent de bonne heure. Après avoir fini son verre de porto devant la cheminée, leur hôte leur annonça qu'il se retirait dans ses appartements.

— C'est l'âge. Si vous désirez boire encore, servez-vous. Et quand vous le souhaiterez, sonnez Kevin pour qu'il vous conduise à vos chambres. À présent, si vous voulez bien m'excuser, l'heure est venue pour la vieille relique que je suis d'aller se reposer. Bonne nuit.

Il se leva et fit signe à un domestique de l'aider à monter les escaliers.

Devant le feu qui crépitait, Daphne remplit le verre de Rick et se blottit contre lui. Il la serra dans ses bras et, l'espace d'un instant, ses réticences disparurent. Ils parlèrent d'eux. La jeune femme lui avoua se sentir comme sur un nuage, ce que ses yeux confirmaient. Rick lui raconta son expérience aux Indes et les choses merveilleuses qu'il y avait découvertes. Le bois de l'âtre exhalait un arôme chaud et réconfortant. Rick eut envie que cette scène se répète jusqu'à la fin de ses jours.

Il s'enquit auprès de Daphne des problèmes que pourrait lui occasionner le fait de passer la nuit hors de chez elle, mais le visage de la jeune femme ne laissait transparaître aucune préoccupation. Au contraire, elle semblait heureuse et sereine.

Soudain, ses yeux se fermèrent dans une grimace de souffrance et son corps se plia comme s'il se brisait en deux. Se souvenant du soir du bal de Cremorne, Rick s'alarma.

— Que vous arrive-t-il ? Dites-moi ce qu'il vous faut.

— Un peu d'eau, parvint-elle à articuler en se tordant de douleur.

Rick courut chercher un verre et l'aida à boire. Au bout de quelques instants, la jeune femme sembla aller mieux et se redressa.

— Que se passe-t-il ? Vous allez bien ? répéta Rick.

— Oui, ne vous inquiétez pas. Les champignons du souper ont dû m'indisposer. Voulez-vous, s'il vous plaît, m'accompagner dans ma chambre ?

Rick l'aida à se lever. Il sonna Kevin et tous deux la conduisirent dans ses appartements. Sur le seuil, Daphne fit signe au domestique de se retirer.

— Êtes-vous certaine de ne pas vouloir envoyer chercher un médecin ? insista Rick.

— Merci, je vais bien, ne vous en faites pas.

— Très bien, mais si vous avez besoin de quoi que ce soit, je suis juste en face, lui dit-il en lui montrant la chambre qu'on lui avait attribuée.

Avant d'y entrer, il prit la main de Daphne.

— Vous m'avez fait peur, vous savez ? Pour rien au monde je ne voudrais vous perdre.

— Seuls les objets se perdent. Les personnes qui nous intéressent ne disparaissent jamais, lui répondit-elle en l'embrassant avec douceur.

Rick resta éveillé, allongé sur le lit, les yeux rivés au plafond. La souffrance soudaine de la jeune femme lui avait fait oublier la conversation où elle avertissait lord Bradbury des obscurs projets de Gustav Gruner. Il eut de la peine à réfléchir à la question, car l'image de Daphne, à la fois si proche et si lointaine, lui revenait continuellement à l'esprit. Il la désirait sans savoir quel péril elle pouvait représenter. Mais il s'en moquait bien. C'était peut-être l'alcool. Ou alors...

Un léger craquement l'alerta. Sur ses gardes, il vit la poignée de la porte bouger. Il chercha aussitôt son revolver caché dans sa botte, et aperçut, avant même de l'empoigner, la silhouette de la jeune femme se découper dans l'encadrement.

Daphne s'approcha à pas lents, sans un mot, et alla trouver Rick. Elle lui caressa le cou. Puis, tout doucement, elle l'étreignit dans un long baiser chaud, au goût sucré de porto. Il l'allongea sur le lit tandis qu'elle ouvrait les bras pour s'offrir à lui, les paupières à demi closes, pantelante, les joues en feu. Rick chercha de nouveau ses lèvres comme s'il en avait besoin pour respirer. Il voulait les déguster, savourer son haleine, ses dents, sa langue. Lorsqu'il dégrafa sa chemise de nuit, elle l'étreignit avec vigueur mais il s'écarta pour la contempler. Il caressa sa poitrine nue tout doucement, pour ne pas blesser ses petits mamelons dressés. Elle se pressa contre lui et l'embrassa encore jusqu'à lui faire perdre la raison. Il sentit qu'il avait besoin d'elle. Qu'il mourrait s'il n'entrait pas en elle. Ses soupirs le galvanisèrent. Il chercha son cou, ses bras, son sexe. Il parcourut sa peau de baisers, sentit son corps s'arc-bouter et vibrer. Il étouffa ses gémissements en l'embrassant tandis que les jambes de Daphne s'enroulaient autour de lui, l'attiraient, le suppliaient de l'envahir, de se coller à elle pour se fondre toujours plus loin dans une étreinte interminable. Brûlant d'envie de la pénétrer, Rick la retourna. Il écarta sa chevelure de sa nuque, l'embrassa, puis savoura son dos. Elle se cambrait, pleine de désir et d'impatience. Après une nouvelle volte-face, il se glissa entre ses jambes. Sa chaleur, son feu doux et humide le rendirent fou, tout comme ses halètements, d'abord imperceptibles, puis plus rapides et sonores. Il s'abandonna comme s'il lui confiait sa vie. À chaque assaut, il la désirait et l'aimait davantage. Les ondulations de ses hanches ressuscitaient une partie de son existence qu'il croyait à jamais perdue. Ses baisers aiguillonnaient ses sens et accéléraient ses mouvements, de plus en plus convulsifs et intenses. Il perçut les râles de ce corps délicat explosant de plaisir.

Au moment de se répandre en elle, il ouvrit les yeux pour la regarder, s'assurer que ce n'était pas un rêve, et découvrit les siens fixés sur lui, distillant désir et amour à parts égales. Il crut se trouver face à un miroir. Il l'embrassa encore et encore, et ils s'aimèrent jusqu'à tomber, épuisés, vaincus par le sommeil.

Le lendemain matin, avant leur départ, lord Bradbury promit à Daphne de lui rendre sa monture sitôt que sa blessure serait guérie.

Le voyage de retour à Londres fut pour les deux jeunes gens un enfer. Rentrer dans la capitale signifiait revenir aux apparences, à un détachement feint, à l'incertitude des rendez-vous. Rick ne voulut pas y songer, comme il refusa de penser aux mensonges de Daphne, qui, en cet instant, ne l'intéressaient pas. Il ignorait s'ils l'intéresseraient à nouveau un jour.

Le soir commençait à tomber quand ils arrivèrent à la gare d'Euston. En prenant congé l'un de l'autre, ils se promirent de se revoir bientôt. Après un dernier baiser, le jeune homme lui demanda une seule chose.

— S'il te plaît, ne me mens jamais.

Il faisait déjà nuit lorsque Rick arriva à la boutique Passion d'Orient, fermée, comme tous les dimanches. Or il crut apercevoir de la lumière à l'étage. La veuve Hartford devait être restée travailler tard, imagina-t-il. Aussi se dirigea-t-il vers l'entrée et tira sur la cloche. Après avoir attendu quelques minutes, il insista sans que personne vienne lui ouvrir. Puis il remarqua que la porte était entrouverte. Surpris, il la poussa et avança à pas de loup vers l'escalier menant au bureau. Il appela Hellen Hartford depuis le rez-de-chaussée, sans résultat. Son pouls s'accéléra. Il empoigna son revolver. Marche après marche, il se rapprochait de la lueur qui scintillait à travers la fenêtre. Des gouttes de sueur perlaient sur son visage. Il appela de nouveau la fleuriste. Le silence l'oppressait.

La scène qui s'offrit à ses yeux par la porte entrebâillée lui glaça les veines.

Sur le sol gisait le cadavre ensanglanté de Penny Ryan, un coupe-papier enfoncé jusqu'à la garde dans la poitrine.

23

L'escouade de police qui arriva sur les lieux certifia que la vendeuse avait été sauvagement violée avant d'être assassinée. Ils enveloppèrent sa dépouille dans de vieux sacs, s'en éloignant avec une grimace de dégoût, comme s'ils craignaient de se faire contaminer par le sang qui gouttait.

Rick regarda les constables descendre l'escalier pour emporter Penny à la morgue la plus proche. Il revit alors son corps maigre allongé sur le sol, la robe déchirée dévoilant ses petits seins flasques et déshonorés, entre lesquels était enfoncé le coupe-papier. Il baissa les yeux en se disant que même un chien n'aurait pas mérité une fin pareille.

Il était toujours accroupi dans un coin du bureau lorsque le médecin légiste qui venait d'examiner Penny détermina qu'on ne l'avait poignardée qu'une fois morte. D'après les marques sur son cou, l'assassin l'avait étranglée à l'aide d'une espèce de nœud coulant. En écoutant son rapport, Rick sentit son cœur cesser de battre. Il se rappela le trépas de son épouse, un souvenir si douloureux qu'il préféra le repousser.

Il essaya de consoler la veuve Hartford en la serrant dans ses bras, mais elle était ravagée par le chagrin. Le commissaire interrompit Rick pour poursuivre l'interrogatoire.

— Je vous ai dit tout ce que je savais, répondit Rick avec mauvaise humeur. À mon retour, j'ai remarqué que la porte était entrouverte. Surpris de voir de la lumière dans le bureau, car c'était dimanche, je suis monté. C'est alors que je l'ai découverte. La pauvre était morte, j'ai donc rabattu la robe sur ses jambes et je suis sorti demander de l'aide. Un voisin s'est chargé d'alerter Mme Hartford et la police. Moi, je suis resté dans la boutique à vous attendre.

— Qu'avez-vous fait d'autre ? Vous n'avez touché à rien ?

— Non. Le bureau était déjà sens dessus dessous à mon arrivée.

— Bien. Et vous, madame Hartford, savez-vous si Penny avait des ennemis, une personne qui la maltraitait ?

Incapable de prononcer un mot, la veuve secoua la tête. Le commissaire posa la même question à Rick.

— Non, j'habite à Londres depuis peu.

— Je vois. Mais dites-moi, que faisiez-vous un dimanche à la boutique ?

— Je vis ici. Ma tante Hellen m'a proposé de m'installer dans l'annexe qui jouxte la serre.

— Est-ce vrai ? demanda le policier à la veuve Hartford.

Rick s'alarma. Il avait si bien intériorisé son rôle de neveu qu'il n'avait pas envisagé que la fleuriste puisse revenir dessus. Par chance, elle acquiesça machinalement.

— Le légiste a estimé que le crime avait été commis samedi dans la soirée. Vous dites avoir découvert le corps tout à l'heure. Quelqu'un pourrait-il témoigner de l'endroit où vous vous trouviez au cours des dernières vingt-quatre heures ?

— Bien sûr. Ma tante m'a envoyé à Northampton. Je suis parti hier de bonne heure et je suis rentré ce soir. J'ai dormi chez lord Bradbury. Il vous le confirmera si vous le souhaitez.

Le commissaire griffonna dans son calepin.

— Revenons à vous, madame Hartford. Sauriez-vous m'expliquer pour quelle raison Mme Ryan se trouvait dans votre bureau un samedi soir ? Madame Hartford ? insista-t-il en voyant son regard vide.

— Hein ? sursauta la fleuriste en reprenant ses esprits.

— Je vous demandais pourquoi votre vendeuse était seule, un samedi soir, dans la boutique.

— Mais elle n'était pas seule ! Billy était resté pour l'aider.

— Qui est Billy ?

— Le fils d'un autre employé. J'ai chargé Penny de préparer une commande de dernière minute et Billy voulait à tout prix lui donner un coup de main.

Après le départ du commissaire et du légiste, Hellen perdit le peu de contenance qu'elle avait réussi à garder au cours de l'interrogatoire. Éclatant en sanglots, elle avoua à Rick être atterrée à la seule pensée que le fils attardé de Lawrence ait pu commettre une telle atrocité, comme si elle se sentait coupable de les avoir fait venir du Surrey. Rick tenta de la rassurer, en vain. Finalement, un verre de gin rempli à ras bord fit plus d'effet que toutes ses tentatives de consolation.

Il lui proposa de la raccompagner chez elle. Il lui arrivait de passer la nuit dans son bureau, mais, après les récents événements, Rick doutait que l'idée la séduise.

En quittant la demeure de Hellen Hartford, il se demanda comment annoncer la tragédie à Memento. Si son ami avait été mortifié par ses objections au sujet de leur mariage, il restait le seul en qui il avait entièrement confiance. Il éprouvait une compassion infinie à son égard. Impossible d'imaginer ce qu'il ressentirait en apprenant que jamais plus il ne reverrait Penny, l'unique personne qui l'ait aimé de toute sa triste existence.

Sans tarder, il héla un fiacre et demanda au cocher de se rendre à la tour de Londres, non loin des docks de St Katharine. De là il embarqua sur une barge qui le conduisit, en aval, sur l'île aux Chiens, où Memento avait emménagé avec Penny.

En chemin, il n'eut pas le cœur à réfléchir à la façon dont il lui raconterait ce qui s'était passé. Il descendit sur le quai, qui fourmillait de dockers, et traversa le gigantesque entrelacs de tripots et d'auberges construit sur les anciens marais.

La maison de Memento était située dans une impasse, parmi des entrepôts désaffectés. C'était une grande bâtisse isolée, si délabrée qu'il aurait mieux valu la démolir plutôt que d'essayer de la remettre en état. Quoi qu'il en soit, l'endroit semblait idéal pour son ami qui disposait de la place nécessaire pour tous ses engins. Il espérait que cela serait une consolation, une fois que le temps aurait fait son œuvre. Il frappa à la porte. En le voyant, l'homme devina qu'il s'était passé quelque chose de grave. Son récit terminé, Rick dut le soutenir pour qu'il ne s'écroule pas.

Le lendemain, à l'enterrement, Rick retint Memento pour éviter qu'il ne se jette sur le père de Billy et ne lui arrache les testicules lorsque ce dernier voulut prendre la défense de son fils. Rick avait beau lui garantir que l'assassin serait jugé et pendu, il eut bien de la peine à calmer son ami.

— Je ne veux pas qu'on le pende, je veux qu'il soit écartelé ! hurla Memento avec une telle rage qu'il fit fuir les parents de la défunte.

Après la cérémonie, le photographe se tint debout près de la niche, comme si sa vie s'était arrêtée là. Peu à peu, tout le monde s'en alla, à l'exception de Rick qui attendit à ses côtés, en silence. Au bout d'une heure, il s'efforça de le ramener chez les vivants.

— Nous devrions terminer ton déménagement. Allez, viens, on va mourir de froid si on reste là.

Memento accepta, mais Rick eut la sensation qu'il n'aurait pas agi différemment s'il lui avait proposé de sauter d'une falaise.

L'unique trajet qu'ils firent les occupa jusqu'au soir. Ils ne chargèrent dans la carriole que le matériel photographique et quelques sacs de vêtements, car Memento avait déjà déplacé la plupart de ses affaires avec l'aide d'un gardien de l'hospice.

— Le reste est à jeter à la poubelle, précisa-t-il.

Rick acquiesça, en songeant qu'on aurait pu en dire autant de ce qu'ils avaient mis dans la charrette. À leur arrivée, le jeune homme constata que, nonobstant le désordre, la maison était effectivement spacieuse. Il regretta que son ami n'ait personne avec qui la partager. Tandis qu'il rangeait les daguerréotypes, il vit Memento manipuler une petite porte dérobée dans un placard.

— Le quartier n'étant pas fréquenté par des enfants de chœur, j'ai fabriqué cette pièce secrète pour mettre mes objets de valeur à l'abri. Ton lingot d'or y est déjà, l'informa-t-il.

Rick examina l'habitacle qui, sans être grand, semblait une cachette sûre.

— Merci. Ici, tu vas pouvoir te consacrer à ce que tu aimes faire, dit-il en cherchant à l'apaiser.

— Oui, je vais pouvoir fabriquer une hache pour étriper ce bâtard de Billy. Maudit demeuré… La seule chose qui me console, c'est qu'ils lui ont mis la main dessus.

Rick hocha la tête. En effet, la police avait arrêté le garçon, après avoir trouvé dans sa poche une broche en forme d'oiseau appartenant à la vendeuse assassinée. À cela s'ajoutaient les éraflures sur son visage et ses blessures aux doigts, dont il n'avait pas su expliquer l'origine.

« Comment diable vous voulez qu'il explique quoi que ce soit s'il est attardé et muet ? » avait vainement argumenté son père.

Rick termina de décharger les dernières affaires et s'assit pour reprendre son souffle. Il repensa alors à la conversation qu'il avait eue le matin même avec Lawrence, à l'enterrement.

« Mon fils n'a pas pu faire une chose pareille. Ils disent qu'il est violent, mais c'est faux. Même s'il lui arrive de piquer des crises, il ne ferait pas de mal à une mouche. La broche qu'ils ont trouvée, c'est Penny qui la lui a offerte il y a quelques jours, pour le remercier de son aide. Je vous assure qu'au moment où il est sorti de la boutique, la vendeuse était bien vivante. En rentrant à la maison, Billy a croisé des voyous qui ont cherché à le dépouiller, et en leur faisant face, il est tombé dans des ronces, d'où les égratignures et les bleus. »

Rick s'était levé, tête basse. Lawrence l'avait imploré de donner foi aux explications que Billy avait fournies par gestes, mais auxquelles la police n'avait pas cru. Il faut dire que les raisons de douter ne manquaient pas : le caractère irascible du garçon, la broche de Penny, les blessures sur ses mains, et surtout, le fait que personne n'ait voulu confirmer les propos d'un père dépassé par les événements.

Rick savait pourtant que Billy et Lawrence disaient la vérité. Le jeune garçon n'avait pas tué Penny. Le problème était qu'en révélant ce qu'il avait découvert à la police, il se ferait par la même occasion démasquer.

Il convint de se retrouver un peu plus tard avec Memento pour lui remettre la bague de fiançailles que la veuve Hartford avait récupérée sur le cadavre de sa promise. Il ne voulait pas le laisser seul. Il était terrifié à l'idée que sa tristesse l'amène à commettre l'irréparable.

Cette nuit-là, debout devant le miroir de l'annexe, Rick eut du mal à reconnaître le misérable qu'il était devenu. Il songea à toute la rancœur, l'angoisse et la mort que lui avaient apportées ces six années de faux-semblants, sa soif de vengeance comme unique raison de vivre. La malheureuse Penny Ryan, son ami

Memento et même Joe Sanders avaient largement payé pour son ressentiment.

Il s'allongea sur le lit et invoqua le visage de son épouse. Il la sentait si proche qu'il pouvait presque la toucher. Elle continuait à exister dans ses pensées, où elle conservait sa beauté irréelle, son infinie tendresse et son enthousiasme débridé. Son joli minois perdit ensuite sa fraîcheur, se fana, blêmit, pour prendre les horribles traits de la vendeuse émaciée, morte, étranglée… de la même façon que sa bien-aimée.

Il inspira l'air vicié qui l'empoisonnait et troublait son esprit depuis des années. Une atmosphère oppressante qui l'empêchait d'enfouir à jamais ses souvenirs délétères.

Il se leva pour aller chercher la bouteille de gin et en avala une grande rasade, puis se laissa retomber sur le grabat en pensant au pauvre Billy. Il l'imagina à Millbank, l'épouvantable centre pénitentiaire où il avait été enfermé, tourmenté, seul, accusé d'un crime qu'il n'avait pas commis. Il fit glisser ses mains sur son visage, comme s'il voulait arracher le masque qui le recouvrait. Il ne pouvait permettre qu'un innocent soit condamné. L'heure était venue de jouer cartes sur table, même s'il devait y perdre la vie.

En dépit du travail qui s'accumulait, Mme Hartford manqua à l'appel pour la deuxième journée consécutive. Rick supposa qu'elle était toujours recluse chez elle. Au cimetière, elle l'avait prévenu qu'elle ne souhaitait pas revoir le père de Billy et elle lui avait demandé d'expédier les livraisons en retard jusqu'à son retour. Or le jeune homme n'était pas disposé à attendre. À midi, il ferma le magasin et se rendit au domicile de la veuve.

Elle ne fut guère surprise de le voir sur le seuil. Rick entra avant qu'elle ne l'y convie. Il constata que la maison était chauffée. Une fois la porte close, il lui demanda comment elle se portait. Hellen se contenta de hausser les épaules et le conduisit dans le salon. Une grande pièce confortable : la fleuriste ne semblait pas à plaindre. Rick l'observa déplacer maladroitement son corps massif pour lui servir à boire. Il eut l'impression qu'elle attendait sa venue.

— Qu'est-ce qui t'amène ? Il n'y avait donc plus rien à faire dans la serre ? l'interrogea-t-elle sans conviction.

— Il reste le travail de Penny, rétorqua-t-il sèchement, avant d'avaler l'alcool d'un trait.

Hellen ne savait pas où regarder. Ses yeux embués brillaient, même si ses larmes semblaient s'être taries. Elle toussa et se servit un verre à son tour.

— Maudit Billy et maudite soit l'heure où j'ai eu l'idée de les engager, lui et son père, maugréa-t-elle en buvant aussi vite que Rick.

— Écoutez, Hellen, j'ai besoin que vous m'expliquiez ce qui se trame dans votre boutique.

— Eh bien, que veux-tu que je te dise ? soupira-t-elle en se prenant la tête entre les mains. Que depuis la mort de mon mari, le négoce est touché par le mauvais sort ? D'abord Gus, et maintenant la pauvre Penny… Sans parler de l'incendie des pépinières… Quel péché ai-je donc commis ?

Rick observa sa mine bouleversée. Elle paraissait réellement ignorer ce qui se passait.

— Madame Hartford, je vous en prie, asseyez-vous et écoutez-moi. Je ne suis pas celui que vous croyez, lui avoua-t-il après s'être assis à son tour. Ce n'est pas du travail que je suis venu chercher dans votre boutique, mais des réponses.

Il sortit de sa poche un bout de papier plié.

— Je l'ai trouvé caché dans l'arme d'un type qui a essayé de me faire sauter la cervelle. Comme vous pouvez le voir, le nom de votre commerce et celui de Daphne Loveray y figurent.

La fleuriste fronça les sourcils et examina le bout de carton comme s'il s'agissait d'un hiéroglyphe.

— Mais… Je ne comprends pas. Qui es-tu, alors ? demanda-t-elle en le dévisageant avec perplexité.

— Je suis celui qui peut vous aider, répondit-il en rempochant le papier. Écoutez, j'ignore la nature de votre relation avec Daphne Loveray, mais sachez que, d'une façon ou d'une autre, elle et votre négoce sont liés au décès de vos deux employés.

— J'ai du mal à comprendre. Gus s'est fait dévorer par un tigre, et Daphne et toi étiez à Northampton quand Billy a poignardé Penny.

— Je ne crois pas, madame Hartford. Gus a sans doute été tué par les mêmes personnes qui s'en sont prises à Penny. Ce ne sont pas les seules morts étranges. Il y a aussi celle de Ralph White, un mathématicien qui a été assassiné après que vous lui avez livré des fleurs. Honnêtement, ajouta Rick en se levant pour lui servir de l'eau, je ne serais pas surpris que vous soyez la prochaine sur la liste.

Elle secoua la tête et balbutia des mots inintelligibles. Après avoir vidé son verre, elle s'écria :

— Ce que tu dis n'a aucun sens ! Je ne sais pas qui tu es ni pour quelle raison je devrais te croire…

— Je comprends vos réticences, mais laissez-moi vous expliquer, et vous verrez que vous devriez me faire davantage confiance qu'à votre amie Daphne.

Rick lui fit part de ses découvertes sur le décès de Gus. D'une part, l'absence d'hémorragie indiquait qu'il était mort depuis plusieurs heures au moment où le tigre l'avait attaqué. De l'autre, ses profondes blessures sur le torse ne pouvaient avoir été causées par un animal amputé de ses griffes, et ressemblaient plutôt à un acte de torture barbare. Il ajouta enfin que, compte tenu de ses limites physiques, jamais le jardinier n'aurait pu accéder à la cage par ses propres moyens.

— Mais alors, les explications de Gruner ? s'enquit la veuve en portant la main à sa bouche.

— Aussi fausses que le dragon de saint Georges.

— Et Penny ? Les preuves incriminent clairement Billy.

— Disons plutôt qu'elles démontrent l'incompétence des constables qui les interprètent. Le légiste qui a examiné son cadavre a affirmé qu'elle était morte par strangulation. Pour quelle raison un jeune attardé l'aurait-il d'abord étranglée à mort, avant de la poignarder avec un coupe-papier ? La police a considéré les blessures de Billy, qu'il a subies, d'après son père, en fuyant des voyous, comme une preuve supplémentaire contre lui. Or Penny ne présentait aucune trace de lutte. Non, Billy ne commettrait pas de rituel macabre tel que celui qui a mis fin à la vie de votre employée.

— Je ne sais pas… Je ne comprends rien. Un attardé n'agit pas logiquement. Il aurait pu étrangler Penny, puis, nerveux, lui planter le coupe-papier dans la poitrine après l'avoir violée.

— Madame Hartford, ce gamin n'est pas un sadique violent. Il adorait Penny. De plus, depuis combien de temps le connaissez-vous ? Dix-neuf ans ? Vingt ans ? L'avez-vous vu souvent impliqué dans des altercations ? Je n'ai eu affaire à lui que quelques jours, mais je peux vous assurer que Billy ne montrait aucun intérêt pour les femmes.

— Oui… Je n'aurais pas non plus imaginé qu'il puisse commettre une atrocité pareille. Cependant, tes allégations ne me paraissent guère plus convaincantes.

Pour toute réponse, Rick mit la main dans sa poche et en sortit un foulard de soie jaune.

— Le reconnaissez-vous ?

— Non, c'est la première fois que je le vois, réagit-elle en le lui rendant après l'avoir examiné avec intérêt.

— C'est le foulard que l'assassin de Penny a utilisé pour l'étrangler. Il était encore autour de son cou quand je l'ai trouvée.

— Et qu'est-ce que cela signifie ?

— Il y a sept ans, j'ai découvert une autre morte, expliqua-t-il, les mâchoires serrées au souvenir de son épouse. Je n'ai jamais retrouvé les commanditaires du meurtre, mais on m'a accusé d'en être l'auteur. Tout ce que je sais, c'est que cette femme a été étranglée avec un foulard de soie identique.

La veuve Hartford paraissait méditer les paroles de Rick. Elle se retira un moment dans la cuisine et revint avec un plateau chargé d'un service à thé, qui tremblait entre ses mains. Elle le posa sur un guéridon pour éviter qu'il ne tombe.

— Et en quoi Daphne serait-elle impliquée ? demanda-t-elle en remplissant les tasses.

— Je vous retourne la question. Pour autant que je sache, votre amie travaille avec Gustav Gruner au Foreign Office.

— Avec Gruner ? s'écria la fleuriste en ouvrant grand les yeux. Mais cet homme est un démon.

— Figurez-vous que je l'ai vue en sa compagnie. Ainsi que dans des endroits bien plus détestables.

Hellen sirota son thé, le regard perdu. Rick crut un moment qu'elle ne l'écoutait plus.

— J'ai rencontré Daphne il y a plusieurs années, finit-elle par reprendre. Elle nous passait souvent des commandes pour sa maison, à l'époque où elle s'évertuait encore à sauver son mariage. Nous nous sommes liées d'amitié. J'étais veuve depuis peu et j'avais du temps et de la salive à revendre. Elle semblait à son aise en ma compagnie. C'est ainsi que j'ai appris que son époux était un authentique crétin, uniquement préoccupé par ses stupides tableaux. Il ne se souciait même pas des violents accès de douleur de Daphne. Pauvre femme, si jeune et si malheureuse. Pour tout te dire, sa vie est un enfer. Peu à peu, nous nous sommes rapprochées, et…

— Écoutez, madame Hartford, tout cela est bien beau, mais cela ne m'aide pas beaucoup. J'ai besoin d'établir le lien pouvant exister entre les commandes passées par Daphne et un certain livre intitulé *Le Langage des fleurs*.

En effet, Rick avait le pressentiment que la clef de tout cet imbroglio se trouvait là.

— Ce livre… Maintenant que tu le dis, je me rappelle que peu après avoir fait la connaissance de Daphne, alors que nous discutions dans mon bureau, elle a longtemps admiré la collection d'ouvrages que mon mari conservait sur des rayonnages. Elle en a complimenté la variété, avant de porter son attention sur deux traités consacrés au langage des fleurs.

— De quoi d'autre vous souvenez-vous ?

— Après les avoir feuilletés un moment, elle m'a posé des questions à leur sujet. Je lui ai raconté que plusieurs générations de Hartford avaient fourni à la noblesse britannique d'innombrables bouquets occultant des messages, qu'ils utilisaient dans leurs fêtes pour leurs petits jeux lubriques. Au début, Daphne a manifesté une simple curiosité, mais à mesure que je lui donnais des détails et lui expliquais comment les fleurs devaient être choisies, leur disposition particulière et les combinaisons infinies qu'on pouvait réaliser, elle s'est montrée captivée.

Rick se tint en alerte. Il le savait, les combinaisons mathématiques et les tours obscurs fascinaient Daphne.

— Cet intérêt a-t-il eu des répercussions ?

— Ma foi, oui. Ce jour-là, elle m'a demandé de lui prêter les deux livres qui l'avaient intriguée et elle a tardé à me les rendre. Peu après, elle a commencé à me passer de nombreuses commandes pour les fêtes de ses amis, ainsi que d'autres, plus spécifiques.

— Qu'entendez-vous par là ?

— Disons qu'elle portait une attention particulière à certains bouquets, même si tous abritaient des messages. J'envoyais ceux qui cachaient de simples déclarations espiègles à des soirées privées ou des clubs. En revanche, les autres étaient différents. Elle m'indiquait les fleurs qu'elle souhaitait utiliser puis, une fois les compositions florales confectionnées, elle les contrôlait et les altérait à sa guise. Si surprenant que cela puisse paraître, non seulement Daphne avait appris le langage des fleurs, mais elle l'avait modifié pour transformer un jeu en un code véritablement indéchiffrable. Avec mon aide, bien entendu.

— Bien entendu, marmonna Rick.

Il prit une grande inspiration et se tut. Quelque chose ne collait pas. Tout était trop étrange, trop complexe.

— Écoute, Rick, si tant est que ce soit ton vrai nom, je ne remets pas en cause le fait que Gus et Penny sont morts dans des circonstances troubles, mais il est impossible que Daphne soit impliquée dans un meurtre, je t'assure.

— Et concernant Gustav Gruner, que pouvez-vous me dire ?

— Je dois t'avouer que ta révélation m'a fort surprise. Pour autant que je sache, ce prétentieux s'occupait uniquement de la sécurité du Crystal Palace. Je crois t'avoir raconté qu'on lui avait confié le poste à la faveur de son amitié avec Albert de Saxe, le prince consort. Cela dit, si cette amitié est si étroite qu'on le rapporte, je ne serais pas étonnée qu'il exerce d'autres responsabilités.

— Autre chose le concernant ?

— Non, non, répéta-t-elle, en secouant nerveusement la tête.

— Et lord Bradbury ?

— Lord Bradbury ? Que puis-je te révéler à son sujet que tout Londres ne sache pas ? Je bénis le jour où je l'ai rencontré. S'il ne m'avait pas aidée, je serais aujourd'hui sur la paille.

— Pourriez-vous être plus explicite ?

— Bien sûr. Je serais capable de dire tout le bien que je pense de cet homme des heures durant. J'ai fait sa connaissance après le décès de mon mari. Un matin, il s'est présenté au magasin et a demandé à me parler. Je me souviens qu'à l'époque, il était encore valide. Un avocat collet monté l'accompagnait, et j'ai pensé qu'ils venaient m'expulser. Or, leur intention était tout autre. Apparemment, mon mari avait fait des investissements avec lui, des affaires dont il ne m'avait jamais informée, mais qui avaient rapporté de colossaux bénéfices. Il m'a expliqué qu'après la mort de mon époux, il devait me remettre la part qui me revenait, et c'est grâce à cet argent que j'ai pu continuer à gérer mon commerce. Depuis lors, nous entretenons une belle amitié.

Rick hocha la tête. Tout cela ne l'éclairait nullement, si bien qu'il revint à Daphne.

— Écoutez, madame Hartford, comme je vous l'ai déjà dit, je crains que votre vie ne soit en danger. L'incendie du Surrey, les tentatives d'effraction à la boutique… Tout est lié. Je vous conseille donc de baisser le rideau et de disparaître quelque temps de Londres. Je suis moi aussi recherché, et je ne peux plus vous protéger.

— Fermer ? Mais comment ferais-je une chose pareille ? L'inauguration du Crystal Palace a lieu la semaine prochaine, et tous les exposants comptent sur moi. Pour l'amour de Dieu, impossible de fermer la boutique maintenant !

Mme Hartford se leva et arpenta le salon de long en large, portant les mains à sa tête.

— Votre propre sécurité n'est-elle pas plus importante que vos clients ?

— Daphne m'avait prévenue que des problèmes pourraient surgir, mais elle m'a suppliée de tenir jusqu'à l'inauguration, car…, s'interrompit-elle en se mordant la langue.

— Pourquoi ? Dites-moi pourquoi.

— Je suis désolée, je ne peux pas en parler.

— Mais de quoi avez-vous peur ? Que diable vous a-t-elle dit ?

— Non… Vraiment.

— Dites-le-moi !

Rick assena un coup de poing sur le guéridon. Soudain, une porte fermée s'ouvrit et derrière la fleuriste apparut Daphne Loveray. Mme Hartford recula, terrorisée.

— Tu… tu nous écoutais ? lui demanda-t-elle.

Rick s'interposa entre les deux femmes.

— Pourquoi avez-vous peur de me l'expliquer ? insista-t-il.

— Parce que je le lui ai interdit, répliqua Daphne.

Quelques instants plus tard, Rick et Daphne prenaient congé de la veuve Hartford pour régler leurs comptes.

24

Daphne proposa le Mivart's. Rick acquiesça.

Situé au cœur du quartier de Mayfair, cet hôtel était prisé par la noblesse non seulement pour ses magnifiques installations, mais aussi pour sa tranquillité, du fait des prix inabordables qu'il pratiquait.

En chemin, Rick répondit au mutisme de Daphne par un silence tout aussi inconfortable, alors même que l'anxiété lui rongeait les nerfs. En avisant du coin de l'œil son visage dénué de toute expression, il crut voir une inconnue, tout du moins une femme bien différente de celle qui lui avait fait atteindre le septième ciel au cours de la nuit à Northampton.

Peu avant d'arriver à destination, Daphne expliqua à Rick que, selon les règles de courtoisie, c'était à lui de prendre les devants à l'entrée de l'hôtel. Elle lui suggéra de demander le salon particulier près du piano. Ils y seraient à l'aise et à l'abri des regards indiscrets. Il ne discuta pas. Lorsque la calèche s'arrêta sur Brook Street, un valet de pied s'empressa de leur ouvrir la portière. Rick aida Daphne à descendre et tous deux pénétrèrent dans un immense hall de style géorgien, d'une élégance sobre et raffinée.

— Très différent des salmigondis gothiques d'aujourd'hui, entendit-il le garçon fanfaronner sur un ton condescendant en les conduisant à leur table.

À en juger par ses façons désinvoltes, le serveur connaissait bien Mme Loveray.

Ils prirent place dans un coin fort agréable, orné de ficus et de palmiers. Daphne commanda un thé, et Rick un verre de Plymouth.

— Un gin élaboré avec de l'eau de Dartmoor. Je vois que Monsieur a bon goût, commenta l'employé.

N'ayant d'yeux que pour le visage figé de Daphne, Rick n'adressa pas un regard au garçon. Il attendit qu'ils soient servis pour engager la conversation.

— Laissez la bouteille, indiqua-t-il à l'homme alors qu'il s'apprêtait à l'emporter. Et si nous buvions à la sincérité ? proposa-t-il à Daphne avec une pointe d'ironie.

La jeune femme leva sa tasse de thé en un toast silencieux, avala une gorgée et considéra le piano, comme si Rick n'était pas là.

— Tout ceci est très compliqué, articula-t-elle enfin en se tournant vers lui. Je ne pense pas que ce soit une bonne idée d'en parler.

Elle se redressa pour partir, mais Rick la retint.

— La vie est compliquée, répliqua-t-il, troublé par la chaleur de ses doigts délicats.

— Elle l'est encore davantage si tu es une femme et si tu es anglaise, ajouta-t-elle, les lèvres pincées. Enfin… Je ne sais par où commencer.

— Tu pourrais d'abord m'expliquer ce que tu faisais chez la veuve Hartford, à nous écouter. As-tu l'habitude d'épier les discussions privées ? lui lança-t-il.

— La veuve Hartford ? Sapristi, que de formalisme ! N'est-elle donc plus ta tante ? l'interrogea-t-elle sur un ton qui laissait entendre qu'elle connaissait déjà la réponse.

Rick scruta le regard de Daphne. Ils ressemblaient tous deux à des bêtes sur la défensive. Il comprit que tout cela allait mal finir. Il but d'un trait son verre de gin – son meilleur allié pour le moment.

— Que faisais-tu chez elle ?

— Je réglais une dernière commande. Tu es arrivé à l'improviste et Hellen m'a demandé d'attendre dans une autre pièce.

— Et tu as écouté notre conversation ?

— Je suis désolée d'avoir l'ouïe fine, mais dans la mesure où j'en étais le sujet principal, cela ne m'a pas paru inconvenant.

— Et qu'as-tu à dire ?

— Sur quel sujet ?

— Ton nom sur ce bout de papier, par exemple. Je l'ai trouvé caché dans la culasse du fusil avec lequel on a tenté de me tuer. Saurais-tu m'expliquer ce qu'il fait à côté de l'adresse de Passion d'Orient ?

— Pour tout te dire, je l'ignore. Tu as une idée, toi ?

Rick remplit ses poumons dans une grande inspiration. Ce jeu du chat et de la souris commençait à l'exaspérer.

— Non, mais si j'avais pu résoudre l'énigme, Penny et Gus seraient peut-être encore parmi nous. Écoute, Daphne, je te jure que j'ai essayé de te faire confiance plus que de raison, sauf que je ne peux plus continuer à ignorer tes mensonges. Tu as feint d'être une simple maîtresse de maison, alors qu'en réalité tu travailles au Foreign Office aux côtés de ton « détesté » Gustav Gruner.

— J'ai feint ? Je n'ai jamais affirmé que je ne travaillais pas. J'ai uniquement dit que mon mariage était une pantalonnade, une façade.

— Je vois. Et quelles autres pantalonnades cette femme si occupée cache-t-elle ? Te souviens-tu du jour où nous avons assisté au spectacle de magie, quand tu es partie précipitamment, soi-disant pour retrouver une amie ? Je t'ai suivie jusqu'à la fumerie de Charing Cross, devant laquelle tu t'es arrêtée un instant. Tu y travailles aussi ?

L'expression de Daphne se figea. Elle s'enfonça dans le silence et son visage se couvrit d'un voile de tristesse que Rick ne lui avait jamais vu.

— Il s'agit de ma vie privée, souffla-t-elle en baissant la tête. Tu n'as pas à t'y immiscer.

Rick ne sut comment réagir. Il noya sa rage dans un autre verre de gin, qu'il posa ensuite avec brusquerie sur la table, attirant les regards des clients. Il se servit une troisième rasade et fixa les yeux embués de larmes de Daphne.

— Et moi ? demanda Rick en se frappant la poitrine, tourmenté par la frustration. Je fais moi aussi partie de tes mensonges ? Ce qui s'est passé à Northampton, c'était également une pantalonnade ?

— Tu n'as pas le droit de me traiter ainsi.

— Bon Dieu, je t'ai vue nue et droguée dans une fumerie d'opium ! cria-t-il.

Daphne se leva pour partir. Lorsque Rick l'en empêcha, elle lui assena une gifle. Des hommes accoururent pour lui venir en aide, mais elle les retint.

— Ce n'est pas nécessaire, messieurs. Mon compagnon ne supporte pas bien l'alcool, il va partir.

— Daphne... Je...

— Va-t'en, s'il te plaît.

— Pardonne-moi. Je ne voulais pas t'offenser. Je ne comprends pas ce qui se passe dans ta vie et j'aimerais le savoir. Tu comptes beaucoup pour moi. Je ne saurais l'expliquer, mais cela faisait des années que je n'avais pas ressenti une chose pareille.

— Cela ne te donne nullement le droit de me juger.

— Bon sang, je t'ai dit que j'étais désolé !

Il s'affaissa sur sa chaise, vaincu. Daphne le regarda et lui prit la main pour le relever.

— Partons d'ici, déclara-t-elle.

Rick laissa le montant de l'addition sur la table et emboîta le pas à la jeune femme, laquelle, au lieu de prendre la direction de la sortie, s'adressa au maître d'hôtel qui, à son tour, se tourna vers un groom. Guidés par le valet, ils empruntèrent un imposant escalier en colimaçon pour accéder au premier étage et s'engouffrèrent dans un corridor lourdement décoré avant de s'arrêter devant une porte. Le groom remit la clef à Rick.

— Si vous avez besoin de quoi que ce soit, il vous suffit de sonner.

Sur ces mots, il se retira sur une dernière courbette. Ils entrèrent ensemble. Rick ferma la porte.

— Nous serons plus tranquilles ici, expliqua Daphne qui ôta son chapeau, sous lequel se cachait un chignon élaboré.

Rick avança dans la suite composée d'un magnifique salon et d'une chambre à coucher princière. Il prit place à un guéridon. Il ne savait pas quoi dire. Il ne parvenait pas à comprendre ce que Daphne dissimulait et voulait refouler l'incertitude qui l'étouffait. Il la dévisagea, tâchant de déceler dans son regard une lueur d'amitié.

— Je suis désolé, répéta-t-il.

Daphne s'approcha de la fenêtre. La vue n'était pas particulièrement spectaculaire, mais une rue londonienne présentait toujours d'incontestables attraits. Elle se tourna ensuite vers Rick.

— En effet, je travaille pour le Foreign Office. Et ce depuis bien avant l'arrivée de Gruner en Angleterre. Du plus loin que je m'en souvienne, poursuivitelle en arpentant la pièce, j'ai toujours été fascinée par les mathématiques, sans doute sous l'influence de ma mère, qui les a étudiées à Cambridge. Je me rappelle qu'à l'âge de dix ans, ma préceptrice m'accusait de tricher, car je parvenais à résoudre en quelques minutes des problèmes pour lesquels il lui fallait des heures. Ma formation achevée, j'ai gardé contact avec mes mentors, en particulier l'astronome Mary Somerville et le physicien Michael Faraday. Par l'intermédiaire de ces deux personnes, j'ai fait la connaissance de Charles Babbage, qui m'a parlé de sa machine analytique. Ce fut une véritable révélation. J'avais dix-huit ans et son savoir m'a fait une forte impression. Je me suis mise à le fréquenter plus souvent et, à ses côtés, je me suis passionnée pour les rapports entre mathématiques et cryptographie. Avec le temps, mes algorithmes cryptés destinés à être traités par une machine ont intrigué Ralph White, un mathématicien ambitieux qui travaillait au Foreign Office.

Rick écouta avec attention, comme si cette jeune femme si délicate d'aspect prenait soudain une dimension écrasante et inconcevable. Il ne comprenait pas exactement ce qu'elle lui racontait, mais ça n'avait pas d'importance.

— Continue, je t'en prie.

Daphne regarda Rick. Elle semblait se demander si elle devait lui révéler ce qu'elle taisait encore. Elle retourna près de la fenêtre et, tout en s'abîmant dans la contemplation de l'horizon, poursuivit :

— Ce fut une époque difficile. À ce moment-là, j'avais déjà épousé lord King, un noble potentat au goût de ma mère. Au bout de quelques mois à peine, je me suis aperçue de ma terrible erreur. Le Foreign Office était un exutoire à l'échec de mon mariage et je m'y suis consacrée corps et âme. Mon travail auprès de Ralph White consistait à améliorer la méthode cryptographique que la Couronne utilisait pour ses transmissions secrètes avec les Indes orientales. Tout allait bien jusqu'au jour où Gustav Gruner s'est présenté au bureau.

— Pourquoi ? Que s'est-il passé ?

— Gruner venait d'être nommé à la tête de la direction de la communication de notre ministère, répondit Daphne en prenant place près de Rick. Un individu prétentieux que personne ne connaissait, mais qui apparemment bénéficiait de la confiance du prince Albert, avec lequel il entretenait une amitié de longue date. Peu après son arrivée, les problèmes ont commencé.

— Quel genre de problèmes ?

— Des messages d'une importance cruciale ont été étrangement décryptés, entraînant des conséquences dramatiques pour l'évolution de la guerre de l'Opium. Les pertes financières ont été considérables, et la reine Victoria en personne a pris la situation en main. C'est là que Gruner s'est mis à se méfier de moi.

À ces mots, Rick s'alarma. Le conflit entre la Grande-Bretagne et la Chine avait été le déclencheur de sa propre infortune. Il demanda à Daphne de poursuivre.

— J'ai aussitôt soupçonné un employé du cabinet d'avoir cassé le code que nous employions. J'avais des doutes sur Gustav Gruner, de sorte que, grâce à l'entregent de mon mari, j'ai réussi à obtenir une audience privée avec la reine.

— Avec la reine Victoria ?

— Par le biais de mes relations familiales, j'avais eu la chance de l'avoir déjà rencontrée, et je savais qu'elle était particulièrement impliquée dans l'affaire. Du reste, c'était la seule personne en qui je pouvais avoir confiance.

— Et que s'est-il passé ?

— À cette époque, je m'étais déjà liée d'amitié avec Hellen Hartford. La lecture de certains de ses livres m'a amenée à concevoir une méthode de communication qui, à condition de bien s'y prendre, serait indéchiffrable.

— Le langage des fleurs ?

— Tout à fait. Lorsque j'ai proposé à la reine Victoria de l'utiliser, elle a cru que je divaguais, mais après avoir pris connaissance en détail de la complexité du système, ainsi que de mes réserves sur l'intégrité morale de Gruner, elle n'a pas hésité. Dans le plus grand secret, elle m'a autorisée à développer et à mettre en œuvre le code floral qui permettrait de contourner, voire de démasquer, le traître. Seules deux personnes étaient au courant : la reine et le Premier ministre, lord John Russell. Pendant ce temps, je gardais un œil sur Gruner.

— Substituer une méthode cryptographique par un langage floral semble peu sûr…

— Plus, en tout cas, que de continuer à recourir à un code déjà décrypté. En outre, le langage des fleurs était provisoire, le temps que je finisse d'établir le nouveau procédé sur lequel je travaillais depuis plusieurs mois. Dès lors, et en accord avec la reine, nous avons décidé d'utiliser l'ancien système pour des missives sans importance ainsi que des faux messages, et de réserver le langage des fleurs pour des communications plus compromettantes.

— D'accord. Mais qu'en est-il de Gus, ou de la pauvre Penny, ou même du malheureux White ? Un prix trop élevé à payer, ne crois-tu pas ?

— Ralph n'est-il pas mort dans un accident ? s'exclama-t-elle.

— Il a été intentionnellement percuté par un cocher de la compagnie Aldrich.

— Grands dieux ! Tu n'imagines pas à quel point ce que tu me dis me fait de la peine. Mais ne nous accuse pas, ce n'est pas nous qui l'avons assassiné.

— D'accord… Et que penses-tu faire ? Rester assise à attendre le prochain cadavre ? Peut-être le mien ou celui de la veuve Hartford ?

— Rick, tout est bien plus complexe qu'il n'y paraît. Mais je t'assure que la reine travaille d'arrache-pied pour résoudre le problème.

— Et qu'attend-elle pour arrêter Gruner ? J'ai entendu ce salaud ordonner à Karum Daswani de me régler mon compte.

— Karum ? réagit-elle en blêmissant.

— Oui, tu l'ignorais ? C'est l'homme de main de Gruner.

Un imperceptible tremblement parcourut Daphne, qui finit son thé précipitamment.

— Nous mettons tous nos moyens en œuvre, parvint-elle à articuler. Gruner est le protégé de l'époux de la reine. Si nous l'accusons sans preuves tangibles, il nous glissera entre les doigts comme une anguille. En outre, nous ne pouvons pas l'arrêter maintenant. Nous devons envoyer un ultime message floral, dont la teneur est vitale pour les intérêts de la Grande-Bretagne, et ce avant l'inauguration du Crystal Palace. N'oublie pas qu'il est toujours le responsable de la sécurité.

— Bon sang, mais il a menti au sujet du décès de Gus ! Il savait que le tigre n'avait rien à voir là-dedans. Et que dis-tu de cela ? demanda Rick en tirant de son gilet le foulard jaune qu'il avait trouvé noué autour de la gorge de sa collègue.

— Je ne sais pas, c'est un foulard.

— Avec lequel un thug a tué Penny.

— Je ne comprends pas…

— Eh bien, je vais t'expliquer. Lors de mon séjour aux Indes, j'ai eu l'occasion de rencontrer les thugs, une exécrable secte d'assassins, adorateurs de la déesse Kali. La milice de la Compagnie des Indes orientales avait réussi à exécuter la plupart de ses membres, mais nombre d'entre eux sont parvenus à fuir. Devine à présent quelle est l'arme utilisée systématiquement par ces tueurs pour étrangler leurs victimes ?

— Un foulard.

— Exactement. Jaune, comme celui-ci.

— Je ne sais pas… Ce que tu racontes est stupéfiant. Insinues-tu que Daswani, simplement parce qu'il est hindou, aurait assassiné Penny ?

— Parce qu'il est hindou et parce qu'il porte sur sa ceinture de soie une broche représentant la déesse sanguinaire, Kali.

L'échange de questions et de reproches se poursuivit encore un moment. Daphne répéta au jeune homme qu'elle faisait tout son possible pour confondre Gruner. Elle s'abstint en revanche de justifier sa présence dans la fumerie d'opium.

— Rick, je te supplie de me faire confiance. Toi-même, tu t'es fait passer pour un autre. Le « neveu » de Hellen Hartford… ? Ha ! Ta « tante » m'a informée de la supercherie dès le premier jour. Dis-moi qui tu es.

Rick garda le silence. Il aurait pu rétorquer que c'était une idée de la veuve Hartford. Cependant, Daphne n'avait pas tout à fait tort : lui aussi l'avait trompée. Et même s'il désirait de tout son cœur lui révéler la vérité, quelque chose l'empêchait de se fier à elle.

— Apparemment, nous avons tous des raisons de nous mentir les uns aux autres, finit-il par répondre.

— Nous ne faisons peut-être rien d'autre que nous protéger. Au fond, il est possible que nous nous ressemblions.

Rick observa la jeune femme qui, sans le vouloir, attisait ses sentiments les plus profonds.

— Je dois y aller, déclara-t-elle à brûle-pourpoint.

Il ne s'y attendait pas. Il vida sa tasse et se leva, avant de balayer la chambre à coucher du regard. Il ignorait quand il pourrait à nouveau la tenir dans ses bras. Elle était à la fois si proche et si distante… Il lui demanda de reporter son départ d'une demi-heure. D'un quart d'heure. D'une minute.

— Restons ici, insista-t-il. Oublions les fleurs, les traîtres. Oublions un instant le monde.

Daphne lui concéda la minute qu'il avait sollicitée, suffisante pour que tous deux redeviennent la proie d'une passion éphémère et résignée.

— Je ne peux m'attarder davantage. Attends-moi ici. Je serai de retour au crépuscule.

— Mais où vas-tu ?

— Attends-moi. Je reviendrai et nous passerons la nuit ensemble. Si tout se déroule comme je l'ai prévu, nous parlerons demain à lord Henry Palmerston, le responsable du Foreign Office, et nous démasquerons Gruner.

Rick fut impuissant à la retenir. Il veilla toute la nuit. Le matin, l'estomac retourné et les nerfs en pelote, il demanda au concierge s'il y avait un message pour lui. Il n'y en avait pas, pas plus qu'on ne sut le renseigner à propos de Mme Loveray. Il repoussa ses cheveux en bataille. Une dame entre deux âges jeta un œil dédaigneux à son aspect négligé, sans que Rick s'en aperçoive. En proie à la torture de l'incertitude, il s'emmitoufla dans son manteau et quitta l'hôtel en direction de la résidence de Daphne.

Il apprit que la jeune femme n'avait pas dormi chez elle. Le domestique dont il graissa la patte l'informa que Madame était partie au crépuscule, sans préciser sa destination ni son heure de retour.

Déconcerté, Rick s'achemina vers la fumerie d'opium de Charing Cross, au cas où elle y aurait passé la nuit, mais l'établissement semblait bien fermé. Il se dirigea alors vers Portobello Lane, où la veuve Hartford lui assura ignorer l'endroit où se trouvait Daphne.

— N'auriez-vous pas eu une idée de là où elle aurait pu aller ? insista Rick.

— Ma foi, non. Peut-être au Crystal Palace, quoiqu'il serait fort étrange qu'elle s'y soit rendue si tard. Je ne connais pas son cercle d'amis. Lord Bradbury, qui est rentré de Northampton, pourrait sans doute te renseigner, ils fréquentent le même milieu. Crois-tu qu'il ait pu lui arriver quelque chose ?

Ne voulant pas l'alarmer, Rick prit congé et s'achemina vers la demeure du bienfaiteur de la veuve.

Lorsqu'il se présenta au palais de Greenwich, le vieil homme toussota de surprise. Il l'invita à passer dans le salon des trophées et lui offrit une collation, que Rick accepta. Après qu'il l'eut mis au courant de la disparition de Daphne, ils émirent tous les deux des conjectures sur le lieu où elle avait bien pu se rendre.

— C'est incroyable. J'avais entendu parler de ses talents mathématiques, mais j'ignorais qu'elle travaillait pour le Foreign Office. Elle s'est peut-être rendue là-bas, hasarda Bradbury.

Rick secoua la tête. Il n'imaginait pas Daphne foncer à des heures indues dans la gueule du loup, mais il était aux abois. Il fit part à lord Bradbury des soupçons pesant sur Gruner.

— Cet Allemand représente un danger, lança-t-il. Je devrais me présenter au Foreign Office pour le confondre.

L'aristocrate resta un instant silencieux, lissant sa perruque.

— Si vous y allez seul, on ne vous ouvrira pas, lui fit-il remarquer en consultant sa montre, la mâchoire serrée. Je ne puis vous accompagner car j'ai un rendez-vous, mais je vais vous fournir une lettre pour que lord Palmerston vous reçoive. Vous pourrez l'informer de vos soupçons.

— Formidable, répondit Rick avant de finir sa tasse de café.

— Je vais demander à mon cocher de vous conduire là-bas. Une dernière chose : j'ai vu une bosse dans votre botte. Une arme, peut-être ?

— Hein ? Oui, toussota Rick, je l'ai toujours sur moi.

— À mon avis, vous présenter au Foreign Office avec un pistolet n'est pas une bonne idée. Vous pouvez le laisser ici et passer le récupérer plus tard, quand vous voudrez.

Après une brève hésitation, Rick remit son arme au vieil homme, qui ne cacha pas sa surprise.

— Un revolver à répétition ! On n'en voit pas beaucoup des comme ça, s'écria-t-il, admiratif.

— Vous semblez vous y entendre.

— Je dois avouer que les armes me passionnent. Je possède une petite collection et plusieurs exemplaires modifiés par mon armurier, expliqua-t-il en se levant pour se diriger non sans difficulté vers une vitrine, d'où il retira un étrange revolver. Voici un Francesco Broccu, muni d'un tambour à quatre chambres et d'un double canon, transformé selon mes indications. Le sceau qui le prouve est là, précisa-t-il en montrant fièrement l'étoile à quatre branches gravée sur l'arme. Une pièce unique. Enfin, laissons ces broutilles et occupons-nous de ce qui nous intéresse présentement. Lorsque vous vous entretiendrez avec lord Palmerston, assurez-vous qu'il prend les choses en main. D'après ce que vous m'avez raconté, Gruner est un type dangereux. Et allez avant cela faire un brin de toilette pour être un peu plus présentable.

Rick accepta la suggestion de Bradbury et se rasa dans la salle de bains des invités. En empochant la missive que le vieil homme venait de rédiger, il le remercia pour son aide, puis monta dans la calèche qu'il lui avait fait préparer, prêt à affronter le tout-puissant Gustav Gruner.

Il était un peu plus de midi quand il descendit Downing Street. Avant d'accéder au Foreign Office, il arrangea ses cheveux. Le café l'avait à peine réveillé, mais à l'idée de révéler le véritable visage de Gruner, son cœur s'accéléra.

Après avoir pris connaissance du billet de lord Bradbury, le gardien posté à l'entrée le confia à un suisse pour qu'il le remette au responsable et invita Rick à patienter dans le hall. Il pensa à Daphne Loveray, espérant qu'elle était saine et sauve. Il observa les murs lambrissés en bois de noyer, et le portrait de la reine Victoria qui dominait la pièce. Une femme de ménage qui passait le fixa comme si son visage lui rappelait quelqu'un. Il détourna la tête. Puis le suisse qui avait transmis la missive revint et demanda à Rick de le suivre.

Ils longèrent un corridor étroit aux portes closes, puis montèrent une volée de marches et s'arrêtèrent devant un bureau. L'homme pria Rick d'attendre à l'intérieur et quitta la pièce en refermant derrière lui.

Rick n'eut guère le temps de contempler la sobriété de l'ameublement ; quelques secondes plus tard, la porte s'ouvrit à nouveau et Gustav Gruner entra, la missive de Bradbury à la main.

25

Surpris par la présence de l'Allemand, Rick s'étonna davantage quand ce dernier lui tendit la main, comme s'ils étaient amis, avant de le convier aimablement à s'asseoir. Bien que méfiant, il accepta et prit place en face de Gruner, qui fit de même avec une lenteur affectée. Rick observa l'homme qu'il était venu incriminer. Son lorgnon bien ajusté, il relisait encore la missive qu'on lui avait transmise.

— Lord Bradbury aimerait donc que vous vous entreteniez avec lord Palmerston. Peut-on savoir à quel sujet ? demanda-t-il en retirant son monocle avant de le gratifier d'un sourire hypocrite.

— Navré de ne pas pouvoir vous le dire, c'est une affaire privée.

— Strictement confidentielle ? insista l'Allemand sans se départir de son rictus.

— Tout à fait, précisa Rick, peu à son aise.

— Je vois…

Sur ces entrefaites, la porte se rouvrit pour laisser passer un homme grisonnant, portant une redingote noire et un nœud papillon. Gustav Gruner se leva. Bien qu'ignorant de qui il s'agissait, Rick l'imita et salua le nouveau venu d'un hochement de tête.

— Bonjour, messieurs. Monsieur Rick Hunter, je présume ? Je suis lord Palmerston, secrétaire d'État au Foreign Office. Mon bon ami lord Bradbury, m'a-t-on fait savoir, m'a prié de vous accorder une entrevue.

Rick acquiesça et attendit que Gustav Gruner quitte la pièce. Néanmoins l'Allemand se rassit, confiant et impassible.

— Eh bien, je suis tout ouïe. Il se trouve que je suis fort occupé, de sorte que je vous enjoindrai d'être bref, ajouta lord Palmerston en allumant sa pipe.

— Je vous sais gré d'avoir accepté de me recevoir, milord. Lord Bradbury précise dans sa requête que cet entretien doit avoir lieu en privé.

— J'ai compris que cela concernait Gustav Gruner, chargé de la direction de la communication de mon ministère, et qui, à ce titre, bénéficie de toute ma confiance. Merci donc d'entrer dans le vif du sujet.

Rick se tortilla sur son siège. Incriminer Gruner sans le soutien de Daphne pouvait s'avérer une arme à double tranchant. Impossible, cependant, de battre en retraite. En prenant une grande inspiration, il s'adressa à lord Palmerston sans regarder son ennemi.

— Voyez-vous, milord, il y a quelques mois, un jardinier appelé Gus est décédé au Crystal Palace. En tant que responsable de la sécurité, M. Gruner a déclaré à la presse que sa mort était le résultat d'un malheureux accident.

— Oui, je suis au courant. Il s'agit de l'incident du tigre, n'est-ce pas ?

— Eh bien, avec tout le respect que je vous dois, milord, Gustav Gruner a menti. Cet homme a été torturé et assassiné, et M. Gruner a délibérément occulté des informations pourtant irréfutables.

— Poursuivez.

Lord Palmerston lâcha une bouffée de fumée. Rick haussa les sourcils devant l'impassibilité de ses deux interlocuteurs.

— J'ai par la suite enquêté sur les causes de la mort tragique de Ralph White, un mathématicien qui travaillait pour vous. Lui non plus n'a pas été victime d'un accident : il a été percuté puis exécuté par un cocher sans scrupule qui a pris la fuite le jour même avec une importante somme d'argent.

— Pourquoi ce cocher l'aurait-il percuté intentionnellement ?

— Quelqu'un l'avait engagé pour supprimer White.

— Fort bien. Et avez-vous découvert qui lui a confié la funeste mission ?

— Non, milord, mais si vous permettez que je finisse, vous comprendrez que ces deux cas, ainsi que le meurtre de Penny Ryan, sont étroitement liés et convergent vers la même personne.

— Qui est Penny Ryan ?

— Une collègue du jardinier dont je vous ai parlé, qui travaillait à la boutique Passion d'Orient. J'imagine que ce nom vous dit quelque chose. La fleuriste a été brutalement violée, étranglée et poignardée à mort. Un certain Billy a été arrêté, un pauvre diable attardé, de toute évidence innocent.

— C'est regrettable, mais je ne comprends pas…

— Si vous permettez, milord, c'est bien plus que regrettable. Penny Ryan était une brave femme. Elle travaillait d'arrache-pied et elle était amoureuse. Pour la première fois, elle semblait heureuse auprès d'un homme. Quant à Billy, c'est aussi un bon garçon, je peux vous l'assurer.

— Oui, bien sûr, poursuivez, lui enjoignit Palmerston en toussotant.

— Les trois assassinats, je dis bien *assassinats*, sont liés au décryptage du code employé par le Foreign Office dans ses messages. À la suite de cet incident, vous avez décidé, avec l'aval de la reine Victoria, de mettre en place un surprenant système de communication basé sur le langage des fleurs, conçu par la mathématicienne Daphne Loveray.

— Vous semblez bien informé, s'étonna lord Palmerston en arquant un sourcil. En quoi puis-je vous être utile ?

Rick se racla la gorge et reconsidéra sa stratégie. Si Daphne avait été là, tout aurait été plus simple. Toutefois, la jeune femme avait disparu et, à sa place, Gruner restait assis devant lui, tranquille comme Baptiste, arborant un air de défi, son stupide lorgnon tombé sur son plastron. Rick se souvint de la mort de son épouse.

— Cet homme, Gustav Gruner, est le responsable, déclara-t-il. Mme Loveray m'a assuré qu'il était l'artisan des fuites qui ont d'ailleurs commencé au moment de son arrivée au Foreign Office. D'après elle…

— J'en ai assez entendu ! Comment ça, *d'après elle* ? l'interrompit lord Palmerston. Vous osez vous présenter devant moi pour accuser un dignitaire du Foreign Office de trahison, et vos preuves se limitent à l'opinion d'une femme absente ?

— Milord, si vous permettez que je vous explique…

— Je ne vous le permets pas ! Écoutez-moi bien, M. Gruner mérite tout mon respect. Non seulement il a été nommé à la direction de la communication par le prince Albert, mais il a répondu à cette confiance en faisant montre d'un travail acharné et irréprochable.

— Irréprochable ? Sachez que je l'ai moi-même entendu ordonner à un tueur à gages de me régler mon compte.

— Si tel était le cas, vous vous en êtes visiblement bien sorti, ma foi.

Rick comprit que la situation se compliquait.

— Milord, vous faites une grosse erreur. Je ne peux permettre que les choses en restent là. Daphne Loveray a disparu, et il y a fort à parier que cet homme qui me regarde avec ce sourire de suffisance en est là encore le responsable.

— Écoutez, monsieur Hunter, je n'ai pas toute la journée, mais de toute évidence, cette femme a fait de vous un pantin. Gustav, vous seriez bien aimable d'expliquer à cet ignare qui est Daphne Loveray.

L'Allemand glissa ses pouces dans les poches de son gilet et se leva avec un sourire triomphal. Il remercia lord Palmerston avant de s'adresser à Rick.

— Voyez-vous, monsieur Hunter, lady King s'est moquée de vous. Aveuglé par un appât si appétissant, vous avez mordu à son hameçon empoisonné à pleines dents. La seule chose vraie de votre ramassis d'idioties est qu'il existe un traître au Foreign Office. Or ce n'est pas moi, mais votre Daphne Loveray adorée.

Il se tourna vers lord Palmerston en quête de son approbation. Après l'avoir obtenue, il continua, satisfait :

— Quant à vos insinuations sur mon implication dans l'incident du Crystal Palace, j'ai bel et bien rédigé un faux rapport sur les causes du décès. En revanche, vous ignorez que je l'ai fait avec l'assentiment du secrétaire d'État lui-même, ici présent. En d'autres termes, puisque je vois que vous avez du mal à suivre, nous savions, naturellement, que ce jardinier avait été assassiné.

— C'est exact, renchérit lord Palmerston. Son cadavre a été retrouvé dans l'enceinte du Crystal et, afin d'éviter une publicité morbide susceptible de mettre à mal l'inauguration imminente de l'exposition, nous avons décidé de faire passer son meurtre pour un accident. Sachez par ailleurs que M. Gruner se trouvait cette semaine-là en Bavière, appelé par son gouvernement. En outre, l'un de nos hommes de confiance, chargé de suivre notre suspecte, Daphne Loveray, nous a informés l'avoir vue cet après-midi-là au Crystal Place, engagée dans une vive dispute avec le jardinier.

Rick ne sut que répliquer. Il n'en eut de toute façon pas le loisir, car Gruner se réappropria la parole :

— Nous avons découvert que notre code de communication avait été éventé peu après l'arrivée de lady King au Foreign Office. À l'époque, je résidais encore en Allemagne. Et c'est du reste Sa Majesté le prince Albert qui m'a fait venir à Londres pour mener l'enquête sur le traître qui avait percé à jour notre système de cryptage.

— Naturellement, vos autres accusations sont si puériles qu'elles ne méritent pas que je perde mon temps à les réfuter, ajouta lord Palmerston. De plus, je dois signaler que vous vous êtes mis dans une position périlleuse, dans la mesure où vous détenez des données sensibles concernant les activités du gouvernement et nos méthodes de communication.

Rick s'alarma, comprenant que sa sécurité ne tenait plus qu'à un fil :

— Je ne sais que ce que je vous ai raconté !

— Je vous en prie, monsieur Hunter, ne jouez pas le modeste. Vous nous avez parlé du langage des fleurs, une information confidentielle que vous avez reçue, selon votre propre aveu, de Daphne Loveray.

— Croyez-vous vraiment, milord, qu'une femme si redoutablement intelligente, capable de tous vous tromper et de trahir sa patrie, partagerait ses secrets avec le premier godichon venu ?

— Non, bien sûr, répliqua Palmerston. À moins, cela va sans dire, que vous ne soyez son complice... En un mot, monsieur Hunter, je crains de ne pas avoir d'autre choix que celui de vous arrêter.

Rick ne put s'échapper malgré tous ses efforts : en poussant la porte, il tomba nez à nez sur un contingent de soldats qui attendaient dans le couloir pour lui passer les menottes.

Du Foreign Office, il fut transféré dans une salle de détention de la prison de Newgate, où des gardes-chiourmes sans merci le rouèrent de coups avant que Gruner ne le soumette à un interrogatoire.

— Je vois que les geôliers n'ont pas été tendres, observa l'Allemand en s'approchant de Rick, allongé telle une loque sur le sol de sa cellule. Voulez-vous un peu d'eau ? Une chaise, peut-être. Non ? Dans ce cas, reprenons. Vous dites vous être entretenu avec Daphne Loveray au Mivart's et qu'elle a disparu depuis. Effectivement, d'après nos renseignements, elle n'a pas passé la nuit chez elle hier. L'un de nos agents l'a suivie jusqu'à la gare de London Bridge. Elle a attendu le dernier moment pour monter dans un train en direction de Douvres, où nous avons perdu sa trace. À mon avis, vous devriez admettre une bonne fois pour toutes qu'elle vous a vous aussi trahi. Maintenant que vous êtes au courant, seriez-vous plus enclin à révéler ce que vous savez ?

Pour toute réponse, Rick se redressa et cracha un glaviot de sang. Si on n'avait pas réussi à lui arracher la moindre information en le passant à tabac, Gruner n'allait pas y parvenir avec ses sermons.

— Rick, Rick… Calomnier un membre du Foreign Office est un grave délit. Presque autant que d'être complice d'une renégate. Écoutez, ajouta le consul en s'agenouillant pour se mettre à la hauteur du jeune homme, encore à terre, plié par la douleur, dès mon arrivée en Angleterre, mes soupçons se sont portés sur lady King. Elle a la capacité intellectuelle pour décrypter le code, et des motifs amplement suffisants.

— Je me demande bien lesquels. Elle n'a pas besoin d'argent. Son mari possède une fortune qu'il ne pourrait dépenser en sept vies.

— La vengeance, Rick. À mon encontre et à l'encontre de ses supérieurs. D'après mes renseignements, depuis qu'Ashley King a commencé à travailler au Foreign Office, elle s'est attiré toutes sortes d'inimitiés. À son arrivée, c'était une fille charmante, regorgeant d'idées originales, quoique sans doute trop audacieuses. Mais au fil du temps, en voyant ses propositions rejetées les unes après les autres, elle a taxé ses responsables d'ignorants pleins de préjugés et de mépris pour sa condition de femme, ainsi que pour son intelligence.

— Je ne vous crois pas. Qu'aurait-elle obtenu en éventant le code ?

— Cela lui permettait d'établir sa supériorité et l'incompétence de ses chefs. De m'humilier, aussi. De dénigrer mon travail et mes décisions pour se présenter comme celle qui sauvait l'Empire de la débâcle. Pensez-vous vraiment que nous sommes tous contre elle ? Qu'il s'agit d'une conspiration ? Dieu du ciel, ouvrez les yeux, Rick ! Lord Palmerston et moi servons la Grande-Bretagne avec zèle. L'orgueil a eu raison de lady King. Telle est la vérité. Vous la connaissez et vous avez certainement eu droit à ses mensonges. Écoutez, en nous aidant, vous sauverez des milliers de personnes qui courent à l'heure actuelle un très grave danger. Pour mettre en œuvre le nouveau code développé par ses soins, Daphne devait démontrer la fragilité de l'ancien. C'est pourquoi elle l'a décrypté. Elle a découvert la clef de chiffrement et l'a fournie à nos ennemis afin de contraindre le gouvernement d'adopter son système floral saugrenu. Elle a en outre liquidé Ralph White, le mathématicien qui nous avait informés de ses soupçons à son encontre, avant d'exécuter Gus, sans doute parce qu'il détenait des renseignements et la faisait chanter, allez savoir.

— Je vois… Tout ça par pure vengeance, donc…

— La vengeance et la tragédie vont souvent de pair.

Rick garda le silence. Malheureusement, il ne connaissait que trop bien le poids de la vengeance, un monstre qui vous dévorait de l'intérieur. En apprenant qu'il voulait s'engager sur cette voie, Memento lui avait conseillé de commencer par creuser deux tombes. Rick avait fait la sourde oreille.

Il endura stoïquement, tel un punching-ball, les coups qui succédèrent à l'impatience de Gruner. Lorsque le garde-chiourme se lassa, son chef envoya Rick dans un cachot qui empestait l'humidité et la vase.

Ne voyant pas de fenêtre, le jeune homme en conclut qu'il devait se trouver au sous-sol. Il s'assit sur un tabouret mal en point et regarda alentour. La flamme d'une lampe à huile vacillait, comme intimidée par les sinistres barreaux. Après avoir retrouvé son souffle, il essaya d'ordonner ses pensées.

Où pouvait bien être Daphne et pourquoi avait-elle disparu ? S'était-elle enfuie en se sachant démasquée ? Avait-elle vraiment pris un train pour Douvres ?

Il n'avait pas oublié que son nom figurait sur le billet caché dans le fusil de l'un de ses assaillants. Mais si Daphne était coupable, pourquoi lui avait-elle confirmé l'existence du langage des fleurs à l'hôtel Mivart's ? Afin de gagner sa confiance ? En outre, pour assassiner Gus et Penny, il avait fallu une main violente, et la seule qu'il imaginait était celle de Daswani.

Encore étourdi par les coups, il se débarbouilla avec l'eau croupie qui stagnait au fond d'un seau.

Sans nul doute, Karum détenait la clef de tout cet imbroglio.

Il se souvint du jour où, caché derrière une tenture sur le stand des Indes orientales, il avait entendu Gruner ordonner à l'Hindou de le molester. Or, à ce moment-là, Gustav avait déjà accusé Daphne de trahison.

Rien ne collait. Et pour ne rien arranger, il était enfermé dix pieds sous terre, dans la prison la mieux gardée de Londres. Dans d'autres circonstances, il se serait peut-être adressé à lord Bradbury, mais le vieil homme serait certainement embarrassé de se voir impliqué dans une affaire aussi trouble. Rick devait contacter la seule personne susceptible de l'aider. Il frappa à la porte, jusqu'à ce qu'un garde soulève le guichet des repas. Rick retira du talon de sa botte 2 livres qu'il fit passer par la fente.

— Tu en auras deux autres si tu me ramènes Frank le Borgne.

Dans l'après-midi, la porte s'ouvrit et un homme tavelé de vérole, le visage barré d'un cache-œil, s'approcha de Rick. Il lui serra la main comme à un ami de longue date.

— Dis donc, t'en as mis du temps à revenir ! lui lança le Borgne.

— On est bien dehors. Tu ne me manquais pas, répondit Rick en riant.

— Qu'est-ce qui s'est passé, cette fois ? Encore une bagarre ?

— Non, Frank. Tu sais bien que j'évite de me fourrer dans les problèmes. On m'a coffré pour un malentendu.

— Ouais, c'est ce que vous dites tous. Comment va Joe ? J'ai cru comprendre qu'une fois dehors, vous aviez monté un négoce ensemble.

— Les choses ne se sont pas passées comme prévu. Et toi ? Toujours responsable des visites ?

— Eh oui. Je me plains pas. Je travaille peu et je touche des primes, lui dit-il en clignant de son œil unique. Pourquoi ? Il te faut une petite putain, comme ton associé les aimait ?

— Non. Je dois absolument voir quelqu'un, c'est urgent. Pourrais-tu le prévenir et mettre au point une rencontre discrète ?

— Tu connais mes tarifs, Rick, c'est pas donné.

— Je paie toujours, tu le sais.

Il chargea le Borgne de s'occuper de tout et lui remit un billet, ainsi que l'adresse de son ami Memento.

Le grincement aigu de la serrure lui vrilla le cerveau, l'arrachant à son demi-sommeil. Il ouvrit les yeux dans la pénombre, se redressa sur la banquette carrelée qui servait de lit et s'adossa au mur de pierre. Si la douleur des coups s'était atténuée, elle le tourmentait encore suffisamment pour lui rappeler où il se trouvait. Ce devait être un geôlier qui venait lui apporter à manger. Il n'avait jusqu'alors eu droit qu'à un quignon de pain et à l'eau du seau, qui avait un goût de flaque stagnante. Lorsque la porte s'ouvrit, il aperçut un monsieur élégant tenant un quinquet à la main. Derrière lui, un gardien entra dans la cellule et y plaça une chaise à son intention. À la faveur de la lumière qui éclairait son visage, Rick reconnut l'homme qui avait ordonné sa détention.

— Ça empeste, ici, grimaça lord Palmerston comme s'il venait de marcher dans une crotte.

Sans relever, Rick s'étira pour adopter une posture plus digne.

— Quelle heure est-il ? demanda-t-il.

— 5 heures du matin. Je vois qu'on ne vous a pas très bien traité.

— J'ai connu pire.

— J'imagine. Voyez-vous, monsieur Hunter, M. Gruner m'a informé que ses interrogatoires avaient été infructueux, ce qui est étrange, compte tenu de l'efficacité de ses méthodes. Je me suis finalement trouvé dans l'obligation de prendre les choses en main et d'essayer de vous persuader de parler, en portant à votre connaissance la situation extrêmement grave à laquelle nous sommes hélas confrontés.

— Je vous écoute.

— Sachez, Hunter, que je m'apprête à vous révéler une information strictement confidentielle. Elle ne sortira pas d'ici, puisque vous êtes à l'isolement, mais il est de mon devoir de vous avertir.

— Votre considération me touche, ironisa Rick.

— Bien. Grâce à notre réseau d'indicateurs, nous avons appris qu'un attentat se préparait. Après une enquête approfondie, nous avons des raisons de croire qu'il ne s'agit pas d'une simple rumeur. Bien que nos informateurs n'aient pu nous préciser la cible de l'attaque, ils pensent qu'elle se produira à l'occasion de l'inauguration du Crystal Palace, la semaine prochaine. Nous soupçonnons par ailleurs Mme Daphne Loveray d'être impliquée.

— Intéressant.

Si lord Palmerston en avait la possibilité, il blâmerait Daphne Loveray pour le brouillard londonien, se dit Rick.

— Tout cela peut vous paraître insignifiant. Cependant, il nous faut à tout prix localiser cette femme. Nous l'avons cherchée partout. Il semblerait qu'elle ait disparu de la surface du globe. Si vous nous révélez l'endroit où elle se trouve, nous pourrons considérer votre coopération comme une circonstance atténuante.

Rick observa l'expression sérieuse du secrétaire d'État, qui n'avait pas l'air de faire de l'esbroufe. Si la menace de l'attentat était réelle et que Rick pouvait l'éviter, il n'hésiterait pas une seconde. Seulement, il ignorait où était Daphne Loveray. Néanmoins, le reconnaître n'était pas dans son intérêt. Il décida de laisser croire le contraire afin de garder un atout dans sa manche.

— Libérez-moi, et je vous conduirai à Daphne.

— Je suis navré, ce que vous me demandez est tout à fait impossible.

— Eh bien, dans ce cas, débrouillez-vous sans moi. Après tout, vous disposez de toute votre armée pour déjouer l'attentat, non ? lança Rick, décidé à faire monter les enchères.

— Écoutez, Hunter, je me vois contraint de vous expliquer que vous n'êtes pas en mesure d'exiger quoi que ce soit. Ou devrais-je vous appeler Lecrerc ? Gabriel Lecrerc…

En entendant son véritable patronyme, Rick resta sans voix.

— Je ne comprends pas de quoi vous parlez, balbutia-t-il.

— Ah oui ? Permettez-moi de vous éclairer, déclara lord Palmerston en ouvrant la sacoche en cuir qui reposait sur ses genoux, d'où il retira une feuille noircie de notes. « Gabriel Lecrerc, né à Nantes, fils unique de l'aristocrate français Jean-Jacques Lecrerc. Diplômé de l'École normale supérieure de Paris en botanique et histoire naturelle. Maîtrise le français, l'anglais, l'allemand et l'hindi. Engagé à l'âge de vingt-quatre ans par la Compagnie britannique des Indes orientales, il exerce plusieurs années durant le métier de botaniste à Calcutta. En 1842, il est affecté à Darjeeling, au Bengale-Occidental, pour superviser les nouvelles plantations de thé, charge à laquelle il renonce en restant à Calcutta, où il est à maintes reprises admonesté pour sa résistance aux méthodes "abusives" de la Compagnie. »

— Je vous répète que j'ignore de quoi vous parlez.

— Ah bon ? Attendez, le plus intéressant arrive. « Quelques mois plus tard, il est arrêté et inculpé pour le meurtre de son épouse et de l'amant de celle-ci, un robuste indigène qu'il a surpris au lit avec elle… »

— Ce n'est pas moi qui l'ai tuée !

Rick se jeta sur lord Palmerston, mais ses chaînes le retinrent. Il fit une autre tentative, tel un chien enragé, mais ses efforts furent vains.

— C'est un abominable mensonge ! hurla-t-il.

La vision de son épouse morte, un foulard jaune noué autour de sa gorge, envahit l'obscurité de la cellule.

— Bien, monsieur Lecrerc, d'après ce que je lis ici, vous avez réussi à fuir sur un navire marchand peu avant l'ouverture du procès. On a ensuite perdu votre trace. Une chance qu'une femme de ménage vous ait reconnu au Foreign Office et qu'elle nous l'ait fait savoir lorsqu'elle a eu vent de votre arrestation.

Lord Palmerston referma sa sacoche. Rick maudit son sort. Il ne lui restait plus qu'une seule chose à faire : feindre d'être disposé à collaborer.

— Que me proposez-vous ?

— Je vous l'ai déjà dit, vous avez deux options : soit vous nous révélez la cachette de Daphne Loveray et j'intercéderai auprès du Premier ministre pour qu'il fasse preuve de clémence lors de votre condamnation, soit vous persistez à vous taire et je me chargerai moi-même de vous faire pendre à la porte de Newgate.

Rick prit le temps de réfléchir. Il lui fallait à tout prix quitter cette prison. Après avoir peaufiné sa stratégie, il inspira profondément et regarda lord Palmerston dans les yeux.

— D'accord.

— D'accord ?

— Oui. Vous avez deux options : soit vous me libérez et me permettez de vous livrer Daphne Loveray, soit vous me retenez ici et attendez que cet attentat fasse voler en éclats le Crystal Palace.

26

Rick n'eut pas une minute de répit.

Les heures qui s'écoulèrent entre le moment où lord Palmerston quitta la prison en fulminant et celui où Gruner revint furent un vrai supplice. Il ne cessait de ressasser l'instant terrible où il avait trouvé l'indigène sur sa femme, serrant vigoureusement le foulard jaune avec lequel il l'étranglait. La scène se répétait inlassablement dans sa tête, comme une torture.

Rick s'était précipité sur l'agresseur pour l'éloigner de son épouse, le jetant hors du lit. L'Hindou s'était débattu comme un fauve, en cherchant à planter son *bagh nakh* dans la gorge de Rick. Ils s'étaient empoignés et avaient roulé à terre dans une lutte acharnée, l'indigène essayant de sauver sa vie et Rick de la lui arracher. Pour finir, le jeune homme était parvenu à retourner le coup-de-poing contre son assaillant pour en enfoncer les griffes métalliques à l'endroit où il était censé avoir un cœur. Il avait alors couru auprès de son épouse, qui gisait inerte, le foulard jaune encore noué autour de sa gorge. Il l'avait détaché et avait secoué son corps menu dans une tentative impuissante de lui rendre le souffle, de faire que ce mauvais rêve ne soit qu'un cauchemar. En vain. Sa femme n'était plus qu'un jouet cassé, et avec elle s'envolait le bonheur qu'il avait eu tant de mal à conquérir, ainsi que tout le bien qui habitait son âme.

La bourrade de Gustav Gruner arracha Rick à son passé et le ramena à son sombre présent. Il se frotta les yeux pour essayer de chasser ses souvenirs. Malgré ses poignets meurtris par les chaînes, il avait encore des forces pour anéantir ce rustre s'il osait le toucher à nouveau.

— J'ignore quels mensonges tu as racontés à lord Palmerston, mais il m'a chargé d'organiser ta libération. Il va parler personnellement à la reine Victoria, car le Premier ministre refuse de céder au chantage d'un traître. Cela dit, n'oublie pas que celui qui détient les rênes reste le secrétaire d'État. En attendant qu'il obtienne l'autorisation de la reine, nous allons simuler une évasion. Tiens, les documents que tu lui as demandés, ajouta-t-il en tendant un dossier à Rick. Ne crie pas victoire. Si ça ne tenait qu'à moi, j'assisterais à ta pendaison une bière à la main et je laisserais ensuite les rats te dévorer. Donne-moi la moindre opportunité et j'ordonnerai à mes hommes de te fusiller.

Rick ne douta pas que Gruner mettrait ses menaces à exécution ; son bras droit, Daswani, serait sans doute enchanté de s'en charger.

Il jeta un œil sur la liasse.

— Il manque les documents sur lesquels Daphne travaillait ces derniers mois.

— Palmerston est en train de passer en revue ce qu'il peut te transmettre. Pour le moment, contente-toi de ce dossier.

— Il me faut de la lumière. Et ces chaînes vont me briser les poignets.

— Moi, ce sont les traîtres qui me les brisent menu ! Débrouille-toi.

Sur ces entrefaites, Gruner partit en claquant la porte si violemment que les barreaux de la cellule en tremblèrent.

Un geôlier arriva peu après, apportant un lumignon et un peu de nourriture. Il détacha l'un des fers et somma Rick de se dépêcher, car il allait recevoir de la visite.

Sans perdre une seconde, Rick dirigea le quinquet sur le dossier et le parcourut tout en dévorant sa gamelle. Il s'agissait bien de la procédure engagée contre lui par la Compagnie des Indes orientales. Parmi les charges qu'on lui imputait, outre celles de désobéissance et rébellion, figurait le double meurtre. Il sauta les pages correspondant à l'incrimination et s'arrêta sur la description des faits. Il rapprocha la lampe et lut attentivement.

Concernant les homicides, l'accusé Gabriel Lecrerc, de retour ce jour-là d'un déplacement à Darjeeling, a surpris à son domicile son épouse, Veronica Townsend, folâtrant au lit avec son amant, un indigène connu sous le nom de Ramesh Sidhu, qu'il a poignardé dans un accès de jalousie avant d'étrangler mortellement sa femme.

Rick secoua la tête. C'était l'inculpation fallacieuse pour laquelle on l'avait arrêté à Calcutta après qu'il eut signalé le meurtre de son épouse.

Il relut les documents et arriva au paragraphe des preuves, à savoir les témoignages de plusieurs personnes qui affirmaient avoir assisté au double homicide. Toutes corrompues, cela ne faisait pas l'ombre d'un doute. Il examina leurs noms, un par un. Arnand Savarkar. Hari Chaturvedi. Narendra Biswal... Il dut contenir sa fureur en voyant le dernier : Karum Daswani.

Un cri de rage éclata dans sa gorge. Après des années à enquêter, il avait enfin trouvé le lien qu'il cherchait si désespérément.

Il s'écroula sur les dalles humides de sa cellule. Si l'Hindou était impliqué, cela signifiait que son chef, Gruner, l'était aussi. Il essayait encore d'assimiler sa découverte quand il entendit la petite trappe s'ouvrir et une voix chuchoter. Il distingua le visage du Borgne, le gardien à qui il avait graissé la patte pour qu'il prévienne Memento, et s'approcha autant que ses chaînes le lui permettaient, en aiguisant son ouïe.

— Ton ami est dehors, il attend dans la rue, mais la visite est impossible. Je ne sais pas ce qui s'est passé, ils ont renforcé la garde, l'informa-t-il.

Rick ne s'avoua pas vaincu. Il connaissait le Borgne. En le payant suffisamment, il serait capable de ramener l'archevêque de Canterbury dans sa cellule.

— Fais en sorte qu'il entre. Et si tu veux gagner le double, débrouille-toi pour prévenir lord Palmerston. Dis-lui que je dois lui parler en privé, que je sais qui sont les coupables.

— Ta montre, lança le Borgne en crachant sa chique.

Sans hésiter une seconde, Rick décrocha sa montre à gousset, qu'il glissa par le guichet.

— La chaînette aussi.

Rick obtempéra. Le guichet se referma et Frank disparut. Dix minutes plus tard, Memento entra, chaussé de ses besicles noires.

— Tu vas bien ? Ce type a débarqué chez moi et m'a dit qu'on t'avait coffré. Je ne l'ai pas cru jusqu'à ce qu'il me montre ton billet.

Préoccupé, Memento s'assit sur le tabouret bancal. Rick lui raconta les derniers événements, mais avant de lui révéler l'identité de l'assassin de Penny, il le conjura de ne pas faire justice lui-même.

— Dis-moi qui c'est ! s'agita son ami. Je lui arracherai les tripes de mes mains et les jetterai aux chiens !

— Jure-moi que tu ne vas pas le tuer ! J'ai besoin que ce bâtard avoue qui l'a payé pour livrer un faux témoignage.

Memento blasphéma contre Dieu et tous les saints qu'il connaissait.

— Dis-moi son nom, putain !

— Jure-le-moi !

— Je le jure ! vociféra-t-il.

— Il s'agit de Karum Daswani. Et maintenant, écoute-moi : va voir Bradbury et raconte-lui ce que j'ai découvert. Ce Daswani est le protégé de Gustav Gruner. Je suis persuadé que l'Allemand est l'artisan de ce complot.

— Eh bien, je vais attraper ce Gruner et lui faire regretter d'être né.

— Surtout pas ! Ces individus sont très dangereux. Seul, tu ne pourras pas les approcher. Mais Bradbury, lui, a des contacts et pourra mettre la main sur Daswani.

— Maudits assassins ! hurla Memento, hors de lui.

— Memento ! Memento, regarde-moi ! Souviens-toi de ton serment. Ne tente rien contre ces hommes, ou ils te tueront. J'ai besoin de toi vivant. Il faut que tu m'aides à sortir d'ici.

Memento parut reprendre ses esprits. Il posa ses yeux sans paupières sur Rick et lui demanda ce qu'il attendait de lui. Le jeune homme lui répéta la consigne : il devait faire part à Bradbury de tout ce qu'il lui avait dit afin que celui-ci intervienne. Memento acquiesça. Il déchaussa ensuite ses besicles noires et retira une espèce de crochet de la semelle de sa botte.

— Tiens, j'ai toujours ce passe-partout sur moi. On ne sait jamais, ça pourra te servir.

Rick prit le rossignol et se libéra de ses chaînes. Il rappela sa promesse à Memento, qui le rassura en lui garantissant qu'il suivrait ses instructions à la lettre ; une fois Rick dehors, ils se chargeraient ensemble de Gruner et de Daswani.

Bien qu'il ait pressé le Borgne, il dut patienter plusieurs heures avant que lord Palmerston daigne apparaître à Newgate. Lorsque le secrétaire d'État entra dans la cellule, Rick poussa un soupir de soulagement en constatant qu'il était venu seul. Sans perdre une seconde, il lui montra le nom de Karum Daswani dans la liste des témoins ayant confirmé sa culpabilité dans l'assassinat de son épouse.

— Et que signifie cela ? demanda l'aristocrate, perplexe.

— Que ces hommes ont menti. Bien que je ne sache pas pourquoi, ils m'ont accusé d'un crime que je n'ai pas commis. Écoutez, ce Daswani a exécuté Penny Ryan avec le même foulard jaune que les thugs utilisent dans leurs meurtres rituels. Le même que celui avec lequel ils ont étranglé ma femme. Je suis convaincu que Karum a tué Gus, et il est probable que Gruner l'ait également chargé de liquider le mathématicien.

— Ce ne sont que de simples conjectures, réagit Palmerston en haussant un sourcil.

— Il n'y a pas d'autre explication. J'ai surpris une conversation : ils projetaient de me régler mon compte. Cet Allemand avait sans doute besoin de quelqu'un possédant des relations à Calcutta pour mener à bien sa trahison. Il a recouru aux services de Daswani pour faire passer les messages décryptés à leurs destinataires, quels qu'ils soient. Je crois me souvenir que Daphne a mentionné la Compagnie néerlandaise des Indes occidentales. J'imagine que Gruner, avant d'être nommé à la direction de la communication, avait déjà corrompu un employé du Foreign Office, certainement Alan Sinclair, cet analyste financier qui travaillait pour vous et qui a disparu. Après avoir pris ses fonctions, Gruner a fait venir Daswani en Angleterre pour qu'il devienne son bras droit.

— Ce que vous dites n'a ni queue ni tête.

— Pourquoi ?

— Parce que cet Hindou n'a pas été recruté par Gruner.

— Eh bien, dans ce cas, trouvez celui qui l'a fait, et vous aurez le coupable.

— Seigneur, inutile de chercher ! C'est moi qui ai engagé Daswani.

— Vous ? Mais je ne comprends pas..., balbutia Rick.

— Karum vivait déjà à Londres avant l'arrivée de Gruner, expliqua Palmerston en tirant sur sa pipe. J'avais besoin d'une personne qui connaisse l'idiosyncrasie indienne. Quelqu'un de là-bas qui ait travaillé pour la Compagnie des Indes orientales. Daswani répondait aux prérequis, et un collègue de toute confiance me l'a chaudement recommandé.

— Qui donc ?

— Celui qui est intervenu pour que je vous concède une entrevue, lord Bradbury. C'est lui qui m'a parlé des compétences de Daswani. Il le connaissait de longue date et il a insisté pour que je l'engage.

Rick comprit aussitôt. C'était donc lui, le coupable. Le vénérable lord Bradbury, le vieil infirme, le bienfaiteur philanthrope. Cela ne faisait plus l'ombre d'un doute. Et dire qu'il l'avait côtoyé pendant tout ce temps.

— Mon ami Memento court un très grave danger !

— Monsieur Hunter, répondit Palmerston, imperturbable, je vous avoue que le sort de cet homme est à présent le cadet de mes soucis. Si au lieu de suborner un geôlier vous aviez attendu la suite des événements, vous n'auriez pas à vous lamenter.

— Ne comprenez-vous donc pas ? Memento va se jeter dans la gueule du loup. Nous devons l'en empêcher.

— Écoutez, j'entends votre inquiétude, mais la situation nous oblige à agir avec la plus grande prudence. Je ne nie pas que Daswani soit impliqué. Cependant, pour l'heure, la principale suspecte reste Daphne Loveray. Il est possible que ce soit elle qui ait convaincu Karum, usant de ruses féminines, de l'aider à exécuter ses plans. Elle était la seule à connaître la clef du langage des fleurs, la seule à pouvoir le modifier à sa guise à l'insu de tous.

— Si vous soupçonniez Daphne, pourquoi l'avoir laissée continuer à utiliser le code floral ?

— Par intérêt. Dans notre travail, il n'y a rien de pire que la précipitation. Nous voulions démanteler son réseau et, pour ce faire, nous avions besoin de temps et d'appâts. Quoi qu'il en soit, j'informerai Gruner de vos soupçons, et nous mettrons en place la stratégie la plus appropriée.

— Je vous répète qu'il y a urgence !

— Je regrette, Hunter.

Rick comprit que jamais ce milord flegmatique ne reconnaîtrait l'implication d'un aristocrate comme Bradbury dans une trahison d'une telle ampleur. Memento était parti à Greenwich depuis des heures. Chaque seconde perdue pouvait signer sa mort.

Avant que Palmerston ne puisse réagir, il lui passa ses chaînes autour du cou en serrant si fort qu'il manqua l'étouffer.

— Je suis navré d'en arriver à cette extrémité, mais vous ne me laissez guère le choix. Maintenant, dites au gardien d'ouvrir la porte.

— Jamais !

— Dépêchez-vous ! aboya Rick en resserrant sa prise.

Les fers ne tardèrent pas à faire leur effet. Palmerston appela un geôlier et, dans un filet de voix, le somma d'ouvrir. Rick donna alors un coup de pied contre la porte et quitta la cellule, protégé derrière son otage.

— Dedans ! ordonna-t-il au garde-chiourme.

Après l'avoir enfermé, il atteignit sans coup férir la salle où les gardes attendaient la relève. En voyant ce qui se passait, l'un d'eux attrapa un fusil et braqua Rick qui se servit de Palmerston comme d'un bouclier.

— Vous êtes fou ? Baissez votre arme sur-le-champ ! vociféra le secrétaire d'État.

Rick profita de la confusion qui régnait pour arracher son fusil au geôlier.

— Ouvrez la grille, vite ! hurla-t-il en mettant les gardes en joue.

L'officier de service fit signe à ses subordonnés d'obtempérer. Rick traîna Palmerston de l'autre côté de la grille et ordonna au responsable de la verrouiller.

— Allez, dépêche-toi ! Maintenant, jette les clefs à mes pieds. Vous autres, mettez toutes les armes dehors, leur enjoignit Rick.

Il continua de reculer avec Palmerston jusqu'à la sortie principale de la prison, où un garçon distrait montait la garde en tenant son fusil comme un balai. Lorsque le jeune comprit ce qui se passait, il était trop tard. Un coup de culasse sur l'épaule le désarma, lui ôtant l'envie de devenir un héros. Il se retrouva allongé par terre, mais ramassa tout de même son arme pour affronter Rick.

— Laisse tomber, petit, l'Angleterre a assez de martyrs comme ça ! lança celui-ci avant de libérer lord Palmerston. Sachez que je regrette sincèrement tout ceci, milord.

Sur ces mots, il tourna les talons pour s'enfoncer au cœur de la nuit.

Il héla un fiacre et pressa le cocher, qui conduisit à vive allure dans les rues fantomatiques de Londres. Après plus d'une heure de course et de coups de cravache, les chevaux s'arrêtèrent épuisés devant le manoir de Greenwich. Rick ordonna au cocher de patienter, vérifia son fusil et courut à l'entrée. Il frappa vigoureusement le heurtoir et hurla sans attendre qu'on lui ouvre :

— Bradbury ! Descends, maudit couard ! Bradbury !

Au bout de quelques instants apparut un majordome que Rick écarta abruptement. Il s'engouffra dans la demeure et parcourut les pièces principales, qu'il trouva vides, les meubles recouverts de draps. Après avoir fouillé plusieurs chambres, il dévala les escaliers et s'approcha de l'employé de maison.

— Où est-il ?

Il appuya le fusil contre sa poitrine. Le domestique était terrorisé.

— Ne tirez pas, s'il vous plaît ! Il est parti il y a une heure environ.

— Où ça ?

— Je ne sais pas. Tout s'est passé si vite. Ce matin, un homme étrange portant des lunettes noires est venu lui rendre visite, il s'est entretenu avec Monsieur, qui s'est mis à pousser des cris après son départ. Il a ordonné que l'on prépare son équipage pour aller sur les docks.

— Où ça exactement ?

— Je ne sais pas non plus ! Il a dit qu'il devait faire un long voyage et m'a demandé de congédier le personnel. Tout s'est fait dans une telle précipitation !

— Essayez de vous souvenir, allez ! le pressa Rick, en appuyant le canon sur son ventre.

— Je vous jure que je n'en ai pas la moindre idée ! L'homme aux lunettes a bien marmonné quelque chose à propos de l'île aux Chiens. Peut-être que Monsieur…

Rick n'attendit pas qu'il termine sa phrase. Il quitta le manoir et sauta d'un bond dans le fiacre. Il ordonna au cocher de prendre la direction des docks et ils filèrent comme s'ils avaient le diable à leurs trousses.

— Tant pis si les chevaux meurent d'épuisement.

Les premiers rayons du soleil se déversaient sur l'île aux Chiens lorsque Rick descendit de la voiture. Comme un possédé, il courut jusqu'à la maison de Memento. Il s'apprêtait à frapper quand il vit que l'entrée avait été forcée. Il brandit aussitôt son fusil, puis poussa la porte de la bâtisse et y pénétra sur la pointe des pieds.

L'obscurité régnait derrière les volets clos. Il appela son ami, mais le silence l'enveloppa. Il aperçut un quinquet qu'il alluma. Le spectacle qui s'offrit alors à ses yeux le saisit d'effroi. Tout était sens dessus dessous, les appareils photographiques détruits, les daguerréotypes écrasés, les meubles renversés, la vaisselle brisée… On aurait dit une friche ravagée par un ouragan. L'angoisse de Rick décupla quand il vit le sang qui imbibait la nappe.

Sans perdre un instant, il retourna au fiacre et ordonna au cocher de le conduire à Charing Cross, mais celui-ci refusa.

— Les chevaux n'en peuvent plus. Ils ne supporteront pas un trajet pareil, l'implora-t-il.

Rick considéra la bouche écumante des bêtes. Le cocher avait raison. Il le paya grassement et se dirigea vers les docks au pas de course. À mi-chemin, il croisa un groupe de pêcheurs qu'il interrogea pour savoir s'ils avaient aperçu un homme portant des besicles noires, ou un monsieur âgé et boiteux. L'un d'eux répondit avoir vu quelqu'un correspondant à la description du vieux.

— J'étais étonné qu'un zigue aussi distingué se promène dans le coin. Il était pas seul. Un Hindou avec un turban l'accompagnait et m'a demandé si la chaloupe était à moi. Ils m'en ont offert 10 livres et je la leur ai vendue. Ensuite, ils ont chargé à bord un énorme sac et sont partis en remontant le fleuve, il y a une heure environ.

Rick le remercia pour les renseignements et continua sa course effrénée, cherchant désespérément un moyen de transport. Arrivé aux abords du quai, il aperçut des escouades de soldats quadriller les docks.

Il se tint à l'écart et les observa inspecter les bateaux amarrés. Il crut apercevoir parmi eux un homme de petite taille, un lorgnon perché sur le nez, et s'approcha prudemment pour s'en assurer. C'était bien Gustav Gruner. Après son évasion de Newgate, l'Allemand avait dû le talonner jusqu'à Greenwich et obtenir du majordome de Bradbury les mêmes informations que lui.

Il battit en retraite pour continuer à pied le long des berges. À cette heure-là, le trafic fluvial était incessant et il n'eut aucun mal à convaincre un batelier, en échange de quelques pièces, de le laisser embarquer. Il s'installa sur des ballots et essaya de recouvrer son calme. Il devait garder la tête froide, ne serait-ce que pour planifier la façon dont il étriperait Daswani et Bradbury. Ils avaient peut-être cherché refuge dans la fumerie d'opium de Charing Cross. Rick ne voyait pas où les chercher ailleurs.

Tout en remontant la Tamise, il tremblait pour Memento. Il voulait conserver l'espoir de le retrouver vivant, mais les traces de sang qui maculaient son logis n'étaient pas de bon augure. Quant à Daphne, plus il y pensait, plus il avait envie de la croire. Les accusations de Palmerston et Gruner semblaient être solidement étayées ; pourtant, une question non résolue lui trottait dans la tête depuis qu'il avait découvert l'existence du langage des fleurs.

Au niveau du dock du Canada, Rick aperçut une haie de chaloupes de l'armée qui bloquait le passage des navires. Il ordonna aussitôt au batelier de cingler vers la rive sud, qui paraissait plus dégagée. De là, il aurait le choix : traverser la Tamise à pied ou par le tunnel creusé sous son lit, pour ensuite prendre un fiacre près de la tour de Londres.

Une fois à terre, il se précipita sans réfléchir à l'entrée de Wapping et paya le penny qui donnait accès à l'extraordinaire ouvrage d'ingénierie, lequel, malgré l'investissement colossal, n'avait jamais été ouvert aux voitures. Rares étaient les piétons qui empruntaient ce tunnel, par crainte que son toit ne s'effondre. Une telle éventualité n'effrayait pas Rick, qui dévala quatre à quatre la volée de marches et courut dans le couloir lugubre éclairé par la terne lumière des becs de gaz. Il tâcha toutefois de s'éloigner des arcades qui abritaient prostituées et malfaiteurs. Alors qu'il progressait en direction de la sortie de Rotherhithe, il crut voir un groupe de gens en haillons se disputer telles des hyènes les restes d'une victime. Il sentit son cœur accélérer. Il chargea son fusil et avança lentement, en se cachant derrière les arcs. Il constata alors que le troupeau était bel et bien en train de piller ce qui ressemblait à un cadavre, à quelques pas de lui, et dont les vêtements lui parurent familiers. Au cri qu'il poussa, les mendiants s'interrompirent un bref instant, avant de lui tourner aussitôt le dos pour reprendre leur sinistre besogne. Rick tira en l'air. La détonation résonna si fort que le tunnel donna l'impression qu'il allait s'écrouler. Les tire-laine abandonnèrent immédiatement leur victime et détalèrent comme des âmes poursuivies par le démon. Rick s'approcha à pas lents de la loque humaine qui gisait, dénudée, au sol. Arrivé aux pieds de la masse informe, il ne put retenir un cri d'effroi. Son ami était méconnaissable, mais Rick identifia ses yeux sans paupières et ses besicles noires en morceaux.

Il respirait encore.

Rick essaya d'éponger le sang de ses meurtrissures, s'apercevant aussitôt de l'inutilité de son geste. Memento ne survivrait pas. Il l'installa du mieux qu'il put, appuyant sa tête blessée sur un coussin de fortune qu'il avait arrangé avec sa veste. Tout en l'implorant de tenir bon, il se jura d'achever ses agresseurs. Impuissant auprès de son ami qui agonisait, il avait la sensation qu'une partie de lui mourait aussi. Il lui redemanda de tenir bon, mais Memento respirait à peine. Il toussa et convulsa. Sous la sinistre lumière jaunâtre, ses yeux semblèrent soudain retrouver un peu de lucidité. Ils fixèrent ceux de Rick en brillant comme s'ils reprenaient vie.

— Rick…

— Oui, mon ami. Je suis là. Ça va aller. Les secours arrivent, mentit-il.

— Rick… Je suis désolé…

Le jeune homme lutta pour contrôler sa rage, sans parvenir à réprimer ses larmes. Il se sentait effroyablement coupable du sort tragique de son ami, comme si toutes les blessures de Memento étaient les siennes. Il le considéra avec un indicible chagrin.

— Ne dis pas de bêtises. Il nous reste encore des fûts de bière à boire.

— Parle…

Memento recracha du sang. Rick le redressa un peu pour qu'il ne s'étouffe pas.

— Parle à la veuve…

— Que veux-tu dire ?

Memento toussa une nouvelle fois avec violence. Rick se sentait totalement impuissant.

— Les… munitions…, haleta le photographe.

— Quoi ? Je ne comprends pas.

— Les… muni… tions…

Sur ces mots, après un râle spasmodique, Memento rendit son dernier souffle.

27

Rick maudit mille fois Bradbury et Daswani.

Avec l'aide de deux vagabonds, il porta la dépouille de son ami à l'église St George-in-the-East, située non loin de là, où le révérend s'engagea à veiller sur le corps.

Rick devait prendre congé. Devant le cadavre de Memento, il murmura une prière pour son âme. Il espérait qu'il existait un paradis où il trouverait le bonheur auprès de Penny. Il caressa ensuite ses cheveux grisonnants souillés de sang et quitta l'église en direction de Charing Cross, bien décidé à retrouver les coupables pour leur régler leur compte.

En attendant l'omnibus, les ultimes paroles du photographe résonnèrent dans son esprit : « Les munitions… »

Qu'avait-il voulu dire ? Il pressa ses doigts sur ses tempes en s'efforçant d'y trouver un sens, en vain. Il secoua la tête, monta à l'étage du véhicule, s'installa sur un banc et essaya de reconstituer les derniers instants de son ami. Bradbury et Daswani avaient sans doute supposé que Memento pourrait leur être utile et l'avaient enlevé, mais en tombant sur un contrôle de la police fluviale, comme lui, ils avaient opté pour le tunnel sous la Tamise. Ensuite, comprenant que Memento n'était qu'un fardeau, ils l'avaient abandonné, le laissant pour mort.

« Les munitions… »

Qu'est-ce que cela pouvait bien signifier ?

Il continua de cogiter tandis que l'omnibus avançait le long du fleuve dans Upper Thames Street. Après avoir passé Blackfriars Bridge, le regard de Rick s'arrêta soudain sur la tour à plomb et demeura comme pétrifié, sans trop savoir pourquoi. À force de voir cette tour si populaire à Londres, il ne la remarquait plus. Il contemplait toujours l'impressionnante construction quand, dans un éclair fugace, il comprit.

La tour à plomb était la cheminée de la Patent Shot Manufactory, l'usine de Bradbury, qui produisait presque toutes les munitions de Londres.

Sans attendre que l'omnibus s'arrête, Rick se laissa glisser jusqu'à la sortie et sauta à terre. Il traversa en courant Blackfriars Bridge en direction de la fabrique.

En s'approchant, il frissonna devant la silhouette en briques fantomatique de l'énorme tour quadrangulaire. Il vérifia son fusil, regrettant d'avoir utilisé sa dernière cartouche dans le tunnel, et contourna ensuite l'enceinte pour en repérer les accès. L'endroit semblait désert, mais la cheminée crachait de la fumée, telle une gigantesque chaudière endormie attendant d'être alimentée. Apercevant à l'arrière du bâtiment un tas de matériaux de construction, Rick se souvint des travaux dont avait parlé Bradbury. À l'aide de planches, il escalada le mur pour atteindre une fenêtre en bois qu'il força. Il accéda ensuite à une galerie qu'il parcourut jusqu'à la balustrade donnant sur la nef principale.

Accroupi, il jeta un œil à la ronde. Il n'y avait pas âme qui vive. Il descendit une volée de marches pour se diriger vers l'entrée de la cheminée, située en contrebas. L'immense porte était ouverte et laissait échapper une lumière ténue. Le cœur battant la chamade, il s'en approcha et entendit des chuchotements. Par réflexe, il ouvrit encore une fois son fusil, toujours déchargé. Il avançait à pas de loup, presque en lévitant, surveillant le moindre recoin, dans la crainte qu'on le surprenne. Puis il s'arrêta et jeta un coup d'œil à l'intérieur.

Son sang se glaça en la voyant au centre de la pièce.

Daphne Loveray gisait inerte, enchaînée à une structure en bois de fortune qui flottait au milieu d'un immense bassin. Il remarqua avec horreur un foulard jaune noué autour de son cou. Des voix se firent de nouveau entendre. Il dirigea son regard vers le coin le plus éloigné de l'enceinte et aperçut Bradbury et Daswani, installés à une grande table rectangulaire, engagés dans une vive discussion.

Sans réfléchir, il fit irruption dans la nef, le fusil pointé sur les deux hommes. Bradbury sursauta. Karum ne cilla pas. Alors qu'il avançait dans leur direction, il sentit l'insupportable chaleur de la cheminée. En visant la tête de l'aristocrate, il leur ordonna de se lever.

— Maudits fils de putes ! Que lui avez-vous fait ? demanda-t-il en désignant Daphne.

— Mais c'est Gabriel Lecrerc, lança Bradbury tout en obtempérant avec une nonchalance extrême. Du calme, mon garçon, le coup pourrait partir.

— Ce ne sera pas accidentel, soyez-en certains. Allez, obéissez ! Et toi, Daswani, détache-la ou…

— Ou quoi ?

L'homme au turban, qui était resté assis, se redressa lentement. Rick braqua son arme sur lui.

— Ne t'approche pas, salaud, ou je te règle ton compte avant même que tu ne clignes des yeux !

— Ton amie va bien, intervint Bradbury. Je l'ai juste étourdie avec un peu d'opium pour l'apaiser. Dis-moi, mon garçon, comment penses-tu faire pour l'emmener ? En la chargeant sur ton dos comme un sac ? Pour cela, tu vas devoir poser ton arme.

— Silence ! Allez, Daswani, je ne le répéterai pas ! Libère-la si tu ne veux pas que je te fasse sauter la cervelle et que je décore les murs de cette usine avec.

Karum obtempéra. À pas lents, il s'approcha de l'immense bassin, tenu en joue par Rick. Cependant, alors qu'il s'apprêtait à détacher Daphne, il se figea.

— Il vaut mieux que tu lâches ton arme, ordonna alors Bradbury.

Rick se retourna et constata que l'aristocrate s'était subrepticement déplacé jusqu'à un dispositif fiché dans le mur dont il empoignait la manette. Le jeune homme cessa de viser Daswani pour revenir à Bradbury.

— Écarte-toi de là !

— Ha ! Sais-tu de quoi il s'agit ? rit le vieux avec assurance. Tu ne t'es sûrement jamais demandé comment fonctionnait une usine de munitions, mais tu vas maintenant avoir l'occasion de le découvrir.

Ses yeux pétillaient de triomphe ; Rick aurait voulu les lui arracher.

— En tirant sur cette manette, on libère le plomb fondu qui se trouve dans une trémie en haut de la tour, expliqua-t-il en désignant l'extrémité du conduit de la cheminée. Le métal incandescent passe à travers un crible, provoquant une pluie de gouttelettes brûlantes qui prennent leur forme sphérique en tombant. Ensuite, au contact de l'eau, les gouttes de métal refroidissent et deviennent des balles. Curieux, n'est-ce pas ? Le souci, ajouta-t-il, c'est que si je lâche du plomb fondu, il atterrira sur ta chère Daphne.

Rick leva les yeux pour constater avec effroi qu'une trémie fumante était effectivement suspendue au sommet de la cheminée et menaçait de déverser sa charge mortelle sur le corps de la jeune femme. Son cœur se figea. Même s'il se jetait sur Bradbury, celui-ci pourrait mettre à exécution son chantage macabre. Rick n'avait pas le choix. Il inspira profondément, laissa tomber son fusil et recula à pas lents, ne se souciant plus de ce qui pourrait lui arriver.

— Daswani, son arme, vite ! ordonna l'aristocrate.

— C'était vous. Depuis le début, lâcha Rick.

— Bien sûr, répondit le vieil homme en souriant. Depuis le début. Quoi, tu attendais la même chose que le troupeau de hyènes qui nous gouverne ? Tu pensais que j'allais demeurer les bras croisés pendant que Palmerston et ses margoulins finissaient de me ruiner ? Non, mon garçon. Tu ne connais pas ces sangsues. Je n'ai pas passé ma vie à travailler d'arrache-pied pour que des incapables spolient mes investissements aux Indes orientales.

Rick ne chercha pas à comprendre ces arguments, dont il se moquait éperdument. Il ne cherchait qu'à gagner du temps en attendant de trouver le moyen de s'échapper de cette souricière.

— Et qu'avait à voir Memento avec tout ça ? Ce n'était qu'un pauvre homme.

— Pour l'amour du ciel ! Un homme, cette épave ? lança Bradbury en riant. Ce type était laid comme les sept péchés capitaux – mais bien plus intelligent qu'il n'y paraissait. Il s'est présenté chez moi en me racontant qu'on t'avait mis en prison, et il m'a fait part de tes soupçons sur Daswani. Naturellement, je suis allé dans son sens. En revanche, j'ai commis l'erreur de lui proposer un verre de vin. Il a alors manifesté un vif intérêt pour ma vaste collection d'armes. Quelle idée de lui en montrer quelques-unes ! Il semblait s'y connaître. Ses yeux de serpent ont soudain fixé le sceau qui identifiait toutes mes modifications et ses manières jusque-là affables ont subitement disparu. Il s'est mis à s'adresser à moi comme si j'étais un charlatan et il a osé me défier, m'assurant disposer de preuves qui démontraient mon imposture. Il m'a parlé d'un fusil portant la même étoile à quatre branches et de bien d'autres choses encore, et il m'a donné rendez-vous chez lui pour me remettre les preuves, en échange d'argent.

— Memento a fait ça ? s'écria Rick, incrédule.

— Tu imagines ? Un pauvre crétin qui me défiait, moi ! Dès qu'il est parti, j'ai envoyé chercher Daswani et nous nous sommes rendus sur l'île aux Chiens. Je suis sûr qu'il a regretté son audace quand je lui ai défoncé le crâne. Et connais-tu la meilleure ? C'était de l'esbroufe. Ha ! Aucune preuve, rien ! À vrai dire, j'ignore ce que voulait ton ami. Peut-être retrouver sa chère Penny, dont il ne cessait de parler.

— C'est vous aussi qui avez tué Penny ?

— Écoute, Gabriel, ou Rick, ou quel que soit ton nom. Je n'ai pas le temps de discuter davantage. Peut-être la prochaine fois, en enfer. Daswani !

L'Hindou hocha la tête, comme s'il savait déjà ce qu'il devait faire. Bradbury, lui, quitta son usine en boitant.

Seul face à Karum, Rick se prépara à vendre très cher sa peau. Daswani visait son front avec le fusil, ignorant qu'il n'était pas chargé. Le jeune homme songea à se jeter sur lui, mais l'autre se trouvait trop près de la manette et, à la première occasion, il pourrait déverser le plomb fondu sur Daphne. Il essaya de lui parler pour le distraire.

— Je vais donc mourir des mains d'un thug. C'est bien ce que tu veux, non ? Que vas-tu faire d'abord ? Me tirer dessus, ou m'étrangler comme Penny ?

— Et pourquoi pas les deux ? s'amusa Karum, comme s'il se régalait à l'avance.

— Tu pourrais aussi me droguer, ironisa Rick en montrant le corps inconscient de Daphne.

— Oui, c'est vrai, mais honnêtement je préfère te voir souffrir.

— Eh bien, qu'attends-tu ?

Rick se préparait à l'attaquer dès que l'autre mettrait le doigt sur la détente.

— Je ne suis pas pressé, sourit Daswani. Laisse-moi savourer cet instant et contempler ta face de rat se déformer de rage en apprenant que c'est moi qui ai commandité l'assassinat de ta belle petite pute de Calcutta.

Même si Rick le soupçonnait déjà, cette confirmation lui fit l'effet d'un coup de poing dans le ventre.

— Espèce d'ordure !

— Moi, une ordure ? Non... Tu n'imagines pas combien j'ai rêvé de ce moment. Tu te souviens de Ramesh Sidhu ?

En entendant le patronyme de l'indigène qui avait assassiné son épouse, le visage de Rick se tordit de haine.

— Je ne l'oublierai jamais, répondit-il en crachant par terre.

— Son nom de famille n'était pas Sidhu.

Pendant un instant, Rick repensa à la première fois qu'il avait vu Karum au Crystal Palace et au sentiment de familiarité qu'il avait éprouvé.

— Lui et toi..., comprit-il.

— On était frères, oui. J'ai cru que jamais je ne te retrouverais, jusqu'au jour où un certain Joe Sanders a débarqué au Foreign Office en prétendant posséder des informations importantes, qu'il était prêt à nous communiquer contre de l'argent. Le hasard a fait qu'il a été reçu par Ralph White, qui a averti Bradbury. Sanders a parlé de son jeune associé, un chasseur de criminels étranger qui passait des heures à enquêter sur les chargements en provenance des Indes orientales. Apparemment, ce Joe en savait plus sur toi que tu ne le pensais. Et donc, après avoir fait le rapprochement, j'ai préparé une embuscade à la gare.

— Joe était une sale vermine.

— Ce n'est pas ce qui manque à Londres. Pour mon malheur, le matin du guet-apens, j'étais en retard et mes hommes ont commencé sans moi. Le temps que j'arrive, tu les avais déjà liquidés. Puis tu as disparu, de sorte que j'ai reperdu ta trace. Sanders a exigé plus d'argent, mais comme il ne savait pas où tu habitais, j'ai décidé de lui arracher la tête. Finalement, tu es venu tout seul m'offrir la tienne sur un plateau. Mais tu vois, à quelque chose malheur est bon. À propos de tête, comment préfères-tu mourir ? Décapité comme Joe, étranglé, ou enseveli sous du plomb fondu avec elle ?

Karum s'approcha du dispositif qui contrôlait la trémie.

— Pourquoi l'avez-vous tuée ? hurla Rick.

— Ta femme ? sourit Daswani. Je préfère que tu meures sans le savoir.

Il visa alors son ennemi et appuya sur la détente, mais à sa grande surprise, rien ne se passa.

Sans perdre un instant, Rick profita de sa stupeur pour se jeter sur lui et l'éloigner de la manette. Ils roulèrent tous les deux sur le sol. Le jeune homme se redressa le premier et frappa son adversaire au visage, mais celui-ci se releva aussitôt, comme si le coup n'avait été qu'une caresse. Rick se trouvait à présent entre Karum et la manette. Voyant l'Hindou sortir de sa ceinture de soie un terrifiant *bagh nakh*, Rick recula pour ramasser le fusil et l'empoigner comme un gourdin. Le colosse ricana, se réjouissant de voir sa proie à sa merci. Rick, toutefois, savait ce qu'il faisait. Il esquiva le premier coup et bondit sur le côté pour éviter le second. Il frappa le visage de son adversaire d'un coup de culasse. Daswani perdit son sourire sans pour autant battre en retraite. Rick parvint à repousser un nouvel assaut et enfonça le canon de l'arme dans les côtes du géant, qui se plia en deux sous l'impact. Pendant un bref instant, Karum sembla douter de ses chances. De son côté, Rick se sentait porté par une détermination inébranlable. Le souvenir de sa femme avait fait de lui un prédateur assoiffé de sang. Daswani fit un pas en arrière, avant de soudain pivoter sur ses talons pour monter les escaliers quatre à quatre, en direction du haut de la cheminée. Surpris de le voir se diriger vers une impasse, Rick comprit son intention en apercevant la trémie de plomb fondu suspendue tout là-haut. Il regarda Daphne, évanouie, enchaînée au milieu du bassin. Le temps qu'il la libère, Karum aurait atteint le sommet. Risquant le tout pour le tout, il se lança à ses trousses. L'autre avait plusieurs enjambées d'avance. Par chance, sa corpulence le ralentissait. À mesure que Rick grimpait, la distance qui les séparait se réduisait. Pourtant les étages se succédaient et son adversaire restait hors de portée. Au cinquième niveau, Rick avait presque rattrapé Karum, mais il était trop tard. Arborant un air de défi, le colosse, essoufflé, saisit la poignée qui actionnerait le déversement de la trémie. Rick observa la scène dantesque avec détresse. La chaleur infernale menaçait de les embraser, sans que Karum paraisse s'en soucier.

— Jette le fusil ! ordonna ce dernier.

— Retire d'abord ta main de cette poignée.

— Je te dis de le jeter !

L'Hindou commença à actionner la manivelle qui retournait la trémie, à deux doigts de déverser son contenu létal. En bas, Daphne était toujours sans défense. Désespéré, Rick obéit.

— Maintenant, dis-moi ce que tu préfères. Mourir d'abord ou souffrir en la regardant brûler ? ricana Daswani, avant d'actionner le mécanisme.

La trémie laissa couler du plomb fondu sur le tamis, qui se mit à suinter des gouttelettes de métal ardent. Le hurlement de Daphne glaça le cœur de Rick.

Il s'élança sans réfléchir sur son adversaire, qui tomba en arrière contre l'une des chaudières. En réaction, Karum enfonça son terrifiant *bagh nakh* dans l'épaule de Rick, qui laissa échapper un cri de douleur. Avec son bras valide, il saisit les griffes métalliques et les écarta de son cou, tout en luttant pour pousser Daswani vers la rambarde. Karum riposta d'un coup de poing qui contraignit son adversaire à reculer ; il en profita alors pour actionner de nouveau la manivelle et déverser le reste du plomb brûlant, provoquant une nuée de vapeur qui lui embrasa le visage.

Rassemblant ses dernières forces, Rick se lança contre lui au milieu du nuage de fumée. Aveuglé, le colosse trébucha et s'agrippa à la balustrade, mais il perdit l'équilibre et s'accrocha à la trémie. Rick pensa un instant le retenir. Il hésita cependant assez longtemps pour que la main de l'Hindou se consume, le précipitant dans le vide.

Après un bref instant de sidération, pétrifié par l'odeur de chair brûlée, Rick dévala les marches et courut vers le bassin sur lequel s'était déversé le déluge de métal ardent. La vapeur envahissait l'enceinte. Aucun être humain n'aurait supporté cette pluie mortifère, mais il pria pour que son stratagème ait fonctionné. Il avança dans la fumée jusqu'au réservoir et poussa l'immense table en bois avec laquelle il avait tenté de protéger le corps de Daphne Loveray avant de se lancer à la poursuite de Daswani. Il dut redoubler de précaution, car des billes de plomb ardent s'étaient solidifiées sur le plateau qui avait servi de bouclier. Il finit par trouver la jeune femme roulée en boule. À l'aide du rossignol de Memento, il la libéra aussi vite que possible puis l'étendit par terre loin de la cheminée. Elle semblait indemne, mais n'avait pas repris connaissance. Il écarta les cheveux de son visage et lui versa dessus un peu d'eau fraîche qu'il trouva dans un baquet. Au contact du liquide, elle réagit.

Il ferma les yeux de soulagement. Il crut défaillir un moment, avant de se ressaisir. Malgré son épaule blessée, il souleva Daphne pour la sortir de cet enfer, laissant derrière lui le cadavre calciné de Daswani.

Rick persuada un gamin d'aller prévenir la veuve Hartford. En l'attendant dans un square voisin, il s'occupa de Daphne. Elle avait recouvré ses esprits, mais elle parlait encore de manière décousue, sans doute sous l'effet de l'opium. Il la prit dans ses bras.

— Comment te sens-tu ? lui murmura-t-il lorsqu'il aperçut une lueur de raison dans son regard.

La jeune femme battit des paupières, puis toussa en contractant son visage dans une grimace de douleur.

— Mal.

Rick examina de nouveau les brûlures de ses vêtements et constata que les projectiles avaient traversé les volants de sa jupe sans l'effleurer. Inquiet, il se demanda quelle était la cause de sa souffrance.

— Qu'est-ce qui t'arrive ? Tu as besoin de quelque chose ?

— D'opium, balbutia-t-elle dans un filet de voix, en palpant la poche de sa robe.

Rick y trouva un petit flacon contenant des pilules. Il en prit une, qu'il fit glisser entre les lèvres de Daphne. Au bout de quelques instants, ses traits se détendirent.

— Je suis désolée.

— Tu es en sécurité maintenant, tout va bien.

La veuve Hartford lança de hauts cris en voyant la jeune femme. Elle s'en occupa aussitôt et la berça comme une enfant.

— Ma petite, que t'est-il arrivé ? sanglota-t-elle.

Daphne la dévisagea sans mot dire.

Rick raconta à Hellen l'état dans lequel il l'avait trouvée, et lui montra le flacon de pilules. La fleuriste secoua la tête. Elle expliqua au jeune homme qu'un mal dévorait Daphne de l'intérieur.

— Je lui ai conseillé maintes fois de consulter d'autres médecins, mais seul l'opium réussit à apaiser sa douleur, déplora-t-elle.

Rick en resta abasourdi. Jamais il n'aurait imaginé que Daphne consommait de la drogue pour des raisons de santé. Il préféra ne pas insister et raconta à la veuve le meurtre de Memento et la lutte avec Daswani.

— Puisse cet Hindou pourrir en enfer ! lança la fleuriste. Mon Dieu, et Memento, mort lui aussi ! Quel grand malheur ! Et toi ? Tu es blessé ! s'écria-t-elle en remarquant son épaule lacérée par le *bagh nakh*.

— Une égratignure, minimisa Rick.

— Pourquoi n'êtes-vous pas allés à la boutique ?

— Gruner nous recherche et a envoyé ses hommes dans toute la ville. Pourriez-vous nous suggérer un endroit où nous cacher ?

Hellen Hartford réfléchit un instant, puis proposa la maison d'une vieille amie dans le quartier de Lambeth.

— Elle s'appelle Maggie Doherty. Elle est veuve comme moi. Je la connais depuis que nous sommes enfants.

L'amie de la fleuriste installa les jeunes gens dans deux chambres contiguës. Tandis qu'ils se reposaient, Maggie sortit faire quelques emplettes et Hellen resta au cas où on aurait besoin d'elle. Ne parvenant pas à trouver le sommeil, Rick se leva et alla retrouver la veuve dans le salon.

— Tu n'arrives pas à dormir ?

— Mon épaule me fait atrocement souffrir, répondit-il en la massant. Vous savez, Hellen, je me suis souvenu qu'au cours de ses derniers instants, Memento m'a demandé de vous parler. Il est mort avant de m'en dire davantage.

La veuve soupira et hocha la tête. Elle raconta à Rick que Memento s'était effectivement présenté dans la boutique pour lui faire part de ses intentions.

— Il était hors de lui, comme si plus rien ne lui importait en ce bas monde. Il marmottait à toute allure, il a évoqué son projet de traquer Bradbury, mais ses phrases m'ont paru étranges, décousues. J'ai cru qu'il était devenu fou.

— Mais que vous a-t-il dit ? s'enquit Rick.

— Je ne m'en souviens plus très bien. Il a parlé d'une étoile à quatre branches qu'il avait découverte sur ton fusil. Ah, et il a mentionné une pièce secrète. Oui, il a précisé qu'il te fallait chercher je ne sais quoi là-dedans.

Son ami avait sûrement voulu lui rappeler que son lingot était caché dans l'habitacle derrière la porte dérobée de sa nouvelle maison. Cependant, tenter d'y accéder, blessé comme il l'était, en sachant que la moitié de l'armée arpentait les docks, aurait été une folie.

La nuit tombait. Rick décida de rendre visite à Daphne pour s'assurer de son état. Il la trouva allongée sur son lit, encore affaiblie, même si elle semblait reprendre vie.

— Je n'ai plus mal, lui confia-t-elle comme si elle se sentait coupable.

Rick l'observa.

— Hellen m'a parlé de ta maladie… De l'opium, pour la douleur.

— Oui…, répondit-elle en baissant les yeux.

— Elle m'a également dit que tu devrais consulter un autre médecin.

— J'en ai déjà vu tellement. Ils ne savent plus quoi me prescrire, se plaignit-elle dans un murmure.

— À Paris, je connais les meilleurs.

— Ce doit être une très jolie ville, sourit Daphne.

Rick l'embrassa, puis il se retira dans sa chambre pour la laisser se reposer.

En se déshabillant, il regretta d'avoir eu des soupçons à son égard. Il contrôla la blessure de son épaule ; la déchirure était profonde, mais il l'avait bien désinfectée. Il s'allongea et pensa à lord Bradbury. Maintenant que Daswani avait succombé, il ne restait plus que lui.

28

Daphne et Rick passèrent trois jours chez Maggie Doherty, le temps de se remettre sur pied. La veuve Hartford vint leur rendre visite plusieurs fois et les informa du retrait du dispositif militaire déployé sur la Tamise. De leur côté, les jeunes gens prirent le temps de converser et d'apprendre à se connaître.

Rick profita de l'absence de Maggie, sortie faire des courses, pour rejoindre Daphne, occupée à écrire dans le salon.

— Que fais-tu ? l'interrompit-il en apportant deux tasses de thé fumantes.

Daphne sourit. Grâce aux attentions que lui prodiguait Rick, ses douleurs la harcelaient moins.

— Je prends quelques notes au sujet des derniers événements, répondit-elle, mais c'est confidentiel.

— Je vois. Nous avons tous nos petits secrets, répliqua Rick.

Tout en buvant son thé, il contempla la jeune femme, son port délicat, ses yeux clairs, en se demandant s'il devait lui ouvrir son cœur. À la troisième gorgée, il se décida.

Il lui raconta comment, des années plus tôt, il avait été marié à une femme formidable qu'il n'avait pas pu oublier. Il vivait alors à Calcutta et se consacrait corps et âme à son travail de botaniste. Il n'avait pas de raison de se plaindre de la Compagnie, et les Indes étaient un endroit où il pouvait apprendre tout en faisant fortune. Mais les choses avaient changé lorsqu'il l'avait rencontrée.

Rick regarda par la fenêtre du salon comme s'il pouvait remonter le temps ; il crut apercevoir des zébus et des palmiers.

— C'était la fille d'un colonel de l'armée de la Compagnie. On me l'a présentée lors d'une fête et nous avons immédiatement sympathisé. J'ai d'abord été conquis par sa gentillesse, avant de découvrir le cœur merveilleux qui se cachait derrière sa beauté. Je dirais qu'elle m'a transformé, m'a rendu meilleur.

Daphne referma son carnet et considéra Rick d'un air concentré.

— Continue, je t'en prie.

— Ce fut une époque fabuleuse. Après notre mariage, nous nous sommes installés dans une maison modeste des faubourgs, loin de la discipline des baraquements. La liberté l'enthousiasmait, tout comme les menues choses de la vie. Elle aimait voir les enfants barboter dans les rivières, ou se vêtir d'un sari orange acheté au marché.

Il avait l'impression qu'elle se trouvait devant lui.

— D'une certaine façon, elle m'a ouvert les yeux. Je ne pensais qu'à moi, et elle m'a fait comprendre l'importance d'un geste, d'un sacrifice, d'une caresse.

— Que s'est-il passé ?

— Elle est morte, répondit-il en baissant la tête. Un frère de Daswani l'a tuée. J'ignore encore pourquoi, mais je soupçonne que c'était lié à mon refus d'obéir aux derniers ordres de la Compagnie.

— Comment ça ?

— Je parle de la guerre de l'Opium. La corruption régnait au sein de la Compagnie, qui était confrontée à des difficultés financières. Ses dirigeants ont vu dans la Chine la solution à tous leurs problèmes. Il leur fallait une excuse quelconque pour exploiter ses richesses infinies, et ils ont trouvé dans l'opium un moyen parfait pour parvenir à leurs fins.

— Quel était ton rôle ?

— Aucun, en fait. Je n'étais qu'un simple botaniste. Peu après notre mariage, la Compagnie a décidé de m'envoyer à Darjeeling, au Bengale-Occidental, pour que je m'occupe là-bas des nouvelles plantations de thé. Une fois sur place, j'ai découvert que c'était en réalité du pavot qu'ils comptaient cultiver, dans le but de faire du trafic et d'inonder la Chine d'opium, brisant ainsi la volonté de millions d'individus.

— C'est terrible.

— Connaissant les effets dévastateurs de cette drogue, je m'y suis farouchement opposé dès que j'ai compris le véritable dessein de la Compagnie.

Le regard de Daphne, qui connaissait mieux que personne l'impact de l'opium sur la santé, s'assombrit.

— Et ensuite ?

— Ils ont d'abord fait preuve de complaisance, en me considérant comme un pauvre crétin acquis aux idéaux de sa petite épouse. Mais lorsque je les ai menacés d'informer les journaux de Londres, les intimidations ont commencé. Un jour, de retour chez nous, j'ai découvert ce maudit indigène qui étranglait ma femme.

— Dieu du ciel !

— On m'a finalement accusé de les avoir assassinés tous les deux. Ils ont voulu m'arracher des aveux à coups de fouet, mais j'ai réussi à m'enfuir sur le chemin de la prison. Je suis revenu à Londres, j'ai changé de nom et j'ai embrassé une vie d'aventurier. J'ai vécu toutes ces années rongé par l'amertume, avec pour unique objectif de retrouver ceux qui avaient commandité le meurtre de mon épouse.

Rick vida sa tasse de thé et regarda de nouveau par la fenêtre. Daphne le prit dans ses bras.

— Dire que je me croyais infortunée, soupira-t-elle.

Il la remercia pour son geste, puis alla se réfugier dans sa chambre pour s'abandonner seul à sa tristesse.

Le lendemain, Daphne trouva Rick en train d'aider Mme Doherty dans la cuisine. Elle avait accordé quelques jours de congé aux domestiques pour éviter qu'ils ne parlent, et elle croulait sous le travail. En arrivant, la jeune femme attrapa une cuillère en bois pour s'occuper du ragoût.

— As-tu bien dormi ? lui demanda Maggie.

— Comme une bienheureuse. La laine de ce matelas est une véritable bénédiction, sourit-elle. Hellen viendra-t-elle aujourd'hui ? Elle a promis d'apporter des nouvelles fraîches.

— Nous sommes convenues de nous retrouver dans un café à Piccadilly, l'informa la maîtresse des lieux qui plumait une poule.

En constatant son manque d'adresse, Rick s'empressa de lui porter secours.

— Je m'en occupe, madame Doherty. Allez vous préparer pour ne pas arriver en retard à votre rendez-vous.

Maggie le remercia de lui épargner ce carnage. Après s'être lavé les mains, elle se retira dans ses appartements, et Daphne félicita Rick pour ses talents cachés.

— Aux Indes, si on ne veut pas passer des heures dans les latrines, mieux vaut apprendre à cuisiner ses repas, plaisanta-t-il en volant un baiser à la jeune femme.

Ils restèrent affairés aux fourneaux jusqu'à ce que Mme Doherty revienne prendre congé. Lorsque la porte se referma, Daphne délaissa son plat et se tourna vers Rick.

— Quoi ? demanda-t-il.

— Rien. Je te regarde, c'est tout.

— Je dois être plus emplumé que cette pauvre poule.

Elle le scruta un moment.

— Tu es quelqu'un de bien. Merci de m'avoir raconté ce qui est arrivé à ton épouse.

— C'était important pour moi.

Elle s'approcha de Rick, qui essayait à présent tant bien que mal de désosser le gallinacé.

— Tu permets ?

Elle s'empara de l'animal. Le jeune homme s'écarta pour admirer les gestes délicats de Daphne. Puis il l'enveloppa de ses bras et l'embrassa doucement dans le cou.

— Quel délice, lui murmura-t-il.

— Je ne te le fais pas dire. Tu sais, ajouta-t-elle après un silence, j'ai bien réfléchi et je crois que nous devrions aller au Foreign Office.

— Au Foreign Office ? s'exclama-t-il en reculant. Pour quoi faire ? Pour qu'on nous arrête ?

— Écoute, Rick, nous n'allons pas pouvoir nous cacher éternellement. Nous leur raconterons ce qui s'est passé. Je parlerai au Premier ministre, ou à la reine Victoria s'il le faut.

— Et que vas-tu leur dire ? Je t'en prie, Daphne, je connais ces gens ! Je suis recherché pour assassinat, j'ai agressé lord Palmerston, je me suis évadé de Newgate. Ils vont me fusiller. Et quel sort penses-tu qu'ils vont te réserver ? Palmerston et Gruner t'accusent de trahison. Ils sont convaincus que tu as révélé leur code secret de communication aux ennemis du pays.

— Mais ce n'est pas moi. Je leur expliquerai que c'est Bradbury qui…

— Bon sang ! Tu ne comprends donc pas ? Ça ne te sera d'aucune utilité, l'interrompit-il. Ils penseront que tu étais de mèche avec lui, que tu étais sa complice. De plus, nous ignorons si Bradbury est vivant ou mort. S'il s'est enfui ou s'il s'est livré. Nous ne savons rien, rien !

— J'ai des preuves, Rick.

— Quelles preuves ?

— Alan Sinclair.

— L'analyste financier ?

— Oui. Sinclair et moi avons découvert que le code avait été éventé, et nous avons aussitôt soupçonné White. J'ignore encore comment, mais Sinclair a compris que Bradbury avait corrompu Ralph White, le mathématicien, pour qu'il lui cède la clef de chiffrement. Quand il a appris que White avait été renversé par un fiacre, Sinclair a craint pour sa vie et a disparu de la circulation.

— Si tu étais au courant, pourquoi ne l'as-tu pas dit à Palmerston ?

— J'ai eu l'information seulement le soir où je t'ai laissé au Mivart's. Jusqu'alors, je soupçonnais Gruner. Après avoir pris congé, je suis rentrée chez moi, où m'attendait une lettre de Sinclair qui me donnait rendez-vous de toute urgence à Bayswater. Apparemment, il savait que Gruner allait m'accuser et il était prêt à témoigner contre Bradbury. Ce soir-là, lorsque j'ai quitté mon domicile, j'ai senti que j'étais filée. Je me suis donc acheminée vers la gare de London Bridge pour mettre mon suiveur sur une fausse piste. Je suis montée dans un train à destination de Douvres et je suis descendue juste avant le départ. Je me suis alors dirigée vers Bayswater où j'ai retrouvé Sinclair. Il m'a confirmé que Bradbury était derrière tout cela et qu'il disposait de preuves, mais il avait besoin que je lui garantisse sa sécurité pour pouvoir témoigner.

— Comment comptait-il le prouver ?

— Il m'a montré des documents concernant la fumerie d'opium, qui liaient Bradbury et Daswani.

— Je ne comprends pas.

— Un chantage. Personne au Foreign Office ne connaissait la véritable relation entre les deux hommes. Selon Sinclair, Bradbury avait monté la fumerie d'opium en cachette à l'intention de Karum. Un établissement bien situé, magnifiquement décoré, où officiaient de jeunes beautés prêtes à tout – une toile d'araignée parfaite pour que tombent dans ses filets des aristocrates et politiciens, à qui Daswani extorquait des informations hautement confidentielles qu'il transmettait à Bradbury.

— La fumerie d'opium que tu fréquentais.

— Oui, mais à ce moment-là j'ignorais quelle en était la finalité et à qui elle appartenait. Je me suis fiée à Bradbury lorsqu'il me l'a recommandée comme un endroit discret où apaiser ma douleur. Comment pouvais-je imaginer ce qui se tramait entre ses murs ? Bref, après mon rendez-vous avec Sinclair, nous sommes convenus de nous revoir, mais sur le chemin du Mivart's pour te retrouver et tout te raconter, on m'a attaquée par-derrière. La dernière chose dont je me souviens, c'est une odeur de chloroforme. Je me suis ensuite réveillée enchaînée dans ce bassin.

— Daswani.

— Certainement, oui.

Tout cela dépassait Rick. Daphne était la seule personne en qui il avait confiance. Il déboucha une bouteille de gin et but directement au goulot. Se présenter au Foreign Office relevait du suicide, quand bien même la jeune femme disposait de preuves. Il le lui fit savoir. Pour rien au monde il ne permettrait qu'on les emprisonne.

— Allons à Paris. J'ai beaucoup d'argent que j'ai mis à l'abri. Embarquons sur le premier navire marchand au départ de Douvres.

— Et Bradbury ? Et le code ? La Grande-Bretagne a besoin…

— Ha ! La Grande-Bretagne ? se récria-t-il en haussant le ton. Si tu savais comme la Grande-Bretagne m'a aidé lorsque mon épouse est morte ! La Grande-Bretagne n'a pas d'amis ni d'ennemis permanents, elle n'a que des intérêts permanents.

— Rick, je ne peux pas partir comme ça et abandonner mes compatriotes. Impossible de regarder ailleurs en sachant qu'il est en notre pouvoir de déjouer l'attentat dont tu m'as parlé. Si tu ne le fais pas pour eux, fais-le au moins pour moi.

Rick garda le silence. Certes il avait évoqué avec Daphne l'éventualité d'une attaque au Crystal Palace, mais il ignorait la façon dont ils pourraient l'empêcher. Quoi qu'il en soit, elle avait raison. Sans compter qu'il y avait Billy.

Ils convinrent donc de se rendre au Foreign Office le lendemain. Ce soir-là, Rick décida d'aller sur l'île aux Chiens chercher le lingot d'or que Memento avait caché derrière la porte dérobée.

Il revint au crépuscule avec un sac plein d'affaires qu'il glissa sous son lit.

Rick et Daphne passèrent la nuit ensemble. Il se faufila dans sa chambre en songeant qu'il savourait peut-être ses baisers pour la dernière fois, craignant que le destin ne leur joue au matin son plus mauvais tour.

Londres se réveilla sous la pluie, avec une odeur qui déplut particulièrement à Rick. Il ne s'agissait pas d'une journée maussade comme les autres. Il prit son petit déjeuner à la hâte et remit le billet que Daphne venait d'écrire à un cocher, en lui donnant l'adresse de Hellen Hartford. Tout en vérifiant la musette dans laquelle il avait flanqué ce qu'il avait ramassé dans la cachette de Memento, il demanda à Daphne de se presser.

Dans le fiacre qui les conduisait au Foreign Office, Rick passa en revue le plan de la jeune femme.

— Voyons si j'ai bien compris : nous attendrons Hellen au bord de l'étang de St James' Park, et elle nous dira si elle a réussi à transmettre ton message à lord John Russell, le Premier ministre, grâce auquel il nous concédera une entrevue.

— C'est plutôt le code que j'ai utilisé dans mon billet qui le convaincra de nous recevoir.

— Oui, la clef de chiffrement..., répéta Rick en secouant la tête. Entendu. La veuve Hartford s'assurera également que nous soyons reçus sans crainte de représailles. Nous nous présenterons donc en toute confiance devant le Premier ministre, qui nous invitera à prendre un café et des pâtisseries, et nous lui raconterons notre histoire, est-ce bien cela ?

— Oui, acquiesça-t-elle, sûre d'elle.

— Bon sang, ce plan ne tient pas debout ! Comment diable me suis-je laissé convaincre ?

Rick ne cessa de jurer tandis que la calèche bifurquait sur Piccadilly en direction de Haymarket. Ils descendirent sur le Mall et s'engouffrèrent dans le parc jusqu'à la passerelle où ils avaient rendez-vous avec la fleuriste. Le jeune homme serra la musette contre sa poitrine, se fiant davantage à son contenu qu'aux promesses de Daphne. Ils attendirent dans la bruine en ébauchant des projets d'avenir, qui ne se réaliseraient certainement jamais. Enfin, au bout d'une heure environ, apparut entre les arbres une silhouette ronde, avec un étrange chapeau qui se balançait sur sa tête. Arrivée au petit pont, la veuve exulta de joie en les prenant dans ses bras.

— Je me suis entretenue avec le Premier ministre en personne ! annonça-t-elle.

Elle les informa que lord John Russell les recevrait dans un salon privé du bâtiment du Trésor.

— Ce n'est pas ce dont nous étions convenus, marmonna Rick à l'adresse de Daphne. Tu m'avais dit qu'il viendrait seul dans un café. C'est un piège !

Daphne ne répondit pas et serra les mâchoires.

— J'y vais, déclara-t-elle en fixant Rick droit dans les yeux.

Elle l'embrassa sur les lèvres en guise d'adieu et, tête baissée, se dirigea vers le Trésor.

Rick la regarda disparaître entre les arbres. Il se maudit mille fois. Il ne savait que faire. Il dévisagea la veuve d'un air implorant, mais elle garda le silence. Finalement, il donna un coup de pied dans la balustrade de la passerelle et s'élança à la suite de la jeune femme.

Lorsqu'ils atteignirent ensemble l'entrée du bâtiment, le garde en faction les identifia et contrôla qu'ils ne portaient pas d'armes, avant de les conduire dans une pièce voisine. Daphne prit place sur l'une des chaises rouges garnies de velours. Rick l'imita après avoir glissé sa musette sous l'immense table ronde en noyer. Presque deux heures s'écoulèrent avant que la porte ne s'ouvre, laissant apparaître un monsieur chauve arborant d'imposants favoris, accompagné de lord Palmerston. Rick et Daphne se levèrent pour les saluer, mais l'homme aux rouflaquettes se passa des formalités pour feuilleter le rapport que le secrétaire d'État au Foreign Office avait extrait de sa sacoche.

— Tout cela est fort précipité, fit remarquer Palmerston sur un ton irrité, pendant que lord John Russell poursuivait sa lecture. Il n'est pas prudent de se réunir avec un proscrit violent et une renégate.

— Calmez-vous, Henry, murmura le Premier ministre. Bonjour, Daphne.

— Je suis ravie de vous voir, John.

— Vous… vous vous connaissez ? demanda Palmerston en levant un sourcil, surpris d'une telle familiarité.

— Depuis des années, répondit Russell en laissant tomber le dossier sur la table. Bien, j'apprends dans ce rapport rédigé par Gustav Gruner qu'on accuse Mme Loveray de trahison, d'espionnage, de dépendance à la drogue et de bien d'autres choses effroyables. Pour couronner le tout, ajouta-t-il à l'adresse de Daphne, vous vous présentez avec un individu qui, en plus d'être inculpé de double assassinat et d'évasion avec prise d'otages, semble être votre amant.

— Vous savez bien, John… Des racontars.

— Des racontars ? la défia Palmerston. Ce scélérat a passé ses chaînes autour de mon cou et a serré comme pour étrangler un rat !

— Vous paraissez pourtant en forme, Henry, ironisa Russell. Bon, réglons une bonne fois pour toutes cet embrouillamini. Après avoir reçu votre billet, Daphne, j'ai ordonné qu'on envoie chercher lord Bradbury. Cela fait déjà trois heures, il ne devrait plus tarder, ajouta-t-il en consultant sa montre.

Il n'avait pas fini sa phrase que quelqu'un frappait à la porte.

— Entrez, lança Palmerston.

Bradbury et Gruner apparurent alors, escortés par un officier de la garde. Ils prirent place autour de la table. En voyant le vieil aristocrate, Rick se souvint du corps privé de vie de son épouse. Il dut se contenir pour ne pas lui sauter dessus et effacer de force ce sourire insolent empreint de suffisance. Après les salutations d'usage, Palmerston prit la parole.

— Fort bien. Nous voici donc réunis à la demande de lady Ashley King, avec l'autorisation expresse du Premier ministre du Royaume-Uni, lord John Russell, ici présent. Outre les personnes déjà mentionnées, assistent à cette rencontre lord Bradbury, le consul d'Allemagne Gustav Gruner, M. Gabriel Lecrerc et moi-même. Si vous le voulez bien, en vertu de l'ordre des prises de parole établi par notre Premier ministre, je laisse lady King nous expliquer la raison pour laquelle elle nous a convoqués.

Daphne se leva aussitôt et s'adressa à lord John Russell.

— Milord, merci d'avoir accédé à ma demande. Cependant, je dois souligner ma stupeur de me trouver devant le monstre qui a provoqué tant de morts et de souffrances, précisa-t-elle en désignant lord Bradbury. J'avais sollicité une réunion privée, en présence d'Alan Sinclair. Je...

— Je vous en prie, Daphne, allez droit au but, l'interrompit Russell.

— Comme chacun le sait ici, poursuivit-elle, le séisme de la trahison a depuis un certain temps ébranlé les fondements du Foreign Office. Depuis que notre ancien code de communication a été éventé, j'ai travaillé avec acharnement pour mettre en place un nouveau système de cryptage qui garantisse la sécurité de notre pays. Ce code permettait en effet à la fois de contourner les traîtres et de les confondre.

— Nous savons tout cela. Abrégez, je vous prie, lui enjoignit lord John Russell, qui montrait des signes d'impatience.

— Oui, monsieur le Premier ministre. Vous connaissez également mes efforts pour prouver que Gustav Gruner était le traître que nous recherchions. La coïncidence entre son arrivée et son animosité à mon encontre m'a tout de suite semblé suspecte. Il est vrai que le code a été décrypté avant qu'il n'entre en fonction, mais son constant dénigrement de mon travail m'a amenée à la conclusion que…

— Daphne, si vous pouviez être plus concrète…

— En un mot, soupira-t-elle, je reconnais m'être trompée sur le compte de M. Gruner. Je le sais à présent, car je possède les preuves qui démontrent que lord Bradbury, la sangsue assise en face de vous, sous ses dignes apparences de vieillard innocent, est le renégat qui non seulement a mis en échec notre gouvernement, mais a aussi corrompu, trahi et assassiné tous ceux qui se sont dressés sur son chemin.

— À ce stade, Daphne, je me vois dans l'obligation de vous rappeler que lord Bradbury conserve la respectabilité qui sied à son rang. Du reste, il y a trois jours, il s'est présenté volontairement devant nous pour vous incriminer, Karum Daswani et vous, des mêmes délits que vous venez de lui reprocher.

— Quoi ? intervint Rick en pointant du doigt le vieil homme. Mais comment ce maudit salaud ose-t-il ? Allez-vous prêter attention à ses mensonges ?

— Silence ! le somma lord Russell. Ou j'ordonne à la garde de venir vous arrêter sur-le-champ.

Daphne effleura le bras de Rick pour qu'il se calme.

— Je crois, monsieur le Premier ministre, suggéra lord Palmerston, qu'il serait à présent opportun d'écouter les allégations de la partie offensée.

— Je n'y vois pas d'objection, concéda lord John Russell.

— Bien, dit Gustav Gruner en se levant. Dans ce cas, si vous me le permettez, je vais présenter devant vous ma défense, ainsi que celle de lord Bradbury. Comme pourra en témoigner le secrétaire d'État au Foreign Office ici présent, depuis ma prise de fonction, je me suis efforcé de découvrir le traître qui a compromis la sécurité de nos transmissions internationales. Je l'ai systématiquement informé de mes conclusions qui convergeaient toutes vers lady King. Lord Palmerston le sait, mais je me permets de le rappeler à monsieur le Premier ministre : emportée par sa fierté et son arrogance, cette femme a trouvé la clef de chiffrement de notre méthode de communication et l'a révélée à l'ennemi pour mettre en place un code floral absurde, avec votre approbation, monsieur Russell.

— Lord John Russell, le corrigea le Premier ministre.

— Oui, bien entendu, milord, s'excusa Gruner. Lady King, comme elle vient elle-même de le reconnaître, n'a eu de cesse de se défausser sur moi. Elle a fourni des preuves de son improbité et de son infamie, non seulement en souillant le nom de son honorable mari, mais aussi en s'adonnant à la consommation d'opium et à l'indécence.

Gruner marqua une pause dramatique, puis reprit :

— Je dois préciser qu'elle a entretenu des relations impudiques avec Gabriel Lecrerc, ici présent, un proscrit accusé de meurtre, et ce dans la résidence même de lord Bradbury. Enfin, comme celui-ci nous en a également informés, elle fréquente une fumerie d'opium tenue par M. Daswani.

— Ce dernier point est-il vrai ? s'enquit lord Russell.

Pour toute réponse, Daphne baissa les yeux.

— Fort bien, monsieur Gruner, poursuivez, le pressa le Premier ministre.

— Merci, milord. Soupçonnant que lord Bradbury allait témoigner contre elle, lady King vous a fait parvenir ce billet diffamatoire. En réalité et à la faveur des affirmations de lord Bradbury, nous savons qu'elle a eu recours, pour exécuter ses sombres desseins, à un tueur à gages, Karum Daswani, qu'elle fréquentait dans la fumerie d'opium, ainsi qu'à un assassin, Gabriel Lecrerc. J'ai placé cet homme sous surveillance, car il m'a paru suspect dès le moment où il m'a été présenté. J'ai ainsi trouvé, caché dans la barcasse qui lui servait de logis, un fusil de précision, avec lequel, je suppose, il avait l'intention de perpétrer un attentat au Crystal Palace. À eux deux, Daswani et Lecrerc ont tué tous ceux qui les empêchaient d'atteindre leurs objectifs, à savoir le mathématicien White, le jardinier Gus et la fleuriste Penny Ryan.

— C'est faux ! l'interrompit la jeune femme.

— Je vous en prie, Daphne, attendez qu'il termine, déclara lord John Russell.

— Monsieur le Premier ministre, personne n'ignore votre amitié pour lady King, mais je vous demande, avec tout le respect qui vous est dû, de ne pas vous laisser influencer par ces liens, pas plus que par son air faible et innocent. Quant à lord Bradbury, ses innombrables œuvres philanthropiques sont de notoriété publique, tout comme son fervent patriotisme, ce qui n'a pas empêché cette femme, comme elle l'a déjà fait avec moi, de l'injurier et de le vilipender sans aucune preuve. J'exige donc que ce cabinet procède à son incarcération immédiate, ainsi qu'à celle du mercenaire qui l'accompagne.

Bradbury acquiesça, satisfait. De son côté, lord Palmerston se tourna vers le Premier ministre pour connaître son verdict. John Russell considéra Daphne Loveray d'un air grave.

— Fort bien, Daphne, s'il est vrai que vous détenez les preuves que vous avez mentionnées, le moment est venu de les présenter.

La jeune femme se leva, le visage empourpré par la fureur. Elle dut fournir un effort considérable pour ne pas perdre contenance.

— Merci, milord. Dans le billet que Mme Hartford vous a envoyé ce matin, je vous disais qu'Alan Sinclair était disposé à témoigner contre lord Bradbury. Comme vous le savez, Sinclair travaillait pour le Foreign Office en tant qu'analyste financier spécialisé dans les cotations en Bourse de la Compagnie des Indes orientales, jusqu'à ce qu'il disparaisse soudainement. Par chance, j'ai pu le retrouver il y a quelques jours et m'entretenir avec lui.

— Comment ? Vous avez localisé Sinclair et vous ne nous en avez pas avertis ? s'insurgea Gruner.

— Je disais donc, poursuivit Daphne sans faire cas de lui, que Sinclair m'a montré une série de documents attestant que lord Bradbury est le véritable propriétaire de la fumerie d'opium, où les prostituées de son homme de main, Daswani, extorquent de précieuses informations aux hauts dignitaires qui fréquentent l'établissement. C'est ainsi que Bradbury a corrompu le mathématicien Ralph White, qui lui a transmis la clef de chiffrement de l'ancien code de communication. Cet homme a planifié la disparition de tous ceux qui faisaient obstacle à ses projets, et Karum a exécuté, sur ses ordres, Ralph White, Gus et Penny. Ils sont tous les trois morts à cause de son ambition. Sinclair peut tout prouver, et c'est la raison pour laquelle j'ai sollicité sa présence aujourd'hui.

— Ce n'est qu'un ramassis de mensonges ! intervint le vieil aristocrate. Je ne connais Daswani que par ouï-dire. Je l'ai recommandé à lord Palmerston parce qu'un ancien associé m'a parlé de ses contacts aux Indes, mais je ne l'ai jamais rencontré, pas plus que j'aurais pu imaginer qu'il puisse s'allier à lady King pour trahir notre patrie. Au nom de l'Empire, je jure que c'est la stricte vérité.

— Fort bien, Daphne, pourriez-vous nous montrer les documents qui prouvent vos accusations ? lui demanda le Premier ministre.

— Je vous l'ai expliqué dans mon billet, milord, Alan Sinclair voulait vous les présenter en personne. C'est la raison pour laquelle je vous ai prié de le convoquer.

— Mais alors, ces documents, vous ne les détenez pas vous-même ?

— Non, pourquoi ?

— Je suis navré, Daphne. Alan Sinclair a été retrouvé mort hier. Il s'est jeté sous un train, à la gare de London Bridge.

La jeune femme devint livide. Sans Sinclair, toutes ses incriminations s'écroulaient comme un château de cartes. Elle essaya bien d'argumenter à propos de la fuite inopinée de Bradbury, mais celui-ci allégua qu'il s'agissait d'un voyage prévu de longue date.

— Cependant, lorsque j'ai eu vent qu'on recherchait un traître, j'ai fait des rapprochements et je me suis empressé de révéler mes soupçons à Gustav Gruner, se défendit le vieil homme.

— Je suis navré, Daphne, fit le Premier ministre, mais sans ces documents, je me vois dans l'obligation de vous arrêter, vous et votre ami Lecrerc.

— Un moment, milord, intervint Rick. Si vous me permettez... Je peux prouver que Bradbury est le traître que Daphne a signalé.

— En voilà assez ! s'interposa Gruner. Monsieur le Premier ministre ! Jusqu'à quand nous verrons-nous contraints de supporter les infamies de ces charlatans ?

— Jusqu'à ce que je le dise, répliqua Russell. Monsieur Lecrerc, vous disposez d'une minute.

— Merci, milord. Ce menteur impudent au sourire cynique a tué un homme qui s'appelle Memento, déclara Rick en se levant, le doigt pointé sur l'aristocrate. Un homme qui non seulement avait le plus grand cœur que je connaisse, mais qui était mon meilleur ami. Bradbury et Daswani l'ont assassiné, tout comme ils ont essayé de me supprimer et d'en faire de même avec Daphne Loveray. Ce renégat hypocrite vous trompe en rejetant la responsabilité de ses crimes sur des innocents. Il n'a eu de cesse de recourir au mensonge et au meurtre avec un sang-froid impitoyable.

— Ha ! Sont-ce là vos preuves ? demanda lord Bradbury en souriant. Monsieur le Premier ministre, cela fait des semaines que je n'ai pas vu ce Memento. Quel crédit accordez-vous aux accusations d'un proscrit aux abois ?

— Vous êtes un homme dépravé, poursuivit Rick sans ciller. Sous votre apparence calculée de philanthrope se cache un criminel capable de n'importe quel stratagème pour atteindre ses objectifs. Vous mentez ! Vous mentez quand vous dites ne pas connaître Daswani ! Vous mentez quand vous dites ne pas avoir vu Memento ! Daswani et vous l'avez tué, comme tous les autres !

— Monsieur le Premier ministre ! s'écria Bradbury en se levant. J'en appelle à votre soutien ! Je jure que je ne connaissais pas personnellement Daswani et que je n'avais rien à voir avec ce Memento. Dois-je encore longtemps supporter les insultes de ce crétin ?

— Monsieur Lecrerc, dit Russell en se redressant à son tour, l'air plus sérieux que jamais, si ce sont là vos preuves, j'ai le regret de vous informer que…

— Je n'ai pas fini ! le coupa Rick.

Sans laisser le temps à lord Russell de réagir, il tira de la musette qu'il avait cachée sous la table une plaque de cuivre qu'il lui tendit.

— De quoi s'agit-il ? s'enquit le Premier ministre en la prenant.

— C'est une image photographique, un daguerréotype. Je vous prie de bien vouloir l'observer de près : vous y verrez Daswani et Bradbury ensemble, au moment précis où ils ont assassiné Memento.

Épilogue

Quelques jours dans les cachots de Newgate suffirent à Bradbury pour succomber à la persuasion de ses geôliers. Dans un premier temps, il nia tout en bloc. Il essaya ensuite de négocier, avant finalement de confesser jusqu'au dernier de ses crimes. Il implora la clémence, mais n'en obtint pas davantage que ses malheureuses victimes.

Lord John Russell fut chargé de transmettre à Daphne et à Rick la teneur de ses aveux, ainsi que les motifs qui l'avaient conduit à commettre son effroyable série de meurtres, à commencer par celui de l'épouse de Gabriel Lecrerc.

Le jeune homme écouta attentivement le Premier ministre.

— Bradbury n'était pas seulement un aristocrate, c'était aussi ce qu'on appelle un nabab, un investisseur dont la fortune s'est bâtie dans nos territoires d'outre-mer. Néanmoins, en dépit des apparences, il était au bord de la ruine. Le Government of India Act de 1833 avait dépossédé la Compagnie de son dernier monopole, celui du thé, et Bradbury, voyant sa principale source de revenus en danger, a utilisé son réseau d'extorsion pour s'adjuger l'exploitation des territoires de Darjeeling. Mais à la place du thé, il a décidé d'y cultiver du pavot, destiné au trafic avec la Chine. Lorsque vous vous êtes rebellé, monsieur Lecrerc, et que vous avez informé la Couronne de ce qui se passait à Darjeeling en menaçant d'avertir la presse, Bradbury a signé votre arrêt de mort.

— C'était donc lui ? bredouilla Rick. Dire que j'ai toujours soupçonné un membre du gouvernement…

— Vous ne faisiez pas complètement fausse route. Même si, à l'époque, la Compagnie n'était plus qu'un pantin aux mains de la Couronne, Bradbury y exerçait encore une influence puissante. En apprenant qu'un botaniste un peu trop scrupuleux menaçait de lui mettre des bâtons dans les roues, il a demandé à son fidèle Daswani de l'en débarrasser.

— Mais à ce moment-là, Karum était à Londres.

— Oui, et c'est la raison pour laquelle il a confié la tâche à un parent proche. Son frère Ramesh s'est chargé à sa place de se rendre à votre domicile, à Calcutta, avec pour mission de vous liquider. Malheureusement, il y a trouvé votre épouse seule. Nous ne pouvons pas déterminer ce qui s'est passé, mais elle a certainement résisté et… Bref, la suite, vous la connaissez. Après la mort de votre femme, les proches de Karum ont décidé de vous incriminer et ont fabriqué de faux témoignages.

— Qu'en est-il de la signature de Daswani sur la plainte ?

— Selon les aveux de Bradbury, une fois prévenu de l'échec de l'opération, son homme de main est reparti aux Indes pour honorer son frère défunt et exécuter sa vengeance. C'est à ce moment-là qu'il vous a accusé. Après votre évasion, il est revenu à Londres et a continué à travailler en tant que gérant de la fumerie d'opium, où il extorquait des informations à de hauts dignitaires du gouvernement.

— Et il m'a oublié...

— À son grand dam. Karum Daswani ignorait à quoi vous ressembliez, ainsi que l'endroit où vous habitiez. Il était, je suppose, loin d'imaginer que vous viendriez à Londres, en vous exposant au risque d'être arrêté.

Daphne, qui jusqu'alors était restée silencieuse, s'agita sur son siège.

— Le fait que Rick soit tombé sur Bradbury grâce au langage des fleurs serait donc un hasard ? demanda-t-elle.

— Oui et non. Je vous en prie, Gabriel, corrigez-moi si je me trompe. M. Lecrerc, caché sous la nouvelle identité de Rick Hunter, s'est rendu à Londres avec un double objectif : échapper à l'accusation d'homicide et, surtout, retrouver les commanditaires du meurtre de sa femme, qu'il pensait découvrir au sein du gouvernement. Pour ce faire, il s'est forgé un style de vie qui lui a permis de gagner de l'argent et de fréquenter les bas-fonds des docks, afin d'obtenir toute information suspecte liée à l'or et à l'opium en provenance des Indes. Il n'a pas découvert grand-chose, mais ses continuelles questions ont éveillé les soupçons de son associé, qui n'a pas hésité à se présenter au Foreign Office pour trahir ce curieux étranger, éduqué mais couvert de cicatrices, qui s'intéressait à tout ce qui venait des Indes orientales. Le hasard a fait que ce Joe Sanders a parlé à Ralph White, lequel a immédiatement transmis l'information à Bradbury. Celui-ci a alors commandité un guet-apens pour le tuer, mais Rick a pris la fuite et ils ont perdu sa piste. En revanche, ils ne s'attendaient pas à ce que Gabriel Lecrerc trouve l'adresse de la boutique Passion d'Orient et le nom de Daphne Loveray dans le fusil qu'il avait arraché à l'un de ses agresseurs.

— Il me semble que vous n'oubliez rien, concéda Rick. Concernant le code, pourquoi Bradbury s'y intéressait-il ?

— Comme je vous l'ai dit, pour ce qui était de ses finances, il était sur la corde raide. Son usine de munitions accumulait de lourdes pertes en raison de la fin de la guerre de l'Opium, et le monopole du thé menaçait de réduire ses investissements à néant. En déchiffrant les messages que le gouvernement envoyait aux Indes, Bradbury pouvait anticiper nos décisions. C'est ainsi qu'il a transféré ses affaires à Darjeeling, où il a acquis des terres à un prix avantageux. Il détenait toutes les informations nécessaires pour s'enrichir. Nos plans d'invasion, de commerce, tout. Et bien entendu, sans la ruse de Daphne Loveray, il serait parvenu à ses fins.

Lord Russell regarda la jeune femme pour lui passer le relais.

— Il y a quelque temps, lord Henry Palmerston a convoqué la direction de la communication pour nous avertir que d'une façon encore inconnue nos messages avaient été déchiffrés. Cela pouvait s'expliquer par l'existence d'une taupe au sein du gouvernement, ou par la fragilité de notre méthode de chiffrement. Lorsque Sinclair et moi avons découvert que le décryptage du code était en cause, nous avons prévenu lord Palmerston qui, en concertation avec le prince Albert, a fait appel aux services de Gustav Gruner pour démasquer le renégat. À peine arrivé, Gruner s'est méfié de moi – par jalousie ou par misogynie, je l'ignore – et je l'ai soupçonné à mon tour, sans doute à cause de son acharnement à me confondre. En définitive, nous nous sommes tous les deux fourvoyés dans une lutte qui nous a aveuglés, au profit du véritable traître.

— Ne soyez pas si dure avec vous-même, Daphne, répliqua le Premier ministre. Je vous en prie, terminez.

— Telle est la réalité, John. Et, pendant ce temps, nous nous sommes vu contraints d'utiliser un nouveau code.

— Le langage des fleurs, intervint Rick.

— Exactement. Sous couvert d'envoyer des présents floraux, nous avons fait livrer dans divers endroits des gerbes tout à fait ordinaires. En parallèle, nous faisions parvenir des bouquets codés à un négociant, Wilbur Floyd, lequel, dûment informé, télégraphiait aux Indes la composition précise desdits bouquets. À Calcutta, un fleuriste expert reproduisait son arrangement, afin que nos destinataires puissent l'interpréter.

— Je vois... Un projet louable, mais je n'y crois pas.

— Je... je ne comprends pas ce que tu veux dire..., esquiva maladroitement Daphne.

— J'entends que vous souhaitiez tous deux cacher la vérité à un étranger. Cela dit, je suis persuadé que le langage des fleurs n'est qu'un leurre. Depuis que je te connais, Daphne, j'ai trouvé de nombreuses raisons de me méfier de toi. J'en suis même venu à penser, un temps, que tu étais de mèche avec Gruner. Ma suspicion m'a conduit à me pencher sur ce langage des fleurs et j'ai compulsé les mêmes ouvrages qui t'ont tant intéressée. J'en ai vite déduit qu'un code floral n'était qu'une chimère. Non seulement il est compliqué de réunir les différentes espèces, les conserver, les assembler et les disposer en bonne et due forme, mais une fois les bouquets envoyés, il faudrait des interprètes capables de décrire et de déceler le moindre détail, tels que le nombre de pétales, l'inclinaison d'une tige ou la nuance des couleurs. Non, le langage des fleurs ne sert qu'aux jeux de coquetterie. J'ai eu l'occasion de m'en assurer un jour où la veuve Hartford m'a chargé de livrer un bouquet à ce Wilbur Floyd. Elle ne pouvait pas s'en occuper et m'a donc instamment ordonné de ne pas en modifier une feuille, car il devait arriver conforme à certaines indications que tu lui avais fournies. Il va sans dire que je n'ai pas fait cas de ses recommandations. Je l'ai offert à la première vieille dame que j'ai croisée, et l'ai remplacé par une botte de coquelicots. Le résultat ? Aucun. Wilbur l'a reçu et lui a réservé le même sort qu'aux autres : il l'a envoyé à un *gentlemen's club* quelconque pour servir d'ornement. Si c'est pour continuer à être abreuvé de boniments de la sorte, il vaut mieux que je parte. Vous pourrez en parler à loisir sans moi.

Daphne regarda le jeune homme avec une pointe d'agacement avant de se tourner vers lord Russell.

— D'accord, dites-le-lui, lança le Premier ministre.

— Je suis navrée, Rick, mais sans le consentement de John, je ne pouvais te révéler la vérité sur une question d'une telle importance, s'excusa-t-elle.

— Je suis tout ouïe.

— Tu as raison, le langage des fleurs n'est rien d'autre qu'une chimère, une illusion conçue pour mettre la main sur le traître qui nous saignait à blanc. Quand j'ai eu cette idée, je savais qu'il valait mieux ne pas en parler à Palmerston ni à Gruner, si bien que je me suis directement adressée à la seule personne à qui je pouvais me fier, la reine Victoria. C'est elle qui m'a ordonné de concrétiser mon plan en me précisant que je pouvais compter sur le Premier ministre.

— C'est exact, confirma Russell.

— John et moi avons défini une stratégie. Le langage des fleurs ne serait qu'une couverture, une mascarade pour détourner l'attention du traître, pendant que je travaillais à un système cryptographique plus complexe et avancé que le précédent. Un code vraiment incassable.

— En attendant que Daphne peaufine ce nouveau code, nous avons feint de continuer à employer l'ancien, en sachant qu'il avait été déchiffré. Pour ce faire, nous avons envoyé de faux messages ou des missives dénuées de substance, poursuivit lord John Russell. Ainsi, le traître pourrait croire que nous ignorions que le code avait été éventé. Toutefois, et du fait même de la futilité de ces messages, Bradbury a compris que nous devions utiliser un autre système.

— Le langage des fleurs a été votre solution de repli, commenta Rick.

— Exactement, répondit Daphne. Personne au Foreign Office ne savait que le langage des fleurs n'était qu'un piège. Par l'intermédiaire de White, Bradbury a appris que nous sollicitions les services de la boutique de la veuve Hartford. Il s'est alors présenté devant elle, en se faisant passer pour un ancien associé de son défunt mari pour s'attirer ses sympathies. Il lui a remis une importante somme d'argent qui aurait prétendument appartenu à son époux, dans l'intention de gagner sa confiance et de fourrer son nez dans son négoce.

— À partir de là, Gus, Ralph White, Penny… ?

— Bradbury était convaincu que Daphne ne révélerait jamais son nouveau cryptosystème. Son objectif était donc de découvrir ses clefs de chiffrement, sans qu'elle s'en rende compte, de façon à continuer à décrypter les messages. Lorsque White a voulu faire chanter le vieil homme pour exiger plus d'argent en échange de son silence, il a signé son arrêt de mort. Après l'avoir liquidé, Bradbury a cherché à corrompre Gus.

— Je savais que le jardinier avait été assassiné, mais je n'ai jamais compris pourquoi, intervint Rick.

— Bradbury a reconnu que les choses avaient dérapé. Daswani a convoqué l'employé de la veuve Hartford au Crystal Palace pour lui proposer de trahir sa patronne, ce à quoi Gus s'est farouchement opposé, déclenchant la fureur de Karum. L'Hindou avait le couteau facile. Il a perdu son sang-froid et l'a poignardé. Lorsque Gruner a eu vent du meurtre, il a fait croire à un accident pour éviter les rumeurs qui auraient pu faire du tort au Crystal Palace.

— Pauvre homme… Et pour Penny ?

— Une situation semblable. Ils ont réussi à l'intimider en la frappant brutalement au visage. Apeurée, la vendeuse leur a promis de trahir la veuve, mais après leur avoir facilité l'accès à son bureau, elle s'est repentie et ils l'ont liquidée à son tour.

— Nom d'un chien ! Je comprends maintenant la blessure du cheval.

— De quoi parles-tu ? s'enquit Daphne.

— Le jour où nous avons dormi à Northampton, notre monture ne s'est pas entaillé la jambe accidentellement. C'était une ruse pour nous contraindre à passer la nuit chez lui et nous tenir éloignés de la boutique.

— Quoi qu'il en soit, continua Russell, à un moment donné, Bradbury a commencé à se sentir acculé, et il a redéfini ses objectifs. D'un côté, il a planifié un attentat au Crystal Palace pour perpétrer un carnage parmi les dirigeants politiques, ce qui lui permettait non seulement d'éliminer Gustav Gruner, mais aussi de causer suffisamment de remous pour provoquer un changement de gouvernement plus conforme à ses intérêts. De l'autre, il s'est débrouillé pour que la responsabilité de ses propres méfaits retombe sur une innocente.

— Daphne.

— En effet. Il l'a séquestrée pour lui soutirer des informations et l'aurait laissée pour morte avec sur elle un billet dans lequel elle aurait avoué tous ses crimes.

— Daphne aurait été la coupable, et Sinclair son complice.

— Tout à fait. Mais en apprenant que son homme de main avait péri dans son usine, Bradbury s'est vu pris au piège. Il a donné rendez-vous à Sinclair et l'a éliminé.

— Comment comptait-il perpétrer son attentat ?

— Selon les éléments de l'enquête, Daswani avait modifié l'une des machines que la société de Bradbury présentait à l'Exposition universelle pour la remplir d'une grande quantité d'explosifs, qui auraient été déclenchés au moment où la reine Victoria, le prince Albert et le gouvernement au grand complet assisteraient à sa mise en service le jour de l'inauguration.

Rick poussa un soupir de satisfaction. Son avenir restait certes flou, mais il éprouvait au moins la fierté d'avoir protégé celui de l'Empire britannique et celui de Daphne Loveray.

Au cours des jours suivants, Rick et Daphne se retrouvèrent au Mivart's. Les moments de passion se succédèrent sans répit jusqu'à l'épuisement, comme s'ils craignaient qu'un incident ne mette un terme à leur relation du jour au lendemain. Rick attendait toujours que les poursuites intentées contre lui aboutissent à un non-lieu, et bien que le Premier ministre lui eût promis d'intercéder, il se méfiait. Daphne le rassura. Billy, le garçon attardé, avait été libéré et était rentré chez lui.

Durant l'un de ces intermèdes, la jeune femme se détacha du corps de Rick et le regarda dans les yeux.

— Je t'aime, lui souffla-t-elle.

Il l'embrassa. Il avait prévu de s'installer avec elle à Paris, sans lui parler encore de ses projets.

— Te concédera-t-il le divorce ?

— Je l'ignore, mais je m'en moque, répondit-elle en lui retournant un baiser passionné.

Ils se réveillèrent le lendemain, serrés l'un contre l'autre. Rick s'écarta pour observer Daphne qui somnolait paisiblement, sans nulle trace de douleur. Il aurait aimé pouvoir figer cet instant pour profiter de son dos nu, de sa poitrine, de ses lèvres. Elle s'éveilla tout doucement. Rick se leva pour lui servir le petit déjeuner.

— Qu'est-ce que c'est ? demanda-t-elle en désignant le paquet soigneusement enveloppé posé sur son oreiller, avant de mordre dans sa brioche à pleines dents.

— Aucune idée, ouvre-le.

La jeune femme s'essuya les doigts et se jeta sur le cadeau qu'elle déballa avec la joie d'une écolière. En découvrant son contenu, elle en resta bouche bée. C'était le portrait que l'homme à la carriole des jardins de Cremorne leur avait tiré.

— Oh, Rick ! s'écria-t-elle. Je l'avais complètement oublié. Il est magnifique. Merci.

— Une chance que le photographe l'ait conservé.

— Il est vraiment superbe.

Elle posa le cliché sur la table de chevet.

— À propos de daguerréotypes, comment Memento s'y est-il pris pour photographier ses assassins ?

— Memento..., soupira-t-il. Tu n'imagines pas à quel point il me manque. Je l'ai retrouvé à l'agonie dans le tunnel sous la Tamise, juste à temps pour l'entendre prononcer le nom de la veuve Hartford. Plus tard, elle m'a raconté que Memento était passé la voir pour lui révéler que Bradbury était le coupable. Apparemment, il avait remarqué que les sceaux avec lesquels le vieil aristocrate personnalisait ses armes correspondaient à celui qu'il avait découvert sur le fusil des hommes qui m'avaient attaqué. Comprenant qu'il se trouvait face à l'assassin de Penny, il a ébauché un plan audacieux : il a menacé Bradbury de lui remettre des preuves incriminantes s'il ne lui versait pas une énorme somme d'argent.

— Était-ce vrai ?

— Bien sûr que non. Il n'avait pas de preuves ni l'intention d'exercer le moindre chantage. Tout ce qu'il voulait, c'était venger la mort de Penny.

— De quelle façon ?

— Il a dit à la veuve qu'il abattrait Bradbury dès que celui-ci débarquerait dans sa maison de l'île aux Chiens, où il l'avait fait venir. Hellen a essayé de le dissuader d'une telle folie, mais Memento n'a rien voulu savoir. Il a fait fi de son conseil et lui a demandé, s'il lui arrivait quelque chose, de me rappeler d'aller voir derrière sa porte dérobée.

— Je suis perdue…

— Tu comprendras quand j'aurai fini. Après que Hellen m'a raconté tout cela, je suis retourné chez Memento pour inspecter sa petite pièce secrète. J'y ai trouvé une machine photographique contenant un daguerréotype utilisé, avec une note manuscrite m'expliquant la façon de développer l'image. Tel était son plan machiavélique. S'il ne réussissait pas à tuer Bradbury, ce serait parce que le vieil homme l'avait assassiné ; et si cela devait se produire, il photographierait ce moment pour pouvoir le piéger.

— Autrement dit, il s'est sacrifié.

— Oui, exactement. Dans son billet, il me racontait la façon dont il avait tout planifié. Il avait synchronisé les déclencheurs de deux appareils distincts, l'un qu'il avait laissé en vue dans la pièce pour qu'ils le découvrent, l'autre caché, positionné de façon à capturer la scène… J'ai tout compris après. Deux photographies. Il en faisait toujours deux. Il en a pris une pour que Bradbury, en voyant l'éclair de magnésium, la trouve et la détruise, mais il a profité de ce même éclair pour réaliser un second cliché, qui resterait à l'abri, dissimulé derrière la porte dérobée.

— S'ils lui ont tiré dessus, pourquoi l'ont-ils emmené après ?

— J'imagine qu'ils pensaient pouvoir lui soutirer des informations, même s'il était mal en point. Ensuite, quand ils ont dû abandonner la chaloupe, ils se sont sûrement dit qu'il était trop risqué de le transporter à pied et ils s'en sont débarrassés dans le tunnel.

— Pauvre homme.

— Une grande perte et une grande personne.

Quelques jours avant que Bradbury soit jugé et pendu, Gabriel Lecrerc fut disculpé de toute accusation. En compensation et en rétribution des services rendus, lord John Russell lui proposa de réhabiliter son patronyme et de travailler comme conseiller du gouvernement à Calcutta. Lorsque Rick annonça la nouvelle à Daphne, elle fit mine de se réjouir.

— C'est formidable, articula-t-elle en esquissant un sourire forcé. Et que lui as-tu répondu ?

— Je l'ai remercié, mais il se trouve que j'ai d'autres projets.

— Lesquels ? s'enquit-elle en le fixant de ses grands yeux bleus.

— Je vais d'abord vendre mon lingot d'or pour lancer une affaire. Bien trop de crapules se promènent en liberté à Londres, et je ne suis pas mauvais comme chasseur de criminels. Je crois que je vais commencer par un salopard de noble qui a brûlé vive sa fiancée il y a quelques mois.

— Intéressant, dit-elle avec douceur. Et ensuite ?

— Ensuite, je passerai le reste de mes jours auprès de toi.

Note de l'auteur

Si les situations, les événements et les personnages décrits dans ces pages sont tirés de faits réels, il m'a semblé préférable de changer le nom des protagonistes afin de m'autoriser quelques licences romanesques.

Ainsi, l'énigmatique Daphne Loveray s'inspire de la mathématicienne britannique Augusta Ada King, comtesse de Lovelace, plus connue comme Ada Lovelace.

Dotée d'une beauté saisissante et d'une intelligence hors pair, Ada hérite de sa mère sa passion pour les mathématiques et de son père, le célèbre poète lord Byron, son caractère libertin. Sa position sociale lui permet de côtoyer des personnalités de la science et de la culture, comme Michael Faraday ou Charles Dickens. Dès l'âge de dix-huit ans, Ada fréquente les soirées de la haute société londonienne, où elle fait la rencontre de Charles Babbage, le seul à partager sa fascination pour les questions de mécanique. Ils se lient d'amitié. Alors âgé de quarante-quatre ans, Babbage était entre autres connu pour son projet de machine différentielle, une calculatrice fonctionnant sans l'aide d'un humain. À la faveur de leur relation intellectuelle stimulante, elle poursuit ses recherches et conçoit la géniale idée d'un ordinateur capable de faire voler des engins.

Après avoir été formée aux côtés des plus grands mathématiciens britanniques, Ada Lovelace développe, à vingt-huit ans, un algorithme crypté destiné à être traité par une machine ; il s'agit du premier programme informatique. Elle s'intéresse par ailleurs à l'aviation, à la poésie et à la cryptographie. Cependant, son mariage avec lord William King bride ses velléités scientifiques, la plongeant dans une profonde frustration. Lassée par le manque d'ambition de son époux, elle se réfugie de nouveau dans les mathématiques auprès d'un nouveau mentor, le célèbre mathématicien et logicien Augustus de Morgan. Avec son aide, elle fait de rapides progrès, mais Morgan constate, irrité, qu'Ada ne se contente pas d'apprendre les leçons comme n'importe quelle dame. Ses questions et ses réflexions vont bien au-delà et sont, selon lui, indignes de son sexe. En définitive, le fait que son élève pense comme un homme l'inquiète. À l'instar de la société de l'époque, Morgan est convaincu que les femmes ne sont pas faites pour étudier. Cela ne stoppe pas Ada dans ses recherches. Dans les années 1840, elle se trouve mêlée à plusieurs scandales en raison de ses liaisons amoureuses. Elle publie ses notes intitulées « Sketch of the analytical engine invented by Charles Babbage[1] » dans la revue *Scientific Memoirs* en septembre 1843. On comprend très vite à qui correspondent les initiales A. A. L., avec lesquelles elle signe son article. Sa condition de femme porte préjudice à son travail et les scientifiques ne la prennent pas au sérieux.

1. « Notions sur la machine analytique de M. Charles Babbage », Bibliothèque universelle de Genève.

Au cours de l'été 1852, Ada développe les premiers symptômes d'un cancer de l'utérus, à l'origine de douleurs fréquentes et aiguës. Pour les atténuer, elle recourt, entre autres remèdes, à l'opium. Elle meurt le 27 novembre 1852, à l'âge de trente-six ans.

En 1953, près d'un siècle après sa disparition, l'article de lady Lovelace sur la machine analytique de Babbage est publié sous son véritable patronyme. Son invention est désormais reconnue comme un modèle précoce d'ordinateur, tandis que ses notes sont une description de son software. C'est en hommage à lady Lovelace que le département américain de la Défense crée le langage de programmation Ada, dont le manuel de référence est approuvé le 10 décembre 1980. Il est normalisé trois ans plus tard sous l'appellation MIL-STD-1815, ce dernier chiffre étant l'année de naissance d'Ada. Depuis 1998, la British Computer Society décerne la Lovelace Medal (la médaille Lovelace) aux personnes apportant des contributions remarquables à la compréhension et au progrès de la science informatique.

Le métier de Rick Hunter s'inspire des premiers *Bow Street Runners* (coureurs de Bow Street), nom de la patrouille volante ayant opéré à Londres entre 1749 et 1838. C'est le romancier Henry Fielding, après son investiture en tant que magistrat au tribunal de Bow Street, qui crée ce corps de police. Il décide alors de réunir un petit groupe de huit chasseurs de voleurs expérimentés pour lutter contre le crime.

L'origine des attrape-voleurs remonte à la fin du XVIIe siècle, au moment où l'inquiétude suscitée par la hausse vertigineuse de la délinquance à Londres amène les dirigeants à donner de l'argent à ceux qui capturent des bandits. Cette pratique se développe au XVIIIe siècle, quand de nombreuses victimes se mettent aussi à offrir des primes pour récupérer ce qu'on leur a dérobé, et se voit facilitée par l'essor de la presse, qui permet une large diffusion des informations concernant les récompenses.

Mais les attrape-voleurs ne font pas uniquement appel à leurs relations dans les bas-fonds pour traquer les malfrats. Censés réglementer les activités criminelles, certains finissent par les encourager en recourant à des intermédiaires pour négocier une rétribution financière en échange de la restitution des biens subtilisés. D'autres vont plus loin en exerçant un chantage sur les malfaiteurs : ils les menacent de les livrer aux autorités s'ils ne paient pas pour bénéficier de leur protection. Enfin, quelques-uns deviennent même instigateurs en incitant des personnes désespérées à commettre des délits, pour ensuite les dénoncer et toucher la récompense.

L'homme qui incarne les aspects les plus troubles de l'activité de chasseur de voleurs, et dont je me suis inspiré pour le personnage de Joe Sanders, est Jonathan Wild. Cet « attrape-voleurs général d'Angleterre et d'Irlande », comme il se dénommait lui-même, domine le monde du crime à Londres au début des années 1700. Après avoir commis force méfaits cinq années durant, Wild est finalement jugé et condamné par l'Old Bailey pour usurpation de biens dérobés. Il est pendu en 1725.

En 1829, la Metropolitan Police (Scotland Yard), créée à la demande de sir Robert Peel, cohabite avec les *Bow Street Runners* jusqu'en 1838, année où les deux forces sont fusionnées.

À l'époque où se déroule cette histoire, lord Henry Palmerston est secrétaire d'État au Foreign Office, et lord John Russell Premier ministre. Bien que je leur attribue des faits correspondant au territoire de la fiction, il m'a semblé préférable de conserver leurs noms, dans la mesure où les événements dans lesquels ils sont ici impliqués sont de portée limitée, ne supposant donc pas de grave entorse à l'Histoire.

Quoi qu'il en soit, je dois signaler que, comme le personnage du roman, lord Palmerston a toujours fait passer les intérêts de la Grande-Bretagne avant tout, sans se soucier des moyens pour y parvenir. Ainsi, au cours de ses années au secrétariat d'État au Foreign Office, Palmerston fut l'instigateur d'une guerre sanglante opposant la Grande-Bretagne et la Chine, au moment où celle-ci interdit à la Compagnie des Indes orientales le trafic d'opium. Opium que les Britanniques cultivaient aux Indes et dont la consommation tuait des millions de Chinois.

Curieusement, Palmerston vernit cette agression d'un patriotisme fervent qui lui attira une grande popularité auprès de ses concitoyens. Pour autant, sa propension à agir en fonction d'antipathies personnelles ainsi que ses discours véhéments émaillés de calomnies le font passer pour un déséquilibré aux yeux de la reine Victoria. Palmerston ne cesse cependant de manipuler l'opinion publique afin d'asseoir sa mainmise sur le Foreign Office. Pour ce faire, il n'hésite pas à intercepter les communications au sein du ministère, ainsi que celles adressées à d'autres dignitaires, à révéler des secrets à la presse ou encore à publier des documents confidentiels.

C'est pourquoi le Premier ministre, lord John Russell – qui, contrairement à Palmerston, est un homme mesuré –, lui fait très souvent face dans des affrontements retentissants. Parmi les réformes sociales que Russell met en place, mentionnons la loi sur les usines (*Factory Act*) de 1847, qui limite à dix heures le travail quotidien des femmes et des adolescents (de treize à dix-huit ans) dans les manufactures textiles.

Notons que Palmerston est finalement contraint de démissionner après avoir reconnu, sans l'approbation royale, le coup d'État de Napoléon III le 2 décembre 1851.

J'aimerais à présent signaler que la genèse de ce roman remonte à un voyage effectué avec ma femme à Istanbul. Alors que nous découvrions, émerveillés, le somptueux harem du palais de Topkapi, notre guide Izmir a évoqué les arcanes de ce labyrinthe composé de trois cents chambres où vivaient les favorites et concubines du sultan Mehmed II, tandis que ses inflexibles eunuques s'assuraient que nul homme ayant franchi les portes du *haremlik* ne le quitte vivant. D'après Izmir, le harem abritait un millier de femmes soumises à des règles extrêmement sévères. Elles devaient une obéissance absolue et une dévotion presque divine au sultan, qui pouvait en disposer à sa guise.

Esclaves chargés de protéger le harem, les eunuques noirs veillaient sur les femmes nuit et jour. Étant castrés, ils ne mettaient pas en péril leur virginité. Lorsque l'un d'eux surprenait un homme à essayer d'entrer en contact avec une habitante du harem, il l'exécutait sur-le-champ. Plus tard, un bourreau le décapitait en public. La femme était tenue à l'écart, puis lapidée dans une cour en présence des autres concubines.

Notre guide nous a alors raconté que, pour déjouer la surveillance des eunuques, une concubine prénommée Halime avait conçu un langage des fleurs secret lui permettant de communiquer avec son amant sans être découverte. Ainsi était né le sélam.

Ce fut une décharge électrique. Piqué par mon instinct d'écrivain, j'ai posé d'autres questions à Izmir sur cet étrange langage. Selon notre guide, son succès fut tel qu'au fil des siècles il a franchi les murailles de Topkapi pour arriver dans l'Angleterre du roi George II.

Je n'ai pas eu besoin d'en entendre plus. Sitôt rentré en Espagne, je me suis lancé dans des recherches sur le langage des fleurs, convaincu que je pourrais y trouver matière à un très beau roman.

La tâche fut malaisée. J'ai d'abord découvert l'existence d'Aubry de La Mottraye, un huguenot français réfugié à Londres. À la fin de 1698, ce voyageur et diplomate prend ses quartiers à Constantinople pour exercer plusieurs années durant la fonction d'officier de renseignement. Au cours de son séjour dans l'Empire ottoman, La Mottraye rend visite au roi Charles XII de Suède, alors exilé avec sa cour dans la ville turque de Bender. Il y fait la connaissance de lady

Mary Wortley Montagu, épouse de l'ambassadeur britannique en Turquie depuis 1717.

Aubry de La Mottraye et lady Wortley Montagu partagent un vif intérêt pour le langage secret des fleurs : le premier y voit de possibles applications pour l'espionnage, la seconde un usage ludique dans le cadre d'événements diplomatiques.

Leurs écrits contribuent à diffuser le langage des fleurs en Occident. En 1727, La Mottraye publie en Suède un récit de voyages où il relate ses expériences en Turquie, ouvrage aussitôt traduit en anglais. Les *Lettres de Turquie* rédigées par lady Wortley en 1717-1718 paraissent quant à elles en Angleterre en 1763, peu après sa mort ; ses descriptions très détaillées du sélam et des coutumes des harems la rendent célèbre.

À partir de là, l'intérêt pour le langage des fleurs ne cesse de croître. En 1809 paraît le *Dictionnaire du langage des fleurs*, de Joseph von Hammer-Purgstall ; il présente la première liste d'associations symboliques entre les fleurs et leur signification. Moins d'un an plus tard est édité l'*Abécédaire de Flore ou langage des fleurs*, de B. Delachenaye. En 1819, Louise Cortambert, sous le pseudonyme de Charlotte de Latour, publie *Le Langage des fleurs*, qui devient un succès international maintes fois réédité.

Parmi les ouvrages publiés en Grande-Bretagne avant l'Exposition universelle, il convient de mentionner *Floral Emblems*, de Henry Philips, paru en 1825 ; *The Language of Flowers. With Illustrative Poetry*, de Frederic Shoberl, en 1836 ; et *The Sentiment of Flowers ; or, Language of Flora*, de Robert Tyas, en

1842, ce dernier étant une adaptation du livre de Charlotte de Latour.

Une copie plus ou moins digne de foi du *Langage des fleurs* est publiée en castillan en 1870 sous le titre *El lenguaje de las flores y el de las frutas, con algunos emblemas de las piedras y los colores*. Ce livre, signé par un certain Florencio Jazmín, devient un succès sans précédent, comme l'attestent ses multiples éditions pendant quarante ans, entre la fin du XIXe et le début du XXe siècle.

Inutile de préciser que j'ai aussitôt commandé la plupart de ces ouvrages auprès de mes libraires. En attendant qu'ils arrivent, je me suis lancé dans des recherches sur les cryptosystèmes employés par le Foreign Office à l'époque victorienne, en me penchant sur les éventuels liens avec Ada Lovelace.

Pour ce faire, j'ai dû partir de zéro, car l'histoire de la cryptologie est aussi complexe que foisonnante.

Depuis l'aube de la civilisation, les nations en guerre ont toujours conçu des systèmes permettant d'envoyer des messages indéchiffrables par leurs ennemis. Ainsi la scytale, apparue au Ve siècle avant J.-C., serait l'une des premières méthodes de cryptographie répertoriées. Le deuxième cryptosystème, que l'on connaît grâce à l'historien grec Polybe, consistait à placer les lettres de l'alphabet en ordre alphabétique dans un tableau carré. Jules César utilisa une version évoluée de ce procédé au cours de la plupart de ses batailles.

En 1465, l'Italien Leon Battista Alberti conçut un nouveau système de substitution polyalphabétique qui constitua une avancée majeure.

Éminent cryptographe du XVIe siècle, le Français Blaise de Vigenère rédigea un important traité sur « l'écriture secrète », ainsi qu'une méthode de cryptage qui a survécu jusqu'à aujourd'hui sous le nom de chiffre de Vigenère.

En Espagne, les troupes de Philippe II utilisèrent des années durant un alphabet composé de plus de cinq cents symboles, indéchiffrable selon les experts du monarque. Cependant, le mathématicien français François Viète réussit à le déchiffrer pour le roi de France, Henri IV. Les connaissances dont ce dernier fit preuve en interceptant les velléités belliqueuses de l'Espagne l'amenèrent à être accusé de magie noire et de sorcellerie devant le pape Pie V.

Au cours des XVIIe et XVIIIe siècles, l'intérêt des monarques pour la cryptographie s'accrut de manière exponentielle. La figure la plus fascinante de la cryptanalyse du XIXe siècle est le mathématicien anglais Charles Babbage, lequel, contre toute attente et comme je l'ai signalé au début de cette note, fut des années durant le mentor, ami et proche collaborateur d'Ada Lovelace.

Le cercle d'événements historiques dont j'avais besoin pour tisser la trame de mon roman se refermait de façon incroyable.

Charles Babbage obtint de remarquables résultats en matière de cryptographie. Il fut en effet le premier à casser, autour de 1854, le code de Vigenère, jusqu'alors connu comme le « chiffre indéchiffrable ». Il s'agit de la plus grande avancée cryptanalytique depuis que les érudits arabes du IXe siècle ont décodé le chiffre monoalphabétique. Grâce aux progrès réalisés par Babbage et Friedrich Kasiski, les cryptographes se trouvèrent dans l'incapacité de garantir le secret au cours de la guerre de l'information.

Rappelons qu'au milieu du XIXe siècle, l'inflexible morale victorienne empêchait les jeunes amoureux d'exprimer leurs sentiments en public, et encore moins dans des courriers susceptibles d'être interceptés par leurs parents. Certains s'échangeaient des messages grossièrement codés dans des petites annonces publiées dans les journaux pour quelques pence. Ces textes suscitèrent la curiosité de Babbage et d'autres cryptographes, qui, à l'instar de Charles Wheatstone et Lyon Playfair, s'amusèrent à déchiffrer les messages romantiques. Déçus par la facilité de la tâche, Wheatstone et Playfair conçurent un cryptosystème basé sur la substitution de paires de lettres. Encouragés par leurs résultats, ils rencontrèrent le secrétaire d'État au Foreign Office en 1854 pour lui proposer leur code, qui garantirait des communications télégraphiques sûres. Dans un premier temps, l'homme se montra réticent, mais Wheatstone réussit à le convaincre, et le bureau de la Guerre britannique adopta ce que l'on connaît désormais comme le chiffre ou le carré de Playfair. Ce code fut utilisé par les armées de plusieurs nations au cours de la Grande Guerre, et par les services de renseignement britanniques pendant la Seconde Guerre mondiale.

Ainsi l'Histoire m'offrait les éléments nécessaires à la construction d'une intrigue dans laquelle les personnages comme les faits réels pouvaient former une trame à la fois réjouissante et, dans une large mesure, plausible.

D'un côté, j'avais les protagonistes : Daphne Loveray, inspirée de la figure de la célèbre mathématicienne Ada Lovelace, disciple et collaboratrice du cryptographe renommé Charles Babbage ; et Rick Hunter, un héros anonyme dont l'activité était liée aux premiers coureurs de Bow Street.

De l'autre, il y avait le Foreign Office, qui, confronté à une crise cryptographique, devait trouver un nouveau système inédit, lui garantissant le secret de ses communications avec les territoires d'outre-mer, au cours d'une période délicate pour la Compagnie des Indes orientales.

Autrement dit, je pouvais spéculer sur des événements en apparence inexplicables de façon crédible, tout en recréant une atmosphère aussi fidèle qu'exaltante.

En outre, j'avais à ma disposition le langage des fleurs. Il ne me restait plus qu'à assembler toutes les pièces pour construire une histoire passionnante.

Cela n'allait pourtant pas s'avérer si facile.

En compulsant les livres commandés, j'ai pris conscience que je me confrontais à un problème pour ainsi dire insoluble : j'avais beau prétendre le contraire, le langage des fleurs, en dépit de sa complexité et des possibilités qu'il offrait, n'était qu'un jeu de société sophistiqué et n'avait jamais été utilisé pour élaborer un véritable langage cryptographique.

Bien que je me sois creusé la cervelle, des mois se sont écoulés sans que je trouve une solution satisfaisante. Découragé, j'ai fini par laisser tomber l'intrigue pour m'embarquer dans d'autres projets.

Quelques années plus tard, aiguillonné par l'orgueil, j'ai ressorti les feuilles sur lesquelles j'avais griffonné mes premières propositions pour essayer de résoudre ce casse-tête.

Le recul m'a permis de contourner la difficulté. Après plusieurs tasses de café et une dizaine de pages jetées dans la corbeille à papier, j'ai compris que je m'étais fourvoyé en prétendant inscrire le langage des fleurs dans un code cryptographique crédible. Il me fallait au contraire accepter son inanité. C'est ainsi que je suis arrivé à la même conclusion que le protagoniste du roman, Rick Hunter, qui découvre que l'utilisation du langage des fleurs ne pouvait être qu'un leurre destiné à occulter un véritable code mathématique.

Animé par cette nouvelle idée, je me suis replongé dans l'écriture.

Après avoir imaginé que le gouvernement britannique recourait à des messages cryptés dans le cadre de ses missions à l'étranger, je me suis focalisé sur le monopole commercial le plus puissant de la planète : la Compagnie des Indes orientales. Une gigantesque organisation privée, dirigée par des hommes ambitieux et corrompus, capables de toutes les trahisons pour conserver leur pouvoir et leur fortune. Bradbury, un nabab parmi tant d'autres, est devenu le candidat idéal. Pour en ébaucher les contours, je me suis inspiré des nababs les plus controversés, tels Warren Hastings, William Paxton ou Charles Cockerell, hauts dignitaires de la Compagnie qui se sont enrichis de façon délirante en usant de leur position et de leur influence, et qui ont fini par être condamnés.

Concernant les questions liées aux fleurs, je reconnais qu'après une étude approfondie des différentes espèces présentes en Angleterre pendant les mois hivernaux et printaniers, et compte tenu de leur nombre limité, j'ai inclus dans un passage des variétés qui ne correspondent pas à la saison afin de rendre le récit plus flamboyant.

Au sujet de l'attentat déjoué au Crystal Palace, je dois signaler que la reine Victoria fut la cible de huit tentatives d'assassinat attestées, dont cinq entre 1840 et 1850. L'inauguration du Crystal Palace en 1851 suscita donc une vive inquiétude. Certains journaux évoquèrent même l'imminence d'une attaque le jour de l'ouverture de l'Exposition universelle, en accompagnant leurs articles d'illustrations explicites.

J'aimerais aussi mentionner, à titre de curiosité, les difficultés que j'ai rencontrées pour déterminer la date exacte à laquelle a été achevée la célébrissime tour de Big Ben, la St Stephen's Tower, comme on l'appelait à l'époque. J'ai consulté pléthore de sources qui signalent que l'horloge n'a pas été installée avant 1855, bien que sa construction ait été adjugée à Edward Dent dès 1852. Ces informations ne précisent pas si la flèche a été finalisée cette année-là, ce qui permettrait de déduire que le chantier de la tour ne fut terminé qu'en 1855, au moment de la pose de l'horloge. Cependant, le magnifique dessin publié le 1er mai 1851 par Banks & Co montre une vue aérienne extrêmement détaillée, réalisée depuis une montgolfière à Hampstead et qui couvre toute la ville de Londres ; on y aperçoit la structure de la tour de Big Ben pratiquement finie.

Il ne me reste plus grand-chose à ajouter. Je souhaiterais simplement recommander à celles et ceux qui auraient l'occasion de se rendre à Londres d'aller admirer coûte que coûte les impressionnantes collections du musée Victoria and Albert, en particulier celles provenant des anciennes colonies indiennes. Le fameux *Tigre de Tipu*, œuvre mécanique abritant un orgue et représentant un tigre qui dévore un soldat britannique, m'a inspiré pour la mort de l'infortuné Gus. Je conseille aussi la visite du Museum of London Docklands, où l'on peut contempler la reconstitution complète d'un quartier portuaire victorien, dont je me suis servi pour recréer le lupanar des Françaises.

Une dernière chose. Certains lecteurs auraient peut-être aimé avoir l'explication de l'étonnant tour de l'œuf qui laisse Rick Hunter sans voix, et que Daphne Loveray ne lui révèle finalement jamais. Pour ceux qui se sont posé la question, voici la réponse.

Philosophe, alchimiste, dramaturge et chercheur italien du début du XVIIe siècle, Giovanni Battista della Porta était également un expert en cryptographie. Parmi ses nombreuses inventions figurent la chambre noire, un dispositif optique permettant de capter et de projeter sur une toile une image tridimensionnelle, ainsi que la lanterne magique, précurseur rudimentaire du cinématographe. Ces deux innovations, liées à la profession de Memento, n'expliquent toutefois pas le mystère. Della Porta aimait concevoir et présenter des spectacles de magie. Son tour le plus remarquable était sans doute la transcription de messages cachés dans des œufs durs. Pour cela il a fabriqué une encre à base de vinaigre et d'alun, solution qui a la capacité de pénétrer la coquille poreuse de l'œuf et de se déposer sur l'albumen, afin qu'un mot écrit sur la surface reste imprimé à l'intérieur, sans laisser de trace à l'extérieur. La seule façon d'accéder au message est donc de briser la coquille et de lire le mot caché.

Ainsi notre magicien a fait appel à son assistant qui, en se retournant pour glisser l'œuf dur dans la boîte, en a profité pour noter *Cremorne* sur la coquille. L'encre a pénétré dans l'œuf et s'est déposée sur l'albumen cuit. La chaleur des flammes a évaporé toute trace d'encre sur la coquille et a permis au Dr Faust, en la cassant avant de manger l'œuf, de lire le mot en question.

Tel que le dit si justement Daphne Loveray à Rick Hunter dans le roman : « Comme pour le tour de l'œuf, méfiez-vous toujours des apparences. Quoi que vous cherchiez, laissez-vous guider par votre cœur et vous trouverez la vérité en vous. »

REMERCIEMENTS

À l'origine de ma passion pour l'écriture se trouvent, j'en suis persuadé, nombre d'auteurs britanniques.

Je devais avoir neuf ans le jour où mes parents, alors que je me remettais d'une grippe, se sont présentés au pied de mon lit avec un livre intitulé *Le Club des cinq. La Tour des contrebandiers*. Je ne leur ai pas avoué à ce moment-là que j'avais été extrêmement déçu en constatant qu'il n'y avait que des lettres et aucune illustration. Cela dit, l'ennui m'a poussé à lire et, presque sans m'en apercevoir, comme par magie, je me suis retrouvé à marcher dans une lande anglaise froide, où le brouillard cachait les quelques arbres clairsemés, en compagnie de quatre gamins et d'un chien turbulent. Ils passaient leur temps à se fourrer dans des problèmes d'adultes. Oubliant alors ma fièvre, je me suis délecté de leurs étonnantes enquêtes et de leurs copieux petits déjeuners et goûters grâce auxquels ils prenaient des forces pour démasquer les malfaiteurs : des brioches fraîchement sorties du four accompagnées de bière de gingembre, une boisson dont je n'avais jamais entendu parler, mais qui dans mon imagination était aussi exotique que délicieuse.

C'est ainsi qu'Enid Blyton m'a entraîné dans un tourbillon inépuisable d'aventures. Tandis que je dévorais *Le Club des cinq*, je me croyais à leur place et je me sentais capable de prendre part à des événements qui, dans ma ville natale de Linares, étaient loin d'être à la portée de tous.

À l'âge de douze ans, aux côtés de Walter Scott et Robert Louis Stevenson, j'ai entrepris mes premiers voyages dans des mondes « sauvages » et des époques extraordinaires. Je rêvais de vivre les aventures inouïes qu'ils racontaient – ce que du reste je faisais, car leur prose avait une telle puissance d'évocation que j'avais la sensation d'y être. Ainsi, j'ai souffert lorsque l'effroyable pirate John Silver a grimpé sur le mât pour attraper Jim, et je me suis passionné pour les péripéties du loyal Ivanhoé.

Daniel Defoe, Charles Dickens et Arthur Conan Doyle ont également occupé une place de choix dans mon enfance. J'ai été émerveillé par Robinson Crusoé et sa capacité de survie, j'ai subi les vicissitudes d'Oliver Twist et j'ai été surpris par la stupéfiante sagacité de Sherlock Holmes. Ces auteurs ont sans doute contribué à forger en moi un esprit curieux et imaginatif, enclin à fabuler et à créer les histoires les plus invraisemblables.

Au cours de mon adolescence, d'autres écrivains se sont succédé, la plupart anglo-saxons – à mes yeux, ce sont les maîtres du récit. Ce que je considère, du moins, comme le récit authentique, me rappelant les contes que me racontaient mes parents et mes grands-mères, où l'important n'était pas tant le contenu ou la manière de le narrer que le bonheur et les diverses sensations qu'ils m'apportaient.

Je dédie donc ce roman à mes parents, à mes grands-mères, ainsi qu'à tous ceux qui content des histoires. À tous les écrivains, célèbres ou inconnus, qui, à un moment ou un autre, ont fait découvrir aux enfants, aux jeunes et aux adultes la magie merveilleuse que renferment les livres.

Et, cela va sans dire, à mon épouse bien-aimée, Maite.

RETROUVEZ

ANTONIO GARRIDO

PAPIER CERTIFIÉ

Composition réalisée par PCA

Achevé d'imprimer en France par
CPI BRODARD & TAUPIN (72200 La Flèche)
en août 2024
N° d'impression : 3057843
Dépôt légal 1re publication : septembre 2024
LIBRAIRIE GÉNÉRALE FRANÇAISE
21, rue du Montparnasse – 75298 Paris Cedex 06

61/5249/7